Staread
星 文 文 化

云偷吻
我的记忆

Secret
Behind the
Cloud

夏风颜 ~ 著

长江出版社
CHANGJIANGPRESS

图书在版编目（CIP）数据

云偷吻我的记忆 / 夏风颜著 . — 武汉 : 长江出版社 , 2021.10

ISBN 978-7-5492-8027-8

Ⅰ.①云… Ⅱ.①夏… Ⅲ.①言情小说—中国—当代 Ⅳ.① I247.5

中国版本图书馆 CIP 数据核字（2021）第 212001 号

云偷吻我的记忆
夏风颜　著

出　　版	长江出版社	
	（武汉市解放大道 1863 号）	
市场发行	长江出版社发行部	
网　　址	http://www.cjpress.com.cn	
责任编辑	罗紫晨	
特约编辑	徐　欢　杨影单	
印　　刷	北京盛通印刷股份有限公司	
版　　次	2021 年 10 月第 1 版	
印　　次	2021 年 11 月第 1 次印刷	
开　　本	880mm×1230mm　1/32	
印　　张	10.75	
字　　数	305 千字	
书　　号	ISBN 978-7-5492-8027-8	
定　　价	45.00 元	

若某日，我忘却一切世人，一切世事，你和关于你的所有，必是最后消失的。

Secret
Behind the
Cloud

这是我的第二部长篇小说，距离处女作《你在时光深处》已经过去了十年。听起来真是不可思议，十年前写下第一部小说后，没想到第二部隔了这么多年。对久等的你们，说一声"谢谢"。小说写作的缘由起源于二〇一七年，那一年的夏天父亲病危，我在重症监护室外不眠不休地坐了三天，至今不知是怎么熬过来的，仿佛灵魂脱离了身体，悬在半空看着自己。

我想，我应该写下一个故事，一个有着特殊意义让自己刻骨铭心的故事。

父亲是脑出血走的。我在他躺在 ICU 的时候突发奇想，能不能把他的记忆移植到一个容器里，像是电脑或者储存卡，在人工智能越来越发达的将来，没准他的记忆、他的声音会被录入手机或者蓝牙音箱，当我想起他的时候，只要按下播放键就能看到他的笑容，听到他的声音。他就像活着时那样在我的身边，陪我度过余生。

没有经历过亲人离世的人很难对这种痛苦感同身受，它是深入骨髓的，是一直潜伏着的。平时好端端的，听到笑话会开怀大笑，参加聚会会大声谈笑，可是，看到爸爸牵着小女孩的手过马路时会无缘无故地哭，夜

1

深人静的时候会躲在被窝里流泪怎么也睡不着……

我也不知道怎么了，我只是太难过了，太想他了。

小说里的谢云上，美好、坚强，也敏感、脆弱。她像是我的一个分身，替我经历想象的一切。她失去了记忆，失去了亲人，失去了爱人……就此失去了人生吗？她是一个再平凡不过的女孩，有着对未来的憧憬和走遍世界的梦想。在她失去记忆后，在她重获新生时，她依然没有失去爱的勇气和活下去的力量。

这是我想表达的。

我们这一生，就像在行船，我们穿行在一条看不见的暗河中。

因为有爱，我们不怕渡河，不惧黑暗。

我想起了聂鲁达的那首诗——《我喜欢你是寂静的》。

"我喜欢你是寂静的，仿佛你消失了一般。你从远处聆听我，我的声音却无法触及你。好像你的眼睛已经离我远去，如同一个吻，封缄了你的嘴唇。"

这依然是一部很有我的个人特色的小说。关于遗忘，关于新生，关于拯救，也关于爱情。

我始终相信，相爱的人会跨过山海努力走到一起，一定会在一起，不管多晚。

凛冬散尽，星河长明。

在这个美丽宁静的夜晚，写一个孤独至深深爱至痛的故事。抬头看星空，美丽璀璨，让人眷恋。

他会在天上看着我吗……

他们会在天上看着我们吗……

我们每个人都会站在星空下许下美好的愿望和祝福，希望都能实现，即便是很微小很朴素的愿望。

　　愿所有美好如期而至，愿生命如树苗壮长青，愿四季的风带来希望收获，愿过往可忆未来可期。

　　山与海不相遇，人与人总相逢。

　　我们在爱里永恒地相逢。

夏风颜

2020.05.20 北京

Contents

目录

目录
Contents

Secret
Behind the
Cloud

第一幕
星空的记忆

「你就像黑夜，拥有寂静与群星。
你的沉默是星星的沉默，遥远而明亮。」

01
远行

凌晨两点五十分，飞机降落在奥克兰国际机场。

她从沉睡中醒来，看着窗外的霓虹夜色，持久地出神。这是她第一次来，听人说，新西兰的星空非常美丽，这里有全世界最波澜壮阔的银河。她想去看传说中南岛的星空，躺在小船上随波逐流，遨游在浩瀚的银河世界，与漫天星辰对话。

拿上行李箱走出机场，一股潮湿柔和的气息扑面而来，散发着草木晨露的清香。她深深地吸了口气，在夜风中点燃一根烟。

夜风吹起了长发，她眯起眼看着深不可测的夜空，微微失神。指尖的烟灰掉落，火光明灭中灼热了皮肤，她却浑然不觉。

她常常这样无意识地发呆，有时候是一分钟，有时候是一小时、一天……她沉默地凝视着夜色，如同一个漂泊无依的旅人。大约十分后，一辆黑色吉普车停在她面前，司机下车将钥匙递给她。她把行李搬上车，拒绝司机送一程的好意，打开车门坐上了驾驶座。

"Are you OK？"司机看着她，一再重复道。

"I'm OK。"她系上安全带，微笑着对司机挥挥手，关上车门扬长而去。

后视镜的视线里，她离站在原地驻足行注目礼的司机渐行渐远。车子行驶在高速公路上，她打开音箱，那首曲子著名的旋律响起。这是出发前让司机特意准备的，她喜欢听这个乐队的歌，相关的电影看了许多遍。她记得主唱说过，命运青睐勇者。

她曾经问过池逸一个问题："我是一个什么样的人？"

池逸回答："你是一个勇敢的人。"

昨日不可来，明日不可去。

烟灰散尽，如同遗落风尘的心事。

她叫谢云上，职业是一名自由摄影师。

"谢云上。"

她默念这个名字，神情出现一丝迷茫。每当听到别人唤她的名字，脑海中就会出现短暂的空白，仿佛这不是她的名字。她与这个世界存在某种特定的距离，唯有在路上，才感觉到自己的真实。

她打算从奥克兰自驾去南岛，这无疑是需要勇气的。一个年轻女孩独自在异国环岛自驾，路上的困难与危险不可预知。但谢云上从来没有想过这些问题，她似乎天生爱冒险，不惧困难。车上备了充足的水、牛奶和面包，她打开一瓶水，喝了几口，熟悉的铃声响起，是那首《人间失格》。

谢云上看到来电显示，将音乐声调小，戴上耳机。"池逸。"迟迟没有听到对方的回应，她又试着唤了一声，"池逸。"

"到了吗？"耳机里传来一个年轻男人温润好听的声音。

"到了。"

他似乎听到了风声，唇角微抿，轻声问："现在在哪里？"

"路上。"

他有短暂的几秒没有说话，再开口时，声音带着不易觉察的压抑："有人陪你吗？"

谢云上看着身边空着的座位，不紧不慢地说："有。我雇了名司机，现在出发去南岛。"

对方似松了口气，语气变得松弛："司机靠得住吗？你把手机给他，我跟他说几句。"

片刻的停顿，谢云上目视前方。"司机开车是不能接电话的，这一条国际通用。池医生，"她的语气微微一顿，继而笑道，"你驾照是怎么考的？"

池逸哑然。谢云上就是这样，虽然每次都是他说得多，但最后还是以他的退让收场。谁让自己，在乎她。他的声音不由地放轻，循循善诱道："云上，长途飞行很累，你一定要保证充足的睡眠，不能太疲劳，注意调整时差，不要熬夜……"

"好。"她都应下了，"还有别的吗，池医生？"她的声音带着微不可闻的笑意。

"还有，"他顿了一顿，"到了地方告诉我，别让我担心。"

她摘下耳机，车子疾驰在高速公路上，一面是山，一面是海。

东方露出一线白，天渐渐地亮了。

这是一个美好的清晨，谢云上迎着日出的方向，一路奔驰。她喜欢在路上的感觉，有时候觉得自己像一只鸟，有时候觉得自己是一条鱼，自由自在地飞翔、徜徉。她的脑海里经常出现一些画面，仿佛循环播放的默片电影，而自己如同一个置身事外的观众，在寂静无人的房间沉默地观赏。

她看到，一个穿淡蓝色长裙的少女坐在海边，背对着她看着远方的天空，云朵铺展开来，延伸到天际。海浪声此起彼伏，打着浪卷奔涌而来，海水打湿了脚踝，女孩将一双脚浸泡在水里，任由冰冷的海水洗刷冲撞。

她闭上眼，试图从记忆里找到对方，她是她念念不忘的某个人么，她的朋友、同学、亲人……还是，就是她自己？她却得不到任何答案。

她仿佛是她，又不是她，如同黑暗里的一道影子、镜子里的一个回声、沉默里的一缕呼吸，默默地跟随、依附、陪伴。

有人说，世界在经过几百亿个日子后，学会如何将矛盾的万物安稳地放在一起。即使我们身体的轮廓是被动地僵硬地成长，却还是长成了期望简单美好的人，用力地将那些带着不美好印记的面孔，揉散在记忆的温暖潮汐之中。

世界一片繁华邝美，让人足够忘却一切烦忧。

傍晚时分，车子驶入南岛区域，白色的海鸟从天空飞过，疲惫了一天的身体终于舒缓下来。去加油站加了油，找到一家餐馆填饱肚子，再去超市补充食物和日用品，谢云上开车来到一栋别墅前。这是她提前订的民宿，房子有些旧，却有美丽的花园和草坪。房子的主人出去度假了，托朋友把钥匙给她，告诉她维护和注意事项。

谢云上一一记下来，送走房东的朋友。她前后转了一圈，房子不大，很漂亮也很舒适。打开门拉着行李箱走进来，把行李安放好，再把这几天吃的和用的归置好，走进了二楼的房间。和想象中一样，她看到摆满鲜花的露台，推门走出去，闻到风里的花香。她仰起头看到星空，一颗颗星星如钻石般闪烁，无言的静谧美丽。

《人间失格》适时地响了起来，谢云上看了眼来电显示，按下通话键。

"路上还顺利吗？"池逸问道。

"挺顺利的。"她回到房间，打开桌上的牛奶喝了一口，"你是算好时间打过来的吗，池医生？"

"你猜。"池逸笑道，"我猜你应该到了。"

"你猜得正好，我刚到。"她喝完牛奶，擦了擦嘴角的奶渍，随意地席地而坐。

"没有睡一会儿吗？"

"睡了一小会儿，"她的语气听起来轻松自然，"司机是个话痨，一路上都在跟我说话，还哼歌儿。"

池逸笑出了声。

她不敢告诉他，自己一个人开车在陌生的地界跑了十几个小时，若是被池逸知道了，非得现在逼她买张机票回去不可。

"吃过饭了吗？"过了会儿，池逸又问道。

"吃过了。"刚刚啃了一块面包，算是吃过了。谢云上嘴边的笑意渐渐敛去，她并非故意对他撒谎，只是不想让他担心。

"早点休息。"男人温雅的声音再次响起，"长途奔波会给身体造成严重的负担，晚上不宜熬夜，伤神。"

"知道了。"谢云上道了句"晚安"，关掉了手机。

她走到窗台上，抬头仰望宁静的夜空。

她和池逸的关系既是朋友，也是医生和病人。所以，池逸才会这么紧张她。她是个习惯什么事都藏在心里的人，如果别人不主动靠近、观察，很难发现她的异常或者秘密。

她有失眠症，晚上睡不好，可是不能熬夜。她不宜出远门，却喜欢到处跑，爬山、潜水、驾驶越野车翻山越岭，这些耗费体力而危险的事，她乐此不疲。她喜欢旅行，喜欢在路上的感觉，如果能够选择一种方式结束此生，她不想躺在冰冷的手术台上等着别人宣判，而是驾驶着心爱的越野车回归深海。

她想，那一定是最好的结局。

02
偶遇

特卡波小镇，因世界著名的"特卡波星空自然保护区"而闻名。特卡波星空久负盛名，抬头仰望夜空，繁星点点，静谧璀璨，银河和大团星座清晰可见。在这里，可以看到在南半球才能观测到的南十字星，看到大片流星雨划过夜空。

凌晨四点，谢云上开着那辆黑色越野车再次出发。天色未亮，九月的天气透着稀薄的凉，她穿了一件黑色防风外套，扎着马尾辫，脖子上围一条红围巾。房东朋友告诉她，南岛天气变幻莫测，前几天一直在下雨，所幸她来的时候天放晴了。赶在天气好的时候去库克雪山，运气好的话，可以坐直升机横穿世界第三大冰川。

她按照 GPS 导航指示的路线出发，带了帐篷和毛毯，打算去库克雪山过夜。很多背包客都这么做，为了看到雪山的日出，他们不惜连夜开车到山脚下，搭帐篷守到黎明。国内现在时间是深夜十二点，池逸应该睡了，她关掉手机，就此切断与国内的联系。

在去雪山的路上，谢云上看到一群野马、麋鹿和野山羊，这些都是珍稀动物。没有人驱赶它们，它们悠闲自在地在公路上漫步。偶尔有车经过，看到它们，宁可停车等它们走远，也不会按喇叭或者闯过去。

谢云上把车停靠在路边，打算等这群可爱的家伙慢悠悠地走过去。她拿出随身携带的相机拍了几张照片，正打算回到车里，突然一颗冰雹砸了下来，接着是两颗、三颗……转眼一看，漫步的家伙们全部撒腿跑了，空旷的路上只有她一个人、一辆车。

谢云上回到车上，听到冰雹"嘭嘭嘭"砸在车顶上的声音。她扭动钥匙发动车子，车子却突然熄了火，怎么也打不着。这里前不着村后不着店，眼见冰雹越下越大，天越来越黑，一场极端天气就要来临。

风力越来越大，车子开始左右摇晃，前面的挡风玻璃被砸出一个坑。谢云上打开手机，却发现没有信号。试了几次，发现车子就跟天气一样突然失灵，她只得打开应急灯，顶着狂风和冰雹在车后方大约五十米的地方放置提示标志。做完这一切，她拖着寒冷疲惫的身体回到车内，祈祷有路过的车辆停下来搭救。

不知过了多久，冰雹渐渐停了。就在她等得昏昏欲睡的时候，一辆车停到前面，车上走下来一个戴墨镜的高大男人，他走过来敲了敲她的车窗。

"What's wrong with your car？"

"I'm sorry，my car has broken down. Could you help me？"

"Of course."

男人检查了一遍车子，试着发动几次，发现确实出了故障，打电话报了警。他告诉谢云上警察会来处理，他可以载她去最近的城镇。谢云上道了谢，男人问她从哪里来，她说是中国，男人惊喜地"啊"了声，用中文说道："你好，我叫麦克，欢迎你来到美丽的新西兰。"

想不到对方中文这么好，这个叫麦克的老外说，"我在中国学过中文，我有一个很好的中国朋友，我们平时都用中文交流。"中文让彼此的距离拉近了不少，尤其是在这种特殊的情况下。谢云上带上背包和相机，搭上了麦克的车。

"对了云上，"麦克问，"你是一个人来旅游的吗？"

"是。"

"那你是做什么的？"

谢云上摸了摸胸前的相机，说："摄影师。"

"Wow, cool！"麦克赞道。有了麦克在一旁说笑，路上的时间过得很快。他们来到一个叫瓦纳卡的小镇，麦克说，"我来这里接我的那位中国朋友，然后我们要去特卡波，你要跟我们一起去吗？"

特卡波是此行的目的地之一。谢云上原本打算先去库克雪山看日出，如果天气好，还可以坐直升机去看冰川，可惜天公不作美，她的车又在半道出了故障。麦克见她犹豫，热情地说，"云上，你跟我们一起吧，你不是也想去特卡波吗？正好我们顺路。何况大家都是朋友，有什么事互相照应，我介绍我的中国朋友给你认识。"

谢云上想了想，点头道："那我先跟你们一起，等拿到车再做打算，谢谢你。"

于是，她和麦克一起去接在瓦纳卡的朋友。

他们来到一栋民宅前，是那种典型的带花园的洋房，和谢云上住的地方有点像。麦克进去帮他朋友取行李，她独自坐在车上等他们。瓦纳卡是一个美丽安宁的小镇，街上没什么行人，街道两边的树枝、路灯、邮筒覆盖了一层薄薄的初雪，显然这里昨夜下过一场雪。早上还是艳阳高照，晚上却是大雪纷飞，她终于领略到南岛变幻莫测的天气。

就在这时，一个穿白色毛衣裙、系着红围巾的小女孩走了出来，她歪着头看了看坐在车里看着她的谢云上，指着她脖子上的红围巾，问："你也是在那家店买的吗？"

谢云上摇了摇头，说："这是家人送我的。"

"哦。"小女孩怀里抱了一只长耳朵兔子，毛茸茸的，谢云上莫名觉得可爱。

小女孩先是绕到车前看了下车牌号，确定这辆车是麦克叔叔的之后，没有立刻上车，而是站在原地好奇地打量着谢云上。这时麦克走出来，他看到小女孩没有上车，问道："Molly，why don't you get in the car？"

"I'm waiting for my daddy."这个被称作 Molly 的小姑娘用一口流利的英文回答道。

麦克笑道："是因为看到漂亮姐姐坐在车上不好意思了吗？"

小姑娘抱紧了怀里的兔子，用天真烂漫的童声说："This is a pretty young lady."

谢云上觉得好笑，不等她收回笑意，迎面走来一个高大的男人，他比麦克还高，目测在一米八五以上。穿着深蓝色的夹克外套，脚上穿一双黑皮靴，整个人看上去沉稳从容。男人自然地牵过小女孩的手，朝着她的方向不经意地看了过来。只一眼，谢云上的笑容渐渐消失，她看着他，突然有一种悲伤的情绪如海潮般涌上心头。

他们曾经见过吗？

对面的男人一动不动，微皱着眉看向她。隔着不算短的距离，他看着她嘴唇紧抿，眉宇间有一道深邃的皱痕，周身散发着冷淡的气息。这个男人有一种距离感，这是谢云上的直觉。可是……她又莫名觉得，这是他对自己的保护。

他们静静地对视。许久，男人收回视线，牵着小姑娘上了车。

这是一种非常微妙的感觉。谢云上心想，不仅是她，连麦克都觉得气氛很诡异。关上车门，麦克转身对谢云上介绍道："云上，这是我跟你说的那位中国朋友，他姓莫，你叫他'莫'就可以了。这个小不点呢，"他指了指坐在莫身边的小女孩，"这是莫的女儿，她叫茉莉，茉莉花的茉莉。"

一大一小的视线落在谢云上的脸上，谢云上露出了微笑。

"我再介绍一下这位美女。"麦克清了清嗓子，郑重地介绍道，"这是我在路上认识的朋友云上，她是一名摄影师，一个人来新西兰旅行。莫，她和你是老乡。"最后一句，麦克特意加重了语气，后者对谢云上轻轻点头，算是打招呼。气氛一时有些沉闷，两个人都不说话，这是麦克始料未及的。他用眼神对莫恒山示意道："嘿，哥们儿，好歹主动点，人家是个女生……"

于是，在麦克的无声逼视下，他说："你好，我叫莫恒山，很高兴认识你。"

她说："你好，我叫谢云上，幸会。"

后来，谢云上想起第一次见莫恒山的场景，让她想起了凛冽的雪山。

这个男人像一座山，周身透着冰雪的气息，明明看起来那么温文尔雅，却透着一股永远走不进去的疏离。这世上总有办法能走到雪山的尽头，可是一个人的尽头呢，谢云上看着远处的天空，也许终其一生都难以抵达吧。

03
特卡波

车子从瓦纳卡一路向特卡波行驶。车内非常安静，茉莉似乎昨晚睡得不太好，小姑娘正抱着她的兔子埋在莫恒山的怀里补觉。莫恒山侧脸对着窗外，不说话的时候像一座静立的雕塑。喜欢热闹的麦克很不习惯这种氛围，他问谢云上："云上，你喜欢新西兰吗？"

"喜欢。"谢云上承认，新西兰的风景很美，她回想十几个小时的冒险之旅，嘴角微微翘起。

"打算待多长时间？"麦克又问。

这个问题没有想过，这次出行纯属临时起意，没有事先制订计划，不过也待不了多久。谢云上说："过几天就回去。"

"你应该多待一阵子，新西兰很大，两三个星期都玩不下来……"麦克滔滔不绝地介绍当地的风土人情，谢云上默默地听着，偶尔拿出相机对着窗外按下快门。

车子一个急转弯，谢云上伸出手扶着座位，手上的相机不慎掉落。就在她伸手去拿的时候，一只修长好看的手捡起了相机，谢云上抬起头，不期然地再次与莫恒山视线交汇。他的气质内敛、温和、沉静，像她见过的美丽的湖泊，透着微润的光泽。

莫恒山把相机递给她，她恍惚回神对他说："谢谢。"

莫恒山薄唇轻抿，什么也没有说，坐了回去。谢云上收起相机，忍不住又回头看了他一眼。他的侧脸依旧对着窗外，谢云上看到茉莉紧紧地挨着父亲，父亲的一只手护着女儿娇小的身体。

车子在接近傍晚的时候，抵达特卡波小镇。

他们来到一栋木屋前，这里离特卡波湖非常近，穿过旁边的一片森林就是特卡波湖。特卡波湖被誉为新西兰最美丽的湖泊，坐落于南岛中部，湖水如瑰丽的蓝宝石，阳光洒下来，湖面波光粼粼泛着淡淡的奶白色。

车子停在森林边，他们徒步走进去。木屋是两层楼，前后种了不知名的花，旁边还有一棵苹果树。这里环境清幽，与世隔绝，前边是森林，后边是湖泊，麦克笑着问谢云上："小姐还满意吗？"

谢云上随意走了走，举着相机拍下森林里的一束光。她回过头，发现茉莉不知何时站在身后，一双乌溜溜的大眼睛正看着她。于是，谢云上蹲下来，对着小姑娘按下快门。这是下意识的举动，莫恒山却走了过来，来到她的面前，语气轻缓而不容拒绝地说："谢小姐，可否请你把刚才拍的那张照片删掉。"

谢云上愣了愣，随即意识到刚才的行为不是很妥，小姑娘让她产生一种莫名的好感，她忍不住想把小姑娘天真无邪的模样存进相机里。她抱歉地说："对不起，我现在就删掉。"她感到莫恒山对孩子有着超乎寻常的保护欲。

"谢谢。"莫恒山说完，带着茉莉走进了木屋。就在这时候，小姑娘突然回过头，偷偷对她做了个鬼脸。谢云上会心一笑。

木屋的一楼是客厅，客厅里有一只壁炉，里面正燃着火，整间屋子干燥而温暖。麦克解释说，因为在森林里，晚上会比较冷。二楼有两间客房，原本是麦克和莫恒山父女各一间，因为多了谢云上，麦克把房间留给了她，自己睡在客厅。

　　谢云上抱歉地说："我可以睡客厅。"

　　麦克说："我不会让女人睡客厅，我会当你忠诚的卫士。"

　　不得不说，麦克实在是一个善解人意的朋友，而他的另一个朋友呢……想起刚才发生的事，虽然谢云上能够理解，却莫名地感到不舒服。这个男人对她存在戒心。麦克像是看出了她的心思，走到身边低声说，"莫是一个非常好的人，只是你们还不熟而已。相信我，过了今晚，你们就会好的。"他说着，冲她眨了眨眼睛。

　　晚上，他们打算去湖边烧烤。茉莉问："麦克叔叔，森林里有小松鼠吗？"

　　"当然有啦，"麦克笑着说，"不仅有小松鼠，还有小矮人呢。"

　　"森林里怎么会有小矮人呢？"

　　"因为要守护我们的白雪公主呀。"

　　听到麦克的回答，谢云上忍不住笑了，而坐在茉莉身边的莫恒山，也微微笑了。这是谢云上第一次看到莫恒山的笑容，仿佛终年不化的雪山流下一道清泉，仿佛破晓时分的天际升起一缕柔光，在平静无波的心上荡起层层涟漪。

　　他们收拾妥当，带着食材、木架、帐篷和烧烤工具去湖边。傍晚时分，天边的最后一缕光隐入云层，森林暗了下来，风吹过树叶发出沙沙沙的声响。他们踩着厚厚的树叶穿过森林来到湖边，茉莉抱着她的长耳朵兔子，莫恒山时不时地回头，看女儿有没有跟上来。

　　看得出来，莫恒山把女儿教得很好。茉莉六岁，听麦克说，小姑娘聪明懂事，精通中文、英文和法文，不仅会跳芭蕾舞，还会骑马。这是他们第三次来南岛度假，麦克带着父女俩环岛自驾，去电影的拍摄地看灯塔，去皇后镇的码头欣赏落日，去基督城坐老式电车……这栋特卡波湖边的木屋，是他们每次来南岛住的地方。

　　小姑娘一天一天地长大，也一天比一天懂事，她跑到莫恒山的身边，仰起小脸问："爸爸你累不累呀？"

莫恒山摸了摸她的头："爸爸不累。"

他把帐篷支起来，麦克在旁边就地搭烤火架。"晚上湖边很冷，"麦克说，"我们搭个烤火架会暖和点。"谢云上也学着他的样子搭了一个烤火架，麦克惊讶地问，"小姐你是怎么做到的？"

"跟你学的呀。"谢云上也学着他眨了眨眼睛。

"噢，女人不应该这么能干，不然要我们男人干吗……"麦克佯装懊恼的样子，谢云上忍俊不禁。

茉莉说："姐姐我帮你。"她抱着一根木头走到谢云上的面前。

谢云上看了莫恒山一眼，见他没有阻止的意思便接了过来，微笑着对茉莉说："谢谢你小茉莉，不过，你应该叫我阿姨。"

茉莉歪着头看着她，然后甜甜地叫了声："云上阿姨。"谢云上摸了摸她可爱的小脸。

一切准备妥当，麦克把食材和啤酒从帐篷里拿出来，他举起手中的一大串羊肉闻了闻，禁不住赞叹道："感谢上帝，让我们吃到这么鲜美的食物。云上，一会儿等你吃到我们新西兰的羊肉时，你就不想回去了。"

他把羊肉串放到烧烤架旁的盘子里，莫恒山已经把烧烤架支好，戴着手套，熟练地操作起来。他看起来一副娴熟的样子，麦克在一旁仍不忘说好话："我要是个女人，都想嫁给莫。他真的什么都会，烤的羊肉串特别好吃，一会儿你就尝到了。"他对谢云上努了努嘴，一副万分期待的样子。

茉莉搬了一张凳子坐在莫恒山身边，莫恒山要她先回帐篷待着，她摇摇头表示不愿意。谢云上在湖边转了转，此时天色已黑，夜晚的特卡波湖无比宁静，群山影影绰绰，天边挂着一轮弯月。连着几天的雨雪天气，特卡波湖的空气非常清新，她深深地吸了一口，连日来的疲惫一扫而空。

"看，流星。"茉莉忽然指着夜空中一颗划过的流星，惊呼道。

在这里，似乎经常见到流星。谢云上静静地看着流星划过夜空，听到小姑娘在一旁催促："云上阿姨，快许愿——"

谢云上回过头，小姑娘闭着眼睛双手交握果真在许愿。旁边的慈父温柔地注视着女儿，似乎只有在这个时候，这个男人才会卸下冰冷的面具，变得温柔而有烟火气。她默默地看着他，他的目光从茉莉的身上转到她的身上，令她微微失神。

"茉莉许了什么愿啊？"麦克从帐篷里走出来，打破了黑夜的宁静。

"我许愿今晚小矮人到我的梦里来。"茉莉甜甜地说道。

"云上，你许了什么愿？"麦克把手上的一罐啤酒递给谢云上。

对面男人的视线再次投过来，目光中带着一丝好奇。谢云上故意忽略那道目光，接过啤酒想了想说："我许愿，今晚变成小矮人。"

新西兰的羊肉串果然如麦克所说，吃了就不想回家。他们围着烤火架，一边吃着新鲜的羊肉，一边喝着啤酒。莫恒山一直没怎么吃，他用热水把带来的牛奶热了，拿给茉莉喝。谢云上啃着羊肉串，喝下一口啤酒，透心的凉，也透心的爽。

这时，一杯热气腾腾的牛奶出现在眼前，她抬起头，男人的视线落下来，与她交汇。她下意识地低下头，接过他手中的杯子，道了一声"谢谢"。她刻意避开与他指尖相触，这是一个无意识的小动作，却被莫恒山看在眼里，他什么也没说，转身回到烤火架前。

谢云上喝了口热牛奶，感觉胃舒服了很多，连带着身体也暖和起来。听麦克说，这里因为靠近雪山，晚上会非常冷。她穿着薄薄的防风外套，单薄的身体确实感到了透骨的凉意，此时一杯热牛奶不亚于雪中送炭，让她感到无比温暖。

他们吃了一顿丰盛的晚餐。因为谢云上的加入，气氛很好，麦克高兴得喝多了。几个人收拾完东西打道回府，因为麦克醉酒，大部分东西都由莫恒山拎。他腾不出手来牵茉莉，便把背包背在胸前，对茉莉说："茉莉，过来爸爸背你。"

此时，谢云上的手里也拎着东西，但可以腾出一只手来牵茉莉。于是她对小姑娘说："茉莉，来，阿姨牵着你。"

两个人一左一右站着，互相看着对方。茉莉看看莫恒山，又看看谢云上，然后走到了谢云上的身边，牵起了她的手。谢云上对莫恒山说："你不介意我带茉莉回去吧？"

莫恒山抿着唇，过了一会儿，他说："谢谢。"

这是这个男人今天第二次对她说"谢谢"，意义全然不同。谢云上唇角微弯，愉快地牵起小姑娘的手。茉莉的手小小的、暖暖的，谢云上不知不觉握紧了。

回到木屋，莫恒山扶着麦克躺到客厅的沙发上，再将壁炉打开，给他盖上被子，他翻了个身，睡得很沉。做完这一切，莫恒山抱着女儿上楼，走到房间门口的时候，他转身对跟上来的谢云上说："今天谢谢你。"

谢云上抬起头看着他，不经意地扬了扬唇角："这是你第三次对我道谢了，莫先生。"

莫恒山笑了笑："晚安。"

"晚安。"

折腾了一天，她终于可以躺到柔软的床上，舒服地睡个觉了。打开手机，看到池逸发来的消息："今天过得好吗？"

她慢慢地回了一个字："好。"

关掉手机，拿出随身携带的诗集，封皮已经泛黄破损，封面上写着"二十首情诗和一支绝望的歌"。她轻轻地抚摸着封皮，翻到那篇被她看了不知多少遍的诗，看到那段带着淡淡印痕的文字，在时光的沉淀下变得更有温柔感。

"我喜欢你是寂静的，仿佛你消失了一般。你从远处聆听我，我的声音却无法触及你。好像你的眼睛已经离我远去，如同一个吻，封缄了你的嘴唇。"

04
/茉莉

　　清晨的第一缕曙光照射在宁静的特卡波湖面上,泛着淡淡的奶白色。此时此刻,远处的群山连绵起伏,湖面上的雾气蒸腾缭绕,白雪覆盖在山之巅,大片大片,与天空的云层相接……谢云上走到湖边的时候,看到的正是这幅波澜壮阔的场景,如同幻觉中的史诗。

　　她举起相机,正打算记录这幅美轮美奂的画面,却见到远处走来一个人,穿一件深灰色的高领毛衣,脖子上系一条深蓝色的羊毛围巾。这个男人似乎只穿深色的衣服,大部分时候他是沉默的,偶尔笑起来,如新雪初霁的远山湖泊,与身后的背景融为一体。

　　男人抬起头,见到她举起的镜头,正对着他。

　　谢云上放下相机,莫恒山迎面走来,和她打招呼:"早。"

　　"早。"

　　"睡得好吗?"莫先生难得和她寒暄,令谢云上有些惊讶。

　　她礼貌地笑了笑,说:"睡得挺好的,可是没有梦见变成小矮人。"

　　莫恒山微微一笑,不得不说,他还是笑起来更好看。他说:"你可以像麦克那样叫我'莫'。"

　　"我还是叫你莫先生吧,"谢云上挥挥手说,"回见。"

　　他们错身而过,就在这时莫恒山突然叫住她,谢云上回头,听到他说:"谢小姐,你是不是对我有什么误会?"

　　"误会?"她看着他,不明所以。

　　"昨天的事是我不对,我向你道歉。"莫恒山诚恳地说道。

　　谢云上想起来他说的是要她删照片的事,微微一笑:"你不说我都忘了。"

莫恒山看着她，她扎着简单的马尾辫，脖子上围着那条熟悉的红围巾，说话的时候嘴角微翘，神情却是淡淡的。莫恒山收回视线："那就回见。"

就在莫恒山转身要离开的时候，谢云上突然叫住了他："莫先生。"莫恒山回头，看到谢云上注视着自己，歪着头，笑了一下。她说，"你对茉莉过于紧张了，她其实很喜欢交朋友。"

"抱歉，她是我的女儿。"

"我知道她是你的女儿，但她不只是你的女儿，她也是她自己。"谢云上说完这句话，对莫恒山挥了挥手，"一会儿见。"

莫恒山出神地站在原地，看着谢云上离去的背影。

回到木屋，大家坐到餐桌前，喝着牛奶。麦克说："今天是一个特别的日子，是我们美丽的茉莉公主的生日。"

"小公主生日快乐。"

"茉莉公主昨晚的愿望实现了吗？"麦克叔叔问道。

茉莉往面包上抹了一勺蜂蜜，咬了一口说："小矮人没有来我的梦里呢。"

"那是因为我没有变成小矮人啊。"坐在她旁边的谢云上突然说道。大家都笑了，唯独莫恒山垂着眼，似乎没有在听他们的交谈。谢云上看了他一眼，问，"茉莉的生日愿望是什么？"

"生日愿望是不能说的，说出来就不灵啦。"

小姑娘开心地吃完面包，问爸爸怎么不吃。莫恒山这才反应过来，他下意识地看了一眼谢云上，两人视线交汇，又各自移开。

这时，麦克突然说："我查了一下天气，今天天气很好，晚上应该可以看到你们想看的星空。"

"麦克，"等麦克说完，谢云上问，"不好意思，我想问下我的车怎么样了？"

"哦，我正要告诉你呢，他们打电话说车子已经修好了。"

"那我是不是可以去取车了？"

"车子我会帮你取，但是云上，你不会取了车就打算走吧？"

"是有这个打算，也打扰你们多时了。"谢云上看着可爱的茉莉，小姑娘也正看着她。

"Oh my pretty young lady，我建议你最好打消这个念头……我们刚刚相处了一天，今天又是茉莉的生日，你好歹跟我们一起陪她过完生日吧。"麦克听说谢云上要走，像个喋喋不休的老太太。他说完，看了眼默不作声的莫恒山，后者低头喝着蜂蜜水，神色平静。

谢云上说："放心吧，我今天一定会陪小公主许愿的。"

小姑娘得到谢云上的承诺，开心地欢呼起来。她放下勺子跑到谢云上面前，仰起小脸问："云上阿姨，你会送我生日礼物吗？"

"会的。"谢云上忍不住摸了摸她的小脸。

她承认，自己确实很喜欢茉莉，她从来没有对别人有过如此强烈的好感与亲近。茉莉也确实招人喜欢，小姑娘聪明伶俐，会在她不注意的时候偷偷看她，当她对她笑的时候，也回她一个甜甜的微笑。

为了茉莉，她答应今晚留下来。

今天的行程是陪茉莉去格林诺奇，这是她在南岛最喜欢的地方。晚上驾着小船游湖看星空，在湖边一座漂亮的玻璃房子里给小姑娘庆生。麦克说完，小姑娘开心地鼓起了掌。

"今天会是一个难忘的日子。"麦克对谢云上和莫恒山说。两个人下意识地看了对方一眼，谢云上从莫恒山的眼中看到邀请，他也希望她留下来吧。

格林诺奇位于瓦卡蒂普湖的北岸，被称为"魔戒小镇"，是一部著名电影的取景地。他们开车前往这里，大概需要三个小时的车程。

茉莉今天穿了件漂亮的红裙子，编了两个麻花辫垂在耳后，外面披一件墨绿色的小坎肩。她的红围巾被围在了怀里的长耳朵兔子的脖子上。麦克在身后说："衣服是她自己选的，她穿什么都很有主见。辫子是莫编的，莫真的是心灵手巧，既当爸又当妈……"

　　似乎意识到说多了，麦克没有再说下去。他上了车，谢云上自然地坐到副驾驶座。这时，茉莉小朋友突然跑过来说："云上阿姨，你能不能和我坐在一起，爸爸坐在这里？"

　　谢云上看着莫恒山，莫恒山说："茉莉，爸爸跟你坐在一起不好吗？"

　　"我都跟你坐了几天啦，我想跟云上阿姨坐在一起。"小姑娘噘着嘴说。

　　莫恒山无奈，谢云上笑着说："云上阿姨跟你坐在一起。"莫恒山抬起头，谢云上对他微微一笑。

　　于是他们一行四人继续环岛之旅。

　　有了小公主茉莉，路上的气氛很好，一路上欢声笑语，茉莉和谢云上非常投缘，她从背包里拿出画本给谢云上看。谢云上发现，她很喜欢兔子，画本里出现最多的就是戴红围巾的长耳朵兔子。

　　"这是你的这只小兔子吗？"谢云上问道。

　　"嗯，"茉莉点点头，"她叫爱丽丝。不要告诉爸爸，"她对谢云上轻声耳语，"他不喜欢我画画。"

　　"为什么呢？"

　　茉莉看了一眼前面的莫恒山，摇摇头："不知道。"谢云上沉默，茉莉问，"云上阿姨，你会讲故事吗？"

　　"童话故事吗？"

　　"嗯。"小姑娘点点头，一双大眼睛充满期待。

　　谢云上沉默了，这时坐在前面的莫恒山说："茉莉，背包里不是有故事书吗？"

　　"那些都看了好多遍啦。"她偷偷地对莫恒山做了个鬼脸，对谢云上悄悄说，"我每次要爸爸讲故事，他的脸色都……"她学着莫恒山的样子，谢云上忍俊不禁。

　　看着茉莉充满期待的眼神，谢云上说："那云上阿姨给你讲一个吧。"茉莉点点头，一双大眼睛亮亮的。

　　"冬天快来了，小松鼠向小熊讨蜂蜜吃，小熊给了小松鼠一罐蜂蜜。小松鼠很开心，对小熊说，谢谢你啊，有了这罐蜂蜜我冬天就不会挨饿啦。

小熊见小松鼠这么开心，也觉得非常开心，于是他开心地冬眠去了。冬去春来，小熊睡醒了，它伸了一个长长的懒腰，打开树洞的门，看到门口堆满了栗子。小熊看着这堆栗子，想到一定是小松鼠送的，虽然它不吃栗子，但还是开心地笑了。"

"小熊不吃栗子为什么还开心啊？"

"因为这是小松鼠的心意啊，小熊送给小松鼠一罐蜂蜜，小松鼠为了感谢它就送了栗子。"

"所以小松鼠和小熊是好朋友啦。"小姑娘开心地说道。

"对，它们是好朋友，这就叫礼尚往来。"

"啊，我知道啦……还有吗？"

谢云上想了想，说："猫头鹰先生喜欢上了月亮姑娘，它每晚都睁大眼睛抬头看着月亮，一夜都不合眼。月亮姑娘很伤心地对它说，我们是不可能的，我们离得太远。猫头鹰先生似懂非懂地点了点头，飞到小河边，对着月亮的倒影，偷偷地亲了一口。"

"猫头鹰先生虽然没有办法和月亮姑娘在一起，但是它的心永远和月亮姑娘在一起。"

小姑娘听懂了，眼睛弯弯的，笑道："爸爸从来没有给我讲过这样的故事，云上阿姨，你讲的故事我都喜欢。"

麦克说："我终于知道茉莉为什么喜欢云上了。"

"因为我会讲故事吗？"谢云上揶揄道。

"不是的，"麦克说，"因为你很可爱。莫，你说是吗？"一旁的莫恒山没有出声，似乎仍在回味刚才的故事。麦克调侃道，"莫害羞啦。"

"我没有。"莫恒山辩解。

"哈哈，爸爸害羞啦……"茉莉开心地大笑。

莫恒山无语，谢云上看着他被调侃的样子，忍不住跟着笑了起来。

他们在中午抵达了格林诺奇。这里一边是高山一边是湖泊，视野开阔，风景秀丽，被誉为全球最美的自驾路线之一。

　　麦克带着孩子去骑马，驯马师一早就等候着。茉莉挑了一匹矫健的小棕马，踩着马鞍漂亮地上马，完全不像一个六岁的孩子。她回头，对莫恒山和谢云上挥手，动作帅气地挥舞起马鞭，在驯马师的保驾护航下向远处奔驰。谢云上不禁看向身边的莫恒山，只见男人微皱着眉，依然一副冷若冰霜的样子，只是在茉莉回头的那一刻，嘴角露出了笑意。

　　见谢云上看向自己，莫恒山转过脸，两个人目光交接。

　　谢云上说："茉莉在这么小的年纪，就有这么好的马术真是难得。我听麦克说，她不仅马术很好，芭蕾舞的水准也很高，完全是参赛的水平。"

　　莫恒山眼里的悲伤转瞬即逝，谢云上以为是自己的错觉。为什么在她提起茉莉的时候，他反而不是那么开心，难道是因为他还在介意自己说过的话，不想她和茉莉走得近……

　　也是，他们才认识多久，不过是萍水相逢的路人，凭什么要关心别人的私事？人家都说了，那是他的女儿。

　　谁知，莫恒山却开口道："你说得对，茉莉迟早会长大，有一天会离开我。我只是想在她还需要我的年纪，让她尽可能地找到自己的乐趣，她喜欢芭蕾、骑马，喜欢旅行……我想尽我所能给她一个以后想起来没有遗憾的童年。"

　　谢云上为莫恒山的话而动容，她说："你是一个好爸爸。"

　　"说说你吧，"莫恒山转移话题道，"为什么来新西兰？"

　　谢云上想说"因为没来过"，然而在看到莫恒山凝视自己的眼神时，改口道："我也想尽我所能，让自己的人生不留遗憾。"

　　她从昏迷中醒来之后，无论是池逸还是谢雨哲，都告诉她，她是一个怎样的人。她是一个怎样的人……她一直觉得自己是一个漂泊无依的旅人，没有过去，没有归宿。喜欢旅行，喜欢在路上的感觉，喜欢充满自由的冒险人生。这是她骨子里的天性，她想在有生之年，尽可能地走遍世界。

　　这时，手机突然响了，谢云上抱歉地说："不好意思，我去接个电话。"

　　莫恒山听着谢云上的手机铃声，眉目低敛，有一瞬间的失神。

　　"喂，池医生。"谢云上走到寂静无人的地方，摁下通话键。

池逸听到她的称呼，轻轻笑了一下，然后问："定好回来的时间了吗？"。

"我才出来几天啊，就这么急着我回去。"谢云上笑道。

"你的生日快到了，忘了吗？"隔着屏幕都能感受到池医生的急迫。

"你不说我真的忘了，"谢云上后知后觉道，"不过生日就不用特别过了，多大了又不是小孩子……"

"你新生后的每一个生日都很重要，"池逸认真而温柔地说，"云上，生日快乐。"

"谢谢你，池逸。"谢云上的心里淌过一股暖流，三年了，自她醒来，每一年他都给她庆生。

"所以你要早点回来，我已经准备好了生日礼物，等着你回来。"

"好，我答应你。"

他们结束通话，谢云上转身，看到莫恒山站在离自己不远的地方。他身形修长，姿态挺拔，如一棵苍翠傲立的青松。他深邃的目光落在她的脸上，令她微微感到不自在。

这时，麦克牵着茉莉的小棕马从远处走来，打破两个人的对视。谢云上回头，小姑娘利落地下马，对她招手道："云上阿姨，我们去划船。"

他们一起度过了一个愉快的下午。

05
星空

晚上回到特卡波，终于看到了传说中的"特卡波星空"。

无数的星辰如碎钻般点缀在深蓝色的夜空，仿佛是童话里的场景，漫天繁星让整个天空变得目眩神迷。

他们划着船，徜徉在星空之下。

麦克带着茉莉坐在船头，谢云上和莫恒山坐在后面。两个人并肩看着星空，彼此都没有说话。

星光滑过深沉的夜色，如迷宫缓慢地旋转，变化出遗落在灰烬里的钥匙。它如一把散发着光晕的钥匙，开启了生命之门。

静谧的夜色、璀璨的星空……谢云上深深地看着，眼里有沉醉的光。耳畔是风声、水流声，她忍不住回头，看到夜幕下的莫恒山，眼里有不再掩饰的悲伤。

这个男人在悲伤。

这已经不是她第一次感受到他的悲伤。从他们第一次见面，她就对他产生了一种特别的感觉，仿佛他们曾经见过，却将彼此忘记。她的过去随着逝去的记忆一道埋葬，任凭如何用力都无济于事。

这个人是她曾经认识的吗……

谢云上突然感到脸上有泪，手指一摸，都是时间的痕迹。她不知为何流泪，她的心底埋藏着一个绝望的秘密，没有人知道，她也不会让任何人知道。

她流着泪的样子被他看在眼里。莫恒山，这个沉默寡言的男人深深地凝视着她。

白天的情景再次重现，尤其是那首熟悉的铃声。其实她们并不像，莫恒山看着谢云上，他没有把她认作那个人，然而这首铃声却勾起了他对过去的回忆。

七年的幽居生活，所有人都以为他忘不了她，为她避世隐居。他不解释，没什么可解释的，那个人已经走了，她的离开带走了曾经的一切。他一度非常痛苦、不解，为什么好端端的人生要被她毁了……

两个悲伤的人靠在一起，仿佛靠得近一些就能抚慰内心的伤痛。她在流泪，他看着她流泪。他们各怀心事，各有无法释怀的秘密。他们在人前装作若无其事，人后独自舔舐伤口。

他们是同类，从看到对方的第一眼起，就注定了羁绊。

"我们到了。"麦克在耳边说。

两人如梦初醒。

他们到达湖畔的一座玻璃房子，这座房子位于湖中央的岛上，房子周身环绕着彩色的灯，天上星光人间灯光，相互映衬。房子里正放着 *Happy Birthday* 的生日歌，餐厅里的工作人员带他们来到提前订好的餐位，那里装饰着五颜六色的气球，显然精心布置过。

侍者给茉莉戴上银色的皇冠，茉莉俨然一位美丽的公主。他们端上精致可口的佳肴，斟上馥郁醉人的香槟。酒过三巡，一顿美味的晚餐享用完毕，灯光暗了，侍者推出一个三层高、点着蜡烛的蛋糕，顶层的蛋糕上站着一个穿红裙子、戴银色皇冠的公主，模样和茉莉有几分相似。

随着一声"Happy birthday to you"的歌声响起，茉莉被众人推到蛋糕面前，餐厅的工作人员和客人都围过来，拍着手唱着歌为她庆生。小公主开心地在大家的祝福下许愿吹蜡烛，灯光重新亮起来，大家欢呼着齐声说："Happy birthday to Molly..."

这时，麦克招呼工作人员："Excuse me, could you take our picture？"

"My pleasure."对方微笑道。

他们四个人一起拍了一张照片，茉莉站在最中间，莫恒山和谢云上一左一右，麦克站在后面。拍完之后，茉莉对谢云上说："云上阿姨，我可不可以和你拍一张照片？"

"当然可以啦。"

莫恒山说："我来给你们拍吧。"他用手机给她们拍了一张之后，对谢云上说，"把你的相机给我一下。"

谢云上把相机递给他，他用相机给她们又拍了一张，然后还给她。谢云上笑道："莫先生不介意我的相机里有你女儿的照片了？"

莫恒山微叹："云上，我们是朋友。"

谢云上与他四目相对，这个男人目不转睛地凝视着自己。在他说出"朋友"两个字的时候，她的心里仿佛有一根弦，拨动了柔软的音律。

一场愉快难忘的生日宴结束，回到木屋时，已是深夜。客厅的灯打开，顿时变成一片星海，墙壁上、柱子上、楼梯上挂满了一闪一闪的小灯泡，仿佛置身美丽的童话世界。

"欢迎回家。"麦克说。

"麦克，你真有心。"谢云上轻声赞叹。

"不是我，是莫布置的。"麦克连忙解释道。这时莫恒山走了进来，看着两个人的表情微微一愣，什么也没说。"慢慢地你就会发现，莫有很多可贵的地方，他就像一个……宝藏男孩。"麦克跟在后面和谢云上咬耳朵，他说着网络热词，谢云上不禁笑起来。

桌上放着给茉莉的生日礼物，莫恒山对茉莉说："打开来看看吧。"

茉莉拿起一个长方形的礼盒说："不用打开就知道是爸爸送的。"

"你是怎么猜到的？"谢云上好奇道。

"这一看就是书，只有爸爸会送我书，而且我知道他送的是什么书。"

"什么书？"

"《世界百科全书》。"她说着打开盒子，果然是这本书，"看，我说的没错吧，去年爸爸就送了我一本一样的。"

"为什么要送一样的呢？"谢云上又问。

"这本是双语版。"莫恒山解释道。谢云上看向茉莉，不知如何安慰小姑娘，茉莉却认真地翻看起来。"我希望她成为一个对世界充满好奇的人。"莫恒山对谢云上说。

"茉莉，还有两个礼物没拆呢。"麦克叔叔提醒道。

小姑娘放下手中的书，开始拆第二个礼物。第二个礼物一看就是麦克的风格，是一顶漂亮的红头盔，麦克叔叔说，"希望我的小公主成为马场上最漂亮的风景。"茉莉开心地收下了礼物。

第三个礼物是谢云上的，小姑娘充满了期待，她小心翼翼地拆开，是一枚漂亮的水晶兔子胸针。谢云上对茉莉抱歉地说："不好意思礼物准备得仓促，但还是希望你喜欢。"

"云上阿姨，你怎么知道我想要一枚兔子胸针的，这是我最喜欢的礼物啦。"茉莉开心地给了谢云上一个"Kiss"。

这……难道很难猜吗？她看到那条红围巾，再想到茉莉经常抱在怀里的兔子，小姑娘喜欢兔子又戴着围巾，于是就想到了兔子胸针，可以别在围巾上。果然，茉莉把围巾戴起来，把兔子胸针别了上去。谢云上看了莫恒山一眼，后者看着她，她抿了抿唇，无声地对他说，孩子的愿望其实很简单。

"云上阿姨，你今天送我的两个礼物我都很喜欢。"茉莉别好胸针高兴地给她看。

"我就送了你一个礼物啊。"

"还有你早上给我讲的故事啊，你的故事就是最好的礼物。"小姑娘收到喜欢的礼物很开心，嘴巴也变得很甜。

莫恒山说："不好意思，她平时不是这样的。"

"那是哪样的？"谢云上忍着笑，装作一本正经道。

"……她很淑女。"莫恒山憋了很久，憋出这个词。

"她就是啊。"谢云上点头夸赞道，"令千金冰雪可人惹人喜爱，莫先生你教得很好。"

"谢谢。"莫恒山的语气透着无奈，谢云上忍不住笑出声。

"你们在聊什么呢？这么开心。"麦克好奇地问。

"在聊孩子的教育问题。"谢云上随口答道。

"这个话题很有意思啊，you know，全世界的父母都在操心孩子的教育。"麦克促狭道。

"啊不早了，可以睡了。"谢云上岔开话题，起身对茉莉说，"茉莉，你要上去睡觉吗？"

"好啊，云上阿姨你再给我讲个故事好吗？"

"我想想啊……"于是，一大一小手牵着手上了楼。

"她们什么时候变得这么好了？"麦克看着莫恒山，一脸茫然。

"我也不知道。"莫恒山揉了揉眉心，这个问题也是他想问的。茉莉很少与人亲近，怎么对这个认识才两天的谢小姐这么热情。他再一次想起晚上的场景，她看着星空流泪，他的心莫名觉得难过。

深夜，谢云上陷入了一个凌乱的梦，她梦见穿淡蓝色长裙的少女走在狭窄幽深的巷子里。天色很黑，女孩走得很慢，身影渐渐被黑暗吞没。她似乎感知到危险，在身后用力地喊她，却怎么也发不出声音……谢云上的胸口感到一阵窒息，她睁开眼睛，大口地喘息。

凌晨两点，从梦中醒来，月光透过窗户洒落进来，谢云上凝视着黑暗的虚空，双眼失神。过了很久，她起身穿上衣服，推开门走到阳台上打算抽根烟，看到隔壁房间的灯亮着。同一时间，阳台的门打开，披着外套的莫恒山走了出来。

失眠的莫恒山没有想到这么晚会遇到谢云上，他微皱着眉："怎么还没休息？"

"你不也是吗？"过了一会儿，莫恒山都没有回答，谢云上从手中的烟盒里抽出一根烟，"你介意我抽烟吗？"莫恒山看着她，半晌摇了摇头，"你抽吗？"她把烟递给他。

"我不抽，谢谢。"

她又把烟装到烟盒里。

"为什么不抽了？"莫恒山问道。

"怕你吸二手烟。"

莫恒山的眼里不禁流露出笑意，他看着谢云上，夜风吹起了她的长发，她看着夜色轻轻地开口："你跟刚认识的时候不太一样。"她的语气微微一顿，继而说道，"刚认识你的时候，你很冷，像这里的雪山，我就想这个人真是难以靠近。熟了以后慢慢发现，你其实很好相处，可以做朋友。"

"我说了，我们是朋友。"见她不语，他侧过脸问道，"你是怎么想的？"

"我也这么觉得……"她微微笑着说，"如果不是朋友，我为什么要在这里跟你聊天。"她回头看着他，眼睛里闪烁着细碎的光，"你又为什么也愿意跟我聊天。"

莫恒山沉默，他的眼里藏着笑意，过了一会儿，他说："我对不熟悉的人有距离感，这是我的问题。云上，希望你不要介意。"

　　"我不会介意，因为我也是。"她神色温柔，莫恒山看着她，想起了夜晚她在星空下流泪的样子，有一瞬间的失神。直到谢云上再次开口，"你……介意我问你的家人吗？"

　　莫恒山薄唇微抿，没有回答。就在谢云上以为他不会回答的时候，听见他说："茉莉的妈妈很多年前去世了。"所以才会那么悲伤吗……谢云上看着他，他却抬起头看着天上的星星，"也许她就在上面看着我们。"他凝望着美丽深邃的夜空，语气低缓轻柔，"我只是希望偶尔抬起头看着星空的时候，她也在看着我们……这就够了。"

　　他不知为什么对她说这些，这些话他从来没有对别人说过。也许是那首《人间失格》，也许是星空下的依偎，也许是……他看到她流泪时心中的隐痛。

　　她说："我们都经历过失去，比起失去应该想着拥有……我们拥有的永远比失去的多。"

　　他们互道晚安，各自回到房间。

　　莫恒山亲吻女儿的额头，慢慢地进入了沉睡。谢云上躺在床上，闭上眼，梦里星河灿烂，她微微地笑起来。

　　"你就像黑夜，拥有寂静与群星。你的沉默是星星的沉默，遥远而明亮。"

第二幕
他们的世界

「你如何看待这个世界，会影响你的一生。」

01
池逸

下午三点，飞机降落在机场。池逸在人群中一眼就看到了谢云上，她走在一群人的后面，拖着那只满是风尘的黑色行李箱，姗姗来迟。

"云上。"池逸对她招了招手，谢云上抬起头，只见他快步走过来，从她的手中接过行李。看到熟悉的面孔，谢云上露出了微笑。"走吧。"池逸拍了拍她的肩。

池逸是谢云上的朋友，据谢云上的弟弟谢雨哲说，从小到大池逸都是"别人家的孩子"。他不仅是"校草"，还是"学霸"，年纪轻轻就成为顶尖医科大学最年轻有为的脑科专家。

然而谢云上眼里的池逸却是另一个样子：他是完美主义者，有轻微洁癖，不吃香菜，做饭不能放姜葱蒜。他对枸杞过敏，不喝碳酸饮料，生活作息规律，美其名曰"养生"。喜欢听昆曲，不爱去人多热闹的地方，从来不下馆子，坚决不吃路边摊……

他的这些习惯和癖好，潜移默化地影响着谢云上。

谢云上抽烟，他每次见到都会严肃地批评。谢云上喜欢熬夜，他每晚临睡前都会提醒她熬夜伤身体。谢云上喜欢听摇滚，他说多听古典音乐对身体好。谢云上喜欢到处跑，他反对，反对无效只得不厌其烦地叮嘱，就像这次去新西兰，几乎每天都打来"问候电话"。

池逸不仅是谢云上的朋友，也是她的医生。三年前，谢云上出了严重的意外，失去了记忆。她睁开眼看到的第一个人是池逸，他对她说："我叫池逸，是你的主治医生，从今天起你的一切交给我。"

池逸送她回到家，推开门闻到一股淡淡的兰花香。窗台上的兰花开了，散发着清幽怡人的香气。谢云上走到窗台前，看着微微绽放的黄色花苞，神情喜悦。

"再不回来就错过花期了。"池逸见她心情好，不禁满心欢喜，"晚上想吃什么，我给你做。"

"今天不用加班吗？"谢云上问道。

"今天调休，正好有时间逛逛超市。"池逸知道谢云上今天回来特意安排的调休，他佯装委屈地说，"我在食堂吃了一个星期的饭了……"

"那今晚好好犒劳一下池医生。"谢云上微笑道。

池逸露出愉悦的笑容："你先休息会儿吧，我去超市买东西，晚上再过来。"

谢云上看着池逸出门，她知道他其实是想为她做一顿饭。池逸不但医术出众，厨艺也很好，如果不是学医，他说最理想的职业是当个厨师。她收拾完行李，给窗台上的绿植浇了水，它们在她不在的日子长得很好，窗台上的蓝色风铃随风摇摆，发出清脆悦耳的声音。

她收到麦克的邮件，临走时他们交换了联系方式。她没有 Facebook，也没有 Instagram，唯一有的微信还是因为工作的关系。

谢云上有时候会忍不住想，她有过朋友吗？过去的自己是什么样的……她再一次情不自禁地想起了莫恒山，想起了那个星空下的夜晚。

麦克在邮件里说，她走后不久莫恒山和茉莉就回法国了。他很高兴认识她这个朋友，觉得她很可爱。谢云上边看边笑，麦克是她去新西兰认识的第一个朋友，而那个人呢，那个悲伤的男人，他们，也算是朋友吧。

麦克说："云上，有很多话没有来得及告诉你，我们相处的时间太短了。真希望你可以晚点回去，噢不，希望你永远不回去。这里真的很好，风景美，空气好，还有好吃的羊肉和大农场，你应该喜欢吧……新西兰属于你，还有我这个老朋友麦克，我永远做你忠诚的卫士。"

麦克的话让谢云上会心一笑，他还介绍了很多新西兰的风土人情，看到最后，是关于莫恒山的。麦克说："云上，莫是个非常非常非常好的人，虽然你们认识不久，但是我真的希望你们能成为朋友，甚至……我希望你们可以成为比朋友更亲密的人。莫很孤独，他的太太多年前过世了，他一个人带着孩子在法国生活。你知道一个男人，没有伴侣，照顾孩子非常不易。他放弃了事业，当然他很有钱，也不在乎这些，嘿嘿。可是云上，作为朋友，我希望他幸福。莫是个体贴周到的男人，他总是为别人着想，他真的是很好的伴侣……虽然只有两天时间，可我觉得你们有戏。我是认真的，云上，你不妨考虑一下他。何况，他的 baby 很可爱又很喜欢你，你们相处得一定很愉快。"

麦克把莫恒山的联系方式给了谢云上，和她一样，莫恒山常用的也是邮件。

"唉，为什么我的朋友都只用 E-mail 这么老土的方式啊……"社交达人麦克抱怨道，附带一个"cry"的表情。

谢云上回道："麦克，你的邮件我收到了，谢谢你。新西兰我会考虑再去的，也欢迎你再来中国。"她只字不提对莫恒山的想法，只说，"替我给莫先生和茉莉问好，认识他们很高兴。PS：我有微信，如果你觉得邮件麻烦的话，可以加我微信：yun。"

不久后，谢云上再次收到麦克的邮件："等我加你微信，美丽的云上小姐。"

傍晚，池逸拎着袋子走进公寓楼，碰到隔壁的邻居赵阿姨，对方热情地招呼道："池医生来啦。"池逸笑着点了点头，赵阿姨说，"谢小姐真是好福气。"池逸听了，微笑着按下电梯按钮。

在邻居的眼里，池逸被看作谢云上的男朋友，他也没有反驳。他对谢云上的心思，明眼人都看得出来。

池逸打开门，谢云上正在修剪绿植。"你回来啦。"她像个温柔的妻子，在等他回家。

那一瞬间，池逸的内心产生了一种异样的情愫，他静静地凝视着她的背影，不舍得打破这份短暂的温情。直到谢云上转身，他才收回视线说："我买了你最爱吃的鲫鱼，晚上给你煲鲫鱼汤。"

他把袋子放在桌上，谢云上见他买了许多食物，忍不住说："你买得太多了，我们两个吃不完。"

"吃不完就放到冰箱，这是一个星期的食材。"他帮她买好一个星期的食物，这样就不用出门买菜了。

"池逸，我不是孩子。"谢云上说。

"我知道，我没有把你当孩子。"

"我也不是病人。"谢云上又说。

"我没有把你当病人，我是把你当……"他想说"恋人"，却笑了笑，"我去做饭了。"他从袋子里把部分食材放到冰箱，又把晚上要吃的拿到厨房，"哦对了，我还买了瓶植物养护液，我看你的那瓶快没了。"

"谢谢。"谢云上接过他递过来的养护液，轻声道谢。

"睡得好吗？"池逸凝视着她的眼睛。

"好。"她微微一笑，垂下眼眸。她其实没有睡，却不想让他担心。

池逸没有再说什么，转身走进厨房。他做了鱼、虾、糖醋排骨、凉拌豆苗和清炒丝瓜，还做了绿豆百合汤，清热解火，十分滋补。谢云上喝完一碗鲫鱼汤，心满意足地说："池医生，再这么吃下去我会胖的。"

"把你养胖是我的义务。"池逸笑道，他因为心情好，多吃了一碗米饭。

"哎，我真的吃不下了。"谢云上摸了摸肚子，惆怅道。

"这次回来又瘦了，在新西兰没吃好吧。"

想到新西兰的羊肉串，谢云上由衷地赞叹道："我吃到了最好吃的羊肉串。"

"云上，"池逸放下筷子，皱眉道，"我跟你说了多少次了，不要吃烧烤，不要吃垃圾食物，你都没听进去吧……"一想到她不但偷跑还偷吃烧烤，把他的话当耳边风，池逸就有些着急。

"啊，我说什么了吗？"谢云上表情无辜，"你听错了吧池医生，我说的是新西兰的羊肉不错……"

"难道我做的饭不好吃？"池医生沉声道。

"你做的饭当然好吃，你看我都吃撑了。来来来，多吃鱼。"她说着，给他夹了块鱼，池逸这才摇了摇头，重新拿起筷子闷头吃了起来。

吃完饭，池逸卷起袖子开始收拾餐桌，谢云上说，"我来吧，你去休息会儿。"池逸摆摆手，不让她有插手的机会。谢云上看着池逸熟络地做家务，笑道，"那我给你盛一碗绿豆汤吧，去火。"她说着，去厨房给他盛了碗绿豆汤。

池逸一直待到晚上十点多，他们看了一部感人的爱情电影。池逸问："如果你喜欢一个人，而她不能和你在一起，你会怎么做？"

"我会问他为什么不能和我在一起。"

"如果你喜欢她，她不喜欢你呢？"

"那我会努力让他喜欢。"

"如果怎么努力她都不会喜欢呢？"

谢云上沉默了。

"好了，我只是随便问问。晚安。"池逸拎着垃圾袋，关上了门。

蓝色风铃丁零作响，谢云上走到窗前，看到夜色中的池逸打开车门。他回头朝她的方向看了一眼，然后上车离去。就在这时，手机收到一条提示音，谢云上打开手机，看到一封邮件："云上，我加你的微信啦，快通过我吧。"她打开微信页面，看到一条添加好友信息，头像是一个小矮人，她点击通过。

麦克上线了："晚上好。"

"晚上好。"谢云上回复。

对方发了一个微笑的表情后，没有了下文。就在谢云上打算关掉手机休息的时候，微信的提示音再次响起，她收到麦克的语音回复："我在学习中，回复得有点慢，Sorry。"

谢云上微微一笑，回复"OK"。她刚把手机放到桌上，听到第二声提示音，她以为又是麦克，打开看到一条新的添加好友信息，头像是一只长耳朵兔子。她愣了愣，点击通过，对方给她发了一只"兔子"，然后发来一段语音："云上阿姨，我是茉莉。"

02
/
再见

半个月前，茉莉成了谢云上的微信好友。

谢云上收到茉莉发来的消息，有时候是一只兔子，有时候是一个表情包，小姑娘玩得乐此不疲。两个人经常聊天，谢云上从茉莉那里听到越来越多关于莫恒山的消息。

"爸爸又去花园种菜啦……"

"爸爸出去啦，我可以偷偷地跟你视频一会儿……"

"爸爸要我背十个单词，不背完不准睡觉……"

"爸爸今天心情不好，难道是他发现了我没练舞……"

"云上阿姨，爸爸带我回国啦……"

这是茉莉刚发给谢云上的微信，她说，莫恒山带她回国了。她收到小姑娘发来的一张照片，是这里的标志性建筑之一，他们在同一座城市。

"云上阿姨，我可以见到你吗？"小姑娘问。

"你在哪里？"

茉莉发来一段视频，视频是一家会展中心，池逸曾经带她去过。她看到这里似乎在举办宴会，来来往往的人，他们举着酒杯相互交谈，服务生端着杯子和餐盘站在一旁。她看到一个熟悉的背影，穿着修身的西服，衬得身形更加挺拔修长。他站在一幅画的前面，那幅画因为拍摄的关系看得不是很清楚，给她的感觉却依稀熟悉。

"茉莉，你能把你爸爸前面的那幅画拍给我看下吗？"谢云上对茉莉说。

过了一会儿，她收到一张照片，确切地说是一幅画。这幅画的背景是黎明时分，天空呈灰蓝色，山影重重峰峦叠嶂，云层如大片的梯田，绵延至看不见的尽头，远处的山峰与云相接，沐浴在金色的光照里。

　　谢云上闭上眼，她记得是在海边，耳边是此起彼伏的海浪声，海鸥在天际翱翔……

　　她问池逸："为什么我的脑海里会出现一些画面，就好像我曾经见过？"

　　池逸说："这是你的记忆，你只是想不起来了。"

　　"有可能会想起来吗？"

　　"记忆恢复是一个漫长的过程，因人而异，有的人也许很快就想起来，有的人也许一辈子都想不起来……"

　　她失去的记忆，又以另一种方式提醒着她。就好像，它是她失散多年的朋友，某个时刻突然来访，她认不出来，潜意识却唤起了她的觉知。

　　这幅画带给谢云上深深的困惑，她不知道它为什么会在那里出现。更令她困惑的是，站在这幅画面前的莫恒山，他似乎看得很入神。

　　"云上阿姨，"茉莉的声音打断了谢云上游离的思绪，"你要来找我吗？"

　　"你们什么时候结束？"谢云上回过神，问道。

　　"我问下爸爸哦。"过了一会儿，小姑娘回答，"爸爸说，我们买完画就走。"

　　莫恒山要买下这幅画？

　　谢云上感到太阳穴隐隐作痛，她闭上眼，脑海中的画面渐渐清晰，那个背对着她站在海边的少女慢慢地转过身……

　　画面戛然而止，任凭她怎么想都想不起来。

　　谢云上摇了摇头，手指不受控制地微微颤抖。她睁开眼，额头上的汗珠随着胀痛的太阳穴缓缓滴落。她的指尖被掐出一道淡红色的印痕，她忍着不适起身，决定亲自去现场看看。

　　半个小时后，谢云上来到会展中心。她看到门口站着工作人员，进进出出的人都要验票。她问其中一个工作人员这里有什么活动，对方说在举办一场艺术品交易会。她又问怎么才能进去，对方说都是提前预约，没有预约不让进。

谢云上给茉莉发微信："阿姨现在在外面，但是进不去。"

"我找爸爸。"茉莉说。

"先不要告诉你爸爸，阿姨在想办法。"她不想让莫恒山知道她出现在这里。

茉莉乖乖地答应了。谢云上找池逸要了他在这里工作的朋友的联系方式，很快，池逸发来对方的手机号码。谢云上联系上对方，搞到一张工作证进去。

走进会展大厅，每个桌台边或站或坐着两三个人，桌上摆放着鲜花、点心和矿泉水。服务生端着红酒和香槟，想要的话就过去拿一杯。谢云上走过去拿了一杯香槟，穿过人流找到那幅画。她看到，有的人驻足在画前看了会儿离开，有的人拿出手机拍照，有的人举着酒杯轻声交谈。隔着人头攒动的身影，她看到了莫恒山，就站在那幅画的面前。

此时的莫恒山正背对着她，她看不到他看着这幅画时的神情。

从初次见面，到星空下的依偎，再到如今再次相见，这个男人还是让她觉得难以靠近。理智上是这么想的，她却再一次莫名地感知到他的情绪……他又是在悲伤吗？

他认识这幅画的作者吗？还是，他曾经也去过画里的地方？

莫恒山觉得有人在看他，当他转过身的时候，却没有从人群中找到那个偷看他的人。这时一个戴眼镜的中年男子走到莫恒山的面前，递给他一张名片，客气地问道："您好先生，这幅画是我的，请问有什么可以帮您的吗？"

"您好，请问这幅画怎么卖？"莫恒山开门见山道。

"不好意思先生，这幅画是不卖的，"对方略带歉意地微笑道，"如果您想买画，我再介绍别的给您可以吗？"

"可我只想买它，"莫恒山说，"我来这里就是为了它。"

中年男子不禁皱眉，他没有想到这幅画能让买家这么喜欢。这是他从一个二手画商那里买回来的，他不知道作者是谁，当初之所以买下来是因为女儿喜欢。女儿走后，他就把它留下来了，他自己也经营着一家画廊，却从未想过卖掉。

见对方犹豫，莫恒山说，"这是我妻子的画，我想把它收回来。"

这些年来，莫恒山一直在做一件事，就是找回林奈丢失的画作。林奈早年的作品因为种种原因流落在外，他们婚后林奈成立了个人工作室，他一直帮忙打理工作室的画。那些画被他完好地保存起来，曾经有巴黎的买家想高价买走，他没有答应。

莫恒山通过朋友得知浦城要举办一场艺术品交易会，其中有林奈的画作。他是冲着林奈的画回来的，也有带着茉莉散心的目的。新西兰一别后，小姑娘吵着要回来，他知道，她是惦记着谢云上。茉莉找麦克要到谢云上的联系方式，和她经常聊天，他难得地默许了一切。

麦克说，孩子大了，需要妈妈。可是，他到哪儿给她找妈妈呢。她的妈妈早就离开了他们……莫恒山至今记得林奈离开前留给他的话，她说："你一定要好好照顾我们的女儿，她会代替我陪伴你，而你要答应我守护她。"

他从回忆中抽离，听到对方抱歉地说："实在对不起先生，我不知道是您妻子的画，这样吧，这幅画我就送给您了。我之所以不卖是因为这是我女儿喜欢的，她离开我多年，这幅画本是我的念想。我不能因为我的念想让它和它的主人分离，这幅画给您了。"

莫恒山欠身道："是我该说抱歉才对，这幅画对我有特别的意义，谢谢您这些年呵护它。钱您一定要收，这是我的心意。"

谢云上躲在一旁看着两人交谈，她没有听见交谈的内容，但她知道他们应该是在谈这幅画的交易。

"云上阿姨……"就在她愣神的间隙，一个小小的身影出现在身后，她回过头，茉莉向她跑来，和她一起回头的还有莫恒山。他循着茉莉的身影看过去，看到了谢云上。

四目相对，两个人都有点不知所措。尽管莫恒山冷峻的外表看不出来，他的内心却生出了久别重逢的欢喜。

新西兰一别后，他们有一阵子没有见面。虽然茉莉经常和谢云上聊天，莫恒山却没有主动联系她，说什么呢……说你过得怎么样？还是你什么时候来法国？他觉得都不妥当。

自从那晚和谢云上聊天后，回来的这些日子有时候会想起她，想起那个夜晚她对他说的话。莫恒山想过再次见面的可能，那应该是他回来后，找一个恰如其分的理由约她见面。他暂时还没有想到这个理由，却没想到在这里遇见了她。

"云上阿姨，我等你好久啦，你怎么才来呀？"茉莉看到谢云上很开心，跑过来拉着她的手。

"阿姨在找你呢。"谢云上摸了摸茉莉的小脸，微笑道，"见到你很开心啊，小茉莉。"

话音刚落，谢云上见莫恒山向她走来，茉莉拉着她的手小声说："我没有告诉爸爸你来这里，我们不许穿帮哦。"谢云上点了点头。

她抬起头，莫恒山站在离她不近不远的地方，他的目光落在她的脸上，薄唇轻启："好久不见。"

"好久不见。"她说完这句，下意识地回避他的视线，掌心渗出了薄汗。

见她故意不看他，莫恒山没再说什么，转而看到她胸前的工作证，问："你是这里的工作人员吗？"

"志愿者。"谢云上编了个理由，鼓起勇气与他对视，"你是来买画的吗？"

莫恒山意识到卖家还在等他，说："先等我一下。"他走回去，之后的商谈很顺利，卖家收了一笔象征性的费用，莫恒山又订了他的另一幅画。

卖家把那幅画取下来，正准备送去包装，谢云上走过来问："不好意思，我想看看这幅画可以吗？"

对方看着莫恒山，征询他的意见。莫恒山看着谢云上目光微动，半晌，他说："好。"

于是谢云上看到了那幅画。

跟记忆中的场景相似，她看得很慢，没有遗漏任何细节。莫恒山在一旁不动声色地注视着她，见她看得很专注，忍不住问道，"你觉得这幅画怎么样？"

谢云上不答反问："你要买下它吗？"莫恒山点头。"你喜欢它吗？"她抬起头问道，莫恒山不明所以。"莫先生，"谢云上看着他，抿了抿唇说，"我有一个请求，不知道你肯不肯答应？"

"说说看。"

"我喜欢这幅画，你可以转让给我吗？"

莫恒山微怔。曾经有很多人想买林奈的画，他想都没想就拒绝了，然而现在提出要买林奈画的人是谢云上。她说，她喜欢林奈的画……她喜欢林奈的画？

见他不语，谢云上忍不住再次问道，"可以吗？"

"你为什么喜欢它？"他仿佛没有听见她的请求，直视她的眼睛。

"感觉。"谢云上已经平复了内心的情绪，她深吸一口气说，"我看到它的第一眼，就觉得喜欢。"

莫恒山皱眉，他的眼神似乎要洞穿她的内心深处。两个人对视，片刻后莫恒山移开视线，轻而不容拒绝地说："抱歉，我不能转给你，这是我妻子的画。云上，请你理解我的心情。"

"你妻子的画？"尽管谢云上猜到了，但猜测是一回事，亲口证实是另一回事。

这幅令她饱受困扰的画竟然真的是莫恒山的妻子画的，这世上怎么会有如此巧合的事？

看着谢云上失神的样子，莫恒山刚要开口，却听见她轻声问，"可以告诉我她的名字吗？"

"林奈。"

林奈。

谢云上默念这个名字，却无论如何都没有印象。她从未听过这个名字，也不认识叫林奈的女人。她闭上眼，努力搜寻脑海里的记忆，那个记忆深处的少女，那个站在海边背对她的女子，会不会叫林奈……

谢云上仿佛丢了魂似的站在原地。"云上，你……"莫恒山走近她，她却如惊弓之鸟，连连后退了几步。

"你认识我吗？"她抬起头，看着莫恒山，莫恒山停住脚步，皱眉看着她。"你认识我吗……"她又重复了一遍，随即觉得自己的想法真是荒谬。她连自己的过去都不记得，又怎么会奢求别人记得自己？

莫恒山一直留意谢云上的反应，尽管她故作镇定，却还是被他瞧出了异样。他问："云上，你是不是见过这幅画？"

听到莫恒山的询问，谢云上回过神，她见莫恒山疑惑地看着自己，摇了摇头，垂着眼说："没有。"

莫恒山正欲再问，茉莉却突然晃了晃他的手："爸爸我肚子饿了，我们去吃饭好不好呀？"

莫恒山闻言摸了摸女儿的头，这才意识到刚才太过专注竟忽略了她。他的视线落在谢云上低垂的眼眸上，说："好久不见了，一起吃个饭怎么样？"

谢云上没有回答，她的心思似乎仍然在那幅画上。这时茉莉拉着她的手晃了晃，谢云上回过神看向她，一双充满期待的眼睛映入眼帘。

"云上阿姨，我们一起去吃饭好不好吗？"小姑娘用撒娇的口吻央求道。

谢云上抬起头看了眼莫恒山，见对方正看着自己，纵然有满腹疑问，此时也不是提问的时机。她听见自己轻轻地说了一个字："好。"

他们走到附近的一家餐厅，尚未到晚餐时间，人不是很多。挑了一个靠窗的座位坐下来，莫恒山给茉莉点了一份儿童套餐，问谢云上想吃什么？谢云上仿佛没有听见，低着头不知在想什么。莫恒山于是没有再问，凭着对谢云上口味的印象，在菜单上点了几道菜，然后让服务生开一瓶红酒。

气氛一时安静无比，莫恒山看着沉默不语的谢云上，突然说："云上，可以问你一个问题吗？"谢云上抬起头，见他注视着自己，琥珀色的瞳仁里隐藏着探究，"你……是不是还想要那幅画？"

谢云上垂着眼说："既然是你妻子的画，我就不夺人所爱了。"莫恒山刚要解释，谢云上抬起头打断道，"莫先生，换我问你一个问题，可以吗？"

"请说。"

"你……很爱你的妻子吗？"

莫恒山愣住了，他没有想到谢云上问的是这样一个问题。见谢云上一脸坦然地注视着自己，他的心没来由地一滞，生出一种连自己都抗拒的心情，低声说："抱歉，这是私人问题。"

"是我唐突了。"谢云上随即一笑。她也不知道自己为什么会笑，看到她的笑容，莫恒山也跟着笑了起来。之前的微妙气氛，随着两个人的相视一笑缓和下来。

"你可以换一个问题。"莫恒山收起笑，正色道。

"没有了。"

莫恒山微微一愣，她明明看起来还有别的问题想问，如果是关于林奈的那幅画，他可以回答她。除了他和林奈的感情，他不想被人知道。

"那么，我可以问你一个问题吗？"换莫恒山问她。

"可以。不过，"她顿了顿，用一种故作轻松的口吻说，"私人问题除外。"

莫恒山哑然，然后笑出了声。他看着她，声音带着一种说不出的意味："谢小姐，你很怕被人看穿吗？"

谢云上的心仿佛漏跳了一拍，她没有想到他会问这样的问题，但确实挺像他的风格。于是，她礼尚往来地回了一句："莫先生，你是学心理学的吗？"

莫恒山仿佛找到了从新西兰回来丢失的感觉，心中的积郁慢慢散开。只见他嘴角微翘，声音充满了磁性："抱歉，我是学经济学的。"

这时红酒来了，服务生给二人倒上红酒。莫恒山举起酒杯，对谢云上微笑致意："很高兴再见到你，云上。"

03
交谈

谢云上回到家，手中攥着一张名片，这是分别之时莫恒山给她的。只见上面用烫金的字体印着名字和 E-mail，名字是中文和法文，他的法文名字叫 Raphal，在法国人中比较少见。

谢云上把名片收起来，打算去洗个澡，这时手机响了，这么晚了给她来电的不用想一定是池逸。谢云上按下接听键，池逸的声音同一时间传来："下午逛得怎么样？"

"就随便看了看，"谢云上说，"我把工作证放前台了。"

空气安静了几秒，池逸说："这几天忙，没能抽出时间陪你，等你过生日的时候好好给你做一顿大餐。"

"池医生的大餐可不是一般人能吃到的。"谢云上边说边走到窗前，一阵微风吹来，风铃发出悦耳动听的声音。

"就没有别的想说的吗？"池逸听着手机里的风铃声，微微笑道。

"比如……"

"比如，生日礼物。"

"你的大餐难道不就是吗？"谢云上笑道。

"不够。"对方语气微顿，然后说，"我想给你最好的，云上。"

谢云上没有说话，仰起头看着漆黑一片的夜空，今晚没有星星。

"累了吗？"没有听到她的回答，池逸有点不安地问道。

"池逸，"她看着夜空，想起白天在会展的经历，茫然地问道，"有没有可能……我的记忆里住着另一个人？"过了许久，池逸都没有回答，"喂，你在听吗，池逸？"

就在谢云上以为是不是信号出问题的时候，池逸的声音传来，听不出他此时的情绪："为什么会这么想？"不等谢云上开口，池逸接着说，"从新西兰回来我就发现你不太对劲，云上，你在新西兰遇到了什么？"

"没有。"谢云上咬着唇。

"真的没有？"池逸语气微沉。

沉默片刻，谢云上深吸一口气说："池逸，我在新西兰很安全，如果遇到了什么，我还能像现在这样和你聊电话吗？"

"……我不是这个意思。"唯恐谢云上对自己产生误解，池逸放柔了声音，"我不过是担心你，好了别生气了，只要你说没有就没有……"一时没有得到谢云上的回应，池逸叹了口气，无奈地解释道，"你现在出现记忆混乱是治疗过程中必经的阶段，等下次手术之后这种症状就会减轻许多。云上，记忆是你的就是你的，哪怕是丢失了的也不会是别人的。相信我，我总有办法让它回来。"

"可是……"

"没有可是，这些都是你的猜测。我跟你说过很多次了，不要胡思乱想。"

尽管还有很多疑问，谢云上却知道从池逸这里问不出什么。他是她的主治医生，她的病他知道得最清楚，一直尽心为她治疗。池逸甚至比她更执着于恢复她的记忆，他为她做的一切她都看在眼里，还有什么不放心的呢？也许是自己多虑了。

"云上，我是你的医生，没有人比我更了解你的情况。记住我的话，不要胡思乱想。"

"知道了，谢谢你。"她嘴唇微动，除了说谢谢，也不知道该说什么。

"我们还需要说谢谢吗？相信我，一切都会好起来的。"

结束通话，谢云上躺在床上，今天的一切对她而言是一个谜。闭上眼，白天的情景再次在脑海中回放，她记忆中的那幅画是莫恒山的妻子画的，莫恒山的妻子叫林奈……

她努力回想那幅画是什么时候看到的，又是在何种情形之下，然而此刻混沌的大脑就像死机的电脑一样，怎么也工作不了。

她不禁懊恼为什么没有加莫恒山的微信，随即想到麦克之前说的，莫恒山没有微信。谢云上找出那张被她收起来的名片，上面只有 E-mail，除此之外没有其他联系方式。这个莫恒山活得比她还要"古董"。

谢云上想着明天醒来通过茉莉联系莫恒山，谁知第二天一早，收到了一条添加好友消息。看到微信名字，她就猜到是谁了，莫先生不请自来了。

莫恒山的头像是一个小女孩背影，名字是莫，看不到朋友圈。谢云上不禁怀疑他是不是刚刚注册的，只见他发过来一个字："早。"

"早。"

谢云上手指一颤，回了同样一个字。只见莫先生的下一句话是："有时间一起喝杯咖啡吗？"

谢云上盯着手机屏幕上的字，难道对方和她的想法一样，也困囿于那幅画？

他们约在她经常去的那家蓝山咖啡店，谢云上推门进来的时候，看到莫恒山坐在倒数第二排靠窗的位置。他穿一件深蓝色大衣，咖啡店此时没有多少客人，她一眼就看到他，而她进来的那一刻，莫恒山的视线从窗外落到她的脸上。

她径直走过去，莫恒山露出笑容："你不介意我帮你点了一杯美式吧。"

"你怎么知道我喝美式？"谢云上坐下来问道。

"店员说你是这里的常客，喜欢喝美式。"他唇角微扬，目光清澈明亮。

谢云上默然，怪不得他问她平时去哪家咖啡店。这时服务生端着咖啡走过来，微笑道："谢小姐，您的美式。"她将美式放到谢云上面前，又将另一杯同样的美式放到莫恒山这边。

　　"谢谢。"空气里散发着咖啡浓郁的香气，谢云上抿了一口，两个人一时无言。

　　咖啡店里正放着歌，他们默默地听了会儿，直到一首歌结束，莫恒山开口道："我想跟你聊聊昨天的事。"谢云上抬起头，他看着她说出心中的困惑，"虽然你不再执着于那幅画，但我还是想知道，它对你而言有什么意义吗？"

　　虽然他们认识的时间不久，但是以莫恒山对谢云上的了解，她昨天的行为未免令他感到反常。他甚至怀疑她是不是特意跑去看那幅画的，"志愿者"只是一个搪塞他的借口。

　　谢云上垂下眼眸，过了会儿，她说："我只是觉得似曾相识，但有可能认错了也说不定。"

　　"只是这样？"他深深地凝视她，声音含着洞悉一切的了然，"云上，你常常发呆，想心事的时候喜欢低着头，你有一些小动作也许连自己都没有意识到……"他看着她握杯子的手指微微颤抖。

　　听了他的话，谢云上没有回答。莫恒山觉得回来之后的谢云上没有在新西兰时那般洒脱快乐，她的身上像是背负着枷锁，似乎在隐瞒什么。她不是一个行事冲动的人，他后来又询问过店主，店主说并不认识那位索画的小姐，也从来没有见过她，那幅画自女儿故去后就一直锁在仓库里，直到这次交易会才重见天日。他很确定，除了莫恒山这个买家，没有人问过。

　　那么，谢云上为什么唯独钟情于这幅画？

　　是真的似曾相识？还是，有别的不可说的隐情？

　　这时店里又换了一首歌，是一首老歌，谢云上听着舒缓哀婉的歌声，微微出神。

　　"莫先生，我记得你说我不喜欢被看穿。"她侧过脸看向窗外，眼里有隐隐的水光，轻声道，"三年前我出过一场意外，失去了记忆。我的一些看起来不想被看穿的行为只是出于自我保护……我不想让别人看出我失忆。"

老实说，失忆这种事如果不是发生在自己身上，她以为只有在电视剧里才会出现。她从漫长的沉睡中醒来，先是得知自己失忆，后来了解到，除了失忆，她其实还得了一种更严重的病，阿兹海默症。

那是人到了很老的年纪，记忆力严重丧失，仅存一些支离破碎的片段，渐渐地，生活不能自理，直至死亡。患这种病的人，没有清醒的意识，身边的亲人、爱人甚至连自己都不认识，活着和死去都没有尊严。

池逸没有隐瞒她的病史，这个病有可能来自家族遗传。在这么早的年纪病发，实属罕见，就连池逸这样的顶尖医学家，一时间也束手无策。她知道、接受、配合治疗……表面上看起来没有受到影响，只有自己明白，一个人在经历着什么，又在恐惧着什么。

她在半夜突然惊醒，经常一个人发呆，手指无意识地颤抖。她很难入睡，有时候睡着睡着开始做一些奇怪的梦，醒来泪流满面。她分不清真实和幻觉，有时候自言自语，和脑中的"她"对话……长此以往，即使"阿兹海默症"没有病发，她都要怀疑自己得了精神分裂症。

一曲终了，她转过脸对他说："你失去了你的妻子，我失去了我的记忆……我们其实不知道人生会开到哪个渡口，但我想，也没什么可失去的了。"

04 生日

那天之后，谢云上和莫恒山没有再联系，两个人各自都藏着秘密，各自都守着对方的秘密。

谢云上的生日到了，这天池逸本来打算提早过来给她庆生，但院里临时开会走不开。门铃响了，谢云上打开门，收到玫瑰花礼盒和定制蛋糕，一看就是池逸送的。谢云上接过鲜花和蛋糕，在签字单上写下自己的名字，正打算给快递员道谢，谁知一直戴着帽子低着头的快递员突然抬起头，一张阳光帅气的脸出现在面前。

"姐，你高兴得连我都不认识啦？"

"谢雨哲怎么是你啊？"谢云上惊讶道。

"怎么就不能是我啊，有我这么随叫随到安全可靠的快递小哥吗？这可是我哥亲自嘱咐的，要我务必在最短的时间把礼物送到你的手中。怎么样？惊不惊喜，意不意外？"

"池逸什么时候变成你哥了？"谢云上失笑，"进来吧。"

谢雨哲是谢云上的弟弟，父亲去世后，还在读高中的谢雨哲跟着母亲回了老家。多年来，他们姐弟联系很少，在她出事后的这几年才重新恢复了联系。谢雨哲大学毕业后来浦城发展，目前在一家设计公司工作。

"对了，我听池逸说你谈了个女朋友，有这回事吗？"谢云上给他拿了双拖鞋换上。

"分了。"

"这么快？"

"姐，你的时间差和一般人不一样吧，我上个女朋友是两个月前的事了。"谢雨哲换好拖鞋打开冰箱，拿出一盒酸奶。

"现在呢？"

"单着，你要给我介绍吗？"谢雨哲咬着吸管问。

谢云上摇头，她这个弟弟，要不是父母都走了她才懒得管。

谢雨哲的亲生母亲几年前去世了，老家没什么亲人了，她遭遇意外从沉睡中醒来后一次都没有回去过。她想，等哪天有时间回去给他们扫墓。

谢雨哲坐在沙发上看着整理屋子的谢云上。时光飞逝，转眼间他们都长大了，转眼间……他的神情有一丝不易觉察的黯然。

他们相处的时间其实很少，姐姐十六岁就离开了家，从此以后再也没有回来，就连父亲去世都没有回家。他再次见到她，是近十年之后，母亲去世的那一年她出了意外。他记得那天下着大雨，他接到池逸的电话，这么多年，他只有从池逸那里得到关于她只言片语的消息。

　　他记得那天，池逸的声音是从未有过的沉重，他说："雨哲，答应我一件事好吗？"

　　回忆戛然而止。

　　谢雨哲站起身，对谢云上说："姐，我还有事先走了。"

　　"雨哲，今天是我的生日，你不留下来吃个饭吗？"谢云上转身看他。

　　谢雨哲别开视线，没有说话。门铃又响了，谢云上走过去开门，池逸拎着袋子走进来。"我还以为你要很晚才来呢。"谢云上说。

　　"今天是你的生日，这么重要的日子怎么能晚到呢。"池逸笑着走进来，看到谢雨哲，和他打了声招呼。

　　"哥，你吩咐的事我都办完了啊。"谢雨哲看着他说。

　　"没完。"见谢雨哲一脸疑惑，池逸把袋子塞到他的手中，"今天是你姐的生日，陪我一起下厨。"

　　谢云上眼里露出笑意，谢雨哲看着池逸嘴唇动了动，默默地应了声："好。"

　　池医生开始准备生日晚餐，他洗完手看着站在原地的谢雨哲，催促道："还愣着干什么，过来帮我打个下手。"

　　"你不是不让人进厨房的吗？"谢云上把洗好的葡萄放到果盘里，随手摘了一颗递给谢雨哲。

　　谢雨哲默默地接过，听到厨房里的池逸说："洗菜总得有人洗吧。"

　　"那我来洗吧。"谢云上放下果盘，走到厨房门口。

　　"你今天就好好当你的寿星吧。"池逸靠在门边不让她进去，他看向谢雨哲笑道，"雨哲平时不做饭，让他多学着点，这样好找对象。"

　　谢雨哲嘴里嚼着葡萄，一脚跨进了厨房，点点头道："我哥说得没错，你今天就好好当你的寿星吧，有我们两个男人为你服务。"

　　池医生继续展露精湛的厨艺，谢雨哲连吃了两碗米饭，打了个长长的饱嗝。收拾完桌子，池逸端着蛋糕走过来，只见上面站着一只优雅的天鹅，旁边插着代表年岁的生日蜡烛。

"好了，谢小姐，祝你又年轻了一岁。"池逸把蜡烛点上，示意谢云上许愿。

谢云上看着蛋糕上的天鹅，看着点燃的生日蜡烛，耳边回荡着池逸和谢雨哲为她唱的生日歌。这是谢云上新生后的第三个生日，她双手交握，慢慢地闭上了眼睛。

在她的印象里，没有过生日的习惯，但这三年池逸每年都坚持给她过，每年都像这样捧着蛋糕让她许愿。

她看似勇敢坚强，其实已被苦难填深。莫恒山说得没错，她害怕被看穿，害怕心里那些隐秘生长的忧虑与恐惧迟早吞噬正常的自己。可是，她还是假装一切都好，努力地生活，努力地拥抱这个世界。

她喜欢兰花，因为兰花喜静，清冷孤独，却一直顽强地生长。它在阴暗的环境里独自芬芳，如同她，就算忘了全世界，被全世界遗忘，也要努力活出期许的模样。

第三年的生日愿望，她想为认识的他们许愿。

她许愿，池逸找到真正懂他、爱他的人，她知道他喜欢自己，原谅她不能接受这份爱。她许愿，雨哲能够幸福，他们姐弟少时分离，如今生活在同一座城市偶尔一起吃个饭已是珍贵。她许愿，莫恒山走出失去妻子的伤痛，和茉莉幸福地生活。

谢云上睁开眼睛，在心里默默地说："我们都会好的……会好的。"

吃完生日蛋糕，谢雨哲说有事先走了，他不想再继续留下来当电灯泡。屋子里只剩下谢云上和池逸，这时灯突然关了，一簇明亮的火光升起，是一根焰火棒，闪耀的火花映照着池逸眉目清秀的脸。

他将焰火棒递给谢云上，拿出准备好的戒指盒说："打开看看。"谢云上看着他，迟迟没有打开。直到火光快要熄灭，对方绷不住了，语气无奈道，"寿星，好歹配合一下剧情吧。"

"池逸，"谢云上看着他手中的戒指盒，缓缓开口，"我知道这里面是什么，它一定很漂亮，可是我不能收。你的爱人应该是一个健康快乐的人，有着完整的过去，有着对人生的理想构建，与你志同道合，懂得爱与被爱……而我是一个没有过去也不知道未来的人，我无法承受如此珍贵的心意，池逸，你应当明白，我这样的人无法和你共度一生。"

这是谢云上的心里话。

她失去了记忆，她的病尚不知会发展到什么程度，甚至有可能毫无预兆地死去……这样的自己，谈何共度一生。池逸已经为她做得够多了，她不想成为他的负累。倘若有一天她独自离去，留给他一个人的伤痛该有多深，她不愿去想。何况，她只是把他当朋友。

听了谢云上的话，池逸的脸上浮现一丝悲伤，他深深地看着她，眼里暗藏着她看不懂的深沉情感。他说："云上，你怎么知道你想的就是我想的呢？你还没有试过怎么知道我们就不能共度一生？你说的这些只是你的想法。人生只有一次，不可能从头再来，我很小的时候就明白这个道理。知道我为什么要学医吗？因为学医才能让我体会生命的意义。看多了世间的悲欢离合，才会在想爱的时候毫无保留地去爱，一分一秒都不想耽误。人的生命时钟是设定好的，不知道哪天就停了，我很后悔没有更早地表白……"

他固执地将戒指盒放到她的手中，带着不容拒绝的意味说："这枚戒指是按照你的尺寸订的，除了你之外，我从没想过给别人。云上，无论你接不接收，它都属于你。"

说完这番话，池逸转身离开了。

谢云上握着池逸放到手中的戒指盒，许久没有动。她固执地拒绝他的追求，他固执地坚持他的追求。她拖着疲惫的身体走到房间，把包裹着池逸心意的戒指盒放到桌上，一个人在黑暗的房间静静地坐着。

她的心情，犹如浮云飘散，海浪翻涌。

过了很久，她将脸深深地埋入掌心，泪水顺着指缝流了出来。

05
/林奈

那是春暖花开、草长莺飞的季节，彼时林奈在巴黎学绘画。她在国外没什么认识的朋友，除了一个在英国读书的表妹，但已经很多年没有联系了。

林奈是一个孤僻的人，除了绘画之外，几乎没什么兴趣爱好，也很少参加学生之间的联谊。她没念完书就去了巴黎，有人问她为什么来巴黎学画？林奈说，因为莫奈，她最崇拜的画家是莫奈。

林奈家境贫寒，学艺术开销很大，为了筹措在巴黎的学费和生活费，她平时除了打工之外，还给有钱人家的小孩当私教，偶尔兼职艺术模特。虽然辛苦，但是为了生计，林奈并不是那么在乎，因而她在中国留学生的圈子里，一直是个异类。这恐怕也是除了性格之外，她没什么朋友的原因之一。

她曾经深受自己美术老师的青睐，美术老师在巴黎艺术圈颇有名气，林奈唯一出现在社交场合就是跟他在一起。他赏识她，给她机会，动用自己的资源和人脉扶持她。而林奈也不负所望，年纪轻轻就在巴黎的上流圈子崭露头角。她长得清纯动人，有一股神秘的东方气息，因为出众的长相和绘画造诣，不乏艺术大咖和社会名流青睐，甚至有人想长期包下她的画作。

可在林奈二十岁的时候，美术老师突然自杀了，传闻说是为情所伤。林奈也因此成为众矢之的，有人认为美术老师的死和她有关。

没有了美术老师做后盾，她的留学生涯变得非常吃力，加上那些捕风捉影的传闻，没过多久就退学了。退学之后的林奈不知何去何从，可是她不想放弃，就在这时方安娜找到她，她再次见到了那个人。

方安娜是林奈的表妹，个性活泼开朗，喜欢参加派对结交朋友。她在留学生圈子很吃得开，常常和几个朋友开车周游欧洲列国。在英国，她认识了莫恒山。

那是一次留学生圈子的聚会，醉酒的方安娜被一个男人为难，是莫恒山替她解围。早在莫恒山出现的时候，她的目光就牢牢地锁住了他，他们同为中国人，莫恒山出众的外表、非凡的气质和得体的教养等让方安娜怦然心动。

方安娜想接近莫恒山，苦于找不到机会。有一次，她听说莫恒山喜欢艺术，于是找到他的同学，约着一起去了巴黎。方安娜想到母亲的嘱咐，在国外读书这么久，还没有见过表姐，虽然她心里不是很乐意。她听说林奈也是学艺术的，没准知道一些小众的地方，可以带着他们去玩玩。说白了，她还是想给自己和莫恒山制造机会。

那次约会是在橘园，橘园位于巴黎香榭丽舍大街，旁边就是久负盛名的杜乐丽花园。之所以选在橘园，是因为这里闹中取静，珍藏着莫奈的八幅全景《睡莲》。

方安娜问莫恒山："你喜欢莫奈吗？"

莫恒山说："我喜欢凡·高。"

"巴黎周边有个凡·高生前居住的小镇，我们可以找时间去看看。"方安娜雀跃地说。

莫恒山不置可否，他来巴黎纯粹是为了散心。他听方安娜说，巴黎有个学绘画的表姐，可以约着一起见见。

方安娜给林奈发消息，对方一直不回。方安娜叹了口气，说："我这个表姐真的是……"

正当她准备跟莫恒山说"算了，我们还是自己玩"的时候，莫恒山看到了林奈。和传闻中不太一样，林奈一头黑色长发，穿一条浅蓝色长裙。她坐在一棵树下，膝盖上放着一张画板，整个人散发着特别的气质。

她在作画。

莫恒山不禁驻足，而身旁的方安娜早已跑过去，和林奈打招呼。

她们表姐妹长得并不像，方安娜艳丽，林奈清纯。只见方安娜拉着林奈走到莫恒山面前，介绍道："这是我表姐，这是我师哥。"

那次初见给莫恒山留下了深刻的印象，不是因为林奈的长相和气质，而是对方那双像是含着烟雾的眼睛，深深地凝视着他，对他说："莫恒山，我认识你。"

她清楚地叫出他的名字，莫恒山这才知道，原来他们曾经在同一所学校读书。

方安娜的如意算盘落了空，反倒是莫恒山和林奈，也许是"他乡遇故知"，两个人聊得很投缘，渐渐地把方安娜晾在了一边。三个人一起去看莫奈的《睡莲》，方安娜故意当着莫恒山的面问林奈："我记得你是喜欢莫奈的吧？"

林奈抬起头看了眼莫恒山，没有回答她的话，而是问莫恒山："你喜欢莫奈吗？"

莫恒山想了想说："我更喜欢凡·高。"

林奈说："我也喜欢凡·高。"

女人之间的直觉向来敏锐，方安娜再怎么迟钝也嗅出了一丝不寻常，她这个表姐在讨好她喜欢的人。许多年来，方安娜一直很讨厌林奈，也许起因就是这场橘园之约。

莫恒山看着林奈："我在高中的时候见过你吗？"

林奈低着头，回避他的视线，轻声说："你那么耀眼夺目，喜欢你的女孩很多，我这么普通，你有可能见过但已经忘了。"莫恒山微皱着眉，不等他开口，林奈鼓起勇气道，"我不仅见过你，我还偷偷暗恋过你……"

莫恒山愣住了，继而想起了高中时代的"荒唐"。并不是他有多荒唐，而是他每次去学校，都有很多女生追着他，给他送便当、塞情书、买礼物……行为简直堪比追星。他在原来的学校是校草，是学霸，属于风云人物，免不了受到太多的关注。

他记得每次去图书馆看书，总有人在他的座位上放情书和礼物，有的女生还放自己的贴身物品希望被男神"眷顾"。还有他看过的书，凡是他翻阅过、借阅过的书，都被有心人抢夺一空，甚至有专门的黄牛售卖他的"同款 book"和看书时偷拍的照片。

在莫恒山看来，这一切都很荒唐。

"该不会你当年……"莫恒山惊讶地问。

林奈即刻会意，她露出我见犹怜的笑容说："我没做那些事，但是我给你写过一封信。与其说是信，倒不如说是我的日记，厚厚的几页纸。"她努力地回想，"我只是想告诉你，这个世界上有个人也许和你很像，也许你们本来就有缘分，只是走散了。"

莫恒山若有所思地听着，他的思绪像是飘到了很远的地方。林奈看着他，抿了抿唇说："我那时候并不想让你知道我是谁，毕竟喜欢你的人太多了，可是，我还是偷偷地喜欢你，喜欢你所喜欢的……"她说着说着流下了眼泪。

她睁着朦胧的泪眼看着莫恒山，见他皱眉凝视着自己，语带伤感地说："我说这些不希望你有负担，我只是没想到，过了这些年还能再见到你，我本来以为这一生都见不到你了……"她再也抑制不住自己的感情，泪如雨下。

那次见面之后，不久后，他们有了第二次见面。

这一次方安娜没有再出现，林奈跑到英国去找莫恒山。一个年纪轻轻的女孩，长得漂亮不说，又有独特的艺术气质，莫恒山的同学各个看直了眼，怂恿他去追人家。

在正式确立关系之前，莫恒山问了林奈一个问题。

"你说，你喜欢我所喜欢的……你知道我喜欢什么？"

他记得很多年前的一个夜晚，他从学校的小花园经过，看到一个女孩坐在一棵树下。她穿着黑色的防风外套，扎着马尾辫，脖子上围一条红围巾，背对着他在听一首音乐。

那首音乐是……

　　"《人间失格》"林奈回答道。

　　他看着她的眼睛，突然生出一种恍如隔世的感觉，一直悬荡许久的心似乎找到了安放的地方。

　　原来，他们曾经是见过的。

　　"你知道我在这儿，为什么不来找我呢？"莫恒山注视着她，他的眼神让她莫名地不敢直视。她悄悄地捏紧了颤抖的手指，鼓起勇气与他对视。

　　"我没有勇气。当我听说你要出国，我就觉得自己再也没有机会了。何况，你连我是谁都不知道。我来法国除了学画，也想换个环境生活。我说了你不要看轻我……"她咬紧牙关，含泪道，"我家里很穷，家里人不同意我学画，出国的学费和生活费都要靠自己。刚来的那几年，我一个人活下来都非常艰难，怎么有能力去找你呢？茫茫人海，世界这么大，也不一定就能找到你，万一你有了喜欢的人，我又该怎么办……我想让自己变得更好了，再来找你，如果一切还来得及的话……"她越说越小声，说到最后情绪失控捂住了脸。

　　莫恒山看了她许久，然后伸出手，对她说："你看，现在找到了。"

　　飞机于早晨六点五十分起飞，关机前，莫恒山给谢云上留言："云上，我回巴黎了，下次再见。"他的身边是靠着他正在熟睡的女儿。

　　很快，他收到回复："一路平安。"

　　谢云上长久地凝视着天空，灰色的天空划过一道长长的白线，太阳隐在云层之后，散发出柔和的光。风中传来阵阵歌声，对面的小公园里，一群孩子在手风琴的伴奏下放声歌唱。老人在打太极，戴着耳机的年轻人在晨跑，穿着长裙的女孩坐在树下念书。一只足球远远地飞过来，戴着棒球帽的少年捡起球，向着晨光跑去。

　　这个宁静的清晨，风中传来迷人的暗香。晨光熹微，鸽子从远方飞来，落在窗台上，风铃发出悦耳动听的声音。如斯静谧的时光，足够忘却一切烦忧。

　　她想起一位作家说过的话："你如何看待这个世界，会影响你的一生。"

第三幕

悲伤的回忆

「我知道你会来，所以我等。」

01 /
/ 手术

　　一个星期后，谢云上收到了池逸的手术通知书，这次手术的目的是治疗谢云上的"记忆衰退症"，也就是她不能为外人道的"阿兹海默症"。池逸的助理发来一封邮件，告知手术前的准备工作和注意事项。谢云上看完邮件，鼠标停在最后一段，只见上面写着："需提前十天住院检查。"

　　这次的检查时间比以往都长，她心有疑惑，却不想为此去找池逸。生日之后他们有一阵没有联系，彼此似乎都在刻意回避。她了解池逸的性格，他是一个非常骄傲的人，被拒绝了觉得没有面子，短时间内是不会主动联系她的。她也觉得，不联系未必不好，两个人都需要时间重新整理彼此的关系。

　　入院的那天，下着小雨。谢云上带着书、洗漱用品和换洗衣服来到医院。手术这件事没有告诉谢雨哲，她想他会通过池逸知道的。果然，谢云上看到谢雨哲出现在门口，一个穿白褂的漂亮姑娘和他并肩而立。

　　谢雨哲接过她手中的背包，轻声抱怨道："做手术这么大的事你怎么不告诉我啊？"

　　"你不是来了吗？"谢云上回道。

　　她的目光转向站在谢雨哲身边的女孩，女孩自我介绍道："您好云上姐，我叫周晗。池教授还在开会，他让我先来接您，您叫我小周就好了。"

　　"你好，小周。"谢云上和对方打了声招呼，周晗带他们来到池逸的办公室。

　　大约一刻钟后，池逸走进来，大概是穿着医生服的缘故，他看起来不苟言笑，颇有威严和压迫感。他看到谢云上姐弟，脚步一顿，问道："来了多久了？"

谢雨哲看了谢云上一眼，见谢云上没有开口，低咳了一声说："没多久。"

池逸的目光转向谢云上，谢云上对他点点头："麻烦你了，池医生。"

池逸收起嘴边的微笑，显然不习惯她对自己这么客气。谢云上有个身边人都知道的特性，她对一个人客气，意味着她想和这个人保持距离。气氛一时变得沉闷无比，池逸看向低头看手机的谢雨哲，皱眉道："怎么这会儿还在玩手机？"他突然没话找话，谢雨哲一呆，不明白他的火从哪里来。他挠了挠头，起身，池逸这时换上自己的衣服，头也不回道，"走吧。"

他带着两个人走到一处环境清幽的小院，前面是一栋二层高的独栋小楼，后面连着花园，适合休养。谢云上的房间在二楼，与其说是病房，不如说是高级公寓，里面一应俱全，电视机、冰箱、洗衣机……就连厨具都有。

谢雨哲啧啧称赞道："这也太舒服了吧，我都忍不住想住进来了。哥，这里不会是给领导疗养的吧？"

"瞎说什么呢？"池逸淡淡瞥了他一眼，解释道，"这里是我平时休息的地方。"

"你的待遇未免也太好了。"谢雨哲一副羡慕不已的表情，"岂不是我姐住在你的地盘？"他突然觉得，他姐就像是一只被豢养的金丝雀，要是不愿意的话，他可以替她。

池逸没理他，看向谢云上放缓了语气，说："我怕病房太吵你住着不习惯，住在这里安静一些，要是觉得缺什么就跟我说。"

"你不必这么费心，我只是来做手术的。"谢云上说。

池逸却听得刺耳，他沉默许久，说："云上，我们是朋友，你不必这么见外。何况，你是我的病人，我这个做医生的怎么能怠慢你呢。"

他把话说得滴水不漏，谢云上也不好意思再拒绝，于是笑着说："那就谢谢你了。"虽然依旧是道谢，语气截然不同，池逸暗暗地松了口气。谢云上答应住下来，这让池逸感到安心，他刚要开口，谢云上突然问，"这次的检查时间为什么这么久？"

　　池逸看着她，过了片刻回道："这次的手术时间会比较长，为了稳妥起见，会对你做一次全面详细的检查。有些项目是特意为这次手术增加的，你的身体也应得到充分的休息准备。"

　　"原来是这样啊，邮件里没有写这些。"谢云上小声咕哝道。

　　"你为什么不问我呢？"池逸笑问。

　　他故意不让助理在邮件里写清楚，为的就是等谢云上主动联系他，她却一直没有下文。生日那晚之后，两个人的关系变得有点微妙，虽然依旧是朋友，却像是刻意回避着什么，不再像从前那样随意。

　　谢雨哲察觉到两个人之间的微妙，开玩笑道："你们现在不都面对面说话了吗？有什么一次讲清楚就好了啊。"两个人同时看向他，谢同学乖乖闭嘴，唉，电灯泡果然不是好当的。

　　手术前一晚，谢云上做了个梦，梦见回到童年，弄丢了父亲的钢笔，父亲要她出去找。外面冰天雪地，她穿着一件单薄的外衣，赤脚穿一双拖鞋去外面找，她找啊找，怎么也找不到。寒风肆虐，她冻得昏倒在路边，觉得自己快要死了，就在这时看到父亲从远处走来。她看不清他的样子，却一眼认出那是父亲，他举着手电筒，一声一声喊她的名字……

　　他叫她，囡囡。

　　手术当天，谢云上早早起床，去后面的小花园散了个步。虽是秋天，花园里仍然绿树成荫，一片生机盎然。各种开得鲜艳的花，说得上说不上名字的绿植长得十分茂盛。她看到一簇开得娇艳的玫瑰，想起了王尔德笔下的《夜莺与玫瑰》。

　　周晗接她去手术室，她们穿过花园来到另一栋楼，谢云上对这里有印象。周晗带她上了二楼，谢云上看到一个熟悉的身影，护士小林走过来和她打招呼："早上好，云上。"

　　"早上好，小林。"

　　"这里交给我吧。"小林对周晗说，等周晗离开后，她拉着谢云上的手轻声叹息，"你又回来了。"

"是啊，我又回来了。"谢云上微微笑道。

小林开口想说什么，看着谢云上云淡风轻的样子终是什么也没说，握了握她的手然后放开。她转身带谢云上走进手术准备室，做完所有检查之后，她感叹道："转眼三年了，还记得你第一次进来的时候……"

"那时候我还不省人事。"

谢云上的语气没有多少劫后余生的感叹，反倒是小林，神情复杂地看着她："你那会儿何止不省人事啊，整个人都很糟糕，我们都以为你再也醒不过来了，没想到池医生最后还是把你救回来了……"小林说着叹了口气，为谢云上能捡回一条命感慨不已。谢云上默不作声地听着，"你们俩怎么样了？"小林突然话锋一转，见谢云上没有反应，忍不住走过来在她耳边悄悄说，"别人不知道我可知道，池医生呀喜欢你……"

就在这时提示灯亮了，到了进手术室的时间。谢云上走到手术室门口，却停住脚步没有进去，在小林催促的目光中，她回头看了她一眼，迈步走了进去。

手术室的门缓缓关闭，在身后发出一声轻响。她看到池逸穿着深绿色的手术服，戴着帽子和口罩，一时间竟然认不出来。

此刻的池逸和她只有几步的距离，却不知为什么，谢云上觉得他离自己非常远。

整间手术室非常整洁，手术台一侧放置了一排仪器，另一侧连着一块屏幕，屏幕是开着的，正对着手术台。手术台对面是一面透明的玻璃墙，里面坐着一个穿无菌服戴口罩的人，他的面前摆放着几台电脑，见她看过来，对她挥了挥手。她猜，这应该就是池逸提到的那位德国科学家——沃克。

池逸对她点了点头，示意她过去，池逸的手术助理扶她躺到手术台上。麻醉师站在一旁，谢云上听见池逸对自己说："不用紧张，睡一觉就好了。"

她闭上眼，感觉有人在旁边轻声说话，接着是针头扎进血管的刺痛感……渐渐地，她失去了意识。

她感觉在艰难地走一段漫长的路，身上有很多伤口，特别是头上那一道，鲜血流满整张脸，模糊了视线。天空阴沉，不一会儿下起了雨，雨点打在脸上、身上，刺骨的疼。她走得累了，感觉随时都会倒下去，挣扎着想找个避雨休憩的地方，放眼望去，周围全是悬崖峭壁，根本没有容身之地。

她听到海浪的声音，由远及近，远处的山黑沉沉的，一眼望不到头。雨越下越大，冲淡了身上的血腥味，她的意识渐渐地模糊。

02
梦境

谢云上醒来的时候，是晚上七点，距离手术时间过去了十个小时，她睡了长长的一觉。

睁开眼睛，看到的第一个人是池逸，他正斜靠在床边的椅子上休憩。床头柜上摆放着心电图和血压监测仪，她听到"嘟嘟嘟"的声音，像是心跳。她的手背上扎着输液针，冰冷的液体流进血管，麻醉剂的残余似乎还未从体内清除。她的意识仿佛飘浮在半空，脑中一片空白，稍微一用力，就会感到一阵晕眩。

"醒了？"池逸睁开眼，看到谢云上凝视着虚空，她的头上包裹着纱布，整个人看起来平静而虚弱。"感觉怎么样？"他俯身看她。

过了一会儿，谢云上慢慢地转过脸，与他目光相对："我好像做了一个很长的梦。"

"梦见什么了？"

谢云上摇了摇头，闭上眼睛。池逸静静地看了她一会儿，起身走了出去。

"池医生，"见池逸走出来，小林问，"云上醒了吗？"

池逸摇摇头："刚刚又睡过去了。我回去换身衣服，等她醒了你把保温壶里的粥端进去让她喝了，还有，"他顿了顿说，"别让她睡太久。"

"我知道，您都累了一天了，快回去休息吧。"小林的眼神里透着心疼和折服，向来洁身自好和病人保持距离的池医生，做完手术居然还给病人熬了一锅粥，真的是让人叹为观止。

池逸点了点头，这才显出几分倦态。别人不知但小林知道，他为了准备这次手术熬了多少个通宵，直到手术前一晚，为了确保手术时精神集中才提前回家。

池逸又嘱咐了几句离开了。

"这么优秀的医生，单身太可惜了。"小林望着池逸的背影，回头看了眼关着的监护室，叹了口气去拿保温壶。

谢云上又做了个梦，这次是躺在医院里，她的手腕包裹着厚厚的纱布。一会儿有戴口罩的护士走进来给她打针，她剧烈地挣扎，护士没办法叫来医生，几个人用力地摁住她，给她打了一针。过了一会儿，又进来几个人，她看不清这些人的脸，他们围拢在病床前，她听到一个怒气冲冲的男声说："要死就回家死，丢人现眼……"

对方喋喋不休地骂着，另一个尖细的女声说："哎呀，孩子想要学，你就让她学嘛，逼死她有什么用？"

她紧紧地攥着拳头，感觉到梦里的她非常愤怒，非常憎恨来看她的人。他们又聊了什么她听不清了，直到嘈杂声渐渐远去，她把头埋进被子里，压抑地哭了出来。

谢云上醒来，脸上有泪。为什么梦里都是不好的遭遇……她感到胸口非常窒息，小林推门进来，端来一碗粥，谢云上背着她擦掉脸上的泪。

"你醒啦，我正打算叫你呢。"小林把粥搁在床头柜上，输液瓶空了，她拔掉针头，扶着谢云上坐起来，"好些了吗？头晕不晕？"

"还好，就是浑身无力。"她感到头没那么晕了，刀口隐隐作痛。

"你睡得太久了。"小林见谢云上摸着被纱布包裹的头，问，"还有哪里不舒服的吗？"她摇了摇头。小林把粥端到她的面前，语气羡慕地说，

"快趁热喝了吧，池医生亲自给你煮的。"

"他人呢？"谢云上从小林手里接过碗，白粥冒着微微的热气。

"池医生说回去换身衣服，不过我猜他应该是回去补觉了。熬了好几个通宵呢，铁人都扛不住，他真的是为你啊……"小林啧啧说道，"我干了这么多年的医护，就没见过哪个医生对病人上心到这个份儿上的。他可是池逸，我们医大最年轻有为的专家教授，找他看病的人都要踏破我们医院的大门了，他还是我们院最有名条件最好的黄金单身汉，多少姑娘排队惦记着呢……"小林看了眼低头喝粥的谢云上，忍不住道，"云上，你和我说句实话吧，也好让院里单身的女医生女护士死了这条心，池医生……是你的男朋友吧？"

谢云上停下手中的动作，看着碗里的白粥说："不是。"

"不是？云上，不是我说你，池医生为你守身这么久，你什么时候给他正个名啊？他这样的条件可不会再有第二个了啊……"见谢云上迟迟不应，小林急道，"你不急我都替你急了，我说真的，你都不知道池医生有多洁身自好，从来不跟年轻姑娘说一句工作以外的话。人家要给他介绍女朋友，他不答应，说有喜欢的人了，可是偏偏看不到他喜欢的人出现。时间久了，大家以为这是他工作忙找的借口，惦记他的人更多了。我们医院的单身妹子个个都想着他不结婚，把我们院领导给愁的啊，说再这么下去都要跟其他医院联谊了……"

谢云上沉默地听着，直到小林一口气说完，她才抬起头："小林，我们也认识这么久了，我跟池逸只是好朋友，我们的事你就不用操心了。你待会儿是不是要告诉他我醒了？他知道了肯定要过来，我想让他今天别过来了，好好在家休息。"

"你们哪，唉……"小林叹了口气，"行吧，我答应你先不告诉他。"然而没等小林出门，门就被推开了，被八卦的对象走了进来。

池逸换了一身衣服，脸上看不到手术后的疲惫。只见他走到谢云上的病床前，看到她手上的空碗，露出做完手术后的第一个笑容："现在感觉怎么样了？"

谢云上说："好多了，这么晚了你其实不用过来，我这儿有小林在就好。"

小林望了望天花板，心想我跟池医生能比么。池逸检查了一下伤口，见没有渗血的迹象，坐下来说："我怕你伤口发炎，不放心过来看看你，反正也睡不着，不如在这儿陪着你。"当着小林的面池医生一点都不避嫌，只见小林咬着唇一副想溜之大吉的样子，池逸这才回头对她说，"辛苦你了小林，回去休息吧。"

"哦，好。"小林忙不迭地答应，她看了一眼谢云上，突然想起什么，"云上，你去……"她背着池逸指了指卫生间，担心她去卫生间不方便。

谢云上明白她的意思，露出微笑："放心吧。"

小林收拾东西离开，出门时偷偷地朝谢云上使了个眼色。小林走了以后，池逸随口问道："你们刚才在聊什么呢？"

"就是闲聊而已。"

池逸丝毫不知道自己成为被八卦的对象，他看着谢云上，轻声问："睡得好吗？有没有再做梦了？"

谢云上想起了那个梦，揉了揉太阳穴说："我梦见在医院，有人来看我……"

"然后呢？"

"然后就醒了。"她不打算把梦里的遭遇告诉他。

池逸没有说话，他突然伸出手，摸了摸她的眼睛。谢云上下意识地回避，他却很快收回手，指尖是她没有来得及擦掉的一滴泪。

"那个梦让你难过吗？"他看着她的眼睛。

谢云上垂眸，没有回答。梦里的嘈杂声远去了，那种压抑的痛楚依然深刻。她躺在医院里，梦里梦外，是一样的心境。

池逸突然不忍心看她的眼睛，他说："我出去一下。"

他一路走到外面，夜晚很冷，他站在风中静静地抽了根烟。他平时很少抽烟，也反感别人抽，每次看到谢云上抽烟，都忍不住皱眉把她的烟拿走。现在，他是怎么了……人在抽烟的时候思绪变得清明，更容易沉下心想事情。

抽完一根烟，池逸给谢雨哲拨了一个电话，"嘟"了几声后，听到谢雨哲的声音。

"雨哲，我有一件事想问你。"池逸说。

谢雨哲焦急地问："我姐是不是醒了？她还好吗？现在方便过来看她吗？"

"她刚醒，还在恢复期，你现在不用过来。"池逸语气一顿，沉声道，"我想问你，云上有没有问过你以前的事？"

谢雨哲愣了愣说："没有。"他和谢云上很少聊以前的事，他怕刺激到她的记忆，还有一个原因是，他不知道怎么和她聊起从前。

他记得谢云上刚醒来的时候，他每天去看她，她不说话，也不出门，一个人坐在窗前发呆。他记得小时候第一次见到她，她站在门外冷冷地看着他，眼神充满了防备。从那时候起，他就莫名地不喜欢她。

很多年过去了，直到他在医院看到谢云上，看到她躺在病床上失去了意识，看到她身上再也没有过去的痕迹……他告诉自己，她是你的姐姐，你要好好地对她。

谢云上在医院住了一个月，这段时间她切断了和外界的联系，却突然想起来，已经很长时间没有收到茉莉的消息了。在意识到这个问题之后，她翻出不知被扔到哪里的手机，开机，收到若干条信息。她翻到茉莉的微信，小姑娘给她留了好多条言。

"云上阿姨，你去哪里啦……"

"云上阿姨，你是不是不理我了……"

"云上阿姨，你怎么了……"

茉莉有一阵子没有联系上她的云上阿姨，每次发给对方的消息都石沉大海，小姑娘很沮丧，以为谢云上不理她了。她问莫恒山："爸爸，是不是云上阿姨生气不理我了……"莫恒山这才知道，谢云上失联了。

他试了很多办法，还是没有联系上她，不免感到担忧。麦克劝他别着急，或许云上又去某个地方旅行了，只是信号不好没看见而已。但莫恒山直觉不是这回事，他知道谢云上失忆，担心她遇到什么状况，一番思考下订了一张回国的机票。

这是一个星期之前的事，而此时的谢云上正看着莫恒山给她的留言："云上，看到后回我消息，我很担心你。"

"我很担心你。"

看到这几个字，谢云上的内心生起一丝自己都说不清的波澜。她看到聊天页面上有若干条通话记录，上面写着"对方已取消"。不仅如此，她的通话记录里也显示好多个未接来电。

她打了几个字，删掉，又打了几个字，继续删掉……如此反复。

一刻钟后，她按下了通话键。铃声持续响了一会儿，没有人接听，就在她打算结束通话的时候，听到了一个久违的声音："云上，是你吗？"

她的嗓子有些发干，眼睛无比酸涩，她听见自己的声音："是我。"

手机的另一端非常安静，谢云上的心莫名地跳得很快，过了一会儿，她听到莫恒山说："你没事就好。"

"你没事就好。"

这是一个陈述句，意味着对方曾经很担心她。

她感到非常抱歉，却说不出一句解释的理由，她向他诚恳地道歉："对不起，我不是故意不接你的电话。"

"我知道。"

她不知再如何说下去，而对方也不再出声，似乎她不说话他也不打算开口。直到窗外一声鸟鸣，她才恍然，问他："茉莉还好吗？"

"她很好。"莫恒山说，"你要跟她通话吗？"谢云上的心里却生出了怯意，想到小姑娘给她的那些留言，想到没有收到她的回复该多么难过……莫恒山像是知道她心中所想，安慰道，"我跟茉莉解释了，云上阿姨不是不理她。"

"谢谢你……"她憋了许久，只说出了这三个字。

这时，电话的另一边传来一个小女孩的声音："云上阿姨，我是茉莉，你好吗？"

听到茉莉声音的瞬间，谢云上的眼睛湿润了，她忍着泪意说："我很好啊小茉莉，你好吗？"

"云上阿姨，我以为你不理我了……"小姑娘的声音听起来很委屈。

"云上阿姨不是不理你……对不起……"她的心好像被什么扯了一下，再也控制不住，眼泪顺着眼角滑落，她克制住突然涌上来的情绪说，"等云上阿姨有时间就来看你。"

"拉钩。"

"拉钩。"

两个人约定后，茉莉把电话转给莫恒山，又恢复了一阵沉默。他们隔着漫长遥远的距离，隔着讳莫如深的心事。莫恒山没有告诉谢云上，他为了找她回来过。他担心她遇到什么意外，担心失忆让她自暴自弃，他知道一个人孤立无助的时候是多么绝望，他的内心藏着深深的担忧，他担忧她会像林奈那样……

他坚持给她打电话、留言，去她住的小区打听，然而谢云上的生活轨迹单一，周围的邻居都不认识她。直到碰到隔壁的赵阿姨，对方想起来说："她有个做医生的男朋友，会不会去他那里啦……"莫恒山这才意识到，或许是他想多了。

认识这么久以来，他从未问过她的感情状况，不知道她喜欢什么样的人，又是什么样的人在身边照顾她。

他的思绪百转千回，直到谢云上的声音在耳边响起："我做了个手术，这段时间一直住院，医生说手术后需要静养，我就没有看手机。"

他心下一惊，收回莫名的思绪问："是什么手术？"

"一个小手术，没什么大碍了。"她不想他再为自己担心，语焉不详道。

莫恒山仍然不放心，语气不由地放低："有人照顾你吗？"

她的心微微一颤，轻声说："有。"

不知为什么，听到她说"有"的时候，他的心情莫名变得低落，仿佛印证了某些不愿去想的猜测。他抿着唇，想说什么，终是什么也没有说。

"那你好好休息，照顾好自己。"

"我会的，谢谢你。"

然后他们就没有再说话了。谢云上听到对方的呼吸，很轻很轻，忍不住想要再听到他的声音，于是问："你……还会回来吗？"

"会的。"每一年的新年，他都会带茉莉回来看望父母。

"等你回来，"她语气微微一顿，"我们见个面吧。"

03 / 玫瑰人生

阿摩司·奥兹在《风之路》写道："吉戴尔·什哈夫的最后一天，是从绚烂的朝日开始的。破晓时分，天气轻柔，有几分秋意。闪电的微光透过掩映着东方地平线的云墙闪烁不定。新的一天诡秘地将自己的目的掩饰起来，对于胸中蕴含着的热浪不露任何痕迹。"

谢云上静静地读着，这位以色列最具影响力的作家在几年前去世了，他曾经说过："我之所以写下这些是因为我爱的人已经死了，我之所以写下这些，是因为我在年轻时充满着爱的力量，而今那爱的力量正在死去……"

虽然池逸建议她还要再休息一段时间才能工作，谢云上却迫不及待地想要做事。她打开电脑，来到"星球"，这是一个关于摄影美图的线上平台，类似 Flicker 或者图虫。谢云上将她去新西兰旅行拍摄的照片发布到星球上，获得很高的"view"和"like"，被推荐到首页。有不少星探给她发私信，想要签她的经纪约或者代理约，都被她拒绝了。

谢云上在"星球"驻站半年，拍了很多城市风光和人文影像，她擅长拍摄自然风景和人物状态，有着独特鲜明的个人风格。她将南岛的星空拍摄得犹如童话梦境，不久有地理杂志买下这张图片作为年度封面，并向她约稿，她欣然同意。

她通过这种方式谋生并获得工作的满足，买卖都在线上解决，避免了现实中的人情世故。她拒绝池逸经济上的援助，通过劳动获得报酬，自给自足。

很快，她收到一份邀约。

这份邀约比较特别，是给一个法国家庭拍摄家庭写真。网站编辑把对方的详细资料发给她，接不接全看个人意愿。谢云上在看完资料后做出回复，她决定接这个单子，所有费用均由客户支付，她只需要订一张飞往巴黎的机票。

她在思考一晚后做了决定，而这件事必须瞒着池逸。尽管她答应他不再"偷跑"，可是想要出去工作的念头非常强烈，她想，再不出去就要发霉了。谢云上知道现在是"特殊时期"，不要说去巴黎，就连去周边城市池医生都不会同意，她只得先斩后奏，即使事后池逸怪她也有足以解释的理由，毕竟这次是去工作的。

谢云上是一个行动力果决的人，前一刻关掉电脑，下一刻开始收拾行李。她拿出那只去新西兰的黑色行李箱，擦掉表面的灰尘，把它平放在地板上，打开箱子，往里面一件一件整理私人物品。收拾妥当，她订了一张隔天飞往巴黎的机票，并和客户约好接机的时间。

她泡了个舒服的热水澡，敷着面膜躺在床上，打开手机看了看，最近茉莉没有找她聊天，想必是莫恒山的原因。这个男人接触久了就会慢慢地发现，他的心思非常细腻。他会趁她走神的时候暗暗观察她，记得她说的每一句话，懂得与她保持适当的距离，与此同时还会恰如其分地给予关心。他默默地为她做了许多事却从来不提，冷静睿智也温暖包容，是一个非常好的倾听者。也许正是因为如此，她才愿意打开心扉，将心事与他分享。

谢云上打开床头的聂鲁达诗集《二十首情诗和一支绝望的歌》，她对这本诗集有着某种特殊的情感，有些句子如同在心上跳跃的音符，脱口而出。她翻到那首《我喜欢你是寂静的》，看到淡淡的字痕随着时间的变化变得模糊。

飞机降落在巴黎戴高乐机场。

司机是一个卷发大眼睛的法国小伙儿，名字叫雅克，他把谢云上的行李放到后备厢，为她贴心地打开车门。正值周末，巴黎交通拥堵，他们从机场花了两个小时的车程才到达目的地，一栋位于郊区的花园别墅。

雅克停下车子，一个年轻漂亮的女孩走上前和谢云上招呼道："谢小姐你好，我是莫妮卡，很高兴认识你。"

她就是和谢云上联系的对接人，谢云上和她拥抱了一下，说："你好莫妮卡，很高兴认识你。"

雅克把行李放到门口，她们微笑着说"Merci"，小伙儿开心地挥挥手走了。谢云上拉着行李箱跟莫妮卡进门，一条落满梧桐叶的林荫道出现在眼前。正值秋季，莫妮卡说这是法国最浪漫的季节。一路上，谢云上注意到不少车辆经过，莫妮卡解释今天是周末，很多住在市区的家庭来这里度假，比起市中心的旅游景区，当地人更喜欢来这里散心。

她们穿过林荫道，走到房子前面，主人一家已经在门口等候。白发苍苍的老太太坐在轮椅上，看上去精神矍铄，她看到莫妮卡和谢云上，礼貌地挥手。老太太的女儿女婿站在她的身边，他们看起来四十岁左右的年纪，热情地和谢云上拥抱。莫妮卡和他们简单聊了几句之后，带着谢云上进屋。

莫妮卡介绍了一下情况，谢云上对莫妮卡说："我没有拍过家庭写真，这是第一次，我担心做不好。"

莫妮卡安抚道："他们都看过你的作品，非常喜欢，而且他们都是非常好的人，听说你要来，早早地做好了准备，你的房间是玛丽亲自挑选布置的。"

谢云上感到不好意思："我以为不住这里的，我可以自己订酒店。"

"这里离市区很远，开车要一个小时，而且你过来怎么可能不尽地主之谊呢。我们一早就说好了，所有费用都是我们来付，当然这些不算在报酬里。"

"谢谢。"谢云上真诚地道谢。

"谢小姐不要这么客气。"莫妮卡微笑道。

"既然不要客气,那就叫我云上好了。"谢云上说。

"好的,云上。"两个人相视一笑。

他们一起吃了一顿地道丰盛的午餐,宾主尽欢,一家人举起香槟,欢迎谢云上的到来。午餐后,众人坐在客厅里,喝着下午茶,吃着新鲜的水果。大家简单地聊了下拍摄计划,整个拍摄大概需要三天,以这栋房子为主要场景,记录一家人的日常生活。

为了这次拍摄,谢云上特地买了一架胶片相机,除此之外还做了非常详细的准备工作,飞机上的大部分时间都用来做准备并记录下来:要了解什么,如何与他们交谈,以及如何融入他们的生活……她觉得,这次的工作性质并非只是单纯的摄影。

聊了一会儿,玛丽要午休,她有午休的习惯。艾玛讲了一下母亲的经历和这次拍摄的原因。几年前艾玛的妹妹过世了,玛丽非常伤心,也是在小女儿过世的那一年,玛丽中风了。艾玛的父亲身体一直不好,过去都是玛丽照顾,直到她中风,父亲被送去疗养院。玛丽坚决不住疗养院,她说父亲去了,她要替父亲守护这个家。

直到父亲去年过世,她还是不肯去疗养院,家里有丈夫、女儿,她说哪儿也不去。他们的朋友、邻居都以为玛丽悲伤过度精神出了问题,她常常念叨丈夫没有离开,不能离开这个家,时间久了大家都不敢来看她。他们原本打算带玛丽去市区住,这样方便照顾,而且市区的医疗条件要比这里好,可怎么也说服不了玛丽,他们只得每个周末回来看她。

就在一个星期前,玛丽说她突然做了一个梦,她说她向神祷告,神给了回应,她希望拍摄一组家庭写真,将来去了天堂也好给去世的亲人交代。莫妮卡是艾玛的朋友,艾玛便跟莫妮卡说了这件事,希望莫妮卡帮忙介绍一位摄影师朋友。他们找了许多摄影师,玛丽都不满意,直到找到谢云上,玛丽看了谢云上的作品,满怀激动地说,这是神的安排。

于是,"被神安排"的谢云上来到了这里。

"所以，我是被拣选的？"

"你确实是被拣选的，"莫妮卡说，"还好你同意了，要是不同意，我猜艾玛他们就得飞去浦城找你了。"

她们相视而笑，一旁的艾玛不明所以。又聊了一会儿，莫妮卡看出谢云上的疲惫，让她回房间休息，晚饭时叫她下来。

"今天不开始吗？"谢云上问道。

"谢小姐你真可爱，"莫妮卡笑道，"工作不急于一时嘛，再说你随时都可以开始啊。"

"也对。"谢云上跟着笑了，她拿起背包走进二楼的房间。

她的房间在二楼走廊的尽头，连着一个大露台，打开门可以走到露台上欣赏外面的风景。这里的房子一般是两层，视野开阔，闭上眼深呼吸，可以闻到草木的清香和果实的甜香。谢云上把行李归置好，把相机和镜头放在桌上。收拾妥当，把空调打开，美美地睡了会儿，醒来的时候外面天色渐黑。

这时敲门声响起，莫妮卡站在门外招呼她下去吃晚饭，谢云上抱歉地说："不好意思，我睡了这么久。"

"长途飞行挺累的，你睡的时间不长，刚刚玛丽还问要不要把晚餐端到你的房间。"

"那可不行，我是来工作的。"谢云上说。

"你也是客人呀。"莫妮卡说，"走吧，他们都在等你了。"

晚餐比午餐还要丰富，典型的法国料理，先上开胃菜，然后是汤，接着是主菜，主菜又分热盘和冷盘，还有牛排和蔬菜，最后是甜品。谢云上吃到了最地道的舒芙蕾。晚上换了红酒，大家一边喝红酒一边开心地交谈。玛丽说，午餐准备得很仓促，希望晚餐云上小姐能吃得开心。谢云上吃着鲜美的法国蜗牛，心想这已经是她吃到的最美味丰盛的法餐了，一旁的莫妮卡说："你就回'Merci'吧，玛丽挺好玩的。"

谢云上问："有没有更尊敬的说法？"

莫妮卡想了想说："Je vous remercie."

于是谢云上对玛丽举起了酒杯说："Je vous remercie."

老太太开心地和她碰了碰杯，然后说："谢谢。"

艾玛腼腆地说："这是我教她的。"

谢云上说："很正。"

莫妮卡用法文跟艾玛翻译了一遍，于是大家都举起酒杯，大声说："很正。"

饭后，一家人开心地喝着小酒唱着歌，玛丽弹起了钢琴，她年轻时是一名歌者，已经很多年不唱了。今晚为了远道而来的客人，她破例开嗓，唱起了年轻时最拿手的情歌。

年轻时的玛丽正是用这首歌征服了她的爱人，他向她求婚，他们在神的祝福下走向婚姻的殿堂。

谢云上决定，这次拍摄的主题就叫作"玫瑰人生"。

第二天一早，他们开始进入第一天的拍摄。谢云上没有提任何要求，他们仍然像平常的周末那样自在地聊天、劳作，而她只是拿着相机在一旁默默记录。

一天不知不觉过去了，看着他们一家人其乐融融，谢云上不禁想起了家人。在那些晦暗悲伤的梦里，她看到的父亲只是一个模糊的影子，她记不清他的样子，不知道是因为时间太久，还是因为梦里的父亲不愿意面对……她看着手中的相机，突然有一种恍惚的念头，会不会是因为曾经害怕忘记，才想要通过摄影这种方式记录下来，提醒自己一直记得。

晚餐前，莫妮卡对谢云上说："一会儿有个朋友过来，介绍你们认识一下。"

谢云上点点头，回房间把相机里的照片拷到电脑上，工作了一会儿她感到犯困，趴在桌上不知不觉地睡着了。她做了个梦，居然梦到了莫恒山，梦里的莫恒山来找她。她问，你怎么知道我在这里？他说，我就是知道。

梦醒了，依稀听到外面的声音，似乎有孩童的笑声。她打开门走到露台上，一阵微风吹来，拂在脸庞闻到迷人的暗香。她仰起头，看到夜空中的繁星，一颗一颗如同闪烁的蓝宝石，美得让人沉醉。

谢云上收回视线，不期然地对上一道视线。那个人仿佛在那里站了很久，正抬起头看着她。这时，茉莉的声音传入她的耳朵里："云上阿姨，我们又见面啦。"

我们又见面了。

她突然想起梦里的最后一个场景，他们在星空下再次相见。

04 / 莫奈花园

玛丽一家邀请的客人正是莫恒山和茉莉，他们是邻居，莫恒山就住在这附近。平常艾玛他们不在的时候，莫恒山偶尔会来看望玛丽，帮她修理房子、清理花园。在玛丽的眼里，莫恒山就像她的孩子一样。

"莫是很好很好的朋友，"玛丽对谢云上介绍道，"他就像我们的家人。"

谢云上没有说话，刚才见到莫恒山的时候，以为还在梦中。她没有想到居然在这里见到他，更没有想到他是玛丽一家的邻居和朋友。莫恒山笑了笑，对玛丽说："云上是我的朋友，没想到会在这里遇见。"

大家都感到不可思议，纷纷表示这真是美好的缘分。莫妮卡走到谢云上身边，她用一种像是第一次认识的眼光打量她，然后什么也没说，比了一个大拇指。

当晚的菜看非常丰盛，堪称"联合国菜谱"。艾玛在意大利留过学，她做了一道培根海鲜意面，莫妮卡贡献了家乡菜，好吃的三杯鸡和炒米粉。玛丽问谢云上平时做饭吗，谢云上下意识地看了眼对面的莫恒山，莫恒山用法文和玛丽交谈了几句，玛丽哈哈大笑。谢云上问莫恒山说了什么，一旁的莫妮卡说，他说你是一个专业的美食评论家。于是玛丽又问谢云上今天的晚餐怎么样，谢云上说，很正。

　　一屋子的人都笑了，特别是艾玛，笑得眼泪都流了出来。莫妮卡向莫恒山解释了这个梗，莫恒山笑着举起了酒杯："Santé！很正！"

　　大家纷纷举杯，说："很正！"

　　晚饭后，开始一周最重要的家庭聚会。大家围坐在一起，玛丽先分享，她说这几天最开心的事是实现了对神的承诺。她说完这句话停了停，看着谢云上："云上小姐，谢谢你。你是我非常尊敬的客人，也是我非常重要的朋友，如果你愿意接受'朋友'这个称呼的话……"

　　莫妮卡在一旁翻译，谢云上点点头，握住玛丽的手："当然，我们是朋友，我很开心为你工作。"

　　然后是艾玛，她的语气非常激动："我很久没有看到妈妈这么开心了，谢谢你云上，谢谢你莫妮卡，也谢谢你莫。谢谢你们带给妈妈的喜悦、温暖和爱，我这个做女儿的只希望她开心……"

　　玛丽落泪，艾玛走到她的身边，母女相拥。此时此刻，再多的话语都是多余，莫恒山和谢云上看着彼此，茉莉坐在他们中间，小姑娘伸出手，一只手牵着一个人的手，仿佛他们是一家人。

　　分享结束，莫妮卡对玛丽说："今晚再唱一首歌吧。"

　　玛丽微笑着摇了摇头，莫妮卡对莫恒山提议道："莫，还是你来吧，昨天玛丽给云上唱了一首歌，今天你开口她一定会唱。"

　　于是莫恒山坐到玛丽身边，和她交谈了几句，玛丽点点头，答应再唱一首。

　　"天，莫你是怎么做到的？"艾玛不可思议道，"我平时怎么哄她都不肯开口。"

　　莫恒山看了一眼谢云上，说："我对玛丽说，云上很喜欢听她唱歌。"

　　艾玛转身给了谢云上一个拥抱："谢谢你，云上。"她用生涩的中文说道。

　　莫恒山只说了一半，还有一半他没有说。只见他走到钢琴前，坐下来对玛丽点了点头,一阵轻快的乐音在他的指尖流淌。谢云上终于体会到麦克说的"宝藏"了,眼前的莫先生不仅会做饭,会园艺,还会弹钢琴,麦克还说过他马术一流……还有什么是他不会的呢?除了讲故事,想到这里,谢云上不禁露出了笑容。

一曲结束,所有人意犹未尽。莫恒山停了停,两只手又在键盘上跳跃起来,大家的眼睛都亮了,这首歌再熟悉不过,是保罗·莫里哀那首经典的曲目。

这首歌谢云上曾经听过,她轻轻地哼唱,看着艾玛和莫妮卡一起随着音乐翩翩起舞。茉莉拉着她的手走入"舞池",玛丽拍着手微笑地看着他们,一屋子的人载歌载舞欢声笑语……这美好温情的一幕,被莫恒山深深地看在眼里。

玛丽坐在钢琴边,对莫恒山露出微笑,她的歌声平静舒缓,充满了沧桑。她在生命最好的时光遇到了一生所爱,也在生命最后的时光里,思念着爱人。

谢云上不禁流下了眼泪,莫恒山凝视着她,这是他第二次看到她流泪。

临走时,茉莉问谢云上什么时候去她家,说她家好大,比玛丽家还大。谢云上习惯性地摸了摸小姑娘的脸,告诉她等工作结束了就去。茉莉点点头,伸出小拇指,仰起脸无比期待地说:"云上阿姨,你一定要来哦。"谢云上微笑着和她拉钩。

谢云上开始第二天的拍摄工作,中午莫恒山过来和她们一起吃午饭,带了新鲜的食材,都是他自己种的。莫妮卡对谢云上打趣道:"莫是一个非常值得托付的对象,至少让你每天都有好吃的。"

午饭后玛丽照旧午休,拍摄工作暂告一段落。莫恒山提议,要不要出去走走,谢云上欣然同意。两个人走出门,谢云上带着形影不离的相机,偶尔举起相机,拍下看到的风景。

莫恒山问道:"照片会保留那些记忆的痕迹,是因为这样你才喜欢摄影的吗?"

"有一部分原因，"谢云上放下相机说，"我之所以喜欢摄影，一部分原因是像你说的，留下记忆的痕迹。还有一部分原因是，我想找到熟悉的感觉。"

正是因为知道她失忆，莫恒山才理解她的感受。他们一路沉默地走着，莫恒山又问："你的身体恢复得怎么样？出来工作没问题吗？"

谢云上摇了摇头："已经没什么问题了。"她顿了顿说，"我不想把自己当病人，如果不出来工作，感觉像荒地里的草，迟早要枯掉。"

巴黎的深秋，凉意袭人，阳光洒在草地上，泛着碧绿的色泽。他们并肩站在一棵树下，一片树叶落了下来，落到谢云上的发上，她看着远处的风景，没有一丝察觉。莫恒山突然理解她为什么要坐十几个小时的飞机来到这里，这里没有人认识她，她可以轻松自在地走在阳光下，不用担心收到异样的眼光。

如果没有和她长时间接触，如果不是像现在这样和她随意地聊天，他其实很难走进她的世界，而她也不会走进他的世界。

莫恒山静静地看着她，伸出手，将那片树叶悄悄地取下来。他说："你相信缘分吗？"他的眼睛映着她的样子，像一张秋天的明信片，"我想，我们的见面就是缘分。"

那天晚上，谢云上又做了个梦。

她梦见回到学生时代，偷偷地喜欢一个男孩，却总是看不清他的长相。她写了一封对他表白的信，偷偷地放到他的座位上。她看到一个女孩走到他的面前，那个女孩留着长发，穿一身浅蓝色的长裙，两个人面对面地站着，他看着女孩低下了头……

谢云上完成了所有拍摄工作。她收拾完行李准备下楼，茉莉悄悄地跑上来对她说："云上阿姨，我们拉过钩的噢。"她真的很喜欢谢云上，想邀请她去家里做客。

谢云上摸了摸她的脸，这时莫恒山走上来对茉莉说："茉莉，去跟朱莉亚他们玩。"

"可是云上阿姨还没有答应我呢。"茉莉噘着小嘴道。

"云上阿姨不会食言的，"莫恒山哄道，"爸爸会帮你搞定的。"

被搞定的人就站在父女俩面前，得到父亲的承诺，小姑娘欢快地去玩耍了。莫恒山接过她的行李问："东西都检查了吗？"谢云上点头，他说，"走吧，他们都在等你。"

谢云上跟莫恒山走下楼，看到所有人在客厅里等她，她和玛丽一家告别，大家依依不舍，玛丽握着谢云上的手久久不愿放开。他们本来打算再留她住一晚，莫恒山说："云上今晚住我家里。"他说这句话时神色自然，谢云上却觉得大家看她的眼神不一样了，特别是莫妮卡，她的眼神十分暧昧。

谢云上对莫妮卡说："不是你想的那样。"

莫妮卡学她眨眨眼："Have a good night."

离开玛丽家，车子穿过一条车道往山上驶去，天色渐渐暗下来，两旁是郁郁葱葱的树，一只小松鼠跳到车窗旁，贴着他们的车跑远了。谢云上感觉进入了一片森林，光线越来越暗，过了一会儿，莫恒山说："到了。"

谢云上看到一栋白色房子藏在森林深处，就像是童话里才会看到的场景，路两旁的灯依次亮起来，一座漂亮得难以形容的花园映入眼帘。

整座花园仿莫奈花园而建，一半是水园一半是花园，水园里种满了睡莲。正值秋季，睡莲大多在湖中沉睡。茉莉拉着谢云上来到湖边的一架秋千前，只见秋千绳上缠绕着花藤，微风轻拂散发着芳香。茉莉说："云上阿姨，你快坐上去。"谢云上依言坐了上去，晚风吹在脸上，不禁闭上眼睛，身体随着秋千微微荡漾。

秋千越荡越高，谢云上闭着眼睛说："茉莉，不用推这么高。"秋千荡得更高了，她没有听到茉莉的回答，忍不住回过头，看到莫恒山不知何时站在她的身后……他越推越高，她有点恐高，却隐隐感到刺激，忍不住叫出声。

她感觉自己像一只风筝，自由地在天空飞翔，然而无论飞得多远、多高，总有一个人紧紧地攥着那根牵着她的线。

05/答案

　　他们晚上吃了一顿丰盛的晚餐，莫恒山做了糖醋排骨、清蒸鳕鱼、清炒芦笋、南瓜羹和银耳雪梨汤。早就听麦克说他厨艺一绝，果然名不虚传，他不但会做中餐和法餐，还会做意大利料理和越南菜。

　　谢云上问："你是喜欢做饭吗？"

　　莫恒山看了眼埋头喝汤的女儿，解释道："茉莉在长身体的阶段，我要保证她的营养，还要让她尽量不挑食。"

　　这时，茉莉抬起头插了一句话："爸爸平时做不了这么多菜，他自己也不吃。"

　　莫恒山尴尬地看了一眼谢云上，给她夹了一块糖醋排骨，转移话题道："尝尝看有没有家乡的味道？"谢云上咬了一口，糖汁漫溢，散发着甜甜的肉香，莫恒山说，"我想你在这里也会想念家乡菜吧。"

　　谢云上顺着茉莉的话问："你怎么不吃呢？"她发现，他确实吃得很少。不等他开口，茉莉说："爸爸要保持身材。"

　　莫恒山无奈："茉莉，好好吃饭。"于是，小姑娘埋头乖乖吃饭。

　　莫恒山没有回答谢云上的问题。他在林奈去世后胃口就变得不好，也去看过医生，医生说是得了厌食症。其实没那么简单，他知道，这是他的心理障碍。

　　有一段时间，莫恒山为了调理林奈的身体，亲自做饭给她吃。后来他发现，林奈表面乖乖地吃掉，却背着他偷偷吐掉。他以为是林奈不喜欢吃他做的饭，医生却告诉他，林奈得了抑郁症。他找林奈谈过，希望她爱惜自己的身体。林奈却说，她的身体很好，没什么问题。

　　他们婚后没多久，莫恒山便从巴黎的艺术圈听到关于林奈之前的传闻。对于这种无稽之谈，他原本没有放在心上，直到有一个买家拿着她当模特时的露骨画找到他，向他索要一笔钱，否则就要将这幅画公开拍卖。莫恒山瞒着林奈把这件事解决了，心里却感到不舒服。他不介意林奈的过去，但是介意林奈的隐瞒。

　　她曾经对他说，她靠自己勤工俭学来到巴黎，很辛苦地打拼，终于获得艺术圈的接纳和认可。他相信她的努力和付出，于是婚后陪她来到巴黎，两个人一起建造了他们的居所，"莫奈花园"。

　　那是一段宁静美好的时光。

　　但没过多久，这份宁静就被打碎了。林奈得了抑郁症，很长一段时间酗酒度日。莫恒山不明白林奈的病从何而来，他宽慰自己，搞艺术的人都会有情绪的问题。可林奈却瞒着他，什么都不让他知道，她不愿对他敞开自己。

　　莫恒山觉得，这并不是他认识的那个女孩，或者说，他从来就没有了解过真正的她。

　　莫恒山当初之所以答应和林奈结婚，是因为林奈的乞求。她签证过期，没有正经工作，也没有收入来源，就要遭遇遣返，她不愿意回国，求莫恒山帮助她。那时候父母正催他回去，他们给他物色了一个结婚对象，父母和对方的父母是世交，两家想要"亲上加亲"。

　　一方面是林奈需要，另一方面是他不想过被安排的人生。何况，他也觉得自己应该是喜欢林奈的。她是他曾经遇见的人，他们居然还能在异国相逢，他觉得也许这就是林奈说的，上天安排的缘分。

　　他们的结婚低调而仓促，没有举办婚礼，也没有通知双方父母。莫恒山的心里隐隐有所亏欠，他娶林奈，并不只是为了解决她的困境，他亦通过这种方式反抗他的父母。他不想要一个只为满足父母荣耀的、所谓"门当户对"的婚姻。

　　即使住在一起，婚后他们依然分房睡，大概是因为还太年轻，还没有足够的了解彼此。随着时间推移，两个人之间的矛盾慢慢地显露出来。他们婚后第一次发生争执，是因为林奈不愿意回国见莫恒山的父母。莫恒山的父母得知儿子结婚后，惊怒之余希望莫恒山带林奈回国让他们见见，林奈却不愿意。林奈不仅不愿意见莫恒山的父母，也不愿意让莫恒山见她的家人，她对自己的家人始终讳莫如深。

在他们结婚后的很长一段时间，他都觉得好像是哪里出了问题，到底是哪里出了问题……是他看走了眼，还是认错了人。他娶林奈，明明是愿意的，愿意给她一个家，给她一个遮风避雨的港湾。可是为什么，他却觉得非常乏力，有一种心灰意冷的感觉？

莫恒山带着谢云上在花园里散步，两个人抬头看着天上的星星，不期然地想起了南岛的日子。谢云上轻声感叹："时间过得真快啊……"快得仿佛是昨天刚认识，一转眼如同多年老友相聚，看着星光，想念时光。

莫恒山看着她，说："我记得第一次见你，你坐在麦克的车上，围着一条红围巾。"那时候他就对她留下了深刻的印象。

"我那时候见你一副不苟言笑拒人于千里的样子，上了车也不说话，幸好有麦克，不然我应该要求下车。"谢云上微微笑道。

莫恒山没有说话，谢云上收起了笑容，只听莫恒山说："抱歉，是我的错。"

"你没有听出我在开玩笑吗，莫先生？"谢云上歪着头，对他眨了眨眼睛。

莫恒山愣住了，与谢云上玩笑似的口吻不同，他的神情看起来非常认真，他说："我记得在南岛的每一天，记得星空下的徜徉，记得你问我的话……抱歉我太久没有对一个人说过这些话了，仿佛对你，那些无法宣之于口的话都有了归处。"

谢云上想了想，说："也许我就是你的树洞。"

莫恒山闻言，有点哭笑不得："你不介意我在你面前示弱吧？"

这句话是两个人都没有想到的，没想到不苟言笑的莫先生就这样"示弱"了起来。两个人皆是一愣，气氛有点凝滞，好在谢云上反应过来，笑着说："都说了我可以当你的树洞……也可以给你讲童话故事。"

说完这句，两个人都不说话了。过了一会儿，莫恒山闷闷道："我又不是茉莉。"

"茉莉都比你好照顾。"

谢云上话音刚落，两个人又都是一愣。见气氛有点尴尬，谢云上低咳一声，打破沉默道："我很好奇，莫先生是做什么的，能有这么大一个园子？"

莫恒山说："我做艺术品投资。"

"艺术品投资……"谢云上似懂非懂，"那应该是有钱人的乐趣。"

莫恒山耐心解释道："艺术品投资听起来高雅，也无非就是做生意，投资一幅画或者一件雕塑品，跟做生意没什么区别。就比如你做摄影师，如果你的作品拿了奖被拍卖行炒高价，你也会成为有钱人。外行看的是热闹，内行看的是生意。"

听莫恒山这么说，谢云上不免想起了那幅画。那场展会也是一场艺术品拍卖会，其中不乏投资高手和资深玩家，有钱人闻着油墨味干的还是铜臭味的买卖，她确实不懂。她不关心哪幅画拍出了天价，只关心她看中的那幅画和她到底有什么关系。

可是如斯美好的夜晚，她不想打破这难得的静谧安宁。显然莫恒山也不愿意打破，他问："明天想出去逛逛吗？"

看似随口一问，谢云上的心中却起了一丝微澜。她说："我其实打算明天回去，也已经订好了机票。"她无法再多待，要尽快回去不让池逸发现。想到池逸，她在法国的这段时间他们联系过一次，他关心她的近况，她说一切都好，只是还是比较嗜睡。她用这个理由，打消了池逸的顾虑。

莫恒山沉默，他的心中突然生出想要留下她的想法，哪怕再多待一天也好。可是，他没有说出口。

他们谁也没有再说话，在湖边慢慢地散步。夜阑深静，各自想着心事。

"留下她吧，你们好不容易见一次面。"一个声音在莫恒山的心中响起。

"你应当尽地主之谊，带她到处逛逛。"又一个声音响起。

　　"这次走了不知什么时候再见，至少留下回忆，也不觉得遗憾不是吗……"

　　走到一棵冷杉前，谢云上停住脚步，莫恒山静静地凝视着她的背影，终于下决心说出了暗藏已久的心声。

　　"云上，我想你多留一天，可以吗？"

　　谢云上闻言转身，暗夜的光照在莫恒山的脸上，似藏了千言万语，最终归于一片寂静。

　　莫恒山说不上为什么对谢云上存了隐晦的心思，这种心思只有自己知道。也许是在联系不上她心慌意乱的时候，也许是听到她说有人照顾的时候，也许是她对他说"也没什么可失去了"的时候……他悄悄地，把她藏在了心上。

　　你所谓的不想、不愿、不将就，只是因为没有遇到那个人罢了。

　　如果遇到了呢？

　　问问你的心，它会告诉你想要的答案。

第四幕

花园的主人

『唯有你也想见我的时候，我们的见面才有意义。』

01
/One Day

　　谢云上答应了莫恒山的请求，决定多待一天。莫恒山原本打算带她去看埃菲尔铁塔，她却说，想去花神咖啡馆坐坐。

　　花神咖啡馆位于巴黎圣日耳曼大街，建于 1887 年，是巴黎最负盛名的咖啡馆之一，因门前有一座古罗马女神 Flore 的雕像而得名。当年萨特和波伏娃便是在这里讨论《存在与虚无》，这里是他们举世闻名的爱情萌芽地。

　　"我读过波伏娃的情书，她一生有很多爱人。"

　　他们坐在咖啡馆外面，沐浴在阳光之下，看着来来往往的行人。谢云上点了一杯带杏仁果香的招牌咖啡。

　　"是那本《越洋情书》吗？"莫恒山问道。

　　"是的。"她很意外他居然知道。

　　"你是来品味他们的爱情的吗？"莫恒山微微笑道。

　　"不，我是来打卡的。"谢云上喝了口咖啡。

　　他们一边交谈一边看着街上的行人。莫恒山说："我看过《越洋情书》，记得里面的一句话。"

　　"什么话？"谢云上感到好奇。

　　莫恒山凝视着她，声音如同染上黄昏暮色，沉郁动听："唯有你也想见我的时候，我们的见面才有意义。"

　　《越洋情书》是波伏娃写给她的美国情人奥尔格伦的，她在书中写道："我渴望能见你一面，但请你记得，我不会开口要求见。这不是因为骄傲，你知道我在你面前毫无骄傲可言，而是因为，唯有你也想见我的时候，我们的见面才有意义。"

他们走在巴黎街头，梧桐树叶飘落纷飞，两个人穿着深色大衣、围着围巾，谢云上围着那条标志性的红围巾，偶尔回眸一笑，如同画里走出来的人。一个年轻的摄影师对着他们按下快门，莫恒山回头看着身边的女子，想起他们在南岛相遇的那个清晨，她举着相机对着自己然后放下来的样子……那时候他们彼此还不熟悉，刻意保持着距离。

他们沿着塞纳河漫步，夕阳下，暮色中的塞纳河如同油画般梦幻迷离。波光粼粼的河面像是撒满了金子，两边高大的梧桐树充满文艺浪漫的气息。年轻当情侣在街头热吻，人们见怪不怪微笑着经过，一个手捧玫瑰花的花童走到他们面前，用法语低声说着什么，莫恒山回了一句，男孩开心地把手里的一束玫瑰花送给谢云上。莫恒山给了男孩一张纸币，男孩吹着口哨蹦蹦跳跳地离开了，看着他远去的背影，谢云上无声地笑了。

两个人不知不觉走到埃菲尔铁塔前面，远远望去，金色的光照着整座铁塔闪闪发亮。穿着西服婚纱的新郎新娘在埃菲尔铁塔前拍照，来自世界各地的游客纷纷举起了手机、相机，在这处举世闻名的景点前留下珍贵的纪念。

谢云上找好取景点，拿出相机对好角度拍摄，她没有单纯地拍铁塔，而是拍铁塔下热吻的情侣和奔跑的孩童。莫恒山在一旁注视着她，等她拍完，问："要不要留个影？"

她刚想回答，一个年轻女孩走过来："请问可以帮我拍张照吗？"

谢云上点点头，帮女孩拍了几张照片，女孩看她把自己拍得很美，开心地说："我帮你们也拍一张吧。"

谢云上和莫恒山彼此对视，谁都没有说出拒绝的话。于是，他们站在塞纳河边，背对着埃菲尔铁塔留下了一张合影。

晚上回到家，茉莉问："你们玩得开心吗？"谢云上摸了摸小姑娘的脸，将手里的玫瑰花送给她。吃过晚饭，小姑娘问谢云上，"云上阿姨，你今晚可不可以陪我睡？"她知道谢云上明天要走，有些舍不得。

莫恒山说："茉莉，云上阿姨今天要早点休息。"

"我不吵云上阿姨的，"小姑娘乖巧地说，"云上阿姨陪我睡好不好嘛？"

　　莫恒山感到无奈，却听谢云上说："好，阿姨陪你。"

　　她们一大一小躺在柔软的小床上，谢云上给茉莉讲起了睡前故事。莫恒山站在门外，听到她轻声说："海龟先生喜欢贝壳小姐，他总是游上沙滩找她聊天。有一天，海龟先生在海里睡着了，他被海浪冲上了沙滩，本来这没什么，可是肚皮是朝上的，他努力了很久想要翻过来。这个滑稽的样子被贝壳小姐看到了，她笑眯眯地看着海龟先生满头大汗努力翻身的样子，问，你在干什么呀，海龟先生？"

　　"海龟先生在干什么呀？"茉莉好奇地问。

　　"海龟先生抬起头，看到是心仪的贝壳小姐，气喘吁吁假装很惬意地说，哦，我只是想做个仰卧起坐。"谢云上学着海龟先生的口吻说道。

　　"哈哈哈哈……"茉莉听完乐坏了，门外的莫先生露出了温柔的笑容。

　　茉莉听着谢云上的睡前故事，渐渐地沉入了梦乡，看着小姑娘恬静的睡颜，谢云上的眉眼十分柔和。门外的灯依然亮着，莫恒山轻轻推开一道门缝，谢云上看了他一眼，悄悄起身走了出来。

　　莫恒山的手里端着一杯热牛奶，谢云上接过他手中的杯子，他看着她喝完牛奶，问："累了吗？"

　　她其实有点累，但想到明天就要走了，说："我想出去走走。"

　　莫恒山把杯子拿走，又去拿了一件外套递给她："外面冷，穿上衣服。"

　　他们没有走太远，在花园里转了转，找了一个地方坐下来。谢云上把腿蜷起来，双手抱着膝盖，静静地看着月亮发呆。月色撩人，淡淡的弯月悬挂在天边，发出银白色的光。周围安静极了，月光倾泻，庭院中散发着植物的清澈弥香。

　　一只小松鼠悄无声息地溜过来，看到他们又悄无声息地溜走。莫恒山说，他们住在森林里，经常有可爱的邻居来串门。她默不作声地听着，享受着这难得的静谧时刻。

　　莫恒山看着她，突然问："海龟先生说完之后，贝壳小姐是怎么回应的？"

谢云上表情微愣，仿佛没有听见他在说什么，于是他又重复了一遍。她听完忍不住笑了，莫恒山听着她的笑声，有点不好意思，他是真的想知道。谢云上笑完之后，轻声说："贝壳小姐听了海龟先生的话说，那我陪你一起吧。于是，她躺到了海龟先生的身边。"

莫恒山露出笑意："你都是从哪里听的这些故事？"

谢云上说："有些是我看过的，有些是编的。"

"你喜欢孩子吗？"他看着她，突然问道。

谢云上微怔，随即点了点头说："喜欢。孩子的世界简单、干净，跟他们在一起不用想太多的烦恼，无拘无束，很快乐。"

她冷静从容的外表之下藏着一颗童心，怪不得茉莉喜欢她，愿意和她亲近。莫恒山静静地凝视着她，眼里倒映出她此刻的模样，恬静、美好，惹人心动。

谢云上静静地看着月亮出神，不得不承认，她很喜欢这里。这里与世隔绝，日出月落，清幽静谧，非常适合像她这样的人。生活对她而言是领悟生命的真相吗？还是探寻人间的真理？都不是，不过是一日三餐，一蔬一饭。可如此简单的人生，并非努力就能得到。

"在想什么？"莫恒山看着她的侧脸，轻声问道。

"你可以给我讲讲你的故事吗？"谢云上侧过脸与他对视，补充道，"作为报答，给你讲童话故事的报答。"

莫恒山想起了"童话故事"那个梗，嘴角挂着笑，语气却无奈道："我的故事很乏味。"他和她并肩坐着，抬头看着夜空，见她一副饶有兴趣的样子，缓缓回忆道，"像普通人家的孩子一样，我从小到大就是努力读书，之后到英国留学……"

"为什么在巴黎定居？"谢云上好奇道。

莫恒山没有立刻回答，过了一会儿，他说："因为林奈。"

谢云上没有想到他会提起林奈，说不清当下听到这个名字是什么心情。她垂着眼微微失神，直到莫恒山喊她的名字，她才回过神，说了一声："抱歉。"见莫恒山仍然看着她，她有点言不由衷地说，"这应该又是你的私人问题吧……"

莫恒山没有接话，美好愉快的气氛被她的好奇心"搞砸了"，她也不知道为什么对莫恒山的过去如此好奇，确切地说，是如此在意。她原本想结束两个人的对话，却听莫恒山淡淡地说："林奈想在巴黎生活，她不喜欢伦敦的天气。"

原来如此。

她心里不由得有点羡慕林奈。这个叫林奈的女人是莫恒山的妻子，她英年早逝，给莫恒山留下一个可爱聪慧的孩子。她曾经的人生一定很幸福吧……谢云上环顾四周，这么漂亮的花园，完全是"莫奈花园"的翻版。可是，她为什么会离开？这么幸福的女人怎么舍得离开深爱她的丈夫和孩子……

谢云上不愿去深想，她心里仿佛有一个结，自从看到那幅画，自从第一次听见林奈的名字，她就对这个女人产生了深深的好奇。但因为莫恒山的关系，她不愿让他发现自己对他已故妻子的兴趣，那无疑是在揭他的伤疤。

本来聊得还很愉快，一提到林奈，两个人都变得沉默。谢云上意识到不妥，可像是被蛊惑般，脑海里有个声音一直在说："你既然想知道，为什么不敢问呢……你怕什么……"

于是她握紧蜷缩的手指，说出了心中最想问的那句话："你，很爱她吧……"

她曾经问过他一次，那是他们回国后第一次见面。她在得知记忆中的那幅画是他妻子的画之后，问出那句"你很爱你的妻子吗"……她不知当时为什么会问这个问题，她也没有别的想法，只是下意识地觉得，他应该很爱他的妻子。如果不是因为爱那个人，为何回忆里都是悲伤……她记得莫恒山当时的回答，他说："抱歉，这是私人问题。"

现在，她又问了他同样的问题。她清楚地意识到，她很在意这个回答，想知道他的答案。

莫恒山依然没有给她答案。

他转过脸看着谢云上，看到她仰起头，不让眼里的泪掉下来。

"你哭了。"他伸出手，摸了摸她的眼睛，指尖传来一片湿意。他没来由地心中一痛，说出的话再也收不回去，"云上，可以问你一个问题吗？"他说，"如果一个人经历过一次失去，你觉得他有资格再爱吗？"

她眼中的泪终于落了下来，转过脸，看见他深深地凝视自己，比夜色还沉。

"我以为，我会孤老一生。等到茉莉长大了，等到她有了伴侣，等到她离开我，我一个人在这里老死，也不会有人知道。可是，我也有私心……云上，你觉得这样的我，还有人愿意和我一起走下去吗？"

他说出心里深藏已久的话，眼里是不再隐藏的落寞和哀伤。他像一个迷路的孩童，找不到回家的路，谢云上深深地感受到他的迷茫与孤独。

这样一个已过而立之年的男人，妻子早逝，独自抚养女儿，在异国他乡过着近乎隐居的生活。岁月还很漫长，她却觉得他已经生无可恋……她突然生出一种念头，她想留在这里，陪伴他们。

她想让他不再孤单。

空气中流动着尘埃，夜凉如水，在心里荡起微微涟漪。

谢云上许久没有说话，就在他以为她不会回答的时候，听见她说："如果你想知道答案，等下次我们见面的时候。"

02
致云上

萨特说："我从未遇见一个真正爱的女人，或者结识一个真正要好的朋友。那是因为，我从未遇见一个值得我结识的男人，或者一个真正值得我爱的女人。如果我没有写出什么好书，那是因为过去抽不出时间来写。还有，如果过去我没有什么心爱的孩子，那是因为没有找到可以与我共度余生的人。"

她合上书，看着窗外的天空。天空如湖水般湛蓝，白色的云朵像她见过的雪山，纯澈澄净……她看着它们，回忆渐渐陷落。

云上。

她默念自己的名字，第一次听池逸念这个名字的时候，有一种遥远的距离感。外面下着绵绵细雨，她看不到天空的云，也不知道这个名字对自己的意味。而今，云起云落，云卷云舒，她才觉得它如同一枚印章，刻在永恒的生命里。

她回来一个多星期了，莫恒山一直没有联系她。谢云上知道，他们都在默契地给彼此时间和空间。池逸来过一次，他瘦了许多，他们照常吃饭、聊天，谢云上却感觉到他的心不在焉。距离她做完手术过去一段时间，这期间除了偶尔的问候，池逸很少联系她，不免有些异样。谢云上问池逸手术报告出来了没有，池逸回答，还要再等等。

吃过饭，他们一起看电视里正在播放的一部电影，电影讲述一个女孩醒来后忘记过去五年的记忆。两个人静静地看了会儿，谁也没有说话，这时池逸起身对她说："我出去透个气。"

他走到阳台上，把门关上。谢云上继续看，屏幕里饰演女主角的演员哭着说："为什么睡了一觉起来，整个世界都不一样了？"这也是她的心声，睡了一觉起来，整个世界都不一样了。

她起身去厨房倒水，经过阳台的时候看到池逸背对着她在夜色中抽烟。在她的印象里池逸从来不抽烟，究竟是什么烦心事让他打破原则，是……她的病吗？这些日子以来，她不再嗜睡，只是失神的症状越来越厉害，经常感到头晕，越来越频繁地想起一些记忆的碎片，就比如现在，她看着电视里饰演丈夫的演员说："这个画是我们一起画的，记得吗？这个灯是我们吵架你逼着我买的，还有那台相机是我们在日本买的……"

她想起了一些尘封的记忆，仿佛有个人也曾经对她说过类似的话。

她走到池逸身边，他们一起看着夜色深处，她问池逸："我的病是不是严重了？"

池逸没有说话，他记得她刚得知自己得病的时候，什么也没说，没有一点病人该有的反应。那时候他想，或许是因为她曾经与死神擦肩而过，世间的事除了生死，其他都是小事。

她与他想象中的人不一样。

"最近又想起什么了吗？"他看着她，看似随意地问道。

"我总是想起一些让我困惑的片段，"谢云上看着夜空，缓缓说道，"它们像电影一样在我的脑海里回放，我觉得自己像个观众看着它们发生，却没有任何共情。理智告诉我那也许是我的记忆，情感却无动于衷……你能理解这种感受吗？池逸，如果它们是我经历的，为什么我不能感同身受，那些记忆为什么对我而言如此陌生……"

"你能说得具体点吗？云上，是什么样的记忆？"池逸皱着眉，小心翼翼地试探道，"是你……记忆里出现的'她'吗？"

"我不知道。"谢云上缓缓摇头，表情迷茫，"我不确定她是不是我，我以为是，可心里总有个声音对我说，不是。我在想，会不会是你说的记忆衰退症发作的缘故，我对自己的记忆不能做出正常的认知。"

她似乎陷入了一个密闭的空间，这个空间只有自己。在夜晚、在黎明、在黄昏，她注视着"自己"，遥远而陌生。她看到记忆中的少女留着长发，穿着淡蓝色长裙，在海边临摹一幅画；她看到她一个人穿过黑暗幽深的巷子，被黑暗渐渐地吞噬；她看到她去书店打工，把攒下来的钱放入牛皮纸信封……

记忆中的"她"与她相伴，她却始终看不清对方的容颜，可是那种强烈的情绪让她无法忽略。那个人她并不感到陌生。谢云上想，"她"是否就是被埋葬掉记忆的过去的自己，是"新生"之后不愿再面对的过去的那个自己。

池逸没有回答，许久他问道："云上，你的记忆里有我吗？"

　　她想了想说："没有。"

　　"有别人吗？让你忘不掉的人……有吗？"他看着她的眼神晦暗深沉，似藏着难言之隐。

　　谢云上习惯性地垂着眼，回避他的注视："我的记忆里除了我自己，没有别人。可笑吧，"她似乎想到了什么荒谬的事，"我总觉得记忆里的那个人不是我，可她明明就是我啊……就像你说的，除了我还会有谁呢。或许是我想多了，或许是那次意外让记忆产生错乱，抑或是你说的那个病，它在影响我的记忆认知。"

　　池逸默不作声，夜色很深，如同晦暗不明的心事。他看着她的眼睛就如这夜色，让人看不透。许久之后，他说："那次意外已经过去了，你不必再想。我给你做手术，是为了遏制记忆衰退症。即使记忆衰退症不可抑制地让你的记忆消失，但我仍会尽我所能延缓它的病发。"池逸的目光落在她的脸上，语气沉缓坚定，"云上，相信我，我不会做任何伤害你的事，我比你更在乎你的记忆能不能回来。"

　　池逸走后，谢云上独自在客厅坐了很久，耳边仍然回荡着他刚才说的话。那部电影已经进行到尾声，她却没有心情再看下去。打开手机，翻到莫恒山的聊天页面，没有收到他的消息。

　　谢云上回到房间，打开电脑，本想通过工作安抚内心的错乱，却看到了在巴黎拍摄的照片，那是一张在埃菲尔铁塔下，她和莫恒山站在塞纳河畔的合影。谢云上看着这张照片，把它存入了一个单独的文件夹。

　　整理完照片之后，她给莫妮卡发消息，过了一会儿，收到莫妮卡的回复，她已经回到浦城，约她见面叙旧。

　　她们约在谢云上经常去的那家蓝山咖啡店，她带着装有照片的硬盘和洗好的胶片赴约。两个人见面后互相拥抱，莫妮卡说："有一阵没见你了，还好吗？"

　　"我很好。"谢云上把装着硬盘和胶片的袋子递给莫妮卡，"替我谢谢玛丽一家，希望还有机会给他们拍摄。"

"Of course." 莫妮卡笑道，"我昨天还跟他们联系了，他们都很想你。"

"他们都好吗？玛丽的身体怎么样了？"

"他们都很好，玛丽住进了疗养院，现在有护工专门照顾她。云上，真的要谢谢你。"莫妮卡真挚地说。

"谢我什么？"

"谢谢你改变了玛丽的决定，住疗养院对她和艾玛都是最好的选择，她可以有专业的医护人员照顾，艾玛也不用那么辛苦地奔波。"

两个人又聊了会儿，谢云上问："你怎么来浦城了？"

"我调到浦城工作了。"谢云上惊讶地看着她，莫妮卡解释道，"我在巴黎的工作告一段落，老板就把我调回来了。对了，你还不知道我老板是谁吧？"莫妮卡卖起了关子，像是故意激发谢云上的好奇心，见对方果然一脸好奇，她笑道，"是莫。"

"你是说，莫先生？"谢云上没有想到莫妮卡的老板就是莫恒山。

"对，莫先生。"莫妮卡说，"我做过他的助理，以前跟他在浦城工作过一段时间。他去巴黎之后，我后来也去了巴黎，帮他打理一些事务，顺便做自己的小生意。"

"那是怎么又调回来的呢？"

"莫有意把工作重心转回浦城，他现在的员工里面只有我对浦城最熟悉，加上那边现在也没什么需要我做的了，我就申请回来了。怎么样，是不是很意外？"莫妮卡促狭道。

"是很意外……"谢云上轻声呢喃，莫妮卡的话信息量太大了，可她最关心的一点是，莫恒山居然要把工作重心转回浦城。

"你如果有需要我帮忙的地方尽管开口，我们是朋友，我也想替莫好好照顾你。"莫妮卡一番好意，见谢云上似乎在走神，犹豫着开口，"在巴黎我就感到好奇，这么多年我没见过莫带哪个女孩去他家。云上，你是第一个。"

"不是你想的那样，"谢云上说，"我和莫先生只是朋友。"

"我们都看得出来，你和莫很配。"莫妮卡收起玩笑的口吻，认真地说道，"莫的太太走得很早，这你也应该听说了，这么多年，我们都真心希望他能从过去走出来。你大概不清楚我们的关系，莫既是我的老板，也是我的朋友。他为人很好，很仗义，我曾经离开他自己创业，创业失败，他二话不说借钱给我渡过难关。我和男朋友分手，哭得撕心裂肺，是莫像兄长一样陪在我的身边，告诉我没有人爱也要爱自己……云上，认识莫这么多年，他习惯与人保持距离，除非他很认可你，更不用说带到家里这么隐私的地方，连我这个认识多年的朋友都很少去他家。我想，你对他而言是特别的。"

听了莫妮卡的话，谢云上的心里交织着甜蜜和苦涩，她何尝没有感觉到他对自己的心意呢，可是……她想起了莫恒山对自己说过的话，他说："这样的我，你觉得还有人愿意和我一起走下去吗？"

见她一直沉默，莫妮卡打哈哈道："好啦，你们的事情我就不参与啦。我只是想告诉你，所谓'当局者迷旁观者清'，我们明眼人都看在眼里。"她将随身携带的纸袋递给她，"这是莫让我给你的。"

"是什么？"

"你自己打开看看，我还有事先走了，下次再约。"

莫妮卡走后，谢云上打开袋子，里面是一只长方形礼盒，她打开盒子，是一个类似笔记本大小的物件，只见外面包裹着一层淡黄色的枫叶信纸。谢云上想起巴黎的那个午后，他们一起散步，莫恒山从地上捡起一片枫叶递给她。"枫叶代表着思忆。"他说。

她将信纸小心翼翼地拆开，是一本书，西蒙·波伏娃的《越洋情书》。

她翻开第一页，上面是一行漂亮隽永的钢笔字。

"唯有你也想见我的时候，我们的见面才有意义。"

这是谢云上第一次见到莫恒山的字，如同他给她的印象。这个男人内敛、含蓄、深沉，也温柔。她记得第一次见他，他穿着法兰绒夹克，一双黑色皮靴，整个人显得稳重淡漠。

他让她想起了雪山，那终年不化的皑皑雪山，与天相接，总是让她眺望。她原本以为，他与她是山与海的距离，永远不会有交集。

是什么时候开始变了呢？

他对她说："可否请你把刚才拍的那张照片删掉？"

他对她说："你是不是对我有什么误会？"

他对她说："你很害怕被人看穿吗？"

他对她说："这样的我，你觉得还有人愿意和我一起走下去吗？"

她低着头，许久没有动，一滴泪轻轻地落在了书页上，晕染了深蓝色的字。她看到右下角有一行非常小的字，是竖着写的。

"致云上。莫恒山。"

03 / 你的心里

很久之前，莫恒山看过一部电影。电影里的男主角问女主角：我可以向你问路吗？

女主角说：去哪里？

他说：去你的心里。

那是在林奈离世后不久，他独自看的一部电影。爱是什么？他经常问自己。

莫恒山从小家境优越，没有经历过什么大风大浪，一直是父母的骄傲、别人眼中的天之骄子。他骨子里藏着孤傲，有着超出这个年纪的沉稳，也心性单纯，为人纯善。他对未来的人生包括婚姻，没有太多不切实际的幻想，他不喜欢走捷径，无论是对自己的人生规划还是寻找终生相伴的伴侣，他都希望按照自己的心意。

林奈的出现，像一颗石子打破了他平静无波的心湖。她是他的高中学妹，他在学校曾经见过她几次，对她有印象，但就是想不起来长什么样。她围着那条醒目的红围巾，扎一个马尾辫，总是穿一件黑色的防风外套，整个人看起来鲜亮又萧瑟。

在操场，在学校的小花园，在放学的路上，他们都相遇过。她无声地从他身边经过，总是低着头，那条红围巾蒙住她的脸，让他看不见她的面容。

后来，他出国，很快就将她忘了。偶尔想起来有这么一个人，是他短暂的学生时代唯一的一抹亮色。莫恒山想，也许是她围的那条红围巾，令他印象深刻……直到遇见林奈，她让他生出一种似曾相识的感觉。

她告诉他那首《人间失格》；告诉他，给他写过情书；告诉他，他们有很多相似的地方……她生动而富有感染力的回忆，让他慢慢地产生一个甜蜜的错觉，似乎她就是那个他曾经见过的女孩。纵然时过境迁，纵然她已经不再是当初的样子，但看到她看着自己时的悲伤眼神，听到她迟到的告白……都让他有那么一瞬间，心被狠狠地戳了一下。

说到底，他只是不想让曾经的错过，变成一生的错过。

于是，他答应娶她，藏着那么一点私心。但是他觉得，如果两个人都朝着彼此的方向努力靠近，也许会慢慢地培养出感情，他……或许会爱上她。

理想与现实背道而驰。林奈的躲藏敏感加深了两个人之间的隔阂，她酗酒的情况越来越严重，常常夜不归宿。起初，他还愿意出去找她，时间一长，再好的耐心也磨没了。那时候正值他的事业初创期，经常到处奔波，没有多少时间和她交流。婚后一个月，他们就分居了，她留在巴黎，他回到伦敦。

因为截然不同的性格和价值观，两个人的矛盾日积月累，最严重的时候甚至想过离婚。但因为结婚时承诺此生照顾她，即使痛苦失望，莫恒山也不会提出离婚。后来，他觉得累了，也不愿去猜林奈到底在想什么，两个人的沟通越来越少，甚至很长时间都不见面……这种情况一直持续到茉莉出生。

茉莉的出生是个意外。

林奈的父亲去世了，那时候她的抑郁症已经非常严重，医生不得不打电话告诉他，林奈再这样下去，会有自杀的倾向。他赶回巴黎，彼时他已经近一年没有回来，却看到她挺着肚子，模样憔悴，与他离开时判若两人。

林奈看到他，没有再闹情绪，而是对他淡淡地微笑说："你回来了。"

莫恒山这才知道，林奈在他不在的日子，借酒消愁，和一个以前追求过她的同学好上了，怀上了那人的孩子。她原本是想把孩子打掉的，医生却告诉她，她的身体状况堪忧，如果打掉的话，她可能这一生都做不了母亲。

她终究不忍心，毕竟孩子是无辜的，而更让她愤怒伤心的是，对方居然不肯认这个孩子，还要回国和未婚妻结婚……接连的刺激导致她彻底崩溃，她自觉对莫恒山有愧。可这时候除了他，她不知道该找谁，毕竟只有他能帮到她。

林奈几次试图自杀，都被莫恒山发现，莫恒山答应留下来照顾她，直至孩子出生。林奈求他不要抛弃她，不要和她离婚，她什么都答应，甚至能忍受他爱别人，只要他不和她离婚。莫恒山听了摇了摇头，他告诉林奈，他会照顾她，也会照顾她的孩子，但是他不能再和她一起生活，他希望他们放过彼此。

他是一个有原则的人，无法接受这样的事。在他得知林奈怀了别人的孩子的时候，他居然没有感受到一丝背叛的痛心，也没有愤怒。他来不及去想为什么没有感觉到痛心，就投入对林奈的照顾中。他重新搬回"莫奈花园"，对园子做了改建，迎接新生命的降临。

他很喜欢小孩，他会将这个孩子视如己出。

莫恒山回来了。

这次他是一个人回来的，没有带茉莉。他回到自己在衡路的家，推开宅子的大门，闻到旧日时光的气息。他记得十五六岁的时候，随父母搬过来，这里离他读书的学校很近。他常常一个人坐在院子里，看着墙角的芭蕉树发呆。父母工作繁忙，问他想不想寄宿，他却很喜欢这一方天地的幽静生活，拒绝了父母的提议。

他骨子里是一个孤僻的人，父母的骄傲、旁人的艳羡、老师的褒奖、同学的暗恋……这些对他而言只是人生插曲上的一段音符，他用年少的才华和理想弹奏一曲属于青春的骊歌，却没有想邀请谁一起共享。

他的中学生活非常枯燥，每天回到家独坐窗前，看着院子里栽种的绿植，感到人生的微微生动和欢喜。透过这些郁郁葱葱的植物回首过去，大部分是十几年前自己种下的。他有耐心，却寡言。他愿意花一天的时间培育一株铃兰，却很少与父母交谈。大把的女学生喜欢他、追求他，他并非不懂，只是觉得浪费时间。

高中三年，莫恒山没有谈恋爱的打算，他迟早要出国。他的父母希望他考上剑桥，完成他们年轻时的夙愿。他不想耽误人家，倘若恋爱，再分开，要对方等自己几年，他做不到。如果要爱，他觉得从一开始就要对人家负责，青春韶华一去不复返，他不想成为言而无信的人。

他记得林奈曾经问过他一个问题，那是在他们刚结婚的时候，她问他："你爱过别人吗？"

他的心没来由地一滞，看着她满怀期待地看着自己，原本不想回答，却还是说出了令她满意的答案。但没有想到，林奈听了之后并没有表现出多么高兴，她的神情有一瞬间的落寞，他以为她不相信他的话，刚要开口，却听她说："那你爱我吗？"

爱？

年轻的莫恒山没有爱过人，他也在学着如何去爱人。见他沉默以对，林奈眼中的光渐渐地熄灭了。她转过身，留给莫恒山一个孤单的背影。

也许正是因为她的孤单、脆弱、无助，让莫恒山感到怜悯。直到她离开后，莫恒山花了很长时间才明白，林奈想要的爱是全部，是占有，这样的爱让人窒息。而他理解的爱，是平等，是宽容，是彼此的信任。

他们都是不懂爱的人，从一开始，就爱错了。

那天晚上，莫恒山一个人睡在少年时住的宅子里，听着那首旧日常听的歌，醇厚的女低音轻声唱着，敲打着他的心扉

翌日，莫恒山给谢云上发消息："我回来了。"

彼时，谢云上正沿着浦城河跑步。冬天的第一场雨落下，天气非常冷，她穿着薄薄的防风外套，坚持每天晨跑。街道上没有什么行人，沿街的商铺还没有开，细雨打在脸上，刺骨的寒凉。天色阴沉，船只停靠在岸边，她沿着浦城河一路奔跑，雨越下越大，丝毫没有停下来的意思。

她跑累了，到便利店买了一包七星，站在门口看着雨中的晨景慢慢地抽。抽完一根烟，打开手机，看到了莫恒山的消息。

"我回来了"简短的四个字，藏着说不尽、道不明的心事。

谢云上走回家，浑身湿透，洗了热水澡换了一身衣服，从书架上拿出那本《越洋情书》。她看着莫恒山写给她的那句话，和那句"致云上"，微微失神。过了一会儿，她又收到莫恒山的消息。

"我在你家楼下，要不要一起去吃个饭？"

谢云上握紧了手机，大脑出现短暂的空白，过了一会儿，她回道："好。"

她穿上外套，将那本《越洋情书》放进包里，走到小区门口，远远地看到一个穿深色大衣的人，手中握着一柄黑色的长柄伞。莫恒山回过头，看到她，她穿着白色外套，脖子上围着那条熟悉的红围巾。他们隔着一条街，隔着穿梭不息的车辆和人流，四目相对。

她看到他走过来，将手中的伞举到她的头顶。

莫恒山把车停在谢云上家附近，这条路他来一次就记住了。他甚至发现，她其实离他住的地方不远。他们穿过弄堂来到一家小小的门店，上面写着"云心餐厅"，门店已经很旧了，里面最多容纳四五桌。虽然在下雨，位子却已经坐满了，他们拿着号码牌在外面等了会儿，一个老婆婆出来招呼道："来，快进来坐。"

　　莫恒山带着谢云上走到最里面的座位，婆婆擦完桌子，端来两杯水说："我们这里没有菜单，我报菜名你们看想吃什么好吗？"

　　莫恒山微笑着说："不用了，我都记着。"

　　"哟，老主顾呀。"婆婆上下打量他，似在确认是否见过。

　　"阿婆，您还记得我吗？"莫恒山笑道，"我姓莫，上学那会儿老来您这里吃饭。"

　　"噢，是你呀，记得记得，长这么帅的小伙子可不多见呀。"婆婆眯着眼睛，乐呵呵道，"两位想吃什么？"

　　"一份酱鸭，一份油爆虾，一份红烧肉，一份草头，还有一份腌笃鲜汤。"莫恒山报完菜名，婆婆惊讶地合不拢嘴。

　　"天呐小伙子，这都是我们的招牌菜呀。"

　　莫恒山看了一眼谢云上，说："好久没来了，一直很怀念这里的味道。"

　　"那就常来，你来了不用等位子。"婆婆高兴地说道。

　　他们吃了一顿美味的本地菜，谢云上看着很少吃得投入的莫恒山，忍不住打趣道："这是我第一次看你吃这么多。"想起在巴黎的那晚，他做饭自己却吃得很少。

　　莫恒山放下筷子说："我上学时经常来这里吃饭，很怀念这里的味道，已经很多年没来了，这里一点儿都没变……"他环顾四周轻声感叹，"菜也还是那个味道。"他给谢云上盛了一碗汤，"你喝一口这儿的汤，味道很特别，别的地方喝不到的。"谢云上低头喝了一口，味道确实很特别，似乎……她蹙了蹙眉，似乎在哪里尝过。"怎么样？"莫恒山问，她却一时没有答话。

　　谢云上忍不住又喝了一口，味道不仅特别，还有一种依稀熟悉的感觉。她抬头看了一眼莫恒山，见对方正注视着自己，不禁避开与他的对视，不想被他看出隐藏的心思。

　　吃完饭走出餐厅，婆婆看着谢云上迟疑地问："小姑娘，我是不是在哪儿见过你呀？"

　　莫恒山驻足看着谢云上，见她一脸茫然，回头对婆婆说："阿婆，您可能认错人了。"

"不对不对，我印象中好像她来过的。你别看我老太婆呀虽然年纪大了，记性还是不差的，我记得你，也能记得别人。"婆婆对莫恒山说完，又看向谢云上，"小姑娘，你再想想，是不是来过我们店的？"听婆婆这么说，莫恒山也不禁感到疑惑，他转头看向谢云上，见她似乎在走神，轻轻地拍了拍她的肩膀。

谢云上回过神，她几乎确定自己曾经来过，只是不记得了。她看着同时看向她的两个人，缓缓地摇了摇头。婆婆以为是年纪大记性变差了，拍了拍头，抱怨道："看来真的是年纪大了，我记性不差的，怎么会搞错哟……"她还在纠结记性是不是真的变差了。

这时外面的雨停了，两个人沉默地走在被雨水洗刷过的马路上。谢云上走得很慢，她低着头，不知在想什么。莫恒山不知不觉放慢脚步，走到她的身边问："在想什么？"

谢云上停下来，后知后觉道："这家店……我好像真的来过。"

莫恒山注视着她的侧脸，瞳孔深处映照出一个小小的影子，他问："……确定吗？"

"我不知道。"谢云上看着他的神情透着一丝迷惘，"你让我尝的汤，你说在别的地方喝不到，我却感到熟悉。即使记忆不复存在，味觉却有着它的记忆，提醒我也许真的来过。"

这可以理解，这家店离她住的地方并不远，她曾经来过也不是没有可能。莫恒山垂眸说："那我以后经常带你来，说不定能帮你找回那段记忆。"谢云上若有所思地点点头，莫恒山又问，"你最近还会失眠吗？"他记得谢云上说过有失眠症。

"好多了，只是偶尔会头晕。"那次手术之后，她的睡眠比过去好了一些，只是走神的毛病越来越厉害，有时候看到一样东西会陷入某种莫名的情绪之中。

"去看过医生吗？"他对她的手术仍然心存顾虑。

"医生让我静养，不要胡思乱想。"她表达得简单隐晦，不想让他知道真实的情况。

莫恒山的视线没有从她的脸上移开，他看着她的眼睛，终于还是问出了心中的疑惑："你上次做的那个手术，是跟你的记忆有关吗？"谢云上抬起头，看着他凝视自己的眼神，难以否认地点了点头，莫恒山不禁皱起了眉，"是什么样的手术？可以告诉我吗？"

她不知道记忆衰退症什么时候发作，虽然池逸让她不用担心，她却不想让更多人知道。谢云上垂下眼，过了一会儿，她说："是修复我记忆的手术。"

莫恒山不是学医的，感觉修复记忆听起来很抽象。他注视着谢云上，眉头紧紧地皱起，话已经到了嘴边："云上，方便的话可以把你的病历报告给我吗？我联系在英国的同学，看能不能为你提供帮助。"

谢云上知道莫恒山是好意，可是她并不想给他添麻烦，何况这个病她也不想除了她和池逸以外的第三个人知道，于是说："谢谢你的好意，其实没有你想的那么复杂。手术是其次，主要还是看自身条件，一般失忆的病人都要靠自身的身体机能。而且，"她语气微微一顿，"我其实没有那么在意能不能想起来……"

莫恒山还想说什么，看着她回避的态度只好作罢。想想也是，失去的记忆回不来，即使回来了也是过去的。人总要向前看，过去的已成定局，未来的才有无限可能。

两个人一路沉默地走着，碰到前面的小水塘，谢云上顽皮地踩了一下。莫恒山默默地看了一眼，默默地移开了视线。他的脚步渐渐放缓，谢云上却越走越快，不知不觉间两个人从并肩行走变成了一前一后。

莫恒山看着谢云上的背影，不期然地想起了中学时代。

也是这样的季节，放学之后他骑着单车往家走，傍晚刚下过一场雨，寂静无人的街道，路灯洒下微弱的光线。他看见一个女孩，扎着马尾辫，脖子上围一条红围巾，灯光衬着单薄的背影。她低着头，看到一个小水塘顽皮地踩了一下……水花四溅，落在他的脚边，他从她的身边悄悄经过。

那一刻，看着谢云上的背影，莫恒山突然感到后悔。

他没有回头看一眼，那个踩水塘的女孩是谁。

04 / 想见你

分别之后，谢云上回到家，她努力回想莫恒山带她去的那家餐厅，舌尖似乎残留着熟悉的味道，却怎么也想不起来关于它的印象。而莫恒山在和谢云上分别后，依然不放心她的失忆症，给远在英国的同学打电话，拜托他帮忙。

同学调侃道："好几年没你消息了，同学聚会你都不来，你这个电话比我中了五百万还稀有啊……那是你什么人，让你这神仙下凡来找我？"

莫恒山笑道："请你务必帮我这个忙，我不是什么神仙，只是一个一心求医的凡人。"

"那看来此人是你命中一劫啊。"对方打趣道。

莫恒山没有回应，但心里是怎么想的只有他自己知道。

晚上谢雨哲来到谢云上的家，连着几天加班，谢雨哲一副疲惫没睡醒的样子。两个人简单地吃了顿晚餐，谢雨哲问道："姐，你找我来有事吗？"

"雨哲，我想过年回趟家，你陪我一起回去看看吧。"谢云上说。

谢雨哲愣了愣，他看着谢云上，似乎仍然没有醒过神："你是说回家……回哪个家？"

谢云上看着他，疑惑他的走神："当然是老家啊。我最近一直有这个打算，想回去看看，不过你也知道，我不记得老家在哪儿，想让你带我回去走走。"她感慨道，"你说我当年走的时候才十几岁，虽然现在不记得了，还是很怀念过去，想回去看看出生的地方，看看爸妈的墓地。"

"你不是……"谢雨哲呆呆地看着谢云上，这是她醒来后第一次主动提出回"家"。在此之前，她从未对他提过，他以为她不愿想起过去，还有过去的那个"家"。

"雨哲，我明白你的意思。最近我总是在想，如果我不试着自己去寻找，就永远找不回那段丢失的记忆，也许回去能让我想起过去也说不定。"

从上次看到的那幅画到今天和莫恒山吃的这顿饭，她感觉那些丢失的记忆在慢慢地恢复。自从从新西兰回来之后，她的记忆开始发生变化，她问池逸，他却始终不正面回答。可知道她病情的只有池逸，她不知除了池逸，还有谁可以给她解惑。

谢云上想起莫恒山的关心，他想知道她失忆的隐衷，可她和莫恒山才认识短短几个月，并非她不信任对方，而是不知从何说起。她连怎么发生意外的都不记得，失忆前过的是怎样的人生……这些都一无所知。

她想要问谢雨哲，毕竟谢雨哲是这个世上她唯一的亲人。可是谢云上知道比起她这个姐姐，谢雨哲更听池逸的话，池逸不想让她知道的，谢雨哲一个字都不会说。

谢雨哲没有说话，他记得谢云上做完手术的那晚，池逸打来电话，问他，谢云上有没有问他过去的事，他说没有。确实没有，在他的记忆里，他们很少谈及过去，她不说他就更不会主动提，他不想给自己惹麻烦。

这几年，他小心翼翼地维护着和谢云上的关系，更多的时候是回避的。如果谢云上不主动找他，他不会来她家，他住的地方谢云上一次都没有去过。他们姐弟的关系看似融洽，其实很怪异，就连旁人都看得出来。

记得有一次周晗想约谢云上一起吃饭，谢雨哲说："我姐不喜欢出门。"

"那要不去你姐家？"

谢雨哲摇了摇头说："她喜欢安静。"

周晗疑惑道："为什么我觉得你和你姐姐不像姐弟俩？"

是不像。谢雨哲垂着头，什么也没说，但他知道，他们本来就不像。

"你要不要再等等？"谢雨哲用商量的口吻说道，"回去的事最好提前和逸哥商量一下，毕竟你刚做完手术没多久，不宜到处奔波。"

谢云上心想，我都已经去了一趟巴黎回来了。她想了想说："我也不是现在就要回去，离过年不是还有些时候吗？老家的房子都还在吧，我们回去打扫打扫，今年在老宅过年吧。"

原来的那个家早已面目全非，谢雨哲偷偷地看了她一眼，嗫嚅着唇说："你没跟我提我也就没说，老家的房子已经拆了，你现在回去看不到了。"

谢云上愣住了："什么时候拆的？"

"好几年前了，政府把地征了，要建旅游开发区。老家的房子靠海，适合发展旅游业。"见谢云上看着他，谢雨哲迟疑道，"要不先别回去吧，那边现在也没什么可看的。"

谢云上没有开口，谢雨哲以为她不愿意，刚要解释，只听谢云上微叹一声："那就等以后再说吧。"

她有感于最近的变化，之所以和谢雨哲提出回去看看，是想试试能不能帮助恢复过去的记忆。这个想法看来暂时无法实现了。他们又聊了一会儿，谢雨哲起身要回去，谢云上把冰箱里的食物拿出来让他带上。

"这些都是我哥给你买的，我不能收。"谢雨哲推拒道。

"你都拿着吧，工作那么辛苦，给自己补补身体。"谢云上把东西塞到他的手中，有燕窝和西洋参，嘱咐他记得吃。谢雨哲内心感动，接过东西道了谢，谢云上笑着说："你是我弟弟还客气什么。"

谢雨哲揉了揉眼睛，说："姐，那我先走了啊。"

"注意安全，到家给我发微信。"谢云上把他送到门外，给他按电梯看着他下楼。电梯门关上的那一刻，她看到谢雨哲的眼睛似乎红了。

入睡前，她收到莫恒山的微信："明天我想去趟安城，要不要一起去？"

她盯着屏幕上的字，过了许久回道："抱歉，我可能没办法陪你过去。"

又过了一会儿，她收到莫恒山的回复："没关系，那你好好休息。晚安。"

谢云上默默地关掉手机，躺在床上闭上了眼睛。

　　她不是不想去，而是理智告诉自己，不能和莫恒山有更深入的接触。她发现，每次她的记忆产生错乱，都和这个男人有关。当然她不认为是莫恒山的关系，只是无论是莫恒山逝去的妻子，还是巴黎的那一夜交谈，都让她意识到，她还没有做好与他更进一步的准备。

　　她不是不愿意，而是不敢。就像面对池逸的求婚无法做出回应一样，和莫恒山的关系应该止步于此。

　　这个男人太危险了。

　　莫恒山此时也毫无睡意，失眠症又犯了。夜风吹得树叶沙沙作响，他一时睡不着，干脆坐起来，看着窗外的夜色发呆。

　　为什么要回来？他问自己，真的是因为工作吗？不过是找了一个想见她的借口，让他暂时放下一切，回来见她。

　　可是她呢？她的态度是回避的，她不打算接受他，或者，她不打算给他一个答案。

　　夜太幽静了，让人难以入睡，莫恒山穿上衣服走到庭院里，默默地看着月亮出神。

　　凌晨两点，巴黎时间是晚上七点，他给茉莉打了个电话，小姑娘问："爸爸，你怎么还没睡呀？"

　　"爸爸这就睡了。"莫恒山说。

　　"你见到云上阿姨了吗？"小姑娘的声音透着期待。

　　莫恒山咽下心中的涩意，说："见到了。"

　　"云上阿姨见到你开心吗？"

　　"开心。"

　　"爸爸，你为什么不开心？"

　　"爸爸没有不开心。"

　　"爸爸加油哦。"

　　爸爸加油哦……

　　莫恒山的心被轻轻地戳了一下，声音透着沙哑："茉莉乖，一会儿早点睡，爸爸过两天就回来了。"

结束了通话，莫恒山在庭院里站了一会儿，更深露重，他披着寒霜回到房间。房间里烧着壁炉，仍然觉得冷，他却打开窗户让寒风吹进来，听着风声，渐渐地睡着了。

第二天一早，莫恒山收到谢云上发来的消息："我还是陪你去吧。"

他出神地看了许久，唇角慢慢地勾起。起床、刷牙、洗脸，清扫院子里的落叶……他做这些看似平静，唯有自己感受到内心的起伏。早晨的阳光落进来，他抬头看着头顶上的一片蓝天，心情变得舒适愉悦。

他给谢云上发消息："我一会儿来接你，早餐想吃什么？"

上午约莫八点，莫恒山的车出现在谢云上的小区门口，天气晴朗，阳光弥漫在高大的梧桐树之间。谢云上围着那条红围巾出现在莫恒山的视线里，隔着人来人往的街道，他一眼就看到了她。

"早上好。"

"早上好。"

"我们先去吃早餐，然后再出发。"他带她来到一家小小的门店，告诉她，"这儿的豆浆很好喝，小笼包也非常好吃。"

"你好像对哪儿都熟。"谢云上说。

"上学的时候没事儿老瞎逛，这家有什么好吃的，那家的招牌菜是什么，慢慢地就都知道了。这些年每次回来，都要去以前的地方转转，哪怕喝一碗豆浆也觉得满足。"莫恒山说完，对老板招呼道，"老板，来两碗豆浆，再来两屉小笼包。"

吃完早餐，开车前往安城，莫恒山说："要是觉得困就睡会儿，到了我叫你。"

谢云上看着沿路的风景，舍不得就这么睡过去。莫恒山转过脸看她，她的脸被晨光笼罩着，平添一分柔美。

他的心突然一动，想要问的话随即脱口而出："为什么又答应了？"

谢云上一时没有领会，等反应过来的时候，却不想解释。莫恒山在问她：明明已经拒绝了，为什么又答应了？

　　谢云上抿着唇，似乎没有想好怎么开口。莫恒山的眼里流露出温暖的笑意，其实解不解释已经不重要了，重要的是，她肯答应陪他来，给他这个机会。

　　莫恒山说，"我出生在浦城，祖籍是苏城。小时候住在弄堂里，家里非常小，父亲搭了间阁楼就是我的房间。后来我们搬到大房子，我在家里住的时间倒是越来越少……我很怀念过去的时光。"谢云上转过头看着他，"抱歉。"他突然意识到什么，语带歉意地说。

　　"为什么要说抱歉？"谢云上问道。

　　"我忽略了你的感受。"莫恒山想到她忘了过去，也许听这些会伤感。

　　谢云上微微笑道："我很喜欢听你说这些，就好像在说自己的童年。"

　　"那我可以给你讲讲我小时候……"

　　车子在高速上奔驰，谢云上一边看着窗外的风景，一边听着身边男人的回忆，仿佛随着他的回忆走进了过去的时光。不知不觉谢云上听得睡着了，莫恒山回过头，看到她沉静的睡颜，眉眼舒展得如一池春水，嘴角轻轻地勾起。

　　车里回荡着那首老歌，谢云上闭着眼走入了被遗忘的时光。她感觉自己身处一所学校，悄悄地跟在一个人的身后。他有宽阔的肩、挺拔的背影，站在阳光下周身散发着光芒。她伸出手想触碰他的背影，他却越走越远，怎么也触不到……

　　不知过了多久，谢云上睁开眼，发现车子停在一个空旷的地方，远处是影影绰绰的山影。莫恒山递给她一瓶水，她接过小声说："对不起，我睡着了。"

　　莫恒山问："睡得好吗？"

　　她说："很好。"

　　他带她穿过一片茶园，漫山遍野都是茶树，开着粉白的花。谢云上不禁驻足，掏出手机拍了一张风景照，莫恒山站在身边，耐心地等她拍完，再带着她往前走。偶尔走到崎岖不平的地方提醒她，伸出手牵着她小心地经过。握着他宽阔温暖的掌心，谢云上的心里涌上一股暖意，同时生出赧意。他们一前一后地走着，莫恒山牵着她的手，她的手指轻轻划过他的指尖，离开，他默不作声地收回手，就好像刚才的牵手只是一场错觉。

他们来到一栋白色房子前，老板早已等候多时。只见他穿一袭藏青色长衫，一双黑色布鞋，头发梳得一丝不苟，如同民国时期的文人墨客，站在门口迎接重要的贵客。

"老许，好久不见了。"莫恒山伸手招呼道。

"好久不见了，我的老朋友。"老许和莫恒山握了握手。

莫恒山转身说："我介绍一下，这是我的朋友云上，这是我的朋友老许。"

他们打完招呼，老许引两个人进门，穿过一道拱形的石门来到露天的茶院，这里也种着茶树，老许介绍说这棵茶树已经有三百年的树龄。他们坐下来喝茶，老许泡了上等的白茶，谢云上坐在一边听他们叙旧。微风阵阵，阳光轻洒，无比惬意。

老许问莫恒山："你什么时候回来的？"

"前几天。"莫恒山喝了口茶说。

"你在国外喝不到我的茶，怎么样，口感不错吧？"老许笑着问道。

莫恒山点头道："我今天多带一些回去。"

"今天就住这儿吧，晚上有茶会，我都给你们安排好了。"老许是个聪明人，认识莫恒山多年，他的一些私事多少有耳闻，但他从来不提。今天见莫恒山带了一个年轻漂亮的姑娘过来，看样子不像是男女朋友，但要说一般的朋友也不太可信。

"老许，"莫恒山说，"我来是想跟你谈个合作。"

老许眼睛亮了，他和莫恒山是很好的朋友，却很少谈生意。莫恒山这个人怎么说呢，身上透着出世的气息，和他谈钱难免觉得庸俗，除非他主动来谈。"愿闻其详。"老许乐呵呵道。

莫恒山微微一笑，也不避讳谢云上，说："你这儿的茶园很大，风景很好，我想在这里做民宿，吸引一些年轻的艺术家和学生过来写生。他们可以住在这里，一边创作一边感受自然的美，钱由我来出，你只要出地方就行。另外，你的茶院可以继续做，和一些艺术展会跨界合作，我来牵头，扩大你的销售渠道，你觉得怎么样？"

"我当然觉得好。"不得不说，这个提议很诱人，老许以前觉得莫恒山对自己做的这些不感兴趣，现在好了，他肯提出合作一切就好办，对莫恒山的商业思路老许是完全认可的。想到他要投资，老许问，"你是打算回国发展吗？"

莫恒山看了谢云上一眼，说："是有这个打算。"

"那就太好了，你怎么说我怎么办，要不要签合同，我马上安排。"老许爽快道。

"不急。"莫恒山笑道，"我今天是来喝茶的，等我回去出一份具体的方案给你，你看完我们再聊也不迟。"

"好，都听你的。"老许非常开心，以茶代酒和莫恒山碰杯。谢云上在一旁看着他们有说有笑，不禁也为他们感到高兴。"下午我带你们逛逛园子，晚上一起参加茶会，今天就别走了，"老许盛情邀约，"我请你们住我这儿最好的院子，品茶夜话，叙叙旧。"

不等谢云上开口，莫恒山道："下午逛完园子我们就走了，来日方长，以后我们常来。"

老许说："你难得来一趟，不叙叙旧怎么行。再说还带了这位美女朋友，我怎么也要尽一下地主之谊啊。"

莫恒山看向谢云上，谢云上微微摇了摇头，于是说："老许，都这么久的朋友你就别客气了，你的盛情我们心领了，还是等下次吧。"

见莫恒山坚持，老许只好作罢。"那就这么说定了，下次还带着云上小姐一起来啊。"他端起茶杯对谢云上示意，"云上小姐，你是莫先生的朋友，就是我老许的朋友，我这儿的大门随时为你敞开。"

谢云上端起茶杯，聊表谢意："谢谢您许先生，我会常来的。"

他们又聊了一会儿，老许带他们去吃午饭。餐厅是典型的江南风格，客堂里放着小调，有几桌客人闲散地坐着。他们穿过一片养着鲤鱼的莲花池，来到最里面的包间，老许躬身道："这边请。"

谢云上进门就闻到了一股茉莉花的香味，老许说，每个房间都有一种花香，今天是特意为他们准备的"茉莉花房"。谢云上想到了茉莉，问莫恒山："你这次一个人回来，茉莉在那边谁照顾呢？"

"她住在舞蹈老师的家里，Lisa 很喜欢她。"Lisa 就是茉莉的舞蹈老师，莫恒山偶尔外出的时候，茉莉便住在 Lisa 的家里，她们的关系亲如家人。

莫恒山这次回来，一方面是处理工作上的事，另一方面是给茉莉办转学，他联系到浦城最好的国际学校，打算这次回来把手续办好。当然，还有一个很重要的原因。

谢云上问："这次回来应该很快就走吧？"茉莉不在身边，他应该不会久留。

莫恒山没有回答，却说："我打算带茉莉搬回来住，这次回来先把转学手续办好。"谢云上知道莫恒山想把工作重心转到国内，她以为就是以后回来频繁一些，从短住变成长住，却没想到是彻底地搬回来。莫恒山还在继续说，"最近在物色办公的地方，你觉得东区好还是西区好……"

她却恍若未闻，直到莫恒山的声音再次响起，她才问道："你……真的想好了吗？"

莫恒山看着她，微微地皱起了眉，她是觉得他在草率行事吗……也是，数日前他带她去"莫奈花园"，回忆往昔，她一定觉得他不会离开那里。倘若不是遇见她，他想，他应该这辈子都不会回来，在异乡孤老一生。

是什么说服了他，让他有了回来的念头……在他对她说出心中最隐晦的话，在他想得到她的答案的时候，那个念头就已经存在了。

莫恒山正要开口，包间的门打开了，服务员端着餐盘走了进来。老许跟着进来，手里拿着一瓶特意为他们准备的酒，对莫恒山说："这是我自己酿的桂花酒，你在法国喝不到的，今天一定要陪云上小姐多喝几杯。"老许给两个人的酒杯斟上，"尝尝看。"莫恒山和谢云上对视一眼，端起酒杯喝了一口，口感温热怡人，桂花甜甜的香气荡漾在唇齿之间，酒不醉人自醉。"怎么样，好喝吧？"老许笑吟吟地问道。

"好喝。"

"喜欢就好。"听到客人的认可，老许很开心，"那你们慢慢享用，我先去忙了。"

老许走后，房间里安静下来。谢云上看着满桌佳肴，色香味俱全，却没有动筷子。老许的到来打破了刚才的气氛，临到嘴边的话没有说出口，莫恒山夹起一块竹笋放到谢云上的碗里："尝尝看。"谢云上低头尝了一口，味道鲜美。莫恒山举起酒杯，微笑道，"谢谢你答应陪我来。"

谢云上放下筷子，同样举起酒杯说："谢谢你让我品尝到人间风味，喝到这么好喝的桂花酒。"

两个人不知不觉喝掉了大半，桂花酒口感香甜，没想到后劲却很足。谢云上不胜酒力，揉了揉太阳穴。"不舒服吗？"莫恒山关切地问道。

谢云上摇了摇头，借着酒意问出了一直憋在心里的话："你……为什么要回来？"见莫恒山一时没有回答，她又轻声重复了一遍，"你有非回来不可的理由吗？"

莫恒山的视线落在她微阖的眼眸上，谢云上的睫毛很长，微微颤动，颇惹人怜爱。情不自禁地，他的声音变得很低："你，想听吗？"

谢云上觉得自己醉了，看着他的眼睛，情不自禁地点了点头。

"你问我有非回来不可的理由吗？"莫恒山俯身靠近，在她耳边轻声说，"因为，想见你。"

05
我愿意

后来发生了什么谢云上不记得了，她只记得喝醉了，然后就睡着了。

醒来的时候天色已黑，她发现自己躺在一间陌生的房间。她揉了揉太阳穴，起身打开壁灯，看到床头柜上放了一张便条，上面写着："云上，我住在你的隔壁，醒了告诉我。"

谢云上躺在床上发了会儿呆，慢慢地回忆醉倒前的场景。她依稀记得自己好像喝多了，问莫恒山为什么要回来，然后莫恒山回答了她，然后……

她起床，去卫生间用冷水洗脸，看着镜中的自己，喝了酒的缘故，脸颊染上红晕。她拧开洗漱台上的矿泉水瓶喝了一口，意识渐渐恢复清明，闭上眼，突然觉得哪里不对。

谢云上凭着感觉回到客厅找到落在沙发上的包，打开，没有看到那本《越洋情书》。她记得出门时这本书一直带在身边，她想找个机会还给莫恒山。如果不还给他，是不是意味着接受他的心意……尽管，她承认，他让她难以抗拒，但这不代表就要和他更进一步。她拒绝了池逸，也会拒绝他，至于理由已经想好了，他们不适合。

因为某种难以启齿的原因，她无法确定莫恒山对自己的好感是否源于她和林奈的"相像"。她曾经在网上查过关于林奈的资料，随着故人的逝去，留下的信息非常少，只有一些早年的画作。她又特意查过莫恒山，奇怪的是居然查不到，更遑论他和林奈的关系。

他们的认识从一开始就充满了戏剧性，那幅画在她的心里始终是一个谜。因为失忆，她无法确定是否见过那幅画，还有林奈，她不到二十岁就出国了，之后再也没有回国。而那时候的她应该还在学校读书，他们不可能有交集。

谢云上摇摇头，每当要往下深想的时候，头就开始隐隐作痛。尤其是这次手术之后，她开始变得嗜睡，患得患失，她在安慰自己，也许这是手术带来的影响。池逸不是说了吗，有可能是记忆衰退症的影响，一些毫无征兆的"记忆片段"，是潜意识的记忆觉知。

谢云上给莫恒山发消息，不一会儿听到门铃声。她打开门，莫恒山站在门外。

"睡得好吗？"她微微点头。

"我在外面等你，你收拾好了我们去吃饭。"

时间已是傍晚，谢云上问："我们还回去吗？"

"你如果想回去我们就回去，但是外面在下雨，我建议还是住一晚明天再回去比较好。"

"下雨了？"她转身看向窗外，外面正在下雨。

莫恒山说："先去吃饭吧，你中午就没怎么吃。"

想起中午，谢云上难免露出窘意，她很没出息地喝醉了。

"那……我是怎么回来的？"谢云上试探着问道。

"你一点都不记得了吗？"莫恒山的眼里流露出笑意，见她真的不记得了，莫恒山说，"我抱你回来的。"

谢云上一时语塞，莫恒山被她的样子逗笑了："还记得中午发生了什么吗？"

"发生了什么……"她傻傻地问，生怕醉酒做了什么傻事。

莫恒山收起笑，说："没什么，下次不能再让你喝酒了。"

他说抱她的时候看样子很正经，谢云上的内心却无法平静。她猜那本《越洋情书》大概是被他拿走了，可是送出去的礼物为什么要拿回去呢？

他们一前一后地走着，空荡荡的走廊里只有两个人，按电梯时不约而同地伸出手，指尖相触，谢云上下意识地收回了手。莫恒山目光微敛，进电梯、关电梯，狭小的空间里两个人站在一起，对面的镜子里映照出他们的身影，十分般配。

莫恒山带谢云上参加茶会，茶会正进行到高潮。老许见到他们来，招呼他们坐到一群茶客的中间，莫恒山摆摆手，带着谢云上坐在角落。等了一会儿，晚餐、点心和茶陆续端上来，莫恒山给谢云上倒上一杯热茶，又贴心地招呼服务员给她端来一碗清淡白粥，温言道："先喝点粥再吃东西。"

谢云上喝着粥吃着小菜，感觉胃里舒服了许多，便和莫恒山一起听茶会的内容。莫恒山听得很专注，偶尔喝一口茶，谢云上坐在他的身边，不禁偷偷地打量他。

他的侧脸非常好看，沉默的时候薄唇微抿，形成一个弧度，不熟悉的人会觉得他看上去很严肃。眉尾有一颗小痣，不仔细看不会发现，她一直觉得这个地方的痣才叫美人痣。他的睫毛很长，一根一根地非常浓密。鼻子挺直，鼻峰很正，据说这个长相的人非常正直，大有可为。他的额角有细细的绒毛，柔和了长相，特别是他笑起来的时候，有一种少年感……谢云上暗暗评论着莫恒山的长相，没有发觉被偷看的人嘴角微微地翘起。

茶话会结束后，后面还有活动，莫恒山却拒绝了老许的邀请。雨停了，空气非常清新，甚至能听到山中鸟儿的鸣叫声，莫恒山问："想出去走走吗？"

谢云上看着他，慢慢地吐出一个字："好。"

他们沿着小路散步，两边种着茶树，如果是夏天，这里蝉鸣阵阵，非常凉爽。因为下过雨，虽然地上铺着鹅卵石，但依然感到湿滑。莫恒山伸出手，看着他伸出的宽阔掌心，谢云上一时没有递过去。此刻的她与刚来时的心情是不一样的。莫恒山依然没有收回手，他非常有耐心，就那么安静地等着她。谢云上低着头，手指微微蜷缩，手心生出了薄汗。

认识莫恒山之前，谢云上是一个独行者，她从未有过和别人尤其是异性外出这么久的经历。她只有一个异性朋友池逸，但她不可能和池逸出来旅行，哪怕是像现在这样两个人出来随便走走。池逸不准她这么晚还不回去睡觉，池逸更不可能放纵她喝酒，池逸……也不会让她如此的怦然心动。

她看着莫恒山伸出的手，他站在离她一步之遥的地方，就这么耐心地甚至固执地等待她的回应。你怕什么呢……她问自己，你怕生命不能承受之重，你和他都不敢面对共同的未来是吗……还是你怕一旦伸出手，跨出这一步，以后的每一步都无从预料。

即便如此，你还是伸出了手……

当她的手指触及他的掌心时，她听到他轻轻的叹息，像风吹过心上的声音。

　　他们牵着手慢慢地走着，时间过得很慢，两个人走到一处湖泊前停了下来。莫恒山却没有松开手，掌心微微潮湿，不知是他的汗水还是她的。静夜无声，只听到他们清浅的呼吸，一声一声。这时，莫恒山说："还记得我对你说过的话吗？"

　　"记得。"她听见自己的声音，很轻很轻。

　　莫恒山转身看她，虽然黑夜里看不清他的脸，却感觉到他目光的专注。他问："现在可以告诉我，你的答案了吗？"

　　他还是问出了那句话。

　　谢云上低头沉默，手指从他的掌心滑落。他们谁也没有说话，空气里浮动着温热的气息，过了很久，听见她说："我相信，一定有人愿意和你走下去……但那个人，我想不会是我。"

　　他怔了怔，猜到会是这个答案，心里还是感到一阵窒闷。这种窒闷让他一时不知如何开口，对着夜晚的湖面微微出神。

　　又是一个月夜，月亮隐入云层里，暗黑的夜空没有星星，他们怀揣着心事，默默无声。

　　"除了你，我没有想过和别人走下去。"他终于说出口，却换来她的沉默，"是因为……我的过去吗？"

　　"不是。"她轻声说。

　　"那是为什么？"隔了这么多年，他主动追求一个女人，却发现自己笨拙得无可救药。

　　"你很好，"她鼓起勇气看向他的眼睛，"但我们不适合。"

　　"只是这样？"他不甘心地问。

　　其实不是这样的，她无法对他说出心中的那些顾虑和隐忧。人无远虑，必有近忧。他们都是不能再经受失去的人，对莫恒山如此，对她又何尝不是呢？她失去了记忆，如果有一天，那个病迫使她忘记他，忘记他们曾经的一切，她想她应该会非常非常难过，那种心情不亚于失去至亲之人。

　　你爱过人吗？谢云上问自己，你知道爱一个人是什么感受吗？

会经常想起他，在听到别人谈起他的时候，会情不自禁地紧张，心扑通扑通地跳，掌心发热，唯恐被别人发现；会偷偷地看他，努力找到他不为人知的小秘密；会梦到他，他低着头弹钢琴，他谈笑风生，他在人海中与她相望，他在黑暗里伸出手，给她一个温暖的拥抱……

她闭上眼，那些纷乱的思绪，那一幕一幕，最终汇聚成他站在星空下的样子。

如果生命停留在这一刻，如果在相遇之初就埋下了此生的种子，她想，她是愿意的，愿意与他共度一生。

然而面对此刻的他，她却违心地说出了拒绝的话。

谢云上，你也不是个很勇敢的人。

她在心里嘲笑自己，你怕，输不起。

后来，他们就回去了，回去的路上谁也没有说话。莫恒山一直送她到房间门口，即使被她拒绝，他依然非常绅士，对她很体贴。他说："明天一早我们就回去，晚安。"

"晚安。"她跟他道别，在他转身的时候关上了门。

这个夜晚，谢云上失眠了，而隔壁的莫恒山，也同样失眠了。

翻来覆去睡不着，索性起来打开窗户吹夜风。他们的阳台是相通的，只不过中间隔了一道栏杆，窗外是他们散步时停留的湖泊，有个美丽的名字——"云湖"。谢云上看着夜色下泛着波光的湖面出神，没有注意到旁边的窗户也打开了，那个人走到阳台上。

等到谢云上发现的时候，他已经回过头，看到了她。

已是凌晨时分，因为白天睡得多，谢云上此时毫无睡意。而莫恒山，向来有失眠的毛病，再加上被某人拒绝，一整晚都难以入睡。他的心口感到窒闷，这种窒闷感令他不舒服，他看到隔壁房间的灯熄了，以为她睡着了，想出来透透气。却未料，她竟然醒着，不仅醒着，还打开窗户看着自己。

他见她穿着薄薄的毛衣，窗户开着，窗帘随风飘动。这是冬天，虽是在南方，但那种潮湿的阴冷还是让人感到浑身发寒，他微微皱眉："你不冷吗？"

　　"你不冷吗？"她回他同样的话。

　　莫恒山这才意识到自己也没穿外套，可他是男人，这点冷还是扛得住的，而且巴黎的冬天比这里冷多了。他说："我没关系，你回去把衣服穿上。"

　　他的这句话带着命令的口吻，恐怕连他自己都没有意识到。谢云上转身，回房间穿上外套，打开窗户的门走到阳台上。他并没有回去，还是穿着单薄的毛衣，她说："给。"她递给他从房间里带出来的毛毯。

　　"为什么还不睡？"他接过毛毯，披在肩上。

　　"睡不着，白天睡多了。"

　　他们隔着栏杆看着彼此，又不自然地挪开视线看着远处的云湖。夜很幽静，两个人都没有出声打破这安静的独处。过了许久，谢云上轻声问："那本书是被你拿走了吗？"

　　他看着她，深邃的眼神如同此时幽静的云湖。过了许久，他说："是。"

　　她默了默，又问："你是什么时候拿走的？"

　　"你喝醉了的时候。"

　　为什么要在我喝醉了的时候拿回去？她心里嘀咕，却说："书我看了。"她不仅看了，还看了不止一遍，"我喜欢那句，唯有你也想见我的时候，我们的见面才有意义。"莫恒山没有出声，她抿了抿唇，寻着措辞，"你的字很好看。"

　　"你看了我的字，只是觉得我的字很好看？"莫恒山语气轻淡地问。

　　"我喜欢你写的字……"谢云上感到脸微微发烫，她轻声说，"也喜欢你写的话。"

　　"哪一句？"他像是故意在逗她，"我写了两句。"

　　"都喜欢。"她又把头埋起来不看他，莫恒山无声而笑。

　　"云上，"他说，"承认自己的心很难吗？"是很难。她承认，有时候言不由衷得连自己都讨厌。"你不说没关系，我可以等。"他回去拿出那本书，递给她，她疑惑地看着他，他说，"打开看看。"

　　谢云上接过他递来的书，在他的注视下打开封面，入目是他写的两行字，她都看过了。除此之外，她还看到了一行熟悉的字，区别于莫恒山写给她的，令她一时愣住。

这行字她之前没有见过，却突兀地出现在莫恒山写给她的那句"致云上"的旁边，字迹潦草，却是她自己的。

"我什么时候写的？"她后悔自己喝醉了，什么都不记得了。

"在你喝醉的时候。"他看着她咬唇后悔的样子，眼里透着笑意，困扰一晚的窒闷感消失了，他的心情突然变得轻松起来，"不早了，回去睡吧。"

"等等，"她唤住他，声音透着平时少有的急切，"我喝醉的时候发生了什么？"

莫恒山淡笑道："明天再告诉你。"

他回到房间，心情变得分外舒朗，他也不知道自己怎么了，她的一举一动牵动着他的心。莫恒山躺在床上，不期然地想起白天的情景。谢云上醉了，趴在桌上看着他，模样有几分可爱。她从包里拿出他送给她的《越洋情书》，一再地问："你为什么要送我这本书？"

"因为想送给你。"他记得，他是这么回答她的。

谢云上笑，她的脸颊染上淡淡的红晕，醉酒的样子和平时清醒自持的模样判若两人："我是不是可以理解成……你，想见我？"

"那么你呢，你也想见我吗？"

莫恒山深深地看着她，醉酒的她坦率可爱，这才是原本真实的样子吧……是什么让她变得躲闪隐藏，不肯以真心面对，是失忆本身，还是失去的那些记忆？

谢云上却没有回答，她把书放到桌上，翻开第一页，上面是莫恒山的字。

"致云上。莫恒山。"

"你的字很好看。"她一笔一画地描摹，仿佛爱不释手。

莫恒山看着宛如孩童的她，把书从她的手中抽走，问道："你还没有回答我的问题，你是怎么想的，云上？"他握紧手中的书，掌心微微渗出了汗，不知是热的还是别的原因。

　　谢云上侧过脸，微眯着眼看着他手中的书，她醉得厉害，以至于说话都很吃力。莫恒山伸出手摸了摸她的脸，她的脸发烫，他有点担心，想要起身给她拿毛巾，却被她拽住了衣角。

　　"我回答了啊……"她看着他，一字一字地说，"我愿意。"

　　"你说什么？"莫恒山一时愣住，似乎不敢确定刚刚那句话是她说的。只见谢云上闭着眼睛，那只手依然固执地拽着他的衣角，几分眷恋，几分依赖。"你再说一遍，云上，你刚才说什么……"他俯身靠近她，近得可以感受到彼此炙热的呼吸。

　　"我说，我愿意。"

　　谢云上睁开眼，眼里有醉人的光，她扬起唇角，如果仔细看会发现有个浅浅的酒窝。她伸出手，慢慢地描摹他的轮廓，遵循内心的声音，无比真诚，无比动人。

　　"我想见你，想告诉你，我愿意和你一起走下去。"

　　"你醉了。"

　　"我没有醉。"

　　"如果你醒了，不记得说过的话呢？"他深邃的目光仿佛要洞穿她的心，望进灵魂深处。

　　"那就写下来。"她拿出笔，在他的注目下，在他写的那行字的旁边写下一行字。

　　"我愿意。谢云上。"

　　致云上。莫恒山。

　　我愿意。谢云上。

第五幕

陌生的影子

「如果生命有一个基地，它就是记忆。」

01
/Love Story

第二天一早，启程回浦城。

回程的路上两个人都很沉默，谢云上出神地看着窗外。优美舒缓的钢琴乐在车里静静地流淌，是那首《人间失格》。

有那么一瞬间，谢云上垂下眼，眼睫微微战栗。她偷偷去看莫恒山的侧脸，见他神色平静地注视前方，不说话的样子有一种陌生的距离感。她听着熟悉轻柔的音乐，忍不住问："你也喜欢《人间失格》吗？"

莫恒山低低地"嗯"了声，转过脸看她："我记得你的手机铃声就是这首音乐。"

他的眼眸如幽夜的静湖，平静而深沉。时光仿佛随着音乐回到了过去，她看着这样的眼睛，有种恍如隔世的感觉。

太宰治在《人间失格》里写道："所谓世人，不就是你吗……"

她的神色藏着自己都未觉察的忧郁，如远山，如静湖，如此刻流淌的丝绒般的音乐。

最后一个音符结束，她看着他，仿佛有话要说，却什么也没有说。两个人之间的温度渐渐冷却，他们谁也没有提昨夜的"午夜谈心"，自然莫恒山也没有为她解惑，那本写着"我愿意"的"情书"放在了她的背包里。

分别之际，莫恒山问谢云上："云上，回巴黎之前我们可以再见一面吗？"

她看着他，缓缓启唇："好。"

天灰蒙蒙的，潮湿、阴冷，天气预报说会有雨。莫恒山目送着谢云上的背影，直到消失不见。

　　他开车去找莫妮卡，他们约在一家老洋房餐厅吃饭。见面之后，莫妮卡说："我找了几家办公的地方，有商务楼，也有老洋房，具体你过目一下。"她把具体方案展示给莫恒山看。

　　莫恒山看了会儿，突然问："有没有浦城河附近的地方？"

　　莫妮卡懂了，笑着说："我找找看。"

　　莫恒山看着她的笑意，颇有点心照不宣的意思。他动了动唇，却什么也没有解释。

　　他们吃了一顿相谈甚欢的午餐，莫妮卡问："莫，你和云上怎么样了？"

　　莫恒山抬起头，看着对方暧昧的眼神，说："我们见面了。"

　　"只是见面了？"莫妮卡按捺不住八卦的心思，"你打算什么时候告诉她？"

　　"什么？"莫恒山停下手中的动作。

　　"表白啊。"莫妮卡替他着急道，"你们认识的时间也不算短了，在巴黎的时候我们都觉得你俩有戏，艾玛他们一直都很关心你们的近况。莫，你不会不敢承认吧……你，喜欢云上。"最后几个字，她说得非常用力。莫恒山沉默，莫妮卡觑着他的脸色试探道，"你如果不喜欢她，为什么办公地点要选在离她住得近的地方？难道不是因为想经常见到她吗？"

　　"你想错了。"莫恒山语气平淡道，"我只是想离住的地方近一点。"

　　"哦，是这样呀……是我不够了解你，老板。"她故意加重"老板"两个字，莫恒山无奈摇头。认识这么多年，她知道莫恒山的性格，他是那种将心事藏在心里的人，绝不会跟朋友分享，更不用提私人感情。尽管他对谢云上的情意藏都藏不住，还装作一本正经地掩饰着。

　　莫妮卡忍住笑意说："那天我约云上见面，把你的礼物送给她，我小小地试探了她一下，你猜她是什么反应？"

　　"什么反应？"莫恒山问道。

　　莫妮卡故意卖起了关子："你不是应该问我试探了什么吗，老板？"莫恒山哑然，她看着他终于不再佯装冷淡的样子十分想笑，决定哪天偷偷告诉云上。

莫恒山无奈道："……你快说吧。"

"我跟她说，你对她很特别，"莫妮卡收起笑容正色道，"认识你这么多年，从来没有见你对谁像对她这样上心。"

这确实是她的心里话，认识莫恒山这些年，她第一次见他对一个人如此上心。她没有见过莫恒山的妻子，在她认识莫恒山时，林奈已经去世了。自然，她无法知道莫恒山喜欢什么样的女孩，在谢云上出现之前，她一直觉得很难有人走进他的心。她以为，他会单身一辈子。

莫恒山没有说话，莫妮卡深吸一口气，缓缓说道："我认识的你一直独身，你似乎不需要有人陪伴，也很难有人走进你的世界。不可否认，你的条件、人品、远见、学识都对像我这样的女人有着难以抗拒的吸引力。认识这么多年，我对你从来都只是仰望，不敢靠近你，更不用说打开你的心。你像一块坚冰，任谁也融化不开。直到遇见了云上，莫，你问问自己的心，有没有为她打开，有没有想让她走进……"

莫恒山低垂着眼眸，不知在想什么，尽管他没有做任何表示，莫妮卡的这番话却一字不漏地听了进去。莫妮卡从洗手间回来，他起身对她说："你慢慢吃，账单已经付过了，我还有事先走了。"

莫恒山离开后不久，服务生拿来一瓶"巴黎之花"，告诉她是刚才和她一起的先生点的。莫妮卡笑着摇了摇头，但愿她的话起了作用。

莫恒山一路开车到谢云上家门口，这条路他再熟悉不过。他把车停在路边，却没有立刻下车，过了一会儿保安走过来，敲了敲车窗："先生，这里不允许长时间停车。"莫恒山表示歉意，说马上就把车开走。

他正打算把车开到别的地方，迎面走来一个人，谢云上捧着一束小雏菊站在他的对面。她看到他很意外，才过去了几个小时，他又回来了。

莫恒山目光微动："我可以去你家坐坐吗？"

谢云上愣愣地看着他，半晌点了点头。

他找到地方停好车，跟着她走进小区，这是莫恒山第一次踏入谢云上生活的环境。道路两旁绿树成荫，一条小径蜿蜒伸向前方，红色的屋顶、白色的围墙、高大的香樟树，空气中透着湿润的辛香……

莫恒山仿佛回到了学生时代，前面的身影窈窕纤细，他一路默默地跟随。一阵风吹过，树叶轻轻荡漾，如同他此刻的心情，微波起伏，无声荡漾。

莫恒山走进谢云上的家，环顾着简洁的室内。家居是典型的北欧风格，对面的墙壁上是一面照片墙，上面贴满风景照，旁边标注了拍摄地点和日期。窗台上摆放着大大小小的绿植，有仙人掌、观音莲，形态各异的多肉植物，还有兰花和萱草。空气中飘浮着兰花的香气，风铃丁零作响，光线透进来洒在木地板上，让人感到非常温暖。

这是他第一次来到她的家，看着这间不大的屋子，充满了生活的味道。

莫恒山走到悬挂着风铃的窗台前，风铃轻轻摇荡，他看得出神。谢云上走过来递给她一杯热茶，正是老许送给他们的茶。两个人站在窗前，一边喝茶一边看着外面的风景。从这里可以看到浦ætión河，看到河面上蒸腾的白雾，还有几艘零星的船只。莫恒山留意到旁边的书架上放着他送给她的那本书，他说："我还没有回答你的问题。"

谢云上想起昨晚的情景：他先是对她表白，被她拒绝，深夜睡不着遇到同样失眠的他，他把书还给她，她看到了上面的字……

她问他，喝醉的时候发生了什么？他说，明天再告诉你。

所以，他是特意回来告诉她的么。

莫恒山抽出书架上的《越洋情书》，在她的注视下打开封面，看着扉页上的字说："在巴黎的时候我问过你，愿不愿意陪我一起走下去……你昨天告诉我，你愿意。"她顺着他的目光，看着自己写下的那行字，眼中露出一丝迷惘。

"你写给我的话不记得了吗？"莫恒山抬起头，目光坚定，"你说，你愿意陪我走下去。"

她似乎想起来了，昨天残留的意识中她对他说，我愿意。脑海中出现短暂的空白，头顶仿佛炸开了一朵花，她感到微微晕眩，心跳得厉害，她仿佛听见了自己的声音，轻声说："我愿意……"

"云上，我不想乘人之危，我来只是想确认一件事。"他说到这里看着她的眼睛，他看到她眼里的自己，如此专注，如此坚定，他从来没有哪一刻像现在这样迫不及待地想告诉她，"我喜欢你，云上。我想问你，可不可以和我在一起？"

"我喜欢你，云上。我想问你，可不可以和我在一起？"

谢云上彻底地在原地惊呆了，那种久违的感觉又来了。自她从沉睡中醒来，很久没有出现这种强烈的感觉，仿佛身体不是自己的，就连灵魂都不是自己的……她的心里涌现出一种说不出来的情感，迫使她想要流泪。明明是期盼的，却感到非常难过。

她记得生日的那晚被池逸告白，他拿出戒指向她求婚，她拒绝了他。尽管对池逸感到抱歉，但她的意识非常清醒。而现在，当眼前这个人对她告白，当他说"可不可以和我在一起"的时候，她感受到了浓烈的悲伤。

谢云上，你为什么而悲伤？

她低着头，努力把眼里的泪意逼回去，莫恒山见她许久未动，以为她不愿意。"云上，如果让你有负担的话，我很抱歉……你，还是介意我的过去吗？"

她摇了摇头，避开他的视线："谁都有过去不是吗？"

"那是……有喜欢的人了吗？"他艰涩地问出口，想起之前听到的"男朋友"，后知后觉自己做了一件非常冲动的事。可如果这时候不做，他怕以后会后悔。

谢云上沉默，过了会儿，她问："我能问你一个问题吗？"

"你说。"

"你爱林奈吗？"

她仰起脸与他对视，这是他们认识以来，她第三次问他同一个问题，连她自己都觉得不可思议，为什么要执着于这个问题。她想起新西兰的那个夜晚，他对她说："我只是希望偶尔抬起头看着星空的时候，她也在看着我们……"

莫恒山爱林奈吗？

她想，是爱的吧。如果不是因为爱，为什么他让她感到如此悲伤？

爱是会变的吗？会消失，会遗忘，会因爱人的离去埋葬。

人是感情动物，如果莫恒山告诉她爱林奈，她是接受的。"到底爱她还是爱我"这样的问题没有意义，抛开那些阻碍他们在一起的外因，回归男女本身的情感认知，她其实是怯弱的。她对爱情一无所知，失忆之前，有没有爱过人，有没有被人爱过……有没有强烈到至死不渝的感情，即便死亡也不能将彼此分离。

她像个迷路的孩童，感到困惑、迷惘。如果没有人拉着她的手往前走，她不知道要走到哪里，她的爱情安放在哪里……

她看着莫恒山，这个男人一直沉默不语。她说："我第一次见你，你给我的感觉像终年不化的雪山，冰冷、疏离，让人难以靠近。我失忆后，感觉自己不是完整的，有很多遗憾。我有喜欢我的人，他对我很好，我却拒绝了他的告白。我一直觉得我很自私，觉得总有一天会在路上了却此生……可是，每当想起你，想起你在星空下的样子，想起你对我说的那些话，想起你牵着茉莉的手的背影，想起你看着我时的眼神……"

她说到这里微微哽咽："我一直以为我不会去爱，我没有爱人的资格和能力。但如果有一个我喜欢的人，在我懦弱的时候给我勇气，退缩的时候给我力量，让破碎的我得以完整……我想，我愿意去试一试，看命运到底把我们推向哪里。"

她的话让莫恒山许久不语。就在她以为他就此沉默的时候，他的声音沉沉地响起："我也不知道如何去爱一个人，我以为婚姻能教会我如何去爱，但我却失败了……我困在一个人的井里很多年，除了茉莉，谁也不能让我走出去。我尽力给女儿全部的爱，弥补茉莉失去她的遗憾，可是我呢，当我回首和她的过去，当我回首……"他的声音越来越低哑，"她是我承诺要照顾一生的人，可是后来变了模样……"

他说到这里，语气带着不可抑制的微颤，"我在年轻的时候不知道如何去爱一个人，她也曾经问过我同样的问题，我却不知道要怎么告诉她，我其实并没有那么爱她。我一直觉得是我不懂得爱……直到遇见你，过去一直困扰我的问题终于有了答案。在巴黎的那晚我问你，其实也是在问自己，当我告诉你我的心意，这就是我理解的爱。"

爱其实不需要太多的言语，不需要一遍遍发誓，不需要证明一个人对另一个人如何的好。如果他爱你，那就是最简单、最原始的心动。即使天各一方，即使跨越万水千山，他也会来到你的面前，告诉你，我一刻都不想与你分开。

她再也克制不住，将脸深深地埋入掌心，泪水顺着指缝流了出来。就在这一刻，莫恒山忍不住将她拥入怀中。

"云上，"他的声音在她耳边响起，像海一般深沉，"过去我不相信时间能抚平一切伤痛，可是我却相信，时间对一个人的改变。它让我放下执念，学会与这个世界共处，让我远离尘世喧嚣，回归简单朴素的生活。它让我明白这一生，如果还有爱的可能，就应该不遗余力地去爱。"

"莫恒山，"她第一次叫他的名字，他看着她朦胧的泪眼，听见她说，"我有可能会忘记你，有可能让你再经历一次失去的痛苦……如果是这样，你还要和我在一起吗？"

他深深地看着她，许久之后笑了："你说的有可能，在我这里都不会成为可能。我会尽我所能治好你的病，我亦会用尽余生和你好好地在一起。"

我亦会用尽余生和你好好地在一起。

天色已暗，点点星光洒落在河面上，闪烁着粼粼的波光。雾气渐渐消散，暗蓝的夜幕下水天一色，描绘出南方独有的夜的美感。他们依偎在一起，看着彼岸灯火，远处飘来不知名的歌声。

人生沧海一瞬，在各自孤独的路上相遇，灯火如醉，何其有幸。

那些沉重的过往，那些辛酸的泪事，那些缥缈如烟云的未来和不可名状的忧虑，此时此刻，都不足以惊动他们的情动与依恋。

O2

记忆移植

　　谢云上和莫恒山确定了恋爱关系，他们小心翼翼地保护着这份来之不易的感情。

　　莫恒山带谢云上去他的家，这是一栋非常有年代感的老洋房，厚厚的爬山虎覆盖了整面墙壁，院子里的枇杷树长得十分茂盛，即使是冬天，这些树木依然茁壮生长。这栋房子有近百年历史，红砖白墙，尖尖的屋顶，据说是意大利知名建筑师设计的。

　　这是浦城为数不多的私人住宅，莫恒山少年时曾在这里住了很长一段时间，他后来将这栋房子买下来，却再也没有回来住过。他把房子托管在一家物业公司，常年有专人保养，因为地段昂贵且房源十分珍贵，一直有人来询价，他却从未有过卖出去的打算。

　　"我上中学时住在这里，父母好客，经常在家里开舞会。说起来不怕你笑，"莫恒山笑着回忆道，"每次看到那些叔叔阿姨来，我就跑出去，免得他们拉着我父母要给我相亲。"

　　夜晚下起了雨，屋里烧着壁炉，并不感到冷。谢云上喝着热茶，听着外面的雨声，莫恒山不知去哪里了。她一个人静静地坐着，看着这些带有时光印记的老家具，仿佛透过它们看到了年少时的他……

　　"在想什么？"莫恒山走过来，他的手上多了一张黑胶唱片，"找了很久终于找到了，听听看。"

　　谢云上点点头，他走到唱片机旁，将唱片放到唱盘上，再将唱针放到唱片上，不一会儿唱片开始转动，一段优美舒缓的音乐流淌出来。

　　"谢小姐，可以请你跳个舞吗？"莫恒山走到谢云上面前，伸出手，做出邀请的姿势。谢云上微笑着把手放入他的手中，莫恒山轻轻地握住，带着她走到客厅中央，他们随着音乐翩翩起舞。莫恒山说，"这是我父母年轻时最喜欢的一首歌。"

她说："我听过这首歌。"

他感到诧异："这么久远的歌你也知道？"

"我有一颗很老很老的心。"谢云上莞尔一笑。

"可是谢小姐看着很年轻啊。"莫先生说道。

"大概是因为岁月厚待……不让我老去吧。"

莫恒山笑出了声，他们目光交汇，他凝视着她，渐渐地低下了头。

外面的雨不知什么时候停了，月光穿过乌云照射进来，分不清是在梦里，还是梦外。

"梦里不知身是客……"他想，他是醉了，醉倒在这"一晌贪欢"的梦中。

两天后，莫恒山回到巴黎。

谢云上变得十分忙碌，她给玛丽拍摄的照片获得国际摄影大奖，名气和人气一下子大涨，找她合作的人源源不断。实在忙不过来的时候，她找到谢雨哲，问能不能当她的临时助理。

谢雨哲厚着脸皮问："长工还是短工？日薪多少？"

谢云上只听过月薪和年薪，没有听过日薪，她说："先过了试用期再说吧。"

"姐，要不我给你找人吧，你要求这么高……"谢雨哲觉得这是个极不好干的差事。

"除了你，我还能找谁呢？"

于是，谢雨哲认命地接下这份难以拒绝的工作。工作时间不固定，得先过了试用期才能谈酬劳，还不能讨价还价，谢雨哲很苦恼。为了保障生活不能牺牲主业，除非他姐开出比现在更高的工资，何况还要考虑五险一金和未来买房娶媳妇的打算。

谢雨哲和周晗正处于暧昧期，约过几次会，尚未到深入发展的阶段，姑娘还对她的池教授抱有幻想。他想，不然找池逸求助，这世上最了解也最能说服他姐的人，只有池逸。谢雨哲有一阵子没联系他哥了，一来池医生很忙，二来他和周晗的"地下情"不想被过早发现。他却听周晗说，最近很少在医院看到池逸。

某个晚上，谢雨哲和池逸约在医院附近的酒吧见面。

池逸瘦了很多，看上去很疲惫的样子，谢雨哲盯着他的脸看了一会儿，默默地移开视线。他觉得，池逸似乎心情不太好。

"你姐最近怎么样了？"池逸喝完一杯酒，问道。

"工作越来越忙了，现在还要我当她的助理。"谢雨哲说，"哥，能不能劝劝她别接那么多工作，身体要紧。"池逸沉默，又喝了一杯酒。谢雨哲见他一杯接一杯地喝，忍不住问，"你跟我姐怎么了？是手术出了什么问题吗？还是我姐的病……"

池逸手上的动作一顿，放下杯子道："我跟你姐没什么，你别瞎猜。"

虽然话是这么说，谢雨哲却觉得池逸有事瞒着他，他担忧地问："哥，你有什么心事吗？这次见你瘦了好多，你还好吗？"

池逸不答反问："雨哲，你觉得我是什么样的人？"他抬起头看着谢雨哲，一时把谢雨哲问蒙了。

他想了想说："你是个好人。"

"好人？"池逸笑了，笑声透着几分自嘲，"但愿吧……我也不知道我做的配不配得上你说的'好人'。"他的神情十分寥落，一向骄傲从不言败的池逸，站在巅峰被崇拜被仰望的池逸，何曾有过如此黯然神伤的样子。可是眼前的他，清瘦消沉，仿佛经受了什么严重的打击，独自将心事吞咽。谢雨哲不知为什么，觉得此时的池逸有点可怜。

"哥，别喝了，再喝你就醉了。"谢雨哲从池逸的手中夺走酒杯，酒杯突然掉落，发出"当啷"一声脆响，玻璃片碎裂飞溅，划破了池逸的手背。

音乐声停了，所有人的视线投向这里，谢雨哲手忙脚乱地给池逸止血、包扎，他却摇了摇头，轻轻地推开谢雨哲的手。他低头用毛巾捂着受伤的手背，对谢雨哲说："你回去吧，我没事。"

"对不起，对不起。"谢雨哲连连道歉。

"是我自己不小心，你不用道歉。"池逸看着他，轻轻地叹了口气，说，"雨哲，她是你姐姐，你要好好照顾她。"

"那你呢？"谢雨哲忍不住脱口而出。

"我啊……"他的视线投向暗沉的虚空，过了很久才说，"我希望成为她需要时就陪在她身边，不需要时也能偶尔被她想起来的人。"

"哥。"谢雨哲再也绷不住了，眼睛微微泛红。他知道这几年池逸的压力有多大，虽然他并不是很认同他的做法，他却觉得他没必要把什么都压在心里，"你要不就放下吧……我姐她……始终不是……"谢雨哲艰难地说道。

"那她是你想要的姐姐吗？"池逸垂眸，目光落在谢雨哲的脸上，让他感到莫名的沉重。

谢雨哲无法承受这样的眼神，侧过脸回避他的视线："是，她是我……一辈子的姐姐。"

池逸笑了。"雨哲，"他的声音轻如呼吸，谢雨哲还是听到了，他说，"你也忘不掉吧。"

他们从酒吧出来，谢雨哲提出要送池逸回家，池逸摆摆手说要先回一趟医院。谢雨哲不放心池逸，一路跟着，一直看到他走到医院门口。池逸拐进一栋单门独院的小楼，他的实验室就在这里。实验室的门开了，池逸步伐缓慢地走进去，谢雨哲驻足站在门口，看着他的背影渐渐消失。

手机这时候响了，是周晗，他来的路上给她发了消息。

"你怎么来我们医院了？"手机的一端传来女孩轻柔的声音。

"我顺路过来看看你。"谢雨哲收回视线，说道。

周晗的语气听起来很开心，"我今晚值班，一会儿就下班了，你要不要等等我？"

"不急，肚子饿吗？"

134

"有点饿了。"

"那一会儿去吃夜宵。"

池逸躺在实验室的休息椅上，一只手撑着额头，闭上了眼睛。他想起了沃克对他说的话。

"Yee，你为什么要执着于这个研究？全世界还没有一项科研宣告人体记忆移植成功，你为什么偏偏不放手？"

他没有回答，只对沃克说："你不需要知道，你只需要配合我。"

所有人都不能理解，他为什么要这么做。他的计划大胆而疯狂，如果谢云上知道真相，也会认为他是疯子吧……池逸独自坐在黑暗里，闭上眼，眼角却有一滴泪缓缓滑落。

这个计划他筹划了很久，早在谢云上苏醒之前，就已经开始了。他想起谢云上第一次从他口中听到她的病的模样，那是她刚醒来不久。那时候她失去了记忆，不记得自己是谁。他看着她的样子，不期然地想起了记忆中的那道影子。

他给她做手术，耐心地等她醒来，对她说："我叫池逸，是你的主治医生，从今天起你的一切交给我。"

她的神情如水一般平静，对他点了点头："谢谢你，池医生。"

他们开始了长达三年的治疗。

第一年，她大部分时间在病床上昏睡，几乎所有人对她的病情都保持不乐观的态度，断定她会脑衰竭继而成为植物人。他做的第一件事就是让她苏醒。他找到临床护理经验丰富的小林，为她做日常护理，并通过一些物理刺激的方式唤醒她的意识。她在昏睡了一年后醒来，这在医学上简直是个奇迹。

她开始慢慢恢复一些简单的自理能力，吃饭、走路，逐渐恢复语言和肢体功能。又过了一段漫长的时间，她渐渐地与常人无异，除了行动缓慢、经常发呆。不知是因为性格还是失忆的原因，她很少说话，习惯坐在窗边看着天空出神。

从最初的小林到后来的谢雨哲，都不能打开她的心扉，让她说更多的话。池逸对此并不着急，他告诉她关于她的过去，将唯一的亲人带到她的身边。他慢慢地进入她的生活，看似对她的一切了如指掌，从医生到朋友再到想成为她的伴侣……他希望成为她生命里最重要的人。

又过了一段时间，谢云上提出出院的要求，除了失忆，她看上去和普通人没有什么不同。过去对她而言是一片空白，她如同新生儿对一切充满着未知和好奇。她喜欢探险，也许是骨子里隐藏的冒险精神，一个人自驾旅行，去许多没有去过的地方。

人生是要去经历、去闯荡、去体验，于是她要把过去二十多年遗失的补回来。

03 / Fiona

隔天是周末，谢雨哲开始了第一天的助理工作，他开车来接谢云上去拍摄地。谢云上上车后，见他顶着两个黑眼圈，关心道："昨晚没睡好吗？"

谢雨哲昨晚和周晗吃夜宵到凌晨，他打了个哈欠说："我见逸哥了，跟他喝了点酒。"

谢云上沉默了一会儿，问："他还好吗？"

"看上去不是很好。"谢雨哲顿了顿说，"姐，你有时间去看看他吧，感觉逸哥心情不太好。他昨天还提到你了，让你再忙也要注意身体。"他打着池逸的名义关心谢云上，希望她也能关心一下池逸。

谢云上说："我会的。"

车子开动，两边的景色缓缓倒退，谢云上目视着窗外。谢雨哲的话提醒了她，她和池逸有一阵没见了。自从和莫恒山确定关系之后，她没有再联系池逸，首先是工作繁忙，其次是她想和池逸保持适当的距离。这是一种情感的潜意识，她不想过于依赖池逸，给他带来困扰。他向她表白，而她喜欢的是莫恒山，她不希望给他造成欺骗和伤害。

谢云上决定过两天约池逸见面，上次见他就一副心事重重的样子。他不说不意味着她猜不到，也许她的病给他带来了麻烦。

谢雨哲见谢云上一直看着窗外发呆，他想到了池逸对他说的话，于是问道："姐，你有什么需要我做的吗？"

谢云上转过脸，不明所以地看着他："你现在不就在做吗？"

"这点小事，"谢雨哲讪讪地道，"除了当你的助理，还有别的吗？"

"你先把助理当好了我再想别的。"

谢雨哲彻底不说话了，谢云上看着自己的弟弟，眼里流露出暖意。她没什么亲人，唯有这个弟弟在身边，她记得小时候他总喜欢抢她的东西……等等，小时候？她闭上眼睛，似乎想起了一些片段。

"怎么了？"谢雨哲回过头。

谢云上摇了摇头，皱着眉说："停一下车。"谢雨哲将车缓缓停靠在路边，谢云上下车后深呼吸了几次，对谢雨哲说，"有烟吗？"

"我有电子烟，你要吗？"

谢云上摇了摇头，脑海里的片段消失了，她仍心有余悸。"小时候你是不是总喜欢抢我的东西？"她突然问道，谢雨哲愣愣地看着她，不时有车子从他们身边经过，谢云上看着他，他却没有说话。

直到一声刺耳的喇叭声响起，谢雨哲下意识地醒过神："时间太久不记得了。"谢雨哲揣摩谢云上的神情，试探着问，"你是不是想起什么了？"

谢云上闭了闭眼，转身说："先上车吧。"

车子重新发动，一路上两个人没有再交谈。谢雨哲有点心不在焉，有几次差点误闯红灯。他几番欲言又止，可看着谢云上闭目养神的样子，想起池逸的嘱咐，还是乖乖地闭嘴。

到了拍摄的地方，是一处高档私密的花园别墅区。一个戴帽子的年轻男孩站在门口等他们，谢云上和对方打了声招呼，背着包走进去。谢雨哲正打算跟进去，却被拦住了，对方礼貌地说："不好意思先生，您不方便进去。"

谢雨哲怒了，他虽然只是名义上的助理，但也是有身份证的，都什么年代了，这种富人住的地方还有这种破规矩？何况他姐一个人进去怎么行，万一被欺负了呢？他正要开口，谢云上回头对他说："你在外面等着，我一会儿就出来。"

谢云上跟着男孩穿过花园来到一栋漂亮的别墅前，门口站了两个身材高大穿制服戴墨镜的保安，见到谢云上走过来，恭敬地打开门。谢云上走进去，听到里面的欢笑声，偌大的会客厅里坐着男男女女，男人们抽着雪茄喝着红酒，几个年轻漂亮的女孩坐在他们身边，陪着酒说着笑。

谢云上的嘴唇不觉抿紧，她一向不喜欢这种场合，一个年轻漂亮的女孩走过来搭讪道："你就是谢大摄影师吧，这么年轻漂亮啊，你好，我叫Vicky。"

谢云上淡淡地打了声招呼，没有和她客套的意思，女孩见她爱答不理，不高兴地坐了回去。这时，坐在她身边的大佬站起身，对谢云上招呼道："谢小姐，过来坐。"

谢云上客气地打了声招呼，却没有走过去，她跟着刚才领她进来的男孩走上二楼。叫Vicky的女孩看着她的背影，对刚才招呼谢云上的大佬嘟囔道："威少，这算什么啊？不就是个拍照的嘛，拽什么拽。"

威少笑着搂了搂她的肩，夹着雪茄吸了一口说："艺术家都是有个性的，你以后出名还要靠她呢。"

此时的谢云上根本不知道对方的打算，她走到二楼最里面的房间，只见里面已经布置成摄影棚的样子，白色背景板、摄影灯、柔光箱、反光板……男孩走进去，对站在最中间指挥一众工作人员干活的年轻女人说："方总，谢小姐到了。"

被叫"方总"的女人转过身，只见她穿着黑色紧身连衣裙，脚踩一双红色高跟鞋，精致的五官化着浓妆，明艳不可方物。反观谢云上，却是素面朝天。对方上下打量了她一番，露出职业式的微笑："你好谢小姐，我是微影公关公司的总经理方安娜，也是这次拍摄的负责人，你可以叫我Fiona。"

自称 Fiona 的女人正是莫恒山的"师妹"方安娜，她也是林奈的表妹。

"您好方小姐，幸会。"谢云上客气地寒暄道。

"总算见面了，能约到你真不容易。"方安娜热络地说道。谢云上笑了笑没有说话，方安娜见她无心闲聊，便摆出一副职业的架势，"那我们就开始吧。"她对刚才接待谢云上的男孩说，"小陈，你去叫 Tina 过来。"

"等等，我想先聊一下。"小陈正要离开，谢云上对方安娜说，"我以为这次来是讨论拍摄方案，等确定好拍摄的主题和内容，我们再约时间进行具体的拍摄工作。"

"方案不是给过你吗？"方安娜诧异道。

"是，我看过方案，是要拍一组时尚大片，但拍摄主题和内容是需要我先确认的。方总，我今天过来是想先跟您讨论一下，我已经制订好了方案。"

"谢小姐，我想你误会了。"方安娜微笑道，"拍摄方案是由我来确定而不是你，你只要执行就行了。"

"当时可不是这么谈的，"谢云上坚持道，"否则我也不会接这个项目。"

"是价格给得低吗？"方安娜转身对助理说，"小陈，你叫 Tina 过来，别让大小姐等急了。不好意思谢小姐，我们时间有限，如果你对酬劳有意见，我们后续再谈。"

谢云上笑了笑说："那我告辞了。"

"等等，"方安娜急了，她走到谢云上面前，收起笑容气势迫人道，"我们已经付了定金，你不能毁约呀。"

"定金我会退给你们，这个单子我不接了，不是钱的问题。另外，我们并没有签约，也谈不上毁约。"谢云上不卑不亢地说道。

　　方安娜第一次在口舌上落了下风，无论少女时代还是现在，她一直都是社交场上的名媛，当然成为名媛是要有些手段的。"谢小姐，Tina是国际超模，我好不容易请到的，给她拍片对你只有好处没有坏处。你作为一个刚崭露头角的新人，应该很需要这样的机会。这次的大老板你还不知道吧，是浦城赫赫有名的威少，也是Tina的男朋友。得罪了我没关系，但是得罪了威少，你以后恐怕别想在这个圈子混了。"方安娜的嘴角露出冷冷的笑意。

　　"我本来就不是混圈子的，"谢云上回道，"方小姐，是你请我而不是我求你。我之所以对这个项目感兴趣，不是因为钱，而是因为之前没拍过。我拍过很多片子，也不是新人，如果不了解我的话可以去看我的作品。我认为双方还是建立在彼此尊重的基础上合作比较好，不好意思，我还有事先走了。"不等方安娜回应，她便转身离开。

　　方安娜第一次被噎到无话可说，而对方还不给她反击的机会。她立刻跑下楼，威少还在下面坐着。

　　"怎么走了？"威少见谢云上走下来，起身问道。

　　"谢小姐，"方安娜急忙跑下来走到谢云上的面前，拉着她的手腕低声说，"请你给个面子，Tina的时间非常宝贵，晚上还要去巴黎。你就按我们的方案拍吧，我不会亏待你的。"

　　"我说了不是钱的问题，何况这次没有带摄影器材。"她的包里装着电脑，电脑里躺着熬夜制订的方案，而对方看都不看一眼。

　　"这没关系，你要什么型号的相机，我马上给你搞来。"

　　谢云上摇了摇头，她不喜欢如此毫无章法地做事，何况对方连她的方案都没看。"改天吧，如果你感兴趣的话，我可以把方案发给你看看。"

　　方安娜见她软硬不吃，不由得沉下脸，她已经忍着不发作了，要不是威少在场早就发飙了。

　　"怎么了？"威少走过来，看着两个人的神情，"需要我帮忙吗？"

　　"不用了威少，"方安娜冷艳的脸堆起笑意，"小事儿。"

　　威少没理她，转而对谢云上说："谢小姐，有什么事吗？"

谢云上一看对方就是这次拍摄的大老板，语带歉意地说："抱歉威少，这次拍摄我不能接了。"

"为什么呢？"威少皱着眉，看了眼一脸尴尬的方安娜。

"大家对拍摄方案没有达成一致，再加上时间紧，我担心做不好。"她没有把原因都归于方安娜，还是给她留了面子。

方安娜悬着的心稍稍放了下来，她接着谢云上的话说："是啊，主要是时间太紧了，谢小姐一看我们的要求怕做不好。"

"那有什么关系，这次不行就改下次。"威少笑道，"我还以为是什么事让我们谢小姐生气了。"

"可是 Tina 的时间……"方安娜为难道。

"她的时间不都是我来安排的？等谢小姐觉得什么时候可以，我再叫她过来就是了。"不等谢云上开口，威少看着她露出了笑容，"还有什么方案不一致的地方？都听你的。"

"威少……"方安娜惊讶地看着对方。

"你有意见吗？"方安娜摇了摇头，她敢对大老板有意见吗，她的公司都是威少投的，想不到他居然对一个摄影师这么迁就。

"我要不要把方案发您看看？"谢云上礼貌地问道，她还是觉得不能随便答应别人。

"好啊，"威少一口应下，"我给你我的名片。"

她其实想说现在就可以看，却不想在这样的环境继续待下去，于是点了点头说："好。"

威少递给她一张名片，客气地说："谢小姐，今天人多，下次再单独约你。"

谢云上微笑致意："那我先走了。"

等她离开后，方安娜忍不住对威少抱怨道："威少，你是对这个谢云上有意思吗？她可不好搞。"

威少笑了笑，没有承认也没有否认，对她命令道："Tina 必须由她拍，你不要搞砸了。"

威少说完，又去跟他的朋友喝酒了。方安娜心情不爽地在一边看着，她不明白这个叫谢云上的摄影师到底哪里好，值得威少这样的人物维护。她的心里生出了对她的厌恶和嫉妒。

谢云上出来后，谢雨哲看了看表，才过去了半个小时，问道："姐，你怎么这么快就出来了，没拍吗？"

谢云上摇了摇头："没有。"见谢雨哲一脸疑惑，对他笑道，"今天出门看了皇历，诸事不宜。"

晚上，他姐难得请他吃了一顿海底捞。

O4 / 繁花

还有一个星期就是圣诞节了，往常这个时候家里早早就开始布置圣诞节的装饰，可是今年到现在都没有动静。茉莉看着一直埋头工作的莫恒山，小声地嘟囔道："爸爸，圣诞节快到啦，我们的圣诞树还没有准备呢。"

莫恒山这段时间非常忙碌，不仅要把这边的工作收尾，还要安顿国内的事务。他回国的决定还没有告诉茉莉，听到女儿有意见，放下手中的工作对茉莉招手道："茉莉，爸爸有件事要告诉你。"

"什么事啊？"茉莉好奇地走过去，莫恒山摸了摸她的小脸。

"爸爸想带你回去住，好不好？"小姑娘瞪着一双漂亮的大眼睛看着莫恒山，不知是惊喜还是惊讶，"怎么了，高兴坏了？"见女儿一眨不眨地看着自己，莫恒山笑道，"你不是一直想回去的吗？"

茉莉感到既高兴又不舍，她一直想回去住，这里太冷清了，除了学校的老师和同学，平时就只有她和爸爸两个人住在偌大的园子里，难免感到寂寞。可是想到要离开这里的老师和同学，小姑娘忍不住犯起难来，她舍不得小伙伴们，还有 Lisa 老师。

"爸爸打算让你回去上学。"莫恒山说出了自己的决定，"学校已经给你找好了，这边的课程不会落下，芭蕾和骑马你依然可以继续学。"

"Lisa 老师可以跟着回去吗？"茉莉很喜欢教她的芭蕾舞老师，莫恒山出差的时候，她有时候会住到 Lisa 家。

莫恒山说："爸爸再给你请芭蕾舞老师。"

茉莉想了想又问："回去是不是就可以见到云上阿姨啦？我可以去她家玩吗？"

"当然可以。"想到谢云上，莫恒山不禁露出了笑容。

"爸爸，你和云上阿姨怎么样啦？"小姑娘歪着头看着一脸笑意的莫恒山。

"爸爸和云上阿姨很好。"莫恒山说着摸了摸女儿的小脸，女儿很聪慧，他不想隐瞒她，何况，他也希望她为他们高兴。果然，小姑娘的眼睛亮了起来，她开心地对莫恒山说："那我们回去和云上阿姨过圣诞节吧。"

晚上等茉莉睡着后，莫恒山给谢云上打电话。谢云上刚刚跑步回来，脱下外套倒了杯温水，她喝了一口问："这么晚了还不休息？"

"我在等你，看时间你应该醒了。"莫恒山躺在床上说道。

谢云上笑道："定好回来的时间了吗？"

"下个星期，回来我们一起过圣诞节。"

"茉莉睡了吗？"谢云上又问道。

"嗯，小姑娘今晚一直缠着我讲故事，不给她讲故事就不肯睡。"提到女儿，莫恒山露出无奈的笑容，"以后由你来陪她……"

"什么叫由我来陪她？"

莫先生尴尬地转移话题："我跟茉莉说了回国的事了。"

"茉莉伤心吗？"谢云上问道。

"伤心？她可开心了。"女儿其实很想回来，但他一直没有松口，直到遇见谢云上，想要和她经常见面。想到这里，莫恒山说，"茉莉问我，回去是不是就可以见到云上阿姨了，可不可以去云上阿姨家玩……"

"你怎么回答的？"

"我说，当然可以了。她很喜欢你，云上。"莫恒山的声音低沉温柔。

谢云上走到窗边，看着外面的风景。沿街的商铺陆续开了，孩子们背着书包去上学，西装革履的小伙儿脚步匆匆去赶地铁，年轻漂亮的女孩从花店走出来，手里捧着一束微微绽放的玫瑰花，这是她一天好心情的开始。

"我也很喜欢她。"她轻声说。

"想你了……"某人突然说道。

"我们好像才分开一个星期吧，莫先生？"

"可是我觉得过去了很久，不是有句话叫'一日不见如隔三秋'么……"莫先生说起了情话。

谢云上忍俊不禁，她靠在栏杆上，阳光洒在脸上，越发柔和美丽："以前怎么不觉得你这么能说呢？"

"那是不好意思，怕吓跑你……"

"这样啊……"谢云上暗笑，某人真是内心戏多。

聊完电话，已经是上午九点多，谢云上收拾一番出门赴约。那个叫威少的看了她的拍摄方案赞不绝口，要约她见面详聊。经过那次不算愉快的见面，谢云上决定不接了，但她还是觉得不要轻易得罪人，答应了和对方见面。

他们约在某高档酒店，威少刚游完泳，穿着浴袍戴着墨镜坐在露天的咖啡吧台边。这会儿人很少，他们简单地寒暄之后坐下来点了杯咖啡。

"我很早就想认识你了。"威少喝了口咖啡，自我介绍道，"我叫威廉，大家都叫我威少，你叫我威廉就好了。"

"我还是叫你威少吧。"谢云上客气地说。

"谢小姐，你跟传说中不太一样。"威廉摘掉墨镜，玩味地打量她。

"我很有名吗？"谢云上奇怪道。

"你不知道自己现在多火吗？"威廉惊讶地看着她，随即一笑，"你知道你得的这个奖分量多重吗？你是第一个得风云奖的国内女摄影师，现在全浦城的明星模特儿都想让你给她们拍照，她们想要你拍的这种高级的感觉。"

"哦。"谢云上淡淡地笑了笑，喝了口咖啡。她真的不知道自己现在有多火，只是越来越忙，找她的人越来越多。

"谢小姐，我们谈谈合作怎么样？"威廉正色道，"你签到我名下的公司，我把你捧成一线摄影师，给大牌杂志和奢侈品牌拍广告。你有国际范儿，特别适合走国际化路线，我会邀一帮大牌明星和超模给你站台。你觉得怎么样？"

谢云上没有说话，她在思考如何拒绝。不用说签约了，这次合作她都不想接。她说："实在对不起威少，恐怕要让你失望了。我是个非常爱自由的人，摄影纯粹是出于爱好，我也不愿意出名，盛名之下其实难副。这么说吧，我想过简单的生活，不想把自己的喜好变成商业行为，我还是想拍自己想拍的东西。"

"那你想拍什么？那些不值钱的玩意儿？你的才华浪费太可惜了，应该让更多人看到你的作品。谢小姐，我听说几年前你出了一次意外，一直在看病吧，看病是要花很多钱的，你没有为以后的人生打算吗？"见她不语，威廉继续说，"你是不是很好奇我是怎么知道的，想知道你的事情并不难。你无父无母有个弟弟，还有个当医生的男朋友吧？你也没什么朋友，圈子简单得很，房子是租的，也没什么钱，你不靠拍片靠什么生活呢……梦想是要赚钱养的。"

威廉说得没错，梦想是要赚钱养的。即便如此，她也不想签给这种利益至上的商人，他们本就不是一路人。她失去了再聊下去的耐心，说："谢谢你威少，你说的我会好好考虑的。我这次来是有件事想跟你说，方小姐的那个拍摄我不想接了。"

"为什么？"

"没有为什么，我无法勉强自己做不喜欢的事。"

"可是你不是已经出了方案吗？我也 OK 了呀。"威廉不解道，"难道是因为 Fiona？"

　　"跟方小姐无关，是我自己的决定。定金我会退回去，方案也免费给你们，就当是我的补偿。"谢云上起身致谢，"谢谢你威少，非常感谢你的赏识和邀请，我很感激，下次有机会再合作。"

　　她知道，这么做会得罪这个有权势的人物，甚至有可能遭到封杀，但她不想违背自己的初心。诚如他所言，梦想是需要赚钱养的，她赚的每一分钱都是梦想给予的支撑。外人根本不了解，对于她这样的人而言，活着的每一分钟、做的每一件事都很珍贵，她不想为不喜欢的人事妥协，这是她的原则。

　　谢云上一个人走在外滩，风吹起了她的长发，这里是全浦城最繁华的地方，她却很少过来。对面就是地标大厦，她远远地看着，无数年轻人为了理想与抱负背井离乡，只为在这里扎根，得到想要的一切。为什么要在这里生活，她想，她并非是出于追逐繁花似锦的人生。

　　一个小姑娘跑过来，对她说："阿姨，可以帮我和爸爸妈妈拍一张照片吗？"不远的地方，小姑娘的父母对她点头微笑。

　　很多外乡人来这里，为求生，为历经，也为一睹这座大城市的风采。她微笑着答应了，小姑娘欢快地跑过去，告诉她的父母，然后跑回来把相机递给她。一家人整整齐齐，和和美美。她的心中有一股暖流悄然流过，这是再普通不过的一家三口，却令她感到羡慕。

　　她举起相机，对着他们轻轻地按下快门。"阿姨，可以再拍一张吗？"小姑娘脆声问道。她笑着点点头，一连给他们拍了好几张。一家人对她说"谢谢"，她却觉得应该是她谢谢他们，谢谢他们让她看到人世间的美好团圆，如此珍贵。

　　她背过身，轻轻地擦掉眼角的泪。江鸥飞过水面，落在她的脚边，她蹲下身静静地看着它。她想，她就如这只江鸥，漂泊无依，一生都在寻找栖息的岸。总有飞累了的时候，想要有一个家，一个相伴一生的人……

　　她的眼前渐渐出现一幅画面，她坐在爸爸的肩上，一只手举着棉花糖，一只手牵着爸爸的手。她问爸爸，为什么要把她扛在肩上？爸爸说，这样你就不会走丢了。

她微笑着闭上了眼睛。

谢云上醒过来的时候，发现自己躺在医院。小林见她醒了，走过来关切道："觉得怎么样，头还疼吗？"。

"我怎么在这里？"谢云上问道。她环顾四周，这是一间独立整洁的病房，仿佛又回到了几个月之前。

"你在路边晕倒了，被人发现送到医院，还好我们医院离得近。"小林叹了口气，"云上，你不能过度劳累，你的身体会吃不消的。"她是劳累过度引起的大脑供氧不足，幸好没什么大碍。"池医生一会儿就来了，你想好怎么跟他解释吧。"

话音刚落，池逸推门进来了。这里大部分医生都认识谢云上，她被送过来没多久就有人通知了池逸，池逸差小林先过来，出了手术室便急忙赶过来。

"诊断怎么说？"池逸皱着眉问小林，他比之前更瘦了，白皙的下巴冒出几根胡楂，看起来竟有几分沧桑感。

"说是大脑供氧不足，"小林说，"多休息就没事了。"

"CT 拍了吗？"

"拍了。"

"没什么问题？"池逸表情严肃地盯着小林，小林的心里生出一丝惧意。

她下意识地咽了口唾沫，说："没有。"她丝毫不敢怠慢，就算别人不知道，她也不会不知道谢云上对池逸有多重要，一点差池都不能出。

池逸压迫的视线消失了，他收回目光："辛苦你了小林，一会儿把报告拿来我看看。"

他还是不放心，小林回了声"好"，走出去关上了门。

从始至终谢云上都没有说话，她想不到自己居然会晕倒。池逸坐到床边，看着她说："我有一阵没见你，你就不好好照顾自己了？"

　　他的语气带着轻轻的质问，谢云上张了张嘴，最后低低地说了声："对不起。"

　　"我不是来听你道歉的。"池逸皱眉道，"你一直都不在意自己的身体，出院没多久就到处跑，丝毫不顾忌自己是个病人。云上，我费这么多心思让你好起来，也需要你的配合。"

　　"我知道了，下次不会了，对不起。"谢云上低垂着眼睛，像个做错事的孩子。

　　"还有下次吗？"池逸责问道，"许多事不说不意味着我不知道。从新西兰回来你就答应我不会再出去了，结果呢？你还是往外跑，你以为手术是儿戏吗？云上，你该知道我对你的用心，可是你如果一直任性拿自己的身体开玩笑，我所有的努力就都白费了……"

　　站在池逸的立场，他说得没错，她是他的病人，他对她有责任。而她却任性地跑出去，丝毫不顾及他的感受。她以为去法国那次不会被发现，结果还是被他知道了，只是他不说而已。

　　谢云上发现池逸变了，从前她做这样的事，他只会对她念叨却不会真的生气。现在他习惯把心事藏在心里，什么都不跟她说，就连生气也是憋在心里。他比以前更消瘦了，谢云上感到深深的歉疚，她是诚心要对他说一声"对不起"。

　　池逸似乎要将这些日子以来的压抑和憋闷一股脑儿地发泄出来，说完见谢云上一声不吭，突然意识到自己对她发了脾气。到底是怎么了，池逸懊恼地揉了揉眉心，抱歉道："对不起，我不是故意对你发脾气。"

　　"我知道，换作是我也会生气。池逸，"谢云上抬起头，尽量让语气放得轻柔，"你是不是有什么心事，可以跟我说说吗……是因为我的病吗？"

　　"不是的，你别多想。"池逸直接回避这个问题。

　　那天谢雨哲对她提起她心里就存了疑惑，等到亲眼见到他的消瘦和憔悴，她才知道谢雨哲说得还是委婉了。池逸比她想象中更不好，她猜到是因为她的病。手术之后他就一直回避和她谈论病情，她的病是不是已经发展到无可救药的地步……

谢云上鼓起勇气将内心的疑虑说出来："你对我的病一直很敏感，刚才小林明明说没事，你还是一再地确认。池逸，我既然是病人，应该有知道病情的权利，无论你说什么，我都能接受。"她向他正式提出有知道自己病情的权利，这与过去的她截然不同。

该怎么对她说呢……池逸闭上了眼睛。谢云上其实很聪明，也沉得住气，换作是旁人他或许能放下心，可是面对谢云上，他不能掉以轻心。她是对他产生怀疑了吧，从第一次主动问自己的病开始，从那次手术之后，她就一直想知道。

池逸感到深深的疲惫，还不是时候，至少现在还不能告诉她……她好不容易才好起来，他不想冒任何风险。他说："云上，你会好起来的，相信我。"

"我不想再听你说这样的话了，"她抑制住内心的情绪，说出自己的猜测，"我的晕倒不是偶然，是不是那个病复发了……如果是的话，请你告诉我。"

池逸沉默，谢云上晕倒是他没有预料的。"云上，"池逸看着她，尽量让自己不露分毫，"你最近还会想起什么，或者梦到什么吗？"

谢云上没有说话，只是看着他。池逸回避她的视线，不想让她看出自己的不安。

她说："你为什么想知道？"

"我是你的医生，你的一切我有权利知道。"他回答得理所当然。

"我是想起了一些，也想告诉你。"

"是什么？"他屏息凝神看着她。

谢云上却笑了："池逸，你如此执着地想要知道，是有什么难言之隐吗？"

不只是池逸，还有谢雨哲，他们都以"关心"的名义试探她。她摸着头上残留的伤疤，那里被浓密的头发遮盖，不会被轻易发现。

她晕倒、醒来，努力回想之前的情景，最后汇聚成一幅画面——她被父亲扛在肩上,他的大手牵着她的小手,告诉她这样就不会走丢了。

她闭上眼,泪水顺着眼角滑落。"我想起了我的父亲,他把我扛在肩上,我们一起回家。"她顿了顿,语气变得迟缓,仿佛是自言自语,"我想起了我的家乡,它在海边,一个叫临远的地方。"

"你的家乡是临远……"池逸的神情变得复杂,哑声道,"它是什么样的?"

她闭上眼,缓缓道:"有山,有海……还有一座岛。我躺在岛上看着天空,天很蓝,大片大片的云漫延至天际……"她的这段记忆慢慢变得清晰,在很长的一段时间里,她一个人坐在岛上,看着天空,想着孤独的心事。

池逸许久没有出声,他们彼此对视,如同两个暗自角力的对手。他没有错漏她脸上任何细微的表情,她在陈述回忆时那么悲伤。

临远……他去过,他知道她没有骗他。

他去看过那里的山、那里的海,还有那座被人经常提起的岛。

他问:"你……还会想起她吗?"

谢云上知道他说的是谁。"池逸,"她轻声说,"她,是谁?"

05
Merry Christmas

圣诞节前一天,莫恒山带着茉莉回来了。他们回到阔别已久的家,茉莉推开门,看到院子里的圣诞树,忍不住欢呼出声。只见院子里的一棵树上装满了琳琅满目的圣诞装饰,有金色铃铛、糖果盒、红色莓果、圣诞老人的帽子、长袜子和五颜六色的小灯泡。小灯泡闪闪发亮,充满了圣诞节的气息。

"哇，这是我见过的最漂亮的圣诞树……"茉莉开心地围着圣诞树手舞足蹈。

"要谢谢莫妮卡阿姨，是她辛苦布置的。"莫恒山看着女儿微笑道。

"谢谢莫妮卡阿姨。"茉莉跑过来对着莫妮卡的脸亲了一口。

"这小可人儿。"莫妮卡的眼里流露出喜爱之情。认识莫恒山这么多年，他们早已亲如家人，她也非常喜欢茉莉。

"你跟云上约了吗？"莫恒山注视着女儿蹦蹦跳跳的身影，问道。

"我跟她约了下午见面，她还不知道你回来呢。"

"先不要告诉她，我想给她一个惊喜。"莫恒山说。

莫妮卡微笑不语，眼神充满了揶揄。他们收拾完东西，莫恒山煮了咖啡，他们又聊了会儿莫妮卡便走了，她要赶去处理新公司的事。莫恒山把家里里外外打扫一遍，上次回来他就已经做了清理，何况平时有专人保养，房子整体很干净，院子里的绿植长势很好。

茉莉坐在台阶上看着他忙碌的身影，问道："云上阿姨会来过圣诞节吗？"

"会的。"莫恒山走过来坐在女儿身边，"云上阿姨晚上就会来，我们要在她来之前把家里布置得像模像样。"

"Cool."茉莉伸出手，一大一小默契击掌。

下午五点左右，莫妮卡约谢云上见面。谢云上刚出院没多久，她没有告诉莫恒山自己晕倒住院的事，而莫恒山也没有告诉她，他带着茉莉回来了。他想给她一个惊喜。他安排莫妮卡约谢云上见面，再由莫妮卡带她到家里来，晚上他们一起度过一个美好难忘的平安夜。

莫妮卡仔细打量她："有一阵没见你了，感觉你瘦了。"谢云上不仅瘦了，气色也不太好，"是不是生病了？"

"没有，"谢云上打消莫妮卡的疑惑，"我最近在节食。"

"你都这么瘦了还要节食？"莫妮卡惊讶道，"你不能再瘦了，不然等莫看到你了非心疼不可。"

谢云上笑了笑："明天就是圣诞节了，他说临时有事耽误了，还要再晚一天。"莫恒山回来前给谢云上发消息，说临时有事要再晚一天，抱歉不能和她一起过圣诞节了。谢云上说没关系，她其实对节日没那么在意，两个人在一起的日子才值得纪念。

莫妮卡问："你今晚打算怎么过？要不要跟我一起去酒吧？"

谢云上诧异道："你没约朋友吗？"

"我就想约你了，要不我们一起吃个饭吧，反正我也是一个人。"

看着莫妮卡期盼的眼神，谢云上话到嘴边却不好意思拒绝。莫妮卡一个人背井离乡，为莫恒山留在浦城，对她而言这么重要的节日，她应该陪她一起过，哪怕只是吃一顿饭。

本来晚上谢雨哲约了她，说要和周晗一起吃饭，周晗现在是他的女朋友，算是正式"见家长"。她给谢雨哲回信，说晚上有约，改天再一起吃饭吧。谢雨哲看着手机屏幕，他姐居然在圣诞节有约会。他其实是为池逸约的，于是给池逸打了个电话，告诉他改天再约。池逸并不知道谢雨哲的安排，他也不想出去吃饭。

打完电话，谢雨哲叹了口气，周晗问："怎么了？"

"我替我哥担心啊，他追了我姐这么久，我怕没戏啊。"

"池教授？"周晗惊讶地瞪大眼睛，这世上还有池逸追不到的女人，而那个女人居然就是谢雨哲的姐姐。如果追成功了，池逸不就是她的"姐夫"了？做不了男朋友做姐夫也是好的啊，至少能经常见到他的盛世美颜……

周晗一边做白日梦一边说："那怎么样才能让池教授追到你姐呢？"

"你不是暗恋他的吗？"轮到谢雨哲惊讶了。

"是啊，可是我这样平平无奇的女孩是注定追不到他的啊，还不如成全他和你姐。"

"难道不是因为比起他，我更适合你吗？"谢雨哲吃起了闲醋。

"所以我答应你了呀。"周晗笑道，"我和你，你哥和你姐，不是正好凑成了一桌麻将嘛……"

"哈哈。"谢雨哲被逗得笑出声，他感觉自己捡到了一个宝，不仅貌美，还很有趣，"那我们得想想辙，凑成这桌麻将。"

莫妮卡开车带谢云上驶入一条巷子，谢云上觉得路线很熟，这是通往莫恒山家的路。她问莫妮卡："我们这是要去哪里？"

莫妮卡说："这附近有一家餐厅不错，我带你来尝尝。"

"是莫先生推荐给你的吗？"离得近自然会想到他，何况他那么了解这里的美食。

"你怎么还叫他莫先生啊？"莫妮卡感到好奇。

谢云上说："我一直这样称呼他，习惯了。"

"是你们之间的昵称吗？"莫妮卡笑道，"他称呼你什么，谢小姐？"

"嗯。"谢云上有点不好意思，"他偶尔会这么叫。"

莫妮卡不再逗她，车子拐几个弯在一栋老洋房前停下来。这下谢云上后知后觉被骗了，这分明就是莫恒山的房子，谢云上说："你说的餐厅是在这里？"

莫妮卡解开安全带对她说："你进去就知道了。"

莫妮卡走到门口按响门铃，不一会儿大门打开，莫恒山出现在眼前。不仅是他，茉莉也欢快地跑出来，她穿着一条红裙子，戴着圣诞帽，打扮得应景可爱。谢云上看着微笑注视着自己的一大一小，莫妮卡在一边解释道："这是老板为你精心准备的 Surprise，对不起，不是故意要骗你的亲爱的，但如果不这么做怕达不到 Surprise 的效果……"

茉莉跑到谢云上身边，仰起可爱的小脸对她说："云上阿姨，好久不见啦。"

"好久不见，小茉莉。"谢云上摸了摸小姑娘的脸，和她拥抱。

莫恒山走过来，两人四目相对，莫恒山唇角微勾，对她说："欢迎回家。"

他自然地牵起她的手往里走，茉莉走到他们两个人中间，一只手牵着莫恒山，一只手牵着谢云上，从他们的背影看过去像是一家三口。莫妮卡在身后露出祝福的笑容，在他们没有发现的时候悄悄地离开了。

谢云上发现莫妮卡没有进来，问莫恒山："莫妮卡呢？她去哪里了？"

莫恒山说："我晚上给她安排了相亲派对，她会度过一个难忘的夜晚。"

平安夜，这在西方无异于除夕夜。莫恒山做了比萨、烤鸡、鳕鱼和提拉米苏，准备了香气馥郁的香槟。谢云上说："今天莫妮卡见到我说我瘦了。"

莫恒山认真地打量她，点点头："你确实瘦了，所以今晚要多吃点。"

谢云上笑道："又能尝到莫先生的手艺了。"

"你要是喜欢我每天都给你做。"

"真的决定住下了吗？"她认真地问。

莫恒山轻轻叹了口气，将她拥入怀里："我希望以后的每一天都像这样……"

"爸爸。"茉莉跑过来，看到两个人拥抱，背过身捂住眼睛，"我什么也没看见。"

谢云上和莫恒山相视而笑，从对方的眼里看到了无奈。两个人松开手，谢云上感到微微不自在，莫恒山却走过来拉起小姑娘的手："饿了吗？"

"嗯。"茉莉点点头，从指缝里露出眼睛，"我们什么时候吃饭呀？"

"一会儿就开动。"莫恒山摸了摸小姑娘的头，开始布置餐桌。

时钟滴滴答答缓缓指向七点，电视里开始播放《新闻联播》。茉莉和谢云上一起摆好餐具，放上酒杯，莫恒山从厨房里端出香气四溢的烤鸡。等到所有美味的食物都端上桌，酒杯里倒上香槟，他们坐在一起，举起酒杯，迎接这个特殊的平安夜。

他们吃过饭，陪茉莉一起玩游戏，看图猜字，猜对了就可以从圣诞树上拿走一个礼物。

茉莉一连猜对了三个，眼见圣诞树上的礼物越来越少，小姑娘替他们着急道："你们加油呀，我还给你们准备了礼物呢。"莫恒山和谢云上彼此对视，眼里露出浓浓的笑意。

到最后茉莉一共拿到六个礼物，谢云上拿到两个，莫恒山一个也没有拿到。茉莉说："爸爸你一个礼物都没有拿到哦，我匀给你两个好不好呀？"

莫恒山摇摇头，说："都是你的。"

"那爸爸你是故意放水的吗？"小姑娘仰起脸，表情很认真。

"爸爸很认真地回答了，但这个游戏对爸爸不友好……"想当年网游也是玩得飞起的人，居然连猜字游戏都玩不过小朋友，莫先生只能感叹时代不同了。

"哎，爸爸你是游戏黑洞，下次不跟你玩了，还是跟云上阿姨玩。"茉莉走到谢云上身边，"云上阿姨，我想看看你的礼物。"

谢云上依言拆开拿到的两个礼物，第一个礼物是一副手套，这是茉莉给莫恒山准备的圣诞礼物，她把手套递给莫恒山，莫恒山高兴地抱起了女儿，说："今天的单词不用背了。"小姑娘开心地给了爸爸一个"Kiss"。

第二个礼物是一幅画，那是一个围着红围巾的长发女人站在星空下，抬起头看着夜空中的流星。茉莉说："云上阿姨，这是我送给你的圣诞礼物，你喜欢吗？"

谢云上久久地凝视着这幅画，说："我很喜欢，谢谢你小茉莉。"

他们三个人坐在一起，看着院子里闪闪发亮的圣诞树，莫恒山和谢云上的手中是茉莉送给他们的圣诞礼物。这个难忘的平安夜，带给他们太多的感动与喜悦。午夜十二点的钟声敲响，大洋彼岸的人们举着酒杯跳着舞，拥抱、亲吻，说着"圣诞快乐"。玛丽一家送来圣诞祝福，远在新西兰的麦克举着酒杯发来视频，他们祝福他和她，有情人终成眷属。

"Merry Christmas，"他说，"为你弹这首钢琴曲。"

钢琴曲的名字叫 *Merry Christmas Mr. Lawrence*。仿佛是诉说，仿佛是思念，仿佛是无声的告白，他坐在钢琴前，修长的手指安静地起舞。外面下雪了，洁白纷飞的雪花飘落在人间，像是为了映衬这首绝美的音乐。

人世间的情感有许多种，最深的感情往往埋藏在最简单的语言中，汇聚成这句："祝你圣诞快乐。"

他走过来，窗外一片雪白，树梢上覆盖了薄薄的冰霜。他看着她如雪的眉眼，吻上了她流泪的眼睛。

第六幕

六月的云雨

——

『时间是一条无归河，如果生命没有巧合，要我怎样遇见你。』

01
她们

　　平安夜的晚上，谢云上在莫恒山的怀里睡着了。他把她抱起来，走进他的房间，将她放到床上，盖上被子正要离开，她突然动了动，一只手拽住他的衣角。莫恒山笑了笑，眼里流淌着醉人的温柔，他躺到她的身边，看着她的睡颜，不知不觉睡了过去。

　　隔天是圣诞节，他们陪茉莉去儿童乐园玩了一天。晚上莫恒山送谢云上回家，两人道别，依依不舍但很快乐。

　　谢云上走到家门口，看到池逸站在门前，不知等了多久。他的神情掩在夜色里，眉眼如淡色的月，对谢云上说："我过来看看你。"

　　回到家里，房子还是老样子，只是桌上多了一只精巧的玻璃花瓶，花瓶里插着娇艳欲滴的玫瑰。池逸没有像往常那样随意走动，他坐在沙发上，看着桌上那束盛放的红玫瑰，谢云上给他倒了一杯茶，他的视线不动声色地移开。

　　那天在医院，她问他："她，是谁？"

　　他没有回答她，恰逢那时候医生过来查房，检查完后，他借口会诊和来查房的同事一起离开了。她是因为过度疲劳引起的大脑供氧不足，而不是其他不可明说的原因。他暗暗松了口气，却因为不可说的原因心事重重，想到今天是圣诞节，便过来看看她。可是就在刚才，他看到她从一辆车上下来，他没有看清里男人的样子，他们很亲密地说着话。他从来没有见过她和哪个人如此亲密，直觉告诉他，他们的关系不一般。

　　想要把心中的疑问说出来，却生生地咽下，嘴里感到苦涩，他将杯中的茶一饮而尽。谢云上又给他倒了一杯，将杯子放在茶几上，坐在对面的坐垫上。他们过去也是这样相对而坐，说很多话，往往都是他说她在听，偶尔回几句，两个人欢声笑语。

他一直以为，他才是唯一可以走进她的心里、给她安稳生活的人。他错得离谱吗？错得离谱。他眼看着自己一点一点把她推开，始终不愿告诉她真相，甚至不惜欺骗了她。

他，爱她吗……

他曾经问过自己这个问题，答案连自己都觉得模糊。他看似爱她，实则是以爱的名义禁锢她。这份爱里有多少是真心，有多少是羁绊，又有多少是对过去的不舍和对那个人的不弃……

因为她，他变成了连自己都厌恶的人。

他对她说："上次来你家还是你过生日的时候，时间过得真快，转眼间就要到新年了，我想带你出去走走。"谢云上感到意外，池逸向来不喜欢她到处跑，现在竟然提出带她出去，见她不解地看着自己，微微笑道，"这段时间你忙我也忙，我们好久没有一起吃个饭看场电影了，以前我总是不喜欢你出去，去哪里都要管着你，你心里应该很不舒服吧。认识这些年，我们从来没有一起出行过，你那么喜欢旅行，不如就趁着这个新年出去走走，随便哪里都行，只要你喜欢。"

她不明白他态度为什么变了，轻轻叹了口气，说："池逸，你没必要为我改变自己。"

他说："这是我自己的主意，我也很久没有休假了。你想去哪里？北海道还是苏梅岛？"

谢云上摇了摇头："我哪里都不想去。"

"为什么？你不是喜欢旅行吗？这次我不阻止你，还陪你一起去，你不开心吗？"

"池逸，我有喜欢的人了。"

她不喜欢模棱两可，尽管不想把莫恒山牵扯进来，但池逸的态度还是让她决定对他说清楚。生日那晚的拒绝并没有让他死心，他甚至开始改变并且讨好自己。真的没有必要，而且，她不值得他为她这么做。

笑容渐渐隐去，池逸看着她，脸色像蒙上了一层阴影："是刚才送你回家的人吗？"

"你看到了？"他没有说话，就那样看着她，像一个被丢弃的孩童，绝望地看着遗弃他的人。她说，"池逸，你别这样。"

"你要我怎样？"他的声音含着深深的绝望，"你告诉我应该怎么样？怎么样才能让你喜欢我？我一直在等你，等你接受我，现在你告诉我你有喜欢的人了，而那个人不是我……你知道这句话对我意味着什么吗？意味着我所有的努力和等待终究是一场空。"

面对从未如此情态的池逸，谢云上许久不言。她不知如何说服他放下，她不是情感专家，面对喜欢自己被拒绝的人，要怎样才能让他心平气和地接受。她不能违心地哄他，她不是感情泛滥的人，却又做不到无动于衷。何况，他是池逸。她不想伤害他，即使做不成恋人，他依然是她最好的朋友。

《人间失格》的铃声响起，不用看就知道是莫恒山。谢云上没有接，铃声一直在响，在池逸无声的注视下，她只好拿起手机，走进房间接听。

"睡了吗？"手机里传来莫恒山低沉的声音。

谢云上低垂着眼睛，轻声说："还没。"

"我到家了，"莫恒山说，"这会儿站在院子里看星星。"

谢云上听了没有说话。房间里太安静了，尽管掩着门，她还是放不下心。池逸坐在外面，他知道了他们的事，在生她的气。她抿了抿唇："今天有点累，我想早点休息。"

莫恒山沉默片刻，说："那你好好休息，晚安。"

结束通话，他有种说不出的感觉，谢云上的情绪听起来不怎么好。明明今天过得很开心，晚上分开的时候一切都很好，是遇到什么烦心事了吗？

谢云上走回客厅，池逸坐在沙发上低着头，不知在想什么。茶已经凉了，他一口没有喝，见她走出来，一时没有开口。莫恒山的电话缓解了刚才的气氛，她调整好情绪，对他说："那次我以为已经把话说清楚了，你是我的医生，是我最好的朋友，你亦是给我新生的人。池逸，我很感激你。"

"我不需要你的感激。"池逸冷声道，"我一直觉得没有我你会过得不好，看来是我想错了。没有我，你可以过你随心所欲的人生，到处旅行，认识新朋友，甚至……爱上别人。"他的声音透着苦涩，仿佛坚不可摧的城墙终于裂了缝，"云上，他是个什么样的人，可以跟我说说吗？让我知道输在哪里。"

"你们没有可比性，他是他，你是你。"

"他是他，我是我……"他喃喃重复，觉得自己真是可笑。图什么呢？陪在她身边，强势地在她的世界筑上一堵高墙，无微不至地照顾她，笃定除了他没有更好的选择，她迟早是自己的……图什么呢？

那个人怎么可以和他比。那个人才认识她多久，又知道她多少事，而他给了她新生，知道她最深的秘密，还不够吗？

他是谁？他有一种强烈的感觉，想知道那个从他身边夺走谢云上的人到底是谁。

谢云上却不想和他谈论莫恒山，她不希望包括池逸在内的人知道莫恒山的存在。这出于一种非常微妙的心理，仿佛越珍爱的东西越不想拿出来分享，这亦是她的私心。好不容易谈一场恋爱，她已经忘了上一次谈恋爱是什么样子，喜欢的是什么样的人。她像个孩子用最笨拙的方式小心翼翼地藏着喜欢的人，希望他们的世界没有别人打扰。

"你吃饭了吗？"聊了这么久，她还不知道他有没有吃饭，"没有吃的话，我给你煮碗面吧。"

他没有吃，却不想再待下去，其实是没有理由。"我该回去了，过几天通知你去医院。"

"我已经没事了。"她以为，他还是对上次的晕倒不放心。

"我需要再给你做一次复查。"池逸坚持道。

"不是已经检查过了吗？"她并不认为频繁检查有任何帮助。莫恒山告诉她，大脑神经受到损伤后，通过训练可以慢慢恢复，就好比吃饭、走路、说话……记忆也一样可以。那次晕倒对她而言并非是坏事，相反，她得到了一些珍贵的记忆。

　　谢云上不打算将这些变化告诉池逸，有一个猜测在心中悄然滋生。

　　池逸似乎猜到了她心中所想，只见他脸色蓦地一沉："你不相信我了吗？"

　　相处这么久，一点细微的变化在对方眼中都能被捕捉到。谢云上沉默，她回避池逸逼视的目光："茶凉了，我给你再续一杯吧。"

　　池逸却在这时起身："不用了，我还有事先走了。"他走到门口，临出门时回过头，目光幽深晦暗地看着她，"云上，你喜欢谁、和谁在一起是你的自由……但是有一点我希望你明白。"他顿了顿，语气沉缓，"没有谁比我更清楚你的身体，也没有谁比我更在乎你的身体，无论发生什么事，我希望你第一个想到的人是我。"

　　池逸走后，谢云上一个人坐了很久。那杯冷掉的茶被倒掉，她走到水池边，动作迟缓地洗着杯子，突然，一滴泪落在指尖。

　　那天晚上，她一个人失眠到天亮。

　　同样失眠的还有池逸，他独自坐在实验室，电脑桌上是谢云上的报告。表面上看，没有出现异样，只是因为大脑供氧不足才会晕倒，但他知道不会这么简单。

　　在他研究记忆移植无暇顾及其他的这段时间，谢云上不仅对他做了隐瞒，还喜欢上了别人。她背着他居然喜欢上了别人……什么叫"我这样的人无法和你共度一生"，换作是别人就可以吗？不，不，他等了这么久，好不容易快要等到了，怎么可以功亏一篑。

　　池逸盯着屏幕上谢云上躺在手术台上的样子，眼睛渐渐发红。

　　隔天，莫恒山给谢云上打电话："过几天就是元旦了，想去哪里跨年？"

　　彼时，谢云上正在查临远的资料，她顿了一顿，说："临远。"

　　"临远？"莫恒山微微蹙眉，声音里透出意外。

　　谢云上打算最近去一趟临远，那是她"失而复得"的家乡。她想回去看看，想看看家乡现在是什么样，或许会对恢复记忆产生帮助。

　　"为什么想去临远？那里对你有什么特别吗？"莫恒山问道。

"临远是我的家乡。"谢云上说，"我想去看看，要一起吗？"

"你的……家乡？你……想起来了？"莫恒山的声音听起来有些异样。

"只是一些模糊的记忆。"过了许久，都没有听见莫恒山的声音，"喂，你在听吗？"

"在听。"他似乎刚回过神，声音透着涩意，"你如果想去的话，我陪你一起去。"

临远是一座海边小城，群山环绕，天空像湖水一般蓝。在林奈的记忆里，临远是一座美丽却让人想要逃离的城市，她很小的时候就想逃离，逃脱囚禁她的牢笼。而在莫恒山的心里，临远如同林奈的离去，成了一个遥远的不会再提起的地方。

在林奈仅有的回忆里，临远生动毕现。虽然嘴上说着不愿回去，她却不止一次画过她的家乡。碧蓝如洗的天空，云朵蔓延至天际，远处的山峰与云相接，沐浴在金色的光照里。一望无际的海，白浪滚滚，翻滚的浪涌中有一座孤岛，如海市蜃楼若隐若现……

莫恒曾经问林奈："你想再回去看看吗？"

林奈摇了摇头，说："我不想再回去。"

只此一生，她都没有再回去。

莫恒山再一次想起那幅画，他记得初遇谢云上不久，回国买下林奈流落在外的那幅名叫《日出》的画，那是他们回国后的第一次见面。谢云上出现在拍卖会现场，告诉他想买《日出》。他出于对她的关心和某种隐晦的原因，找到她，一再问她为什么想买那幅画，然后他知道了她失忆。她不仅失忆，脑海中还残留着和林奈的画相似的记忆，那亦是林奈对故乡的回忆。

他终于知道为什么谢云上会对林奈的那幅画念念不忘。

那是她们共同的故乡。

02
聚散

　　莫恒山和方安娜约在新商场附近的一家露天咖啡厅，这是回国后他们第一次见面。

　　方安娜烈焰红唇，戴着名牌墨镜，当年的纯真少女一去不复返。这些年来，他们每年都会见面，方安娜以茉莉小姨的身份去巴黎看他们，他们回浦城也会见面一起吃饭。她到处飞，买衣服、看秀、参加高端聚会，她从时尚编辑到时装买手再到开公司当老板，几年光景已经蜕变成商界女强人。

　　方安娜摘掉墨镜，娇嗔道："你回来这么久了也不告诉我一声，要不是遇到莫妮卡，我还不知道你回来了。"

　　"这不是见到了吗？"莫恒山说，"刚回来有很多事要处理，忙着搬家、见客户、给茉莉办转学手续，她年后就要在新学校上课了。"

　　"我想也是，你怎么可能不告诉我呢。"方安娜说着，点了一支女士长烟，姿态妩媚地抽着。不期然地，莫恒山想起了另一个女人抽烟的样子。大多数女子如方安娜这般，姿态骄矜，就连抽烟也风情万种，很少有人像她那样自在不羁，抽烟的样子也很随意。

　　方安娜问："你去看伯父伯母了吗？"

　　莫恒山回过神，说："去看了一次，我把茉莉送过去陪陪他们。"

　　"你回来定居的事告诉他们了吗？"

　　"嗯。"

　　"他们有什么反应，是不是很高兴？"方安娜笑道。

　　"是很高兴。"莫恒山想起父母见到茉莉并听了他的决定，父亲没说什么，只是拍了拍他的肩，母亲却激动地流下了眼泪。这么多年了，他们一直盼望他回来，如今他终于肯回来，怎能不高兴。

"那……他们有没有提你再婚的事？"方安娜小心翼翼地问道。

莫恒山与父母多年来关系疏淡，方安娜一直以为自己是他在国内最亲近的人。莫恒山不在的日子，她经常去看望他的父母，为的就是博取二老的好感，以后比别人更容易和他们成为一家人。

精明世俗的方安娜自然能讨得莫家二老的欢心，也从他们口中得知他们想要莫恒山再娶的心思，只是莫恒山一直不听。她通过这几年的攻克，一点一点地软化了老人的心，他们起初并不接受她，原因无他，因为林奈。他们不愿意莫恒山再找一个和林奈有关系的人，他们担心他走不出林奈的阴影。

她先是打消他们的顾虑，然后向他们证明她和林奈有多不一样。她自强、独立，不依靠男人，除此之外，她还懂得照顾家庭、孝顺老人，最重要的是她对茉莉好，她们亦是亲人。方安娜表明自己早已经济独立、事业有成，不但不会拖累莫恒山，还会成为他事业上的帮手，她让莫恒山的父母接受她是做他们儿媳的最佳人选。

莫恒山说："这次回来没有，可能是想通了吧。我父亲倒没说什么，母亲你也知道，她始终觉得我一个人照顾不好茉莉。"

"那要不你考虑考虑，让伯母放心，她年纪大了，茉莉又小，担心你也是人之常情。伯父虽然嘴上不说，想必他也是放心不下的。"莫恒山没有表示，方安娜鼓起勇气道，"伯父伯母……有提到我吗？"

"提你什么？"莫恒山抬起头看着她。

"没什么。"方安娜微笑着缓解尴尬，"这不是你老不回来，我有时候替你去尽尽孝心么，我和伯父伯母很谈得来，就想知道他们怎么评价我的。"她说着，偷偷看了他一眼，莫恒山垂下了眼眸。

"安娜，你也不小了，有没有考虑找个人结婚？"

"是啊，我是不小了啊，正愁呢。你帮我物色好不好？"她幽幽地注视着她，似藏了千言万语。

"你想找什么样的？"莫恒山避开她的视线。

"就找你这样的……你也知道当年我喜欢你，要不是我表姐，说不定我早就嫁给你了。"她的口吻听起来像是开玩笑，看他的眼神却泄露了内心的秘密。她喜欢了他这么多年，只要他一直不娶，她就一直等。

莫恒山沉默不语，过了会儿，他说："这都是缘分使然，找一个喜欢你的人，让他好好照顾你。"

"那个人就不能是你吗？"方安娜执拗地问道。

"我已经有喜欢的人了。"

方安娜以为他说的是林奈，想要劝他，又怕引起他的反感，毕竟谁都不能和死去的人比。她叹了口气说："我明白了。但是，你喜欢是你的事，我喜欢是我的事，只要你一天不结婚，我还有机会的不是吗？"

"倘若我结婚呢？"

方安娜一愣，随即笑道："不可能。你那么爱我表姐，伯父伯母他们催了你好多年你都没答应，除了表姐还有谁能走进你的心里呢？师哥，你如果真的是为茉莉着想，不妨考虑找一个合适的人。感情是可以慢慢培养的，表姐也走了这么久了，你应该放下开始新的生活。"

莫恒山苦笑，人人以为是这个原因，只有他自己心里清楚。如果不是遇到谢云上，他不会有再婚的打算。他既然答应了她，就不会公开他们的关系，于是他没有再说什么。两个人又喝了会儿咖啡聊了会儿天，方安娜有事要先走，她提出过几天去莫恒山父母家看望他们。

"我现在厨艺可好了，过几天就是元旦，我们一起去你父母家，过个节怎么样？"

莫恒山答应谢云上陪她去临远，便说："我有可能要出趟远门，改天再说吧。"

"过节你也要出差啊，工作真的有那么忙吗？"方安娜撒娇道，"师哥，我都多久没有和你一起吃饭了，就不能先放下工作赏个脸也陪陪伯父伯母？"

莫恒山只当她是长不大的小女孩，笑道："好了安娜，我真的有事要忙，等空了再约好吗？"

"那好吧。"方安娜虽然感到失望，但也只能这样。她决定不管莫恒山在不在，那天都要去看看他父母，为他们做一顿饭。

和方安娜分开后，莫恒山去了一趟公司，那幅叫《日出》的画被他放在了办公室的隔间。除了必要的生活用品和茉莉的东西，他没有带多少私人物品回来，林奈的私物被他永久地封存在"莫奈花园"。除了这幅画，当初买下之后没有带回巴黎，一直储存在浦城的家中，直到办公室收拾妥当，莫恒山又出于某种原因把它放在这里。

新公司位于浦城河畔，透过宽敞明亮的落地窗可以看到，余晖洒在河面上泛着粼粼的波光，几只船停在河畔，一派烟火人家。对面就是谢云上住的小区，莫恒山想，他在谢云上家看到的浦城河是不是和他此刻看到的是同一番景象……想到她也许此时在家，站在窗台上举着相机拍下这夕阳暮景，不禁露出了笑意。

那幅画安静地躺在角落，带回来就没有被拆开过。他拆开包裹的纸盒，打开一层层塑料薄膜和牛皮纸，终于见到了原本的模样。

灰蓝色的天空，远山叠影，峰峦重重。大片的云彩，奔涌的浪花，海中若隐若现的孤岛……他闭上眼，仿佛听见她说："你答应我的，带我回家。"

他平静的面容终于出现一丝裂缝，暮色阴影笼罩在鬓边，平添了哀愁。

晚上，谢云上和谢雨哲、周晗一起吃饭。他们约在一家打边炉，原本谢雨哲也叫了池逸，池逸却说有事来不了。谢雨哲的"四人麻将"算盘落空。

"我叫了逸哥，他说有事不能来。"他看向周晗，好奇道，"逸哥工作真有这么忙，连和我们吃饭的时间都没有？"

周晗喝了口酸梅汤说："这我就不清楚了，池教授本来事情就多，院里动不动就找他开会，前阵子不怎么见到他人。最近好像一直在加班，原来不想接的手术现在他都来者不拒，总是夜深了才走。"

谢云上默不作声地听着，谢雨哲偷偷地看了她一眼，冲周晗使了个眼色，周晗继续道："池教授在院里待的时间久了，又有好多姑娘来看他，还打听他是不是单身。院里各种传言，有的说他一直单身，有的说他刚刚分手，总之关于他的传闻一直不断。云上姐，你跟池教授那么好，我一开始还以为你们是一对呢，搞得我都不好意思看他。说出来不怕你笑话，在和雨哲谈恋爱之前，我一直暗恋的是池教授……他是我们名副其实的'医大之光'。"

"哎，锅开了，可以下你爱吃的虾滑了。"说到这里，谢雨哲适时打断，他往汤锅里放了虾滑，周晗笑着看了他一眼。

三个人默默地吃着，谢雨哲边吃边给池逸发消息："哥，你真不来？我姐在呢。"

过了一会儿，池逸回道："你们慢慢吃，我还在加班。"

"那等吃完你来接我姐，我帮你拖着她。"

"会有人来接她的。"

"这是什么意思？"谢雨哲盯着池逸回复的几个字，愣是没有看明白。

"她有男朋友了。"言简意赅。

"她的男朋友是谁？难道不是你吗？"谢雨哲觉得打字的手都在抖，奈何池逸回得淡定，连一个多余的标点符号都没有。

他说："不是我。"

谢雨哲默默地看着手机，默默地抬起头，默默地看着和周晗谈笑的谢云上，默默地低头吃了一颗凉了的虾滑。周晗看着他笑道："怎么回事啊你，慌慌张张的样子，给谁发微信呢？"

"麻将黄了……"谢雨哲哀叹一声，起身出去给池逸打电话了。

谢雨哲出去后，谢云上问："什么叫'麻将黄了'？你们约人打麻将了吗？"

周晗不知如何对谢云上解释，谢雨哲又突然跑得没影，只得说："他在跟他朋友约麻将局呢，估计对方有事来不了。"

谢云上笑道："他还有工夫打麻将啊，以前找他都是加班睡不醒，看来还是你改变了他。"

麻将的梗只有她和谢雨哲知道，周晗大概猜到了池逸不能来的原因，试着劝道："云上姐，你真不考虑池教授了吗？他条件那么好，对你又好。"

"小晗，你为什么和雨哲在一起？"谢云上突然问道。

"喜欢啊。"周晗不假思索道。

"你喜欢雨哲，雨哲也喜欢你，所以你们在一起。这个道理很简单，而我和池逸，并不是你想的那样，他对我而言就像雨哲对我一样，是我的家人……"

谢云上说完，过了许久，周晗点了点头："我懂了。"

这时谢雨哲从外面走进来，他浑身湿透，一副失魂落魄的样子，仿佛刚出去打了一架。周晗皱眉道："这是怎么了？"

谢雨哲没有回她，而是看着谢云上，眉眼上滴着水，声音沙哑："姐，你有男朋友了啊？"

谢云上微微一愣："谁跟你说的？"

"还有谁，当然是逸哥了，他说你有男朋友了……是真的吗？"谢云上看着他，他的眼神像受伤的小兽，谢云上移开视线，没有说话。谢雨哲当她默认了，心里一急脱口而出，"为什么不告诉我呢？我还在替你们想办法，这顿饭原本是为你俩安排的，为什么就不告诉我呢……"

谢云上看着他，语气淡淡道："雨哲，这是我的私事，我也不打算跟别人分享。"

"我是别人吗？"谢雨哲轻声质问道，"我是你弟弟啊……逸哥是别人吗？你为什么不跟他在一起呢？他一直在等你。"

"谢雨哲……"周晗急了，拉着他说，"乱说什么呢，云上姐和池教授的事让他们自己去处理，你添什么乱？"

谢雨哲抹了把脸，推开周晗走到谢云上面前，说出憋在心里的话："我今天就想问清楚，你是我姐，却什么都瞒着我。你做手术不告诉我，你晕倒我不知道，就连你男朋友是谁我都不清楚……姐，我还是你弟弟吗？"

谢云上起身，与他对视："你当然是我弟弟，雨哲，你是我唯一的亲人。"

谢雨哲目光微动，看着谢云上咬牙道："好，既然我是你弟弟，那你告诉我他是谁？他凭什么就让你喜欢，他知道你的过去吗？他会悉心照顾你不吃不睡吗？他能给你健康的身体吗？他知道……你失忆吗？"

最后一句，说得很轻，却重重地砸在谢云上的心上。她看着他，嘴唇微微颤抖。

"谢雨哲你说什么呢？"周晗见谢云上脸色苍白，一把拽住池逸怒道，"你跟你姐怎么说话呢，好好的一顿饭被你搞成什么样了？这是姐的事儿，你别瞎掺和了，感情是你情我愿而不是一厢情愿。"

谢雨哲却仿佛没有听见，他说："逸哥明明很难受，他却说有人照顾你他就放心了。而你，不管他伤不伤心都不闻不问，你怎么可以如此冷漠？你知道他为了你，这几年承受着多大的压力吗？你什么都不知道，他为了给你治病，不惜冒着风险，他的职业生涯有可能毁掉，这样你也无动于衷吗？"

周晗惊得瞪大眼睛，难怪池逸从来不让她碰谢云上的病历，难怪她那么积极努力地想当他的助理，池逸总是拒绝。她以为是她资历不够，原来是他不想让她靠近。

"雨哲，"谢云上看着他，声音轻而冷，"池逸为我做了什么，我会慢慢知道的，不需要你替他告诉我。你是我弟弟，也是池逸的弟弟，我理解你希望我们在一起的心情，但感情是两个人的事，不是你想什么就是什么。池逸在我心里就像你在我心里一样，他对我做的一切我会记在心里，但我不能以爱的名义报答他……如果，"她语气一顿，说出的话却让所有人都无言以对，"我不爱他还要欺骗他，才是对他的伤害。"

"生日那晚，我已经对他说得很清楚，我无法接受他的爱。几天前他来找过我，我亦说了同样的话，为了让他死心，我告诉他，我有喜欢的人。我是有了喜欢的人，和他在一起不用想生病的事，我很快乐，就像你和小晗一样……"她说到这里垂下眼睛，握紧颤抖的指尖说，"不过这是我自己的事，我暂时不想让你知道他是谁，请你理解我。"

谢云上说完这些话，不等对方反应转身往外走。谢雨哲却一动不动，似乎还没有从她的话中回过神。周晗追出去，拦住她说："云上姐，外面在下雨，我给你叫辆车吧。"

"不用了，你回去看看雨哲，我很好你别担心。"她对周晗笑了笑，走入雨夜中。周晗默默地看着她的背影，叹了口气转身走回去。

她一个人走在大街上，华灯初上，下着雨，街道上空无一人，雨水顺着她的额头流淌到脖子里，刺骨的冷。她孤零零地走着，不知走了多久，直到一辆车停在面前。她抬起头，莫恒山从车上下来，认出是她，向她飞奔而来。他在她的面前停下脚步，看到她浑身湿透，不知是雨水还是泪水从脸颊缓缓滑落，模样既狼狈又凄楚。

莫恒山走过去把她抱进怀里，投入怀抱的一瞬间，她险些摔倒。冰冷麻木的身体终于有了知觉，大脑却浑浑噩噩，她看着他，嘴唇翕动，眼泪却流了下来。

莫恒山深深地皱着眉，他一直打不通她的电话，去她家发现人不在。他到处寻找，终于在半道上找到了她。她像一个迷路的孩童，茫然无依地走在大街上，如果不是被他恰巧碰见，她要一直这么走下去，倒在路边都没有人知道。

莫恒山紧紧地抱着她，最后打横抱起。谢云上埋在他的臂弯里，闭上了眼睛。

03 / 往事

她从小就喜欢摄影，立志将来成为自由摄影师。她爱自由，喜欢到处旅行，常常跑到人迹罕至的地方，只为拍摄高岭之花、冰川上的蝴蝶。

云偷吻
我的记忆

　　那一年，她接到地理杂志的任务，去南方的山里拍一个专题，她一个人背包带着相机出发了。一路跋山涉水，到达的时候天色已黑，当地的导游接待了她，向她介绍天气和地貌。正值盛夏的雨季，她拒绝导游陪同的好意，独自进山。

　　她带着地图、指南针、登山杖和雨衣进入山里，一旦进山，信号就没有了，她一再表示会在天黑前回来。没有车道，只能徒步进山，幸好不是高原，没有给她带来太大的困扰。盛夏的雨林，随时都有可能下一场雨，她常年在外风餐露宿，已经习惯了。

　　她是一个漂泊无依的旅人。为什么当摄影师？这份工作自由、清静，摒弃尘世的喧扰和复杂的人际关系，无所依傍，亦无所顾忌。

　　她想要留下一些东西，假使有一天离开人世，这些东西是证明她来过的痕迹。母亲在她很小的时候就离家出走，父亲独自抚养她长大。童年的生活是一望无际的海和一座岛屿，她觉得自己如同海中央的孤岛，被困住，四面都是海，无处可去。所以，她那么渴望出走，离开故土，离开亲人。

　　几年后父亲去世了，她在千里之外的异乡，没有来得及回去见他最后一面。她赶回家的时候，面对的是一具失去生命的躯壳，冰冷、安宁、陌生……是从那个时候起，她真正的孑然一身，一无所有。

　　从哪里来，到哪里去。这是生命永恒的课题。

　　这之后，她生了一场大病，脑里长了一颗瘤。彼时，她觉得自己随时会死去，是死在医院还是在路上，其实没有分别。没有亲人，没有朋友，亦没有爱人。花一样的年纪，她却觉得自己已经老了，身体里的能量被带走，只余一具残躯，踽踽独行。

　　她在拍摄一只深山里的鹿时迷了路。天光已暗，她往大山深处走，不知走了多久，手机信号消失，一个人在森林里找不到方向。她听到了瀑布的声音，似银河飞溅，雨落千山。天色陡然变黑，一场大雨即将来临，她顶着狂风向着瀑布的方向跑去，终于让她看到了此生难忘的壮景。

　　狂风呼啸，飞沙走石。树枝摇动发出震颤的声响，巨大的瀑布从山顶

172

坠落，她想起了那句小时候背过的诗："飞流直下三千尺，疑是银河落九天。"在倾盆大雨兜头落下之际，她拿出相机，对着眼前的景象按下了快门。

一场大雨来得快去得也快，她在山脚下躲雨，身上是被碎石割破的伤口。山石滑落，在她意识到危险躲避的时候，一块尖利的碎石砸中了头，鲜血迅速涌出来。她需要尽快走出去止血，不然等不到天黑就会因失血过多而昏倒。人迹罕至的密林，没有信号，看不到一个人影，如果再找不到出去的路，她有可能死在这里。

她感觉在艰难地走一段漫长的路，身上有很多伤口，特别是头上那一道，鲜血模糊了视线。天空阴沉，不一会儿下起了雨，雨点打在脸上、身上，刺骨的疼。她走得累了，感觉随时会倒下去，挣扎着想找个避雨休憩的地方，放眼望去，周围全是悬崖峭壁，根本没有容身之地。她听到海浪的声音，由远及近，远处的山黑沉沉的，一眼望不到头，雨越下越大，冲淡了身上的血腥味，她的意识渐渐地模糊。

谢云上醒来时，看到窗外的阳光，透过白色的窗帘照射进来，她微微眯起眼，发现自己躺在病床上。她做了一个长长的梦，梦中一直在走路，走得筋疲力尽。头上的伤口很疼，意识渐渐模糊，而那架和她形影不离的相机摔碎了，不知遗落在哪里。

她再次闭上眼，梦中的场景过电影般复现。她确定那不只是一个单纯的梦境，而是她失而复得的记忆。

她想起来了，她是怎么出的意外。

她去南方摄影，在深山里迷路，遇到山体滑坡，被碎石砸中头部受伤，脑里的血管瘤破裂，睡了很长时间……再醒来的时候，她发现自己失去了记忆。前尘往事忘得一干二净，她想不起来自己是谁，不记得自己的身份、职业、家乡，不记得亲人和朋友。

她被当地的村民救起，治疗了一段时间后送到省城的医院，遇到来会诊的池逸，被带回了浦城。彼时池逸正在攻克一个脑学科难题，她被当作研究对象，冥冥中自有注定，她醒了过来，开始新的人生。

云偷吻
我的记忆

谢云上没有完全想起所有的记忆，然而只是这样一段已经让她激动得流泪。她确定这是自己的记忆，与那些支离破碎的片段带给她的感受截然不同。

她曾经问过池逸，为什么那些记忆让她觉得不真实，她以为是记忆衰退症的缘故……现在终于明白了，唯有亲身经历过才明白什么是真实，什么是虚幻。

那么问题来了，曾经困扰她的那些所谓的"记忆"，到底是自己的，还是记忆里的"她"的？记忆里的"她"，又是谁呢？

莫恒山进来的时候，看到谢云上看着窗外发呆，他走过去摸了摸她的额头，烧退了。他坐到她的身边，对她说："你昨晚发烧了，现在还有哪里不舒服吗？"

她的视线从窗外落到他的脸上，看着他关切的神情，摇了摇头。她说："对不起，让你担心了。"

何止是担心，她昨天在他怀里昏迷不醒，莫恒山送她到医院守了一夜。还好只是发烧，输了液烧退了就没事了。想到她现在身体依然虚弱，他咽下昨晚的疑问和担忧。

谢云上看着他眼里的红血丝，心疼道："你要不要休息一会儿？"

莫恒山摇头："我不累。"

"今天要去公司吗？"

"今天的工作是照顾你。"莫恒山揭开保温瓶的盖子，白粥的清淡香味扑鼻而来。

他舀了一勺送到她嘴边，谢云上说："我自己来吧。"莫恒山把勺子递给她，她低着头一口一口地喝着粥。

她喝完粥，抬起头对他露出笑容，明明脸色依然苍白，神情却透着欢喜。莫恒山默默地看了她一会儿，见她真的无恙了，终于松了口气。喝完粥，谢云上提出想出院回家，莫恒山本想她再留院观察两天，可她一再坚持。莫恒山只好征询医生的意见，得到同意后办了出院手续。

办完出院手续，两个人往外走，穿过一条走廊，迎面看到一个熟悉的身影，池逸正和旁边的人边走边交谈。谢云上下意识地拉着莫恒山躲避到走廊的拐角处，莫恒山不明所以，这时池逸抬起头，与他目光交汇。莫恒山向他礼貌地点了点头，池逸没有发现谢云上，他的神情有片刻凝滞，然后移开了视线。

池逸走了几步，皱着眉突然回头，却没有看到莫恒山的身影。他又疾走了几步，那个人已经不知所踪。走远的同事回头唤他，他只得放弃往回走，却有一种隐隐的直觉，刚才那个人好像在哪里见过。

等到池逸走远，莫恒山牵着谢云上的手走出来，问道："那个人你认识吗？"

没有听到谢云上的回答，他疑惑地转过头，却听谢云上说："他是我的医生。"

莫恒山微怔："就是给你做手术的那个医生吗？"谢云上默认，莫恒山皱眉，"他叫什么名字？"

"池逸。"

"池逸……"莫恒山念出声，后知后觉为什么谢云上一心急着要出院，"他是你的医生，你为什么要躲他？"谢云上无奈，眼下不是解释的时候，她一路往前走，莫恒山跟在她的身后，突然恍然大悟道，"我知道了，他是那个对你表白的人。"

池逸开完会，照例去查房，听到护士在窃窃私语："那个谢小姐又来了，是一个长得很帅的男人送她来的。"

"哪个谢小姐啊？"

"池医生的那个呀……"护士看到池逸走过来，吓得闭上了嘴。

池逸停下脚步："你们说的是……谢小姐？她来过？"

"没，没有……我们说的是别人。"

"把住院记录给我看看。"

池逸伸出手，耐心地等着。护士没办法，只得调出住院记录，上面赫然写着：谢云上。池逸一言不发，转身疾步离开，两个小护士面面相觑，意识到似乎说错话了。

池逸一路走到刚才和莫恒山偶遇的地方，谢云上昨晚来过，签字的人叫莫恒山。

"莫恒山……"池逸默念，心口一阵发紧，这个男人就是云上喜欢的人吧。

他回到家，给谢云上打了个电话，听见对方语气如常。聪明如谢云上，知道瞒不过他，告诉他只是发烧去医院输液，身体没什么大碍便没有告诉他。池逸沉默，他没有告诉谢云上他知道了莫恒山的存在，既然她不想让他知道，他就装作不知。

那天晚上谢雨哲喝醉了，打电话痛哭，说什么谢云上根本不拿他当弟弟，亏他把她当姐姐。还说她有喜欢的人也不告诉他，他还一直想办法撮合他俩。末了，谢雨哲说："哥，我算是明白了，她迟早要撇下我们，就像当年她撇下我们一样……"

池逸没有说话，她不是那个人，却令他动了恻隐之心。她不爱他，她也不爱他……纵然不甘又如何，难道要死缠烂打？这不是他的作风，他也不屑于这么做，这样只会让她远离他。池逸握紧拳头，他有他的方式，不是每个人都有他的耐心和决心。

电话另一端的谢雨哲仍然喋喋不休地说着，为他愤愤不平，为他抱怨叫屈，而他什么也没说，一个人静坐到天明。

池逸重新审视和谢云上的关系，从一开始，他对她做的一切就带着目的。他把她当成另一个人，对她悉心照顾，断掉她和外界的联系，给她重塑新的身份和记忆，希望她以另一种方式活在自己身边……他错了吗？

从见到她的第一眼开始，从拿到她的诊断书没有人敢承诺她会醒过来开始，甚至从更久远的时候，那个人轻轻地抓住他的手，对他说："池逸，只有你能帮我了，求你……"

求你。

池逸颤抖着双手打开尘封已久的盒子，里面是一个信封和一只摔碎的相机，被他一直保存着。他从信封里取出一张照片，照片原本的颜色已淡褪，显出时光的印记。照片上的两个人依偎在一起，年轻的女子穿着淡蓝色长裙，眉眼清秀，露出恬淡的笑容，身边的男子高大俊逸，眉目疏朗。

他终于想起来，在哪里见过他。

莫恒山，他就是照片里的那个人。

04
临远

这一年的冬天，他们出发去临远。

12 月 31 日，距离新年的钟声敲响还有十二个小时。天空下雪了，漫天飞舞的雪花，舞出生命最美的乐章。她站在雪地里，抬头仰望天空，记忆中的蓝消失不见，空气中浮动着细碎的尘埃，雪花纷飞落入眼中，慢慢融化成泪。

时隔多年，谢云上第一次踏上故乡的土地。漫山遍野的白，群山环绕，湖面结了一层薄冰，几个孩子在冰上玩耍嬉戏。莫恒山站在她的身边，看着她出神地凝视着那些孩子，眼里有了回忆的温情。

卡瓦菲斯在《伊萨卡岛》中写道："但愿你的旅途漫长。"

这趟漫长的旅途穿越时光的封存，穿越尘世的因果，穿越记忆的流放，穿越生命的至冷与孤独，在这个冬天，有了停靠。

冬日渐深，越来越冷。灰色的海鸥飞过长长的海岸线，在天空盘旋。远方的冷松安静地矗立，无声守护着这片饱经风霜的土地。那些沉默远行的人啊，背负着辛酸的往事和流浪的命运，离岸而去，不曾回头。

"我们好像两个逃亡的恋人。"她轻声说。

"我们确实是恋人，但我们不是逃亡……"他回头看着她，伸出手，"我们回家。"

他牵着她的手，走入那片埋葬在记忆深处的废墟。

记忆如海，再怎么深都能打捞一片。

对于林奈的家乡，莫恒山知之甚少。直到因为林奈怀孕，他们关系渐缓，林奈告诉他她的父亲去世了。他还是没有熬到她回来，而她也压根儿没想过回去。在此之前，她从来没有提过她的家人，如果不是方安娜偶尔提供一些她家里的信息，莫恒山几乎以为林奈是孤儿。事实上，她和孤儿没什么两样。

母亲去世后，她和父亲、继母生活在一起，还有一个关系不亲的弟弟。童年无所依傍，唯一的乐趣就是跑到海边，一待就是一整天。没有人叫她回去，他们仿佛遗忘了她，等到天黑再回到家，家里黑灯瞎火、残羹冷饭，没有人关心她为什么这么晚回家、有没有吃过饭……她恨这个家，越发想要逃离。

她曾经非常恨她的父亲，恨他为什么对自己不闻不问，恨他生下她却不管她。她的阴郁、冷漠、自私、软弱都是因为没有健全的家庭和关爱的家人。成长的颠沛流离，长期寄人篱下，被驱赶、被舍弃、被遗忘……到头来，她没有一个可信赖的朋友，没有一个可倚靠的家人。

直到遇见莫恒山，他成了她生命里的救赎。

莫恒山那时候才知道，林奈的心中藏着多么深的渴望。她渴望家人的温暖，渴望被关爱，她在绘画这件事上如此执着，是因为渴望得到认可，可她偏偏把自己封闭起来。

她对莫恒山说："我本来是不想要这个孩子的，可是终究不忍心，我在这个世上唯一的亲人没有了，只剩下我自己……如果没有孩子，我该怎么办，可我不希望她像我一样，人生是不完整的……我希望你成为她的父亲。"

骨子里的惊慌怯弱令她迫切地需要安全感。她需要这个孩子，孩子是她对于人间最后的留恋，也是最深的羁绊。莫恒山理解，他留下来照顾她，听她语无伦次地回忆过去的事。她慌慌张张、躲躲藏藏，记忆严重丧失，精神状态越来越差，整夜失眠，身边离不开人……到这个地步，她却还是瞒着自己的病，不想让莫恒山知道。

尽管莫恒山对她没有爱情，可毕竟她是自己名义上的妻子，朝夕相对，他如何看不出她的伪装，只是不忍心戳穿罢了。如果不是她的猝然离世，不是她那样决然地结束自己的生命，这样互相折磨的日子还要多久……他没有想过，也无暇去想。

如果不是她的猝然离世，他愿意跟这样一个人共度余生吗？他没有想过，也不敢去想。

他以为，时间会治愈一切，可惜这只是他的荒唐一梦。

临远的天空，就像林奈的画一样苍茫忧郁。大雪迷糊了视线，莫恒山微微眯起眼，长久地凝视，穿过数年光阴，林奈画里的景象、记忆深处的远乡，终于真实地出现在他的眼前，而他身边的女子已经松开握着他的手，向着另一个方向走去。

那个方向通往大海，确切地说，通往海上的孤岛。

谢云上凭着记忆的感知，坚定地朝着那个方向走。她并不知道要去哪里，只是凭着感觉走，仿佛那里是她曾经熟悉的地方。

她一直走到海边，怔怔地注视着暗蓝色的大海，群山的倒影如深渊，波光粼粼，融于涟漪。远远地看到一座灯塔，谢云上有种直觉，那座白色的灯塔就是她要找的地方。

莫恒山走到她的身边，她看着远处的灯塔，说："我去过很多地方，在旅途中获得暂时的舒宁。可是没有哪个地方像这里，让我的灵魂得到安放。"

那一天，他们走了很多地方。

莫恒山一路跟随着她，始终没有出声，仿佛在玩一个少年时的游戏，只要她不说停，他就不会停。他们走了很多路，莫恒山有一种说不出来的感受，临远不只是谢云上的故乡，也是林奈的故乡。林奈在留给莫恒山的遗言里说，如果有一天他去了临远，请把她也带回去。

落叶归根，莫恒山明白林奈的意思。她不愿意葬在他们的家园，而是想回到故乡，让自己的骨灰撒入这片大海。

"林奈的家乡也是这里……"他看着幽暗翻涌的海面，轻声说。

"临远吗？"

"是。"

"所以我和林奈是什么关系呢……"谢云上深深地看着他。

从最初的那幅画，到现在出生在同一个地方，还能说只是巧合吗？她觉得，她还没有想起最重要的记忆，那个记忆里一直存在的"她"，应该就是林奈，她们曾经相识。

她的记忆里，有林奈的记忆。而林奈的记忆里，也有她吗？

莫恒山看着谢云上，他理解谢云上的心情。为什么来临远？除了要陪她过来，更隐晦的原因是林奈。如果说那幅《日出》还能解释为"巧合"，那么临远就一定不只是巧合。他与谢云上、谢云上与林奈、林奈与他……命运就像是一个罗盘，在他放下过去打算重新开始之时，一切似乎又回到了原点。

冥冥中自有天意，他曾以为看破红尘，命运却要他穿破执障。

谢云上的视线投向远处的灯塔。来临远之前，她曾经问过谢雨哲老家的地址，虽然已经拆了，但她还是想去看看。他们按照地址来到老宅所在的地方，那里果然如谢雨哲说的已经面目全非，她无法找到年少时的记忆。

莫恒山似有所感，他拍了拍谢云上的肩，说："我们再走走看。"他带着她一边走一边看，连路边的一棵树都不错过。他问，"除了临远，你还想起别的吗？"

她说："我记得有一座岛，小时候经常去那座岛上。"

莫恒山说："那我们就去那座岛上看看。"

因为气候的原因，他们无法登岛。虽然村子拆了，他们却找到了老村长，村长说政府修了一座宗祠，可以带他们去看看。村长七十多岁，身子骨依然硬朗，谢云上忍不住问："您还记得我吗？我姓谢，小时候住在这里的。"村长摇摇头，表示年纪大了，不太记得了。

他们跟着村长来到宗祠，只见一面墙上刻着捐赠宗祠修建费的村民的名字，密密麻麻都是姓林的。村长说大家都是出于热心，好多人已经搬出去很多年了，仍然对家乡念念不忘，听说要修宗祠，纷纷慷慨解囊。

谢云上发现，这些姓林的名字里偶尔有几个外姓，却没有一个姓谢的。她疑惑道："为什么没有姓谢的呢？"

"怎么会有姓谢的啊？我们这个村叫林村，你看这少有的几个外姓的，还是因为本家人不在了，亲属给代捐的。"村长解释道。

谢云上半天没有回过神，莫恒山看着她失神的样子，试着问："您方便把族谱给我们看看吗？"

老人颤颤巍巍地翻出族谱，族谱有好几年没修了，他说今年准备把族谱重新修一遍。莫恒山和谢云上分头开始查起，一百多户人家上至三代都在这里，却没有找到一个姓谢的。

谢云上却不记得父亲和爷爷叫什么名字。她绞尽脑汁地想，莫恒山看着她眉头紧皱的样子，伸出手抚平她的眉心，然后掏出手机给方安娜发了一条信息，不一会儿，他收到方安娜的回复。莫恒山依照方安娜给的名字找到"林怀远"三个字，很长时间没有移开视线。

谢云上问："怎么了？"

莫恒山轻轻吁了口气，说："找到了。"

"找到什么了？"明明刚才全部认真看了一遍，都没有找到姓谢的人家。

莫恒山闭上眼，复睁开，他说："我找到了林奈父亲的名字。"

这个回答既在意料之外，也在意料之中。虽然心里做好了准备，在看到"林怀远"这三个字的时候，莫恒山感到后背湿了一片。他看向身边的谢云上，她垂着眼看着族谱上的字，莫恒山看向她的手，这一刻，出于一种本能，他紧紧地握住了她的手。

谢云上抬起眼眸，两个人彼此对视，谢云上抿着唇，许久，对他微微一笑。她回握住莫恒山的手，对他说："我没事。"

莫恒山这时才发现，不是谢云上的手在抖，而是他自己的手。

莫恒山的手机铃声响起，是方安娜。莫恒山没有接，铃声持续响着，谢云上从他的掌心抽出手，他的掌心全是汗。

"我想起来了，是有姓谢的人家，"就在两人愣神的间隙，村长突然说道，"但不在我们这个村。"

老村长担心自己记性不好，叫来年轻的村干部帮忙回忆。对方说，谢家只有几户人家，住在海边的一个岛上。那个岛因为长年受潮，那几户人家后来都搬走了，至于搬到哪里，因为时间太久，他们也不清楚。

"那座岛上是不是有一座灯塔？"谢云上问道。

"对，离灯塔很近。只是看着近，其实挺远的，开车要一个小时呢。"

谢云上终于明白了，她来对了地方，也走错了地方。她的家乡是临远，但不是谢雨哲给到的林村，而是那座离灯塔很近的岛上。

她决定去那边看看，年轻的村干部劝道："我劝你们还是别去了，这几天都有大雪，路不好走，已经出了好几起交通事故。你要实在想找到那几户人家，等节后我帮你去户籍办打听一下，应该都有记录的。"

一直没说话的村长这时开口道："落叶总要归根，我们临远人有这个习俗，无论走到哪里、走多远，死了都要回来，在这里安魂。我去山上的墓园给你们看看吧。"

那几户谢家人的祖先应该葬在临远，即使不记得父亲的名字，但谢云上知道已故的父亲应该葬在这里。她的内心重新燃起了希望，郑重地给村长道谢。

村长带着他们上山，尽管雪天山路不好走，他们还是深一脚浅一脚地往山里走。村长拄着拐杖，拒绝村干部的搀扶，他说："我年轻的时候，每天上山下山来回好多趟都不觉得累，现在老了身体不如以前，但这股气不能泄，一旦泄了，就离死不远咯。"

他说得轻松自在，脚步稳健，可见经常上山。旁边的村干部已经走得很吃力了，听了他的话，又挺直腰杆往上爬。一路上，莫恒山没有松开谢云上的手，他背着黑沉沉的包，一只手握着一根粗壮的树枝做登山杖，另一只手稳稳地牵着谢云上的手。即使在深冷的寒冬，他的掌心依然温如暖阳，让人感到安定。

他们终于到达松柏环绕的墓园。这一座山，放眼望去全是白色的墓碑，一排一排错落有致。这座墓园是后来建的，查有此户的基本上都迁进来了，除了一些很早离家联系不上的。村长轻声叹息。

"大概有十年了吧，这十年我们做了很多工作，寻访了很多户人家。我们村的、其他村的都一起帮着找，但还是会有遗漏。我们也不能确定能不能找到你们要找的人，但我们能做的只有这些。"

已经足够了。谢云上心想。眼看天快要黑了，村干部提醒道："我们得赶在天黑之前下山，天一旦黑下来，大雪又把进出的路封了，很难找到下山的路，你们也不想在这里过夜吧。"

众人二话不说，开始分头找。姓谢的人家不多，且墓地是按照姓氏排名规划的，林家的在一起，谢家的自然也会在一起。

莫恒山问："这里一共有多少个村子？"

"沿海的都在这里，大大小小十几个村子吧。临远人葬山不葬海，这么说吧，整座山都是墓园。"村长说，"我过去几乎每天都上山，这些地方不知来了多少回，虽然记性不如以前了，但要找哪个村子的墓地还是能找到的。谢家离得最远人也最少，应该就是西南角的那块地方，我们去看看。"

村长带头往西南方向走，走了大概有半个小时的路程，看到了掩映在山坳处的一小片墓地，规模没有之前的大。村长确认了下墓碑上的字，说："这应该就是谢家的墓地了。"

谢云上依言看过去，只见那里矗立着十几座墓碑。她走到每一座墓碑前，从祖辈的开始看起，一直到他们这一辈……

她很快找到了一个熟悉的名字，那是她自己的名字——谢云上。

05
/冬日无尽

　　谢云上无声地注视着墓碑上的字，只见上面写道："父亲谢临泉，生于公元一九六○年，亡于公元二○一七年。女儿谢云上，立。"

　　此时、此地，失去记忆的她面对父亲的墓碑，仿佛流浪的孩子找到了家，她深深地跪了下来，额头抵着墓碑，轻轻地抚摸墓碑上的字。

　　天空开始飘雪，她抚摸着墓碑上父亲的名字，终于失声痛哭。

　　从没有哪一刻，哪怕颠沛流离，哪怕记忆全失，哪怕痛彻心扉，她都没有这样痛哭过。

　　别人看得伤感，以为是离家千里的儿女回来寻根，终于找到了亲人埋葬的故土。唯有莫恒山知道，这座墓碑对谢云上意味着什么，意味着残缺的记忆终于有了源头，意味着漂泊的旅人终于有了归宿，意味着无牵挂的人生终于有了羁绊。

　　这份羁绊，不同于他们的相知相爱，是骨血深处的天性，是灵魂深处的皈依。

　　这份羁绊，唯有他懂。

　　莫恒山的眼里有泪，他仰起头，看到一行苍鹭飞过天际，往山的另一头去。笼罩山峰的云雾绵延如皑皑白雪，天空的尽头如同黎明的海浪，翻滚携着欲来之势。

　　"不能再待了，我们得赶快下山。"过了许久，村干部出声提醒道。

　　村长摆摆手说："再等等。"

　　再等等，和父亲叙一会儿话。再等等，这故人重逢的时刻。再等等，想起父亲的音容笑貌……于是便没有人再说话，大家沉默地看着，体贴地等着。

谢云上擦掉眼泪，起身，在父亲的墓前一下一下地磕着头。磕完头，莫恒山走过去扶起她，她对莫恒山微微一笑，想让他安心。莫恒山轻轻地抱了她一下，走到墓前，深深地鞠躬。

他在心里对谢云上的父亲说："叔叔，我叫莫恒山，第一次来见您。以后我会常来看您，请您放心，我会照顾好云上的。"

我会照顾好云上的。

他以受托者的身份向已故的长者承诺照顾谢云上一生。

誓言重千山。他转过身，看到谢云上站在他的身边，他们一起朝着墓碑深深地鞠躬。

看完谢父的墓，他们原路往回走，莫恒山对村长说："您知道林怀远的墓在哪里吗？"

村长的脚步慢了下来："你说林怀远？"

"是的，林怀远。"

村长沉默片刻，点了点头："我知道，他是我本家的一个亲戚，你想去看他吗？"

莫恒山没有立刻回答，身后的谢云上说："去看看吧。"莫恒山回过头，迎上谢云上的目光，她的眼里有着洞悉一切的善意，"我也想去看看她的父亲。"

莫恒山点点头，说："好。"他握紧谢云上的手，跟着村长找到林怀远的墓。

天彻底暗了下去，即将有一场风雪。天光遁没，寒风肆掠，他们迎着风走到林怀远的墓前。莫恒山神色复杂地看着墓碑，上面同样刻着林怀远的生卒年，他和谢云上的父亲是同一年走的。令他意外的是，最后一行立碑者的名字不是林奈，而是另一个人，林雨哲。

谢云上怔怔地注视着这个名字，林雨哲、谢雨哲……他们只差一个字。

"请问林怀远有几个孩子？"谢云上问道。

村长没有答话，他问："你们和林怀远是什么关系？"

莫恒山回答："我们是他的晚辈，来看看他。"

老人的神情微微怔忪，他看了莫恒山一眼，慢慢地回忆道："怀远有两个孩子，大女儿很多年前离家出走了，再也没有回来过。小儿子是他后来娶的老婆带进来的，当亲生儿子养，走的时候由他办的事……"

"您见过小儿子吗？"谢云上又问。

"见过。"村长说，"怀远走了有七八年了吧，那孩子很孝顺，每年都回来扫墓，他母亲也葬在旁边。还有怀远前面的老婆，他们都葬在一起的。"

林怀远是和他后面一任妻子合葬的，而他前面的妻子就葬在他们旁边。那座碑上只刻了已故之人的名字，没有刻谁立的，如果要加名字的话，那个名字应该是林奈。

莫恒山没有说话，他放下背着的黑色背包，将背包放在两座墓碑的中间，像刚才谢云上那样沉默地跪了下去。他什么也没有说，但谢云上知道，他在做什么。他在替林奈祭拜父母，那只黑色背包里也许放着林奈的遗物。

就在这一刻，她的脑海里骤然出现碎裂的影像。往事一幕一幕，如镜头般闪现，时而是之前想起来的那些遥远模糊的片段，时而是熟悉的感到久违的记忆。仿佛一个人站在河的此岸，看着彼岸的另一个人。

那些记忆，如同流动的水流，穿过时间的长河，从过去到现在，又从现在回到久远的过去。

头开始隐隐作痛，不知是天黑还是下雪的原因，谢云上的眼前渐渐模糊。她不想让别人发现，更不想惊扰到莫恒山，忍着没有出声。耳边的话语声渐渐远去，最后只剩下风声，直灌入耳，她觉得自己站不住了，在黑暗彻底吞没视线的时候，她仿佛听到了父亲的声音，他对她说："图图，怎么还不回家……"

那一天，她躺在了临远的医院里。

谢云上醒来的时候，刚刚过了十二点，睁开眼的那一刻，莫恒山出现在她的眼前，对她说："新年快乐。"

她苦笑道："对不起，害你陪我这样跨年。"

莫恒山温柔地说没关系。就在她醒来之前，方安娜打来视频电话，他的父母、茉莉，他们四个人举起酒杯对他说"新年快乐"。他微笑着也祝他们"新年快乐"，茉莉对他眨眼睛："爸爸，记得替我说'新年快乐'哦。"

父女俩心照不宣，莫恒山微笑："我知道。"

"我睡了多久了？"谢云上问道。

"不长，也不短。"

从晕倒到现在，过去了六个小时，这是莫恒山第二次见到谢云上晕倒。送到医院后做了检查，血糖低加上受了风寒，容易晕倒算是正常。连着江边的那一次，这是第三次，莫恒山十分担忧，他想到了谢云上关于修复记忆的手术。

"云上，你的晕倒和你的记忆有关吗？"莫恒山不再掩饰自己的担忧，在此之前，他问过在英国研究脑科学的同学，出于严谨的考虑，对方希望拿到谢云上的医学报告。他说，"云上，虽然曾经问过你，但我还是想知道你是怎么失忆的？还有你做的手术，我想知道它是如何修复你的记忆？"

那是一段艰难曲折的经历。谢云上告诉莫恒山失忆的前因后果，这也是在上次晕倒之后想起来的。她在想，也许晕倒不是一件坏事，反而让她恢复了一部分记忆。谢云上对莫恒山隐瞒了记忆衰退症，她其实应该告诉他实情，无论是出于恋人的关系，还是因为他能够帮助到自己。可是……她想到了林奈，想到莫恒山提起林奈时的黯然，想到她和林奈复杂纷乱的关系。

如果晕倒和记忆衰退症有关，如果这意味着她的病情开始加重，她和莫恒山刚刚获得短暂的幸福就要遭受一连串打击，她不想看到他为自己悲伤。他好不容易走出过去的伤痛，她希望他快乐，至少自己能带给他快乐。

于是她仰起脸，对他露出坚强的笑容："我很好，你不用为我担心。这几次晕倒都让我想起了过去，我觉得未必是坏事。记忆恢复本是一个漫长的过程，我已经花了几年时间接受这个事实。你认识的我，原本就是一个没有过去的我，过去是怎么样的，其实并不重要。重要的是，"她语气微微一顿，"我们现在在一起。"

"不仅是现在，以后也要在一起。"

莫恒山目光动容，深深地将她拥入怀中。谢云上在他的怀里闭上了眼睛，对她而言，能够想起自己是谁，能够记得自己的父母，记得自己的家乡，已是上天的恩赐。而遇到莫恒山，有他相伴，亦是人生最大的幸事。

下了一整夜的雪停了，新年的第一天是个晴天。

他们再一次来到海边，看着远方的那座灯塔，莫恒山说："想去看看吗？"

谢云上摇摇头："我们会再来这里的，等到春暖花开的时候。"

离开之前，莫恒山开车来到一处地方，那里靠近墓园，人迹罕至，环境清幽隐蔽。他背着包走到一片海域，这里的海更深，也更幽静。他蹲下身打开背包，从包里掏出一只用白布包裹的坛子，谢云上终于知道他带了什么、要做什么……

她以为是林奈的遗物，却没想到是林奈的骨灰。

"我答应她，带她回家。"

他遵循林奈的遗愿，把骨灰撒在这片大海，靠近她父母的地方。他跟村长说了，在她母亲的墓碑上刻下她的名字，她想做的、没来得及做的，他都替她做了。在她活着的时候，他尽丈夫的责任；她死了之后，他依然尽丈夫的责任。

谢云上沉默地看着他做完这一切，她闭上眼，深深地朝着这片大海弯下身体。

那些曾经侵袭她、令她困惑的记忆像万花筒碎片一样朝她袭来，它们穿过她的身体，穿过漫长的时光，向着身前的大海而去。她仿佛看到，记忆中的少女穿着淡蓝色长裙，从远处走来，与她相对。她看到她的脸，眉目清秀，眉宇间有散不开的忧郁。她看到，她透过她看向身后，眼里藏着深深的悲伤与眷恋，最后化为一声叹息……她说，对不起。

那一刻，谢云上无声流泪。

她和她，出生在同一个地方，爱着同一个男人……她，一直在她的记忆深处挥之不去，困扰了她这么久。直到这一刻，她才看清藏在记忆深处的容颜，与她竟有几分相似。

故人已逝，就让她的灵魂随着这沧浪长流，回到生养她的土地，与她的家人，团聚。

不知过了多久，莫恒山起身，招呼她上车。谢云上闭着眼睛，双手合十，默念完经文。

她在用自己的方式，与她告别。

他们开车沿着海岸线一路行驶，在太阳的照射下，积雪慢慢融化，身后的山与海渐行渐远。

冬日无尽，人生短短长长。

我们的人生，穿行在一条看不见的暗河中，有些人已经上岸，有些人还在跋涉。因为有爱的人在，我们不怕渡河，不惧黑暗。如同生命的传承，星火的传递，他们离开，我们到来。这条河依然在流淌，无声地讲述着属于它的故事。

第七幕

被遗忘的人

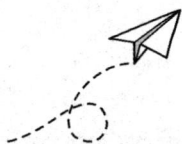

『我忘却一切世人，一切世事，你和关于你的所有，必是最后消失的。』

01
秘密

下了一整夜的雨终于停了。

她感觉到父亲已经走了，他的手停留在她的手中，蜷成一团，掌心依旧温热。她看着他微阖的双眼，伸出手，像是确认他真的走了般，手心轻轻拂过，阖上了他的眼睛。

她终于失去了这世上最后一个亲人。

天光微亮，白布遮住了他的脸。在他平静的面容即将被遮住的时候，她看到他眼角的泪。她想，他一定听得到，她对他说的话。

她说："爸爸，你好好地走，别回头，女儿看着你。"

父亲走的那天正值六月，梅雨季节，南方一直在下雨。她的心也在下雨。家里的老人说，梅雨季走的人不好，天都在哭，说明有罪。她守着父亲的遗体，一声不吭，亲戚邻居来吊唁，她磕个头，跪下来烧纸。火光映出一张惨白麻木的脸，她面无血色，魂游天外。

连着三天没有合眼，只喝点糖水，因为天热，怕脱水中暑。亲戚邻居们看她可怜，给她送吃的，跟她说几句，对着她抹泪。她只点头，一句话不说，没有流泪。一直到父亲下葬，她都没有流一滴泪。

别人问她为什么不哭，她说，我哭，爸爸舍不得走怎么办……可他终究要走的啊，我又为什么要哭……别人看着她摇头叹息，而她跪在父亲的墓碑前，一笔一笔在上面刻字。

"父亲谢临泉，生于公元一九六〇年道尽，亡于公元二〇一七年。女儿谢云上，立。"

一个人的一生，被另一个人用寥寥几笔道尽，在这个世间留下最后体面的痕迹。从此，再无此人。除了最亲的人，没有人再念起他，若干年以后，也没有人再记得他。

父亲去世后，她离开了原来的家和家乡，走上了一个人的孤旅。

以后的数年，她四处漂泊，居无定所。直到去南方发生意外，醒来，忘记前尘往事。

谢雨哲从梦中惊醒。

外面在下雨，下了一整夜的雨没有停。他出生是雨天，父亲去世是雨天，那天她离家出走也是雨天。

生命中的雨，淅淅沥沥，一直在下。很多年了，他重复做同一个梦，梦见她走的那天，下着雨，她穿一条淡蓝色长裙，推开大门，像飞出去的蝴蝶一样消失了。他以为她像往常一样又跑出去到很晚才回来，没有告诉家人，没想到这一走就是一生。

他起身，去卫生间用冷水洗脸，拿出手机看了下时间，凌晨三点。他翻出与谢云上的聊天记录，时间停留在一个星期之前，那时候他一心撮合她和池逸。他想，他有了恋人，不能让姐姐落单。

他是真的把她当姐姐，用心地扮演着关心她的弟弟。

谢雨哲走到阳台上，点一根烟看着外面的雨幕，雨下得很大，滴落在树叶上发出沙沙的声响。他有几次试图给谢云上道歉，他不该那样说她。周晗说得对，无论他认不认同、接不接受，那都是她的私事。他不应干涉，何况她是他的姐姐，这世上唯一的亲人。

他的父亲走了，继父也走了，几年前母亲也过世了。母亲在弥留之际对他说："你姐姐她恨我们，不愿意回来看我们……这么多年，我早就放下了。当年我对她不好，觉得那孩子不喜欢我，就因为她不是我的亲生孩子，我总觉得她跟我不亲。可是这么多年过去了，你不是你父亲（继父）的孩子，他也对你视如己出，还让你改了姓做他的儿子。你父亲到死都不说，他是惦记着你姐姐回来啊……雨哲，你要帮我和你父亲完成心愿，去找你姐姐，带她回来，不然我就是到了九泉之下也无法向你父亲交代啊……"

他当年任性，继父走的时候没有联系她。他想，当初是她一走了之，不要这个家，那就让他代替她，好好地做她父亲的儿子。他看着继父消瘦的遗容，以及眉宇间怎么也抚不平的褶皱，终于忍不住去找她，告诉她父亲走了。他想，她就算不回来，也应该知道这个消息。

人家说，到底不是亲生的，亲生的被逼走了，到现在都没有回来。他等了她几天，还是没有等到她回来。不知是出于愤懑还是自私的心理，他没有在继父的墓碑上留下她的名字，他认为是她抛弃这个家，不是他们抛弃了她。

每年父母的忌日，他都回来祭拜。他征求村里的同意，把继父已过世的妻子的墓迁回来，这样他们一家人都团圆了。死去的人尚且团圆，活着的人呢……他已经在心里原谅了她，只要她回来看看父亲母亲，他还认她是姐姐，毕竟只剩下他们两个人了。

然而，他终究没有等到她回来。

那天也是像这样一个雨夜，池逸来找他。池逸是她唯一的朋友，这些年来，关于她的消息都是池逸告诉他的，她出国、结婚、生子……自杀。

她走了，在继父走之后没多久，她也跟着走了。说是自杀，至于什么原因，池逸没有多说。那天池逸喝了很多酒，慢慢地告诉他一些事情：她得了一种病，记忆开始慢慢丧失。因为忍受不了失忆，她要池逸给她做"记忆移植"。那时候池逸正在做关于这方面的研究，她说："池逸，现在只有你能帮我了，求你。"

记忆移植没有那么容易实现，她的症状越来越严重，伴随而来的是更严重的抑郁症。她开始出现幻觉，记忆像多米诺骨牌一样坍塌，可她却要伪装，怕她的丈夫发现。于是，她一个人偷偷回来找池逸，求他给自己实施那个计划。

在池逸给她做完手术之后没多久，她就自杀了。她的自杀让池逸非常痛苦，他很后悔，他其实早就发现了端倪，却没有及时制止悲剧的发生。

后来池逸又找过他一次，他说："雨哲，我找到一个人，跟你姐姐很像，我有个想法需要你配合。"

这个想法大胆而疯狂。他听池逸说完觉得他疯了，那时候他才知道，原来池逸深深地爱着他姐姐，爱到不惜用另一个人代替她。

池逸说："雨哲，相信我，相信我会还给你一个完好无缺的姐姐……只要给我时间，她会回来的……"

疯了。他们都疯了。

他也不知道为什么最后居然答应了池逸的计划，配合他的要求。在没有遇到谢云上之前，他是林雨哲。后来，他变成了谢雨哲。

周晗得知谢云上去过医院，拎着一堆礼品拉着谢雨哲去谢云上的家。

"一会儿见到云上姐你可要好好表现，姐姐都被你刺激进医院了，你这个做弟弟的还不好好关心她，给她道个歉吗？"

谢雨哲沉默地点头，周晗只当他认识到自己的错误，又叮嘱了几句。他们来到谢云上家门口，周晗示意谢雨哲按门铃，谢雨哲伸出手，却一直没有按下去。周晗急了，正打算伸手，门却开了。

谢雨哲抬起头，四目相对，谢云上看着他，两个人一时没有开口。周晗见状露出笑容，对谢云上说："云上姐，听说你前几天去医院了，我们来看看你。"

"谢谢啊，"谢云上微笑道，"进来吧。"

谢云上转身进屋，周晗推了一下谢雨哲，后者跟着进门。

"想喝什么冰箱里有。"她依然像往常一样招呼，没有拿他们当外人。

周晗拎着水果走进厨房，对谢云上说："姐，我们带了些水果来。"

"你去客厅坐着，我来洗就好了。"谢云上接过周晗手中的袋子，"晚上想吃什么，附近有几家餐厅都不错。"

"我买好菜了，今天就让我下厨吧。"周晗说道。

"你还会做饭呀。"谢云上惊讶道。

"嗯，会做一些。我做几个拿手的家乡菜吧，待会儿尝尝好不好吃。"

"好啊，我不太会做饭，吃我是很乐意的。小晗，你可真能干。"谢云上夸赞道。

见她心情颇好的样子，周晗也感到开心，她走到门口招呼谢雨哲："过来搭把手。"

谢雨哲闻言走进厨房，谢云上看他一眼，对周晗说："厨房留给你们了。"

她洗好水果，放到果盘里端到客厅。过了一会儿，谢雨哲从厨房里走出来，谢云上招呼他："过来吃葡萄。"

谢雨哲走过来，拿了一颗葡萄放到嘴里，他看着谢云上，欲言又止。

"怎么了？"

"没什么。"谢雨哲避开她的视线，关心道，"你的身体还好吗？"

"我没事。"谢云上伸出手，快要碰到他的时候突然收了回去。她说，"这段时间你在忙什么呢？"

"对不起……"谢云上脸上的笑容渐渐消失，她看着谢雨哲，他低下头说，"对不起。"

"为什么说'对不起'？"

"你去医院是因为我……"谢雨哲垂着眼不敢看她。

谢云上的视线落在他低垂的眼睫上，良久，轻声道："雨哲，你是我弟弟，我们之间还有什么见外的呢？"

谢雨哲终于抬起头，他的眼神充满愧疚，谢云上伸出手，轻轻地拥抱了他。

这是她第一次，拥抱自己的弟弟。

站在厨房门口的周晗默默地退回去，嘴角轻轻地扬起。

一顿饭吃得宾主尽欢。周晗厨艺很好，这姑娘长得漂亮不说，性格飒爽又会照顾人，谢云上替谢雨哲感到开心。

她开了一瓶红酒，举起酒杯："补上迟到的'新年快乐'……"

"新年快乐。"

吃完饭，周晗借口加班先走了，留给他们姐弟独处的空间。谢雨哲送她进电梯时，她说："相信我，你们是一家人，没有什么是沟通不能解决的。"

送走周晗，谢雨哲折返回来，门没有关，他推开门看到谢云上站在窗边修剪花枝。他站在门口，看着她的背影沉默不语。他不知说什么，以前好歹还有池逸，找不到话题的时候可以聊聊池逸。到如今才发现，他和谢云上其实交流得很少。他们不像亲人，没有共同的话题，没有可聊的家人，就连生活圈子都离得很远。

"怎么不进来啊？"谢云上回头看他，谢雨哲默默地走进来，"谈个恋爱话都变少了？"谢云上调侃道。谢雨哲扯了扯嘴角，算是回应。谢云上坐到沙发上，看着他说，"你有心事吗？"

"没……没有。"

"元旦我回了一趟家。"谢雨哲微微一愣，看向谢云上，她轻轻吐出两个字，"临远。"谢雨哲的脸红了，像个秘密被发现的孩子，谢云上看着他说，"老家的房子拆了，宅基地还在，还有门前那棵银杏树……"

"你……你去看过了？"谢雨哲颤声问。

谢云上点点头："我不仅去看了老家的房子，还去看了爸妈的墓地。"

漫长的沉默，空气仿佛凝滞了，时间停止了转动，他们在黑暗中静默无声。

"我去看了爸妈的墓地，看到了墓碑上的字。"

谢雨哲抬起眼，目光复杂地看着谢云上。灯光很暗，照在谢雨哲的脸上，他的目光渐渐变得幽暗悲伤。这个二十五岁的大男孩不该承受这么多的世事风霜，往事压得他不复快乐。

"我想知道，你是叫谢雨哲，还是……林雨哲？"谢云上看着他，问道。

那是一个很长很长的故事。

谢雨哲说完的时候，天已经亮了。谢云上一直沉默地听着，没有说一句话。她的记忆支离破碎，在谢雨哲的故事中，残缺的记忆得到了填补，尽管那并不是属于她的故事。

02
惊梦

　　一架飞机从巴黎起飞，落在浦城国际机场。

　　她在晨光中睁开眼，耳机里还在唱着戏曲，她喜欢戏曲，即使在异国他乡这么多年，依然怀念老式的古典音乐。

　　时隔数年，她终于回到了故土。

　　池逸早已在接机大厅等候，他目不转睛地盯着从通道里走出来的旅客，终于看到了姗姗而来的林奈。多年未见，林奈依然风姿绰约，一眼就能认出。只见她戴着墨镜，头上围着头巾，穿一袭蓝色长裙，外面套一件米色风衣，整个人透着法式的优雅矜贵。她看起来气色很好，不像个病人。池逸接过行李箱，带她去酒店办入住。

　　"你确定不住我给你安排的地方？"路上，池逸边开车边问道。

　　林奈看着窗外的风景，浦城变化很大，和她记忆中的样子相去甚远。林奈转过脸，说："我想住在最高的地方，好好看一看这座城市。"

　　池逸了然，车子一路奔驰，带她领略繁华盛景。他们抵达酒店，办完入住后，有迎宾人员把行李送到客房，池逸说："我在大厅等你，你收拾好了直接下来。"林奈点点头，步入电梯。池逸在大厅等了二十分钟左右，看到林奈从电梯间出来，她换了一身衣服，摘掉墨镜和头巾，变成了他所熟悉的样子。

　　池逸对她微微笑道："我带你去吃一家好吃的西餐厅。"

　　"我不想吃饭，"林奈说，"你带我出去兜一圈吧。"

　　"刚刚过来的时候不是都看了吗？"

　　"我想去以前住的地方看看，在一个弄堂里，具体在哪里我忘了，你带我找找吧。"

池逸默然。他们从东区走到西区，从北边走到南边，从左一头走到右一头。

"还想不起来？"林奈摇摇头，池逸说，"其实路都差不多，也许拆了也说不定。"

他们把车停在路边，两个人走到浦城河边，静静地看着河面上的船只。林奈抽着烟，看着远处出神，过了一会儿，她说："你打算什么时候给我做？"

"再等等。"他其实是没有把握，不敢对她冒险。

林奈吐出一口烟圈，看着渐渐沉落的夕阳，说出的话却让他一时沉默："你忘了答应过我什么了吗？"

池逸看着林奈抽烟的眉眼，忍不住问："你为什么一定要做呢？你知道这个计划有多危险吗？我是答应你，可那时的我年少轻狂，我尝试过，失败了。我不敢保证一定能够成功，更不敢对你冒险……"

"你只需要回答我，做，还是不做？"林奈掐灭手中的烟，回头看着他，目光像是要洞穿他的灵魂，"池逸，你变了。"

"我没有变。"

"你变了。"她再次说道，"当年我认识你的时候，你是多么意气风发，信誓旦旦地对我说要改变这个世界……这就是你说的改变吗？你不觉得现在的你很可笑吗？"见他不语，她冷笑一声，"亏我还对你当年的话念念不忘，这么多年了，还想着回来找你，想着你一定会帮我。池逸，我只有你这一个朋友，如果你都不帮我，我还能找谁？难道你想眼睁睁地看着我变成一个疯子吗……池逸，只有你能帮我了，求你。"

池逸低着头，过了许久他像是下定了决心，咬牙道："好，我答应你。不过，你也要答应我。"他语气一顿，说出的话不容拒绝，"如果中途出现任何意外，我们立刻停止。"

"好，只要你肯帮我。"她闭上眼，声音里隐隐透着绝望，"我的时间不多了……"

我的时间不多了。

　　那时候池逸以为她要赶着实施这个计划，却没有想到，这是她留给自己的生命倒计时。

　　谢云上醒来，打开手机，看到好几条莫恒山发来的消息和好几个未接来电，外面天色暗沉，她才意识到睡了整整一天。迟疑了几分钟，她给莫恒山回电，"嘟"了几声后听到对方的声音，她揉着眉心说："抱歉，我睡着了。"似乎听到莫恒山轻轻舒了口气，鉴于之前有过失联的事，谢云上知道让他担心了，于是笑着说，"我只是困了。"

　　莫恒山放下心来："明天有什么安排吗？"

　　谢云上的笑意渐渐淡了下去，她说："我接了个工作要出去几天。"

　　莫恒山微微皱眉："去哪里？"

　　"厦城。"她闭上眼，报了一个比较远的城市。

　　"要去多久？"莫恒山发现自己很在意她的离开，即使是出去工作也放不下心。

　　谢云上一时没有回答，莫恒山刚要开口，却听她说："还没定去多久，不过至少要一个星期左右。"

　　"需要我陪你一起去吗？"

　　"莫先生，"谢云上睁开眼，声音里含了笑意，"你不用工作的吗？再说了，工作期间是不方便带家属的。"

　　听到"家属"两个字，莫恒山不禁露出了笑容，觉得刚才的担忧似乎有点多余。他说："今天好好休息，明天我送你去机场。"

　　谢云上看着窗外的夜色，映在眼中一片暗沉。她说："客户都安排好了，明天有司机来接我，你就别来回折腾了。"

　　尽管这只是一次再寻常不过的出差，莫恒山还是觉得有点反常，却又说不上哪里不对。他压下心中的异样说："那我等你回来，路上注意安全，还有……让我随时联系到你。"

　　结束和莫恒山的通话，谢云上给池逸发了一条微信："最近有时间吗？"

不久，她收到池逸的回复："有。"

"你上次说说要给我再做一次复查，是什么时候？"

过了一会儿，她再次收到池逸的回复："看你的时间。"

放下手机，谢云上走到窗边，看着夜色出神。就在刚才她制订了一个计划，告诉莫恒山要出一趟远差，然后联系池逸，顺着他的要求给自己做一次复查。谢雨哲把关于林奈的事情告诉了她，她要弄清楚，池逸到底对她做了什么。

池逸要谢雨哲扮演好谢云上弟弟的角色，在她对自己的记忆产生疑惑的时候，及时告诉他，并误导她对自己的认知。但谢雨哲有自己的想法。在和谢云上相处渐久后，他没有完全按照池逸的要求去做，对池逸做了一些隐瞒，却真的把自己当成了谢云上的弟弟。

池逸盯着手机屏幕上的聊天页面，谢云上答应了复查，他应该感到高兴的，可是没有，他没有因为谢云上听了他的话而有一丝放松。关掉手机，池逸走到房间，从房间里搬出一只箱子，箱子里是他学生时代的论文和一沓厚厚的信件。

他和林奈的相识，就像是一场荒诞不经的"游园惊梦"。

他自小就是一个很怪的孩子，因为先天不足加上得过一场重病，身体留下隐疾，很长一段时间走路的姿势非常怪异，也不爱说话，认识的人都躲得他远远的。他成绩很优秀，心算能力很强，简直就是一个少年天才。可"天才"的光环并没有给他带来多少帮助，童年的怪异、孤僻、寡言都让别人觉得他是一个怪胎，就连他的父母，都对他难以喜欢和亲近。

几年后父母又生下了弟弟，他们把所有的爱都给了年幼的弟弟。那时候他已经读初中了，每次回家，看到父母围着弟弟转，对弟弟嘘寒问暖，给他买好吃的好玩的……他垂下眼睛，觉得这一幕非常刺痛，感觉自己是个多余的人。

他上了高中后，开始离家寄宿。小时候那些奇怪的病症早就消失了，可是他的心理像是得了无法根治的病，依然不爱开口说话。尽管他长相非常出众，每门考试都得第一，周围的人依然自动把他围在一个走不出去的怪圈内，没有人愿意靠近。

这种人的成长注定是不快乐的。池逸的长相本就偏冷，虽然长着一副好样貌，但喜欢他的女生在得知那些传闻后，都放下了喜欢他的心思，见到他都绕道走。有人早就看他不顺眼了，便让一个平时还能跟他说上几句话的女生把他约到学校附近的小树林。池逸以为对方有事找他，来到小树林之后，却被几个高大威猛的男生围住，被恐吓威胁。

他依旧冷漠，依旧沉默，然后捏紧拳头平静又冷漠地说了一句："你们动我试试。"

从此以后，他真正地变成了孤家寡人，没有人敢欺负他，也没有人敢靠近他。

池逸以优异出色的成绩考到浦城，在一次勤工俭学的活动中，认识了林奈。林奈初到浦城，她告诉池逸，她是某某学校的艺术生。他看过林奈的画，不是他喜欢的风格。林奈有时候会主动去找他，去他的学校门口等他，他在浦城没什么朋友，时间久了，两个人渐渐地熟悉了。

池逸带林奈去他租的房子，他在读大学之后没多久，因为和室友闹矛盾搬了出来，一个人住在弄堂里的一间小阁楼。当林奈走进他的阁楼时，看到这间狭小的房子里放满了奇奇怪怪的瓶子，这些瓶子里都是用福尔马林泡着的动物器官。池逸解释说，因为他是学医的，研究这些是他的日常课题。

他看着林奈走到一个装着动物大脑标本的瓶子前，问她："你怕吗？"

林奈对他说："你都不怕，我为什么要怕？"林奈和他见过的那些女学生都不一样，她指着其中一个瓶子回头问他，"可以打开看看吗？"于是他打开瓶子，空气里充斥着令人作呕的气味，林奈却一点也没觉得不适，她说，"池逸，你真厉害。"

从那之后，林奈就经常过来。她会问他一些奇怪的问题，池逸就把自己知道的告诉她。他对她说不上是不是懵懂的男女之情，但她一定是他人生中交到的第一个朋友，也是唯一的朋友。随着两个人渐渐相熟，林奈会告诉他自己的困扰，其中就有她母亲的病。

彼时，林奈并没有把自己真实的家境告诉给池逸，而是用她"认识的一个人"代替她死去的母亲。她问池逸："你知道有一种病会让人的记忆消失吗？"

"失忆症？"

林奈说："不只是失忆，会让一个人精神错乱，最后不记得自己是谁，彻底地疯掉。"

她把她母亲发病的症状告诉他，池逸感到困惑，他问林奈："这种病没有一点办法治吗？"

"没有。"林奈摇了摇头，"想了很多办法，治不好。而且，"她顿了顿说，"这种病会遗传。"

"那就是遗传基因。"

林奈若有所思地点点头："有什么办法可以治好吗？"

池逸说："我现在还不是医生，而且也要有病例让我研究。那个人在哪里？可以带我去看看。"

林奈突然眼睛一亮："你要不看看我呢？"

"你？"

"嗯，我，你把我当研究对象吧。"

池逸以为她在开玩笑，严肃认真地说："这种事可不能开玩笑，我会当真的。"

林奈看着他，过了半晌，她说："如果有一天，我得了这种病，你会治好我吗？"

"那等你得了再说吧。"

"那可是你说的……"林奈突然笑了起来，"池逸，你一定行的，你可是要改变世界的人。"

池逸以为这段对话只是他和林奈相识的一个小插曲，并没有放在心上。直到林奈出国，那时他们依然保持着联系，用最古老的方式，信件。池逸不喜欢用高科技产品，包括网络通信。他已经进入了研究生阶段，正在攻克他人生中的第一个难题——记忆移植。而林奈也学有所成，在巴黎开始她的艺术之路。

两个最要好的朋友，原本可以向着各自的人生轨道发展，成为对这个世界产生影响的人。然而，他们都遭遇了人生中最大的困境：池逸因为记忆移植差点被终止学业，而林奈在美术老师自杀身亡后，断送了自己的艺术前途。

03
真相

谢云上来到池逸的家后，才后知后觉从认识到现在，她从未来过池逸的家。她猜测，池逸之所以选中她，是因为她长得和林奈有几分相像，也许还调查过她的背景，知道她和林奈的家在同一个地方。

谢云上站在池逸的家门口，没有立刻按响门铃，池逸却已经从监控里看到了她。他没有去开门，而是在等，等她什么时候按响门铃。隔了一会儿，门铃声响起。

池逸打开门，见谢云上的手里拎着一个袋子，笑道："这么客气，还带礼物。"

谢云上说："第一次来你家，礼节总该有的。"

池逸似有感怀，说："原来你还知道这是第一次来我家啊。"

谢云上尽量让自己像平时那样放松，她微笑着说："池医生，是我的不是。"

"好了，进来吧，"池逸听了嘴角微勾，"大冬天的也不怕站外面冷。"他转身往厨房走，边走边对谢云上说，"你先坐会儿，晚餐马上就好。"

谢云上进门环顾池逸的家，和她想象中的全然不同。家居风格是工业风，灰色的墙壁窗帘，客厅里除了一组沙发和一张茶桌，没有别的装饰。

餐厅连着客厅，也是同一色系，只有餐桌上方的吊灯是冷金属色。这个家看起来没有一丝烟火气。

在谢云上的印象中，池逸是一个不爱出门的人。偶尔约他出去，他总说，我在家里煲汤，要么就是我在家看植物。如果说墙角的那盆仙人掌算的话。他不养宠物，也不追剧，唯一的喜好是听戏曲，但他不是发烧友，翻来覆去就是那么一两曲。

他做着世界上最先进的职业，过着世界上最古老的生活。

池逸端来一盘鱼，他看到谢云上背对着他，看着餐厅里唯一的装饰物。那是一幅画，确切地说是一幅废弃的画。颜色和壁纸一样是灰色的，像是天空，乌云密布，唯一的一片蓝色像是湖，画到一半没有画完。

这幅疑似被废弃的半成品，却被池逸挂在餐厅，成为整间屋子唯一的装饰。

谢云上有种直觉，对着这幅画的位子，应该是池逸的餐位。当她转过身，池逸已经端上所有的菜，开了瓶红酒。他把红酒倒入醒酒器，又把醒酒器里的酒倒入两只酒杯，一只放在靠近画的位置，一只放在画的对面。

他在画的对面坐下来，谢云上则在他的对面坐下，正好背对着那幅画。池逸举起酒杯，杯身相撞，发出清脆声响。

放下酒杯，他给谢云上夹了一块鱼："好久没吃我做的菜了吧，尝尝是不是熟悉的味道。"他看着谢云上低头吃他做的鱼，眼里露出久违的笑意，"你一直喜欢我做的鱼，每次给你做饭我一定要做一道拿手的鱼……"

谢云上听了没有吭声，池逸看着她专心地吃，自己却没有动筷子。谢云上抬起头，视线相触，池逸举起酒杯，又喝了一杯。印象中他很少喝酒，可见兴致难得。想到后面要说的话，谢云上低下头，再美味的食物到嘴里也失去了味道。

吃完饭后，池逸取出茶具，对谢云上说："好久没喝茶了，尝尝你带的新茶。"

那是老许给她寄来的珍贵白茶，千年老茶树，老许自己做的茶。老许说，焚香煮茶、抚琴听曲乃人生乐事。只见池逸卷起白色的衬衫袖口，修长好看的手摆弄着茶具，一只手执起茶夹，姿态端雅。这双手，既可执手术刀，操纵人生，亦可执茶具，谈笑风生。

一杯清茶放在谢云上的面前，淡淡茶香萦绕鼻端。她饮下一杯茶，看着对面的池逸，还是说出了来找他的目的："池逸，我想知道我的病情。"

只见池逸低着头，给她添了一杯新茶，神色淡淡道："你想知道的我都告诉你了。"

"我不觉得我很清楚自己的病，在复查之前，不如我们先聊清楚。"谢云上注视着他手中的动作微微一顿。

池逸放下杯子，他的动作缓慢，声音带着一种压制的情绪，显得冷沉。他说："你不止一次问过我，我也不止一次回答过你。你的病因很复杂，不是三言两语就能道尽的，你只要配合好治疗方案，其他的交给我。"似乎觉得语气过于生硬，他抬起头，看着谢云上放缓语气道，"云上，请你相信我，我不会做伤害你的事。"

"那我最近的晕倒如何解释？是因为你说的记忆衰退症吗？"

"不是已经检查过了吗？小林难道没有告诉你，你只是太累了。"他说到这里语气一顿，"当然也不排除你说的可能。记忆衰退症是一种罕见的病，到现在都没有有效的治疗措施，我也担心你晕倒是不是提前发作了，所以想对你再做一次复查。"

"池逸，"谢云上终于憋不住了，索性挑明，"我知道你做这一切是为了我，但我是失忆不是失智，到现在你还不肯告诉我吗？"

"告诉你什么？"池逸冷笑，"云上，是谁叫你来问我的，是你那个男朋友吗？"他语含讥讽道，"你宁可相信一个认识没多久的人，也不相信承诺用一生守着你对你好的人？云上，是你轻看了自己，还是我错看了你？"

谢云上回避他灼人的视线，说："这是我们两个人的事，与别人无关。"

"你觉得他能置身事外吗？"池逸怒极反笑，连声质问，"他是不是还不知道你的病？他不知道你的病怎么照顾你？他不知道你的病你还放心和他在一起，你不怕他抛弃你吗？"他一连几个问题，压得谢云上几乎喘不过气。她嘴唇紧抿，身体禁不住后倾。她的沉默刺激了池逸，他倾身向前，步步紧逼，"你喜欢的那个人，你……知道他的过去吗？"

"我知道。"她避无可避终于出声，颤抖的指尖深深掐入掌心，直视他说，"他的过去我都知道，可是池逸，你的过去我知道吗？"

这句话令池逸一时愣住，他看着谢云上，失去了刚才的气势。

"林奈是谁？我和她是什么关系？你和她又是什么关系？池逸，你能告诉我吗？"

池逸怔怔地注视着眼前的人，只见谢云上起身，继续说着让他哑口无言的话，"我去了临远，发现原来我和她来自一个地方，真是巧。以前我经常问你，她是谁？原来我记忆里经常出现的那个人，是一个叫林奈的人……雨哲也是她的弟弟吧，我没有兄弟姐妹，而她有个弟弟，和雨哲同名不同姓。其实要查都能查出来的，雨哲姓林，因为你对我做的事情才改了姓，成了我的弟弟。"

"你是什么时候知道的？"池逸哑声道。

"我从临远回来找雨哲问了一些事，前后串起来就都明白了。你不要怪他，你要求他做的他都做了，他是真的希望我们在一起。"池逸神色复杂地看着她，谢云上继续说，"雨哲不知道你对我做了什么，但我自己能猜出一二。你并不是想恢复我的记忆，相反，你一直在阻碍我恢复记忆。"她看着他的眼神幽凉如水，"池逸，你到底想做什么？"

"原来你一直都不相信我……"池逸失神地看着她，他的眼神藏着某种复杂难懂的情感，谢云上觉得，他看的不是她，而是另一个人。

一个荒谬的念头在谢云上的心里生出，她沉默地摇了摇头。池逸眼瞳深处的光渐渐消失了，他的神情颓败晦涩，似藏了千言万语。他轻声喃喃："对不起……"

他的这声"对不起"似乎是对那个死去的人说的。谢云上似乎明白了，她闭上眼睛，想起自己在临远与林奈"告别"的那一幕，终于忍不住说："池逸，林奈已经不在了，我不是她，我的记忆也不是她的。"

"她是不在了……"他失魂落魄地看着谢云上，突然走到她面前，看着她双眼通红，不复往日的冷静，"你问我对你做了什么，好，我告诉你。"他像个困兽狠狠地盯着她，一字一字近乎歇斯底里，"我对你做了记忆移植，我把林奈的记忆移植到你的大脑里。可是……"

他说到这里，却没有继续说下去，可是谢云上已经听明白了。虽然猜出池逸背后藏着不可告人的目的，却没有想到他的做法突破了所有能想象到的极限。他把自己当成实验品，或者说，林奈的替代品。

他用一种荒谬的方式，让林奈继续"活"在这个世上。

谢云上看着池逸，觉得过去的几年像是一场梦。一方面，池逸救了她；而另一方面，池逸也伤害了她。她的头又开始隐隐作痛，耳边似乎听到了嘈杂混乱的声音。

"她醒不过来了，还是放弃吧……"

"你不觉得她像一个人吗？如果那个计划能够实施，她是最适合的容器。"

"她毕竟不是那个人，这样对她也不公平……"

"可是我答应了她的，我答应了你姐姐，我一定让她的愿望实现……"

原来他们在她身边说过的话她都听见了，只是没有想起来。

"你为什么要这么做？"谢云上忍着痛问道。

回答她的是漫长的沉默。

池逸恍若未闻，他又想起了沃克对他说的话："记忆移植无法得到验证。"

这在科学上没有被论证的事，他一个年轻医生凭什么就能突破……就因为天资过人、敢于冒险？他想起刚研究记忆移植的时候，看过一篇文章《假如记忆可以移植》，突发奇想认为记忆移植不是不可能实现。人工智能都普及化了，医学上创造了那么多奇迹，凭什么记忆移植就不能实现？为此他不惜和导师辩论，甚至毕不了业也在所不惜。

这么多年过去了，就连当初带他的导师都以为他死心了。直到林奈找到他，求他给她做记忆移植。尘封的念头再一次死灰复燃，欲望蠢蠢欲动，他接受了，固然有林奈的原因，难道不是因为内心深处渴望站在巅峰吗……

倘若记忆移植不成立，他要如何兑现对林奈的承诺。

他说："对不起，我想一个人静一静。"

他不想做任何解释，尤其是面对谢云上，在她面前，所有的解释都是苍白的。谢云上沉默地看着他，尽管心里有疑问，有不解，甚至是愤怒……可事到如今，她却不想再逼他了。她已经知道了自己想要的答案，池逸之所以这么做，是因为林奈。

他和林奈是什么关系，只是朋友吗？谢雨哲说，林奈是池逸生命中非常重要的人。

到最后，她还是被当成了林奈的替身。

就在她转身离开时，池逸突然在身后轻声道："云上，你眼里的我是什么样的？"他抬起头，看着她的背影，像是问她，又像是自言自语，"我曾经问过雨哲，我是什么样的人？他说，我是个好人。多么可笑，他说，我是个好人……我不觉得自己是好人，现在的我在你眼里面目可憎吧。我为了自己的私心，欺骗了你，对你做了违背常理的事……云上，你很讨厌我吧……"

谢云上没有回头，她说："我来找你只是想知道真相。池逸，我一直当你是朋友。"

池逸看着她的背影，眼里藏着深深的悲伤和迷惘，他似乎想说什么，终是什么也没有说。就在谢云即将踏出门的那一刻，他还是说出了憋在心里的话："云上，你不可以和莫恒山在一起。林奈是我唯一的朋友，她有多爱莫恒山我非常清楚，她为他付出了很多……可得到的是什么？她的死和莫恒山脱不了关系。莫恒山这个人自私虚伪，他现在对你好只是把你当林奈的替身，只是想得到你，你不要被他骗了。虽然你已经不再相信我，但我不希望你重蹈林奈的覆辙，你一定要远离他……"

谢云上的身影很长时间都没动，最后她什么也没说，头也不回地走出了门。谢云上离开后，池逸独自来到餐厅，看着对面的那幅画。那是林奈的一幅旧作，被他珍藏至今。

很久之前，他问过林奈："你为什么找我做记忆移植？"

林奈说："记忆和爱是相通的，当有一天记忆不复存在，爱也就消失了。我想在我失去记忆之前，把它保存下来，如果有一天我不在了，这些记忆还在……我希望有一个人'拥有'我的记忆，弥补我失去的人生。"

04
祝福

谢云上回到家，收到莫恒山的消息，她的视线落在手机上，一时竟没有动作。直到手机铃声响起，她像是惊醒般，看着屏幕上熟悉的名字，迟疑地按下了接听键。

茉莉甜甜的声音出现在耳边："猜猜我是谁？"

谢云上恍惚的神思被拉回："是你呀，小茉莉。"

"云上阿姨怎么不来看我呀？我可想你啦。"小姑娘的声音软糯软糯的。

谢云上的心仿佛被治愈了，声音不由地带了笑意："云上阿姨在出差，回来就来看你好不好？"

"拉钩。"

熟悉的约定方式，谢云上刚要回应，听到了莫恒山的声音："茉莉，在和谁说话呢，爷爷在找你。"

"爸爸，我在跟云上阿姨聊天呢。"

那边好像沉默了几秒，接着就听莫恒山说："把手机给爸爸，去看看爷爷找你做什么。"

"可是我才跟云上阿姨开始聊呢……"小姑娘撒娇道。

"茉莉乖。"

小姑娘还是很听爸爸的话的,她对谢云上说:"我先去找爷爷,一会儿再来找你聊天。"

茉莉说完把手机交给莫恒山,看着女儿走出房间捎带关上门,莫恒山的唇角轻轻勾起。他拿着手机走到窗边,低沉温润的声音在谢云上的耳边响起:"都还顺利吗?"

听到莫恒山的声音,谢云上胸口一滞,但仍然是往常和他聊天的语气:"嗯,一切顺利。"

又是很长时间的沉默,莫恒山说:"今天怎么话这么少?"

"累了。"她嘴唇微动,看着某个方向的虚空。

莫恒山不语,听她的声音似乎很疲惫。这时谢云上突然问:"你听过记忆移植吗?"

"记忆移植?"莫恒山神色微凝,他看着窗外深沉的夜色,心里有一种说不出的感觉。

只听谢云上在耳边说:"把一个人的记忆移植到另一个人的大脑中,你听过吗?"

她的话像是一滴雨水悄然落在了平静的湖面,看似没有涟漪,却扰乱了一池的宁静。莫恒山一阵心悸,声音却沉稳:"我没有听说过记忆移植。"顿了顿,他问,"怎么了?"

谢云上没有回答,她走到窗边,抬起头看着窗外的夜色。此时此刻,她和他在同一片夜空下,天上稀疏地缀着几颗星,她看着晚星,心事沉沉。

"有时候我总觉得,这一切像是一场梦,我都不知道自己的记忆到底是不是真实的。"

这句话是她下意识说的,说出之后才恍然惊觉,她说给了最不想告诉的人。莫恒山心情变得很沉,仿佛被夜色中的雾缠缚着,他听出了谢云上话里的悲伤。他很想马上飞到她的身边,在这寂寥夜色中将她揽入怀中,告诉她，有他在身边。

"云上……"就在他刚要开口的时候，突然响起了一阵敲门声。

谢云上如梦初醒，她说："你先忙吧，晚安。"不等莫恒山回答，挂掉了电话。

莫恒山皱着眉，还没有从谢云上那句突如其来的话中回过神。这时莫母推门走进来，莫恒山见到是她，神色稍缓。莫母偷偷瞧着儿子的脸色，轻声问："在和谁聊电话呢？敲门你都没听见。"

莫恒山说："朋友。"

莫母知道莫恒山不喜欢交朋友，她的眼里藏着热切，笑着问："是什么朋友？"

莫恒山却回避她的视线，淡淡道："不早了，我先带茉莉回去。"

莫母脸上的笑容挂不住了，儿子看上去心情不是很好，是……吵架了？她小心讨好道："今晚就住这儿吧，你好不容易回来一趟。"

"我还是带茉莉回去吧，她在这里打扰你们这么久了。"莫恒山坚持道。

莫母的嘴唇动了动，脸上失去了笑容。她叹了口气，都过去这么多年了，母子之间的心结还是没有解开。她看着莫恒山的侧脸，他跟他父亲长得很像，性子也有几分像，可就算再怎么执拗，过去的都已经过去了。

莫母长叹一声："茉莉是我的孙女，怎么能说打扰呢？我和你爸年纪大了，这么大的房子就我们两个人住，有茉莉陪着才不觉得寂寞。你明天再走不行吗？这也是你的家啊，我连房间都收拾好了，你就不能留下来住一晚吗？"

莫恒山没有说话，莫母看着他，忍不住说出憋在心里的话："茉莉跟我说了，你交了女朋友，既然谈了，为什么不带回来给我们看看呢？"这个孩子……莫恒山在心里苦笑，莫母像是知道他的想法，"你不要怪孩子，你闷在心里什么都不说，我们又怎么知道？我和你爸老了，难道还要看你一直孤家寡人吗？茉莉告诉我们也是为你好，那个方小姐，最近老来我们家，她是见你回来了给我们献殷勤呢。"

莫恒山说："我会跟她说的，让她不要经常来。"

"人家也是一片好心。"莫母轻声叹息，"方小姐是很好，但我也觉得她不适合你。何况，她和那个女人还有关系。"

时隔多年，莫母依然用"那个女人"称呼林奈，自始至终都不认可她。即使林奈生了让她喜欢的孙女，即使林奈已经去世多年，依然得不到她的原谅。就因为，她夺走了她的儿子，又舍弃了他，让他孤单这么多年。

"好了，我先带茉莉走了，过几天再回来看您。"莫恒山不欲跟母亲继续这个话题。

"让孩子留下来吧，你爸身体本来就不好，这些日子多亏了茉莉陪他逗他开心。"莫母的声音带着恳求和期盼，"等哪天有时间，把那个姑娘带回来给我们看看，可以吗？"

莫恒山走到门口，停住脚步，他说："我希望得到你们的祝福。"

"你只要肯再婚，我们当然祝福。"莫母的脸上终于有了一丝笑容，她注视着儿子的背影，忍不住问，"你很喜欢她？"

"是。"他轻声应道，走出了房间。

莫恒山走到书房门口，看到茉莉在陪父亲下棋。莫父一头白发，笑得像个孩子，他很久没有见过这样的父亲了。自懂事以来，父亲给他的感觉总是淡漠疏离，由此养成了他淡漠疏离的性格。父亲言传身教地影响着他，他尊敬父亲，尊敬中却透着距离。

"爸爸，"茉莉看到莫恒山走过来，拽着他的衣袖说，"来和爷爷下棋。"

"你不是在陪爷爷下棋吗？"莫恒山笑道。

"我的棋子被爷爷吃了，爸爸你帮我扳回一局嘛。"小姑娘嘟着嘴。

茉莉刚学会下棋，兴趣正浓，莫父并没有因为孙女初学就让着她，反而激起了她的好胜心。莫恒山看了莫父一眼，然后说："那你坐到爸爸身边看着。"

小姑娘开心地拍手，乖乖地坐在莫恒山的身边。这时，莫父开口道："茉莉，坐到爷爷这边来，看爷爷怎么拿你爸爸。"

茉莉看看爷爷，又看看爸爸，在莫恒山的示意下坐到了莫父身边，莫父注视着孙女露出慈爱的笑容。父子俩一番厮杀，莫恒山"棋差一招"输给了莫父。结束后，茉莉悄悄地对莫恒山说："爸爸你是故意输给爷爷的吗？你都不吃他的子。"

"你看错了。"莫恒山一本正经地说道。

"我没有。"

"爸爸也没有。"

"你有。"小姑娘小声辩道。

"嘘。"

莫父看着一大一小父女俩，微笑着对莫恒山说："你妈舍不得茉莉走，不如就让茉莉再住一晚，我正好有话要跟你说。"

莫恒山低头看着茉莉，小姑娘冲他眨了眨眼。这个鬼丫头……莫恒山暗叹。父女俩心有灵犀，茉莉乖乖地去找奶奶了。

莫父泡了一壶茶，他给莫恒山斟满一杯说，"尝尝，今年的新茶。"父子俩喝了会儿茶，莫父开门见山道，"你打算什么时候把人带回来我们瞧瞧？"

先是母亲，再是父亲，可见二老有多好奇。莫恒山低头喝着茶："还没到时候。"

"还没到时候是什么时候？我和你妈都到花甲之年了，你想我们等到什么时候？"莫恒山没有吱声，他没有做好带谢云上回来见父母的准备，却听莫父道，"她是做什么的？哪里人？"他实在是对儿子交女朋友这事感到惊奇，这么多年了，好不容易铁树开花，能不惊么……

"她是摄影师，临远人。"

"临远……"莫父语气微沉，"我记得茉莉的妈妈也是临远人吧？"

"嗯。"

"临远。"他又低声重复了一遍，"她有兄弟姐妹吗？父母是做什么的？"

"有一个弟弟，父母都不在了。"

"父母也走了？"

一个"也"字让莫恒山微微蹙眉，他放下杯子："爸，不早了，您早点休息吧。"

莫父看着他，像是知晓他的心思，叹了口气说："当年茉莉的妈妈走，我知道你一直过不去这个心结，和我们也生分。你妈……唉，不说了，都过去的事了。你现在找到了合心意的人，我们替你感到高兴。"

莫父絮絮叨叨地说着，莫恒山沉默地听着。他很少得到父亲的认可和支持，当年去英国，表面上是为了完成父母的心愿，实际上是在较劲。他没有争强好胜的心，可当年的莫父是这么对他说的："莫恒山，你是我莫正廷的儿子，人家都说你当学生会主席考全校第一是沾了我的光，我给你开后门的缘故。你知道，在学业上我没有给过你一分助力，你不是给我证明，而是给所有人证明，你今天得到的成绩和荣誉是你自己努力来的，与我无关。"

他记得莫父得知他娶了林奈，非常生气地质问他："你是我莫正廷的儿子，难道就要娶一个学历不高、家世低微的女人？这些年给你的教育是白教的吗？送你去英国是为了什么，除了学业之外是让你结识优等的人脉，为我们找一个优秀出色的儿媳，你看看你都做了什么？我们给你介绍的你看不上，看上的竟是这种出身都搬不上台面去国外瞎混的人？你对得起我们的养育之恩吗？"

父亲的每一句话都狠狠地刺痛着他的心，这么多年不回来，除了有林奈的原因，还有他对父母的逃避，他却没想到父亲今天会说出这样一番话。

莫父早就看开了，他说："我和你妈都老了，做父母的不就是希望看到自己的孩子幸福吗？茉莉的妈妈走了这么多年，当初是我们不对，不该用世俗的偏见苛待她。她给我们生了这么可爱的孙女，我们应该好好地感谢她，可再也没有这个机会了。现在我们就盼着你再成家，给茉莉找一个好妈妈，不要让我们的宝贝孙女失去了母爱。儿子，你的人生你自己负责，只要你觉得好，我当然没话说，你母亲也是一样。"

莫恒山默默地听着，心里生出对父母的愧疚。年少时叛逆的自己以为不顾父母的反对选择和林奈结婚，就能摆脱被安排的人生，到头来却发现自己错得离谱。可那些隐秘是无论如何都不能让年迈的父母知道的，他们经不起惊吓，更经不起悲伤了……就让他们把茉莉当作自己的亲孙女吧，虽然他们不喜欢林奈，却是真实地喜欢着茉莉，也因为有了这个孙女，他们的晚年才如此幸福。

莫恒山眼眶微红，他说："爸，对不起……也谢谢您。我会带她来看您的。"

05
记忆之殇

谢云上约小林见面，还是经常去的那家蓝山咖啡店。

刚刚落座，小林说："有什么事电话里说不可以吗？非要约出来。你知道的，我请个假很难，更何况是工作日。"

谢云上说："小林，我约你见面，是有很重要的事想问你。"

小林惊讶地看着谢云上："你想知道什么事？"

谢云上看着她，缓缓问道："……你知道记忆移植吗？"小林端咖啡杯的手微微一抖，咖啡洒出来一些，她连忙低头拿纸巾擦溅到身上的咖啡渍。等擦完了，她却没有回答谢云上的问题，谢云上又问了一遍，"你知道吗？"

"我不知道。"小林低头回避她的视线。

"你是真的不知道吗？"谢云上的目光落在她低垂的眼睛上。

"云上，"小林抬起头，索性道，"你想知道什么？我能说的尽量告诉你，不能说的是真不能说。"

"是医院规定，还是池逸的规定？"谢云上身体微微前倾，目光含着压迫。

小林神色一愣，继而说："你知道什么了？你……去见池医生了？"

"不是还有一次复查吗？"谢云上靠回椅背，看着小林说出心里的疑问，"我的复查你也会全程参与吧？"见对方不语，她又说，"池逸告诉我，他对我做了记忆移植，我不知道什么是记忆移植，你能不能告诉我？"

小林再也装不下去了，神色复杂地看着谢云上，无法理解被瞒了这么久的当事人知晓真相后竟然如此淡定。她问："池医生都对你说了什么？"

"他告诉我，我的记忆是别人移植给我的。"见小林一脸呆滞，谢云上说，"小林，我希望你帮我。"

小林迟疑地问："……你想我怎么帮你？"

"告诉我，你知道的全部。"

在她的注视下，小林咬着唇神色纠结，似乎在犹豫要不要告诉她实话。谢云上没有再开口，她赌小林会告诉她。过了许久，小林像是下定了决心，抬起头看着谢云上，表情严肃道："接下来的话，我是作为朋友告诉你的，你一定要替我保密。"

"好。"

有了谢云上的承诺，小林缓缓说道："池医生很早就开始研究记忆移植，我跟他是校友，但不是一届的。他当年在我们学校很有名，他是理科状元特招进来的，上大学都没到年龄。池医生当年因为研究记忆移植，导致研究生论文没通过，带他的导师原本对他期望很高，但不知道为什么他执着于那个研究，闹得差点毕不了业。当然，他最后还是毕业了，进了我们医院，成了最年轻也是最厉害的脑科专家……记忆移植后来就不了了之了，我以为他已经放弃了，直到那一年，大概是在七年前吧，有个人来找他，要求他给她做记忆移植……"

她说到这里没有再说下去，却勾起了谢云上的好奇。"那个人叫什么？"不等小林开口，谢云上问，"是不是姓林？"

"你怎么知道的？"小林非常惊讶，但想到谢云上既然都知道了记忆移植，对方是谁肯定也知道了。她顿了顿，继续往下说，"因为她跟我同姓，我对她印象很深刻，她来找池医生要求做记忆移植。本来嘛，池医生已经放弃了，可是林小姐当时很着急，而且是特意从国外回来的，又是池医生的朋友，池医生就只好答应了。"

"当时你做了什么？"谢云上继续问道。

"我还是做医护方面的工作，手术室我是进不去的。但是，"小林说到这里，语气变得迟缓，"林小姐曾经找过我，交给我一样东西，说先放在我这里保管。当时就觉得奇怪，我跟她不熟她为什么会把重要的东西交给我，我猜，大概是因为我们都姓林吧。"

"是什么东西？"

"一封信。她说，如果有一天她的愿望实现了，就把这封信转交给接受她心意的人。那时候我还不明白是什么意思，现在却懂了。"

小林看着谢云上，后面的话没有说出口，谢云上接着她的话说："这封信是她为接受她记忆移植的人准备的，也就是我。"

"是的。"小林认同她的说法。

"这件事池逸知道吗？"

"不知道。林小姐特意嘱咐我不要告诉池医生，她和池医生关系那么好，但不知为什么要瞒着他。按理说，她应该把这封信交给池医生才对。"

小林不懂，谢云上却懂，以林奈的性格不会把这封信交给池逸。

她那时候已经准备离开了。之所以这么做，是为了给后面的人留话，而她不想让池逸发现她有要离开的想法。只有面对未知的陌生人，林奈才会真正地放下心防，敞开心扉。

与其说这封信是给一个未知的陌生人，不如说是给"未来的自己"。她相信，一旦对方拥有她的记忆，就能明白她的心愿，这封信里一定有她想说的话。

谢云上说："信还在你那儿吧？"

"在的。"

"你方便给我吗？"小林看着她，神情犹豫。"你看过那封信吗？"谢云上问道。

"没有，我是替人家保管的，怎么能看呢。我宁可知道得少点，还想顺利工作到退休呢。"

也是因为这样的性格，谢云上才觉得小林靠得住。她试着问："你……能把信给我吗？"

"能是能，可是千万不能让池医生知道了，要是被他知道了，我也就完了。"小林哀叹一声。

"你很怕他？"谢云上没想到小林私底下对池逸的态度竟然是这样。

"我们这些下属哪个不怕他呀，他只对你一个人温柔好不好……"小林摇头叹息，谢云上还是第一次听到她对池逸私底下的评价，"他啊工作中就是个大魔王，那些没共过事的妹子才被他的脸给骗了呢。"

"那你以前怎么尽夸他呢？"谢云上好奇道。

"那是……想让你收了他呀，也只有你能收得了他。以后要是在工作中遇到什么麻烦，找你保命不就好了嘛。"既然是朋友，小林也就不藏着掖着了，老老实实把"对付"池逸的小心思全都招了。

谢云上忍不住笑了："原来是这样。"

"唉，不能背后说上司是非。"小林截住话，"信要等我回去找一下，你很急吗？"

"嗯，我希望尽快。"

小林看着谢云上淡淡的神情，欲言又止。

"怎么了？"谢云上奇怪地问。

"我觉得啊……你现在就像一个大魔王。"

两天后，谢云上收到林奈的信，确切地说，那是一封来自七年前的"遗书"。

当你看到这封信的时候，我已经离开了这个世界。

云偷吻
　我的记忆

　　我写这封信的目的，是想让你知道我是谁……也许你已经知道了我是谁，但我还是想让你听一听我的故事。

　　我叫林奈，出生在临远，一座海边小城。记忆里临远的天空永远纯净，群鸽飞翔，大海如同莫奈笔下的油画。我常常一个人跑到海边，听着海浪声，看着天空里的云。偶尔有鸟飞过海面，我看着它们自由自在，无比羡慕。

　　我离开家乡许多年，那里有不快乐的童年，有我想逃离的家。我和家人断了来往，很多年都没有再回去了。我却想等我死后，我的骨灰能撒在家乡的大海，让我落叶归根。

　　我得了一种病，这种病来自家族遗传，相当于慢性自杀。我在很小的时候见过我母亲发病，她忘了很多事，忘了很多人，也忘了我……她被所有人抛弃，我的父亲，在她得病之后有了别人。他嫌弃她，毒打她，恨不得她早点死。亲戚邻居都不待见她，他们觉得她精神有问题，是个疯子。她因此不堪忍受，最后跳海自杀。

　　她在死前曾经对我说，我最后也会像她一样，像她一样疯掉，然后死掉。

　　不，不，我一定不能像她那样，我要摆脱被诅咒的命运。

　　于是我改掉名字，背井离乡，来到陌生的城市，打工、求学，重新开始新生活。然后，我见到了他。

　　我曾经很羡慕一个女孩，她拥有着我想拥有的一切。她有温暖的家，有爱她的父亲……还有，她的爱情。

　　我和她喜欢上了同一个男孩。她可以站在阳光下看她心爱的男孩，而我，只能躲在阴影里看着她看着那个男孩。呵，喜欢有什么用呢，我注定是不属于这里的，注定和他没有缘分。但一想到他马上就要出国了，她和他同样没有缘分，我的心里就一阵窃喜。无论她比我优秀多少，无论我们喜欢的人最后会喜欢谁，我们都一样，得不到他。

　　我没有想过这辈子会再见到他，老天却给了我一颗幸运果。这一次，我不会放手，不会丢掉属于我的爱情。

　　我们在异国重逢，他对我很好，可是总让我觉得少了什么。我想要离

220

他再近一点，于是找了一个借口，求他娶我。婚姻是最亲密稳固的关系，我想通过婚姻把他牢牢地拴住。我其实是藏了私心的，想确认他是不是也喜欢我的，愿意娶我……我费了一番心思，终于如愿以偿。

那是我人生中最快乐的时光，也是最悲伤的时光。

尽管我一直逃避不想让他发现我的病，可是病魔还是击溃了我。与他在一起的日子变得短暂而虚幻，让我一度觉得不真实，一度怀疑没有得到这个人，但我还是无可救药地爱上了他。我想尽各种办法挽回他的心，害怕他的心里有了别人，我经常神经质地哭，冲他发脾气……我也不知道自己是怎么了，只是不想失去他。

这世上除了我爱的人，再也没什么是属于我的了。

为了不让他离开我，我没有把我的病告诉他，我怕他像我的父亲对我的母亲那样，厌恶我，最后抛弃我。我在他面前扮演着一个正常人，故意提起过去的事。可是，过去的事我已经不太记得了。我的记忆里出现了一个人，一个不愿想起和面对的人……我害怕她回来掠夺我的幸福。

我的时间不多了。

我变得和我死去的母亲一样，执意去找一些不存在的东西，那些让我觉得恶心的痛苦的记忆。我想忘掉，可它们每个夜晚都在折磨我。我夜夜做噩梦，失眠，抑郁，自暴自弃。时间久了，精神越来越衰弱，开始出现幻觉，整天疑神疑鬼……我知道再这样下去，我们就完了，我的婚姻迟早要完蛋。我最不堪的秘密迟早会暴露，被他发现。

于是我找到池逸，求他给我做"记忆移植"。

如果要问这一生我最怕失去的是什么，那就是我的记忆。没有了记忆的我，也彻底没有了爱情……这是我被诅咒的命运。我想把我的记忆通过一种方式保存下来，即使我死了，记忆还在，我对他的爱还在。

而你，是我和池逸共同选择的人。

我的记忆给了你，你就像是这世上的另一个我。我们是命运共同体。

等到你醒来，"拥有"我的记忆，你就会知道我的过去。请你替我好好地活下去，替我弥补我失去的人生。

　　谢云上看完林奈的信，一个人坐了很久。她的头开始隐隐作痛，起初是那种钝痛，像是有一根线在脑内生拉硬拽。这种钝痛渐渐变成刺痛，刺激她的视觉、听觉，她再也坐不住，跑到卫生间，抬起头，满脸是泪。

　　老天和她开了一个一点都不好玩的玩笑，她像一个误入异世界的人。这个世界的人都和"记忆"里的那个人产生至深的关系，她虽然不在这个世界了，却无时无刻不在影响着他们，影响着她和他们的关系。

　　谢云上看着镜中的自己，仿佛灵魂出窍般。

　　人生别无选择，她的出生、出走、失忆、失去，都是被迫接受，没有人问过她的意愿，没有人关心她怎么想。她以为池逸是值得信赖生死交托的朋友，池逸却一直在骗她。她以为谢雨哲是自己唯一的亲人，谢雨哲却是别人的弟弟。那么，茉莉呢？莫恒山呢？茉莉对她的亲近，莫恒山对她的守护深爱，是不是也是因为这个叫林奈的女人……

　　她捂着脸，觉得真是可笑。这个玩笑一点都不好笑，还是笑出了声，笑着笑着，有眼泪顺着指缝无声滴落。

　　她在凌晨三点的公寓里，蹲在地板上，无助地哭泣。

　　"如果有一天我死去，我希望回到故乡，沉入大海，让我的灵魂得到永恒的安放。"

　　身在孤旅一生颠沛，记忆尽失心无依怙。

　　她的灵魂，为谁安放。

第八幕

我们的爱情

「我所认为最深沉的爱，莫过于分开以后，将自己活成了你的样子。」

01
深渊

凌晨时分，谢云上背着包出门。读完林奈的信之后，她决定再次启程，心里有个声音在对自己说："你不想知道她的过去吗？"

她在暗沉的夜色中缓缓前行，车窗打开，风声进来，一声一声撞击耳膜。天光渐亮，车子行驶在高速，一路畅通无阻。很快，她就消失在黎明之前的最后一片黑暗中。

前夜，莫恒山和父亲彻夜长谈。

父子俩多年的心结终于解开，听着父亲温沉的絮叨，莫恒山伏在桌上不知不觉地睡去。一场夜雨，窗外的梧桐落叶发出轻微声响，冷寂的茶香仿佛还在鼻端萦绕。莫恒山许多年没有睡得这么沉，直到母亲将他唤醒，催促他回房休息，他才意识到自己竟然睡着了。

他在将醒未醒的意识中拿起手机，打开屏幕，不禁皱起了眉头。他翻到谢云上的聊天页面，对话依然停留在昨晚。

莫恒山感到心里非常空。

也许是父亲那番令他动容的话，也许是母亲殷切的嘱咐，他突然很想见她，想带她回来见一见父母。

隔天一早，莫恒山回公司开会，茉莉还是留在父母这边。方安娜几乎隔几天就过来，美其名曰看望莫家二老，其实是来和茉莉联络感情。小姑娘心思敏捷，早就看出了对方别有用心，表面上却没有戳穿，方安娜对她说什么，她就礼貌地回什么。

莫家二老每天有出门散步的习惯，趁他们外出，方安娜问茉莉："宝贝，你爸爸昨天回来了啊？"

"嗯。"茉莉点了点头，视线依然落在手中的画板上。

方安娜又问："爸爸今天还来吗？"

"不知道哦。"茉莉抬起头，眼睛弯成一片月牙，"表姨，你去问我爸爸哦。"

这么多年，她一直称呼她"表姨"，看似叫得亲切，却无时无刻不在提醒她的身份。方安娜的笑容僵在脸上，过了一会儿她说："宝贝，你以后不要叫我表姨好吗？"

"那叫什么呀？"孩童的眼睛无辜地看着她，似乎还有点委屈。

方安娜别开视线，循循善诱道："就叫……阿姨吧，先这么叫，以后再叫别的。"她以为这个岁数的孩子很好哄，先让她叫阿姨，然后呢……妈妈？方安娜摇了摇头，小姑娘就算听她的话，莫恒山也未必会肯。算了，一步一步来吧。

小姑娘看着她，她笑着诱导："叫一声'阿姨'听听。"

茉莉却没有叫，而是收起画板含糊道："我有阿姨了。"

"什么？"方安娜以为听岔了。

"我有阿姨了。"小姑娘重复了一遍，这次的声音比之前大，字字清晰。

方安娜一时没有反应过来，涂着浓黑睫毛膏的眼睫轻轻颤动："什么阿姨？"

"就是阿姨，爸爸的女朋友。"小姑娘轻轻淡淡地说道。

女朋友……女朋友？方安娜的脸上写满了问号。

就在几天前，她还拉着莫母的手热络地说："师哥都这个年纪了还没有女朋友，真是愁人。"才多久的时间就有了女朋友？会不会是这小孩故意逗她，可是看她的表情又不像是捉弄人的样子。

方安娜急道："茉莉，你好好说，那个阿姨和你爸爸发展到哪一步了？"

她其实不应该这么直白地问出来，毕竟只是六岁大的孩子。可是她太心急了，居然有人在她不知道的情况下钻了空子，是什么时候？最近还是以前？中国人还是法国人？关于对方的一切她都迫切地想要知道。

茉莉没有回答，她等不及了又问，"你见过她吗？你爷爷奶奶知道吗？"小姑娘这时候抱着画板不吭声了，就在方安娜脸色越来越难看的时候，莫家二老回来了。方安娜起身迎上去，扬起微笑，"伯父伯母回来啦。"

"回来了。"莫母笑道，"你在这儿吃饭吧，我让阿姨去做饭。"往常她来，都要留下来陪二老吃饭，有时候还会下厨露一手。

方安娜这时却咬着唇，眼神里含着一丝委屈。莫母看着她，又看了看宝贝孙女，小姑娘抬起头，乖巧地跑到爷爷奶奶身边，莫父摸了摸孩子的头。当着莫父的面，方安娜不好意思开口，莫父威严不好亲近，有些话不便问出口。她嘴唇动了动，憋了一句："师哥今天回来吗？"

"他一大早就走了，说是有会，估计今天不回来了。"莫母似是想到什么，和莫父对视一眼，两个人很有默契地笑了笑，这让方安娜更感到不安了。她好像有话要说，又碍于莫父在场，只得把目光落在茉莉身上。小姑娘低着头不看她，莫母似有所觉，对莫父说，"你带茉莉去下棋吧。"

莫父点点头，牵着小姑娘的手往书房走，小姑娘似乎低声和爷爷说了句什么，换来爷爷爽朗的笑声。莫母看着一大一小祖孙俩，露出欣慰的笑容。

"去花园走走吧。"莫母对方安娜说道。

方安娜点点头，和莫母一起往外走。

方安娜感叹道："我真羡慕您和伯父，要是我这辈子遇到这么一个人就死而无憾了。"

"你会有的。"莫母微微笑道。

方安娜低着头，眼里慢慢有了泪意。从小到大她想要什么就有什么，父母虽然娇宠她，但她总和他们不亲。他们只会满足她物质上的要求，从未关心过她情感上的渴望和需要。这么多年过来，虽然事业混得风生水起，内心总是非常寂寞。大把的人排着队追求她，什么条件的都有，她死心眼、一根筋，就吊死在莫恒山这棵树上，吊了这么多年。

"伯母，我……"她想说什么，却不知从何说起。

"你的心思，我都知道。"莫母拍拍她的手，"我和你伯父之所以到老了还能处得这么好，就是因为两个人有感情。我们就一个孩子，平时又不在身边，如果没有感情，这日子啊真的是一眼看不到头的煎熬。我说这些是想告诉你，找一个爱你的，别找一个你爱的，心累。"

方安娜的眼泪流了下来："道理我都懂，可是我做不到。我都等了这么多年了，他就一点不为所动吗？就因为我比表姐晚认识他吗？我想找他问清楚，我想当面问问他，为什么就不能喜欢我呢……"莫母没有说话，方安娜流着泪说道，"刚才我听茉莉说，他有了女朋友……他怎么能有女朋友呢？他不是爱我表姐的吗？"

"你不是希望他有女朋友吗？"莫母看着她，那种眼神让方安娜一时无言以对。

"可……他也不能不提前和我商量啊。"

"方小姐，你把我儿子当什么了？"莫母叹了口气，语重心长道，"我知道你心系恒山，这么多年一直在等他。可感情的事是不能勉强的，当初他娶你表姐，我也不同意，他一走多年，我和他爸爸一点办法都没有。僵了这么多年，就等他低个头，最后还是我们先低头。他是我儿子，他的性格我再了解不过了，一旦对谁动了心，就是一辈子，不会变了。"

"也许是那个人像表姐呢？他喜欢的还是表姐……"方安娜给自己找安慰。

莫母并不喜欢谈及已逝的儿媳，这是一种情感的本能。尽管她疼爱茉莉，接受了林奈是自己的儿媳，可单纯作为一个女人来讲，还是潜意识地想要回避。何况逝者已矣，她不想再说什么。

莫母的脸色沉下来，若是在平时，以方安娜察言观色的能力一定看得出来。可今天她受了刺激，更从莫恒山母亲的口中得到证实，像是要一股脑儿把所有的委屈发泄出来。

"他怎么能这样呢？怎么能这样……不打声招呼就交女朋友，起码要让我知道吧，我是个傻子吗……"她越说越难受，最后竟当着莫母的面掩面痛哭。

莫母不忍再看，怨不得儿子不喜欢，这种大小姐脾气她也招架不住。

看着伤心欲绝的方安娜，莫母心生感触，感情的事不论对错，她无法站在谁的立场为谁说话。她的儿子苦了这么多年，做母亲的怎会不希望有人好好爱他。

她恨林奈，不是因为林奈夺走了她的儿子，而是她夺走了又丢下了他。她引以为傲的儿子，唯一的儿子，娶了那个女人换来的是什么，是她的伤害和抛弃。

莫母眼中含泪，伸出手无奈地拍抚着哭得颤抖的女孩，却再也说不出一句安慰的话。

结束了一天的会议，已是晚上十点多。莫恒山给谢云上发消息，却迟迟没有得到对方的回复。他揉了揉眉心，片刻后拿起手机给她拨了一个电话。他承认，似乎对谢云上的控制欲越来越强，只要她不在身边，就忍不住想知道她在哪里，在做什么。

手机"嘟"了一声后，听到一个女声："对不起，您所拨打的用户不在服务区。"

不在服务区？莫恒山愣住了，随即觉得或许谢云上正在某个信号不好的地方拍摄。他摁掉通话，隔了几分钟，重新拿起手机订了一张明天一早飞往厦城的机票。

工作开始步入正轨，谢云上不在的这段时间他几乎每天忙到深夜，茉莉在父母家，他索性就把办公室当家。这在以前想想都不可能，那时候的他深居简出，专注地扮演着父亲的角色。

莫妮卡进来的时候，看着一脸沉郁的莫恒山，诧异道："这么晚了怎么还不下班？"

莫恒山抬起头，脸色缓了缓说："家属不在家。"

莫妮卡"噢"地长叹一声："这样呀……要不要一起去吃个夜宵？"

莫恒山本想拒绝，但想着这会儿一个人待着更容易胡思乱想，于是点了点头。起身刚要去取外套，手机响了，他紧张地拿起手机以为是谢云上的回电，却看到方安娜的来电显示。

莫恒山迟疑了几秒按下通话键，因为要穿外套干脆打开了免提。只听手机的另一端非常吵，像是在酒吧，方安娜似乎喝醉了，一直在哭。莫恒山越听，眉头皱得越紧。

"安娜，说话。"

他低沉的嗓音传到方安娜的耳中，她像是受了更严重的刺激，哭得更凶了，然后就开始骂他，说他骗了她，害她等了这么多年……

莫恒山没有说话，一旁的莫妮卡听得捂住了嘴。对方还在喋喋不休地骂着，莫妮卡用口型问道："大小姐喝多啦？"

莫恒山点了点头，对方安娜说："你现在在哪里？"一直以来他把方安娜当妹妹，一个女孩在酒吧买醉，又是深夜，他难免担心她的安全。

"不要你管。"方安娜任性地耍起了大小姐脾气，"你不是不喜欢我吗……你有了别人还来管我干吗……"

不仅是莫恒山，就连莫妮卡都回味过来是怎么回事。方安娜大概知道了莫恒山和谢云上的事，失恋买醉，气不过指责"负心汉"。可问题是，人家谈恋爱是人家的事，关她什么事？

身为第一助理的职责是，随时随地替老板着想。莫妮卡走到莫恒山身边："你把手机给我吧，我来解决。"

莫恒山摇了摇头，对方安娜说："告诉我，你在哪里？"

方安娜继续撒酒疯："不要你管，不是我男人就不要来管我……啊……"她尖叫一声，接着是杯子落地的声音，伴随着争吵声和男人的脏话。

莫恒山的眉皱得更深，方安娜似乎是和人起了争执，刚开始还哭，后来就一直飙脏话。莫恒山听不下去了，就在他想要不要逼问她的位置时，方安娜挂掉了电话。

莫恒山放下手机问莫妮卡："你知道她平时爱去哪个酒吧吗？"

"我又跟她不熟。"莫妮卡撇嘴道。

"算了。"莫恒山头疼道，"你先回去吧。"

"我有个办法。"莫妮卡眼睛一亮掏出手机，过了会儿她说，"找到了。"

"你是怎么找到的？"莫恒山不解地问。

"老板，你平时不用社交软件吧？"见莫恒山一脸茫然，莫妮卡笑道，"Instagram 啊……"她晃了晃手机，"社交网红 Fiona 怎么可能没有 Instagram 啊，我还关注了她呢。"

莫恒山看到手机屏幕上方安娜的 Instagram，上面是一张她在某酒吧的照片，妆容美艳穿着性感，下边是定位。

莫恒山带着莫妮卡来到方安娜醉酒的酒吧，现场一片狼藉，桌子被打翻，酒瓶和杯子碎了一地。方安娜神志不清地躺在地上，衣衫不整，脸上的妆花了，模样十分狼狈。幸好没有受伤，莫妮卡暗叹一声，走过去扶起她，莫恒山脱下外套披在她裸露的肩上。

莫恒山对莫妮卡嘱咐道："你先送她回去。"

"那你……"莫妮卡不放心道。

"剩下的我来解决，你给她买醒酒药，让她吃了药再睡。"莫恒山不忘嘱咐。

莫妮卡无语，难怪方安娜爱得死去活来，换谁被这么关照能不爱呢？这时方安娜似乎酒醒了，她看到眼前的莫恒山顿时扑到他的怀里，哭得梨花带雨，一边哭一边说："师哥，还是你对我最好……我就知道你不会扔下我不管的……呜呜呜……"她说得语无伦次，看着酒依然没醒的样子，却紧紧地抱着莫恒山不放手。

莫恒山干净温暖的怀抱让人眷恋，方安娜留恋地靠在他的怀里，莫恒山肢体僵硬地退后一步，用眼神示意莫妮卡，后者立刻领会。身材高挑的莫妮卡侧过身，在方安娜低着头没有察觉的时候，接替莫恒山抵住了她的肩。

莫妮卡半扶半拖着方安娜往外走，方安娜意识到抱着她的人不是莫恒山后，抬起头勾着脖子往身后看，无奈她身体虚弱没有力气，又被比她个子高的莫妮卡挡着，连莫恒山的影子都没有看到。

她喃喃道："刚刚是我做梦了吗……"

莫妮卡带方安娜离开后，莫恒山留下来收拾残局。他找到酒吧老板，语带歉意地说："对不起我朋友喝多了，今晚的赔偿算我的。"

酒吧老板叹了口气说："赔偿好说，但是你朋友打破了那位先生的头，他是我们的 VIP 客人，我正头疼不知道怎么解决呢。"

莫恒山顺着对方的视线看过去，一个中年男人用毛巾捂着头坐在沙发上，看样子喝了不少。莫恒山走过去对中年男人说："不好意思先生，我朋友喝多了不是故意的，您现在觉得怎么样，要不要我送您去医院……"

不等莫恒山说完，一直低着头的男人突然站起身，拿起桌上的烟灰缸朝着他的头狠狠地砸下去。莫恒山感到一阵头晕目眩，持续的耳鸣声，他捂着头鲜血直流。

突如其来的变故，谁都没有预料。酒吧老板一看出事了，哀叹一声"倒霉"，立刻派人打电话叫救护车。中年男人这时摇摇晃晃地站起来，不知是醉了还是头被砸了，仿佛所有的怒气一下子泄了，然后瘫软下去。

莫恒山被送到医院，头上缝了几针，轻微脑震荡，需要住院观察两天。莫妮卡魂都吓没了，刚安顿好方安娜就接到莫恒山受伤住院的消息，守了他一夜，直到第二天一早莫恒山醒来，一颗悬着的心才稍稍放了下来。

"头还疼不疼？有没有觉得哪里不舒服？"莫妮卡担忧地看着他。尽管医生一再告诉她人没事，还是非常担忧，听说那个打伤莫恒山的人力气很大，幸好喝醉了又被方安娜打破头，否则还不知道酿成怎样的后果。"律师信已经拟好了，我一会儿就去处理这件事。"莫妮卡咬牙道，看样子气得不轻。

"算了吧。"莫恒山阻止她要告对方的意图。

"你都这样了怎么能算了呢？"

"也是安娜有错在先，把人家打了，人家出气也正常。就当我替她挨的吧。"

莫妮卡闭了闭眼，连她自己都没发现眼睛红了。"你为什么要替她挨，凭什么？"她愤愤不平道，"她无理取闹，在那种场合撒酒疯摆明了就是要找事，你已经做了你该做的，不该做的也做了，凭什么要替她挨？等云上回来见到你这副模样，不知道该多心疼……"

莫恒山低着头，昨晚的事是他始料未及的。变故横生，幸好伤得不严重，否则真的不知道会不会有后遗症。"我知道。"他疲惫地闭上眼，"你回去休息吧，这件事就这么过去了，以后我会注意的。"

这时候他听话得像个孩子，莫妮卡注视着他苍白的脸，叹了口气什么也没说。即将出门时，莫恒山突然提醒道："昨晚发生的事不要告诉云上，她在外工作，我不想让她担心。"

莫妮卡摇了摇头，关上了门。

莫恒山躺在床上，想起几个月前联系不到谢云上，她说她在医院待了很久，是不是也像现在这样躺在病床上。他闭着眼，因为身体虚弱格外思念她。已经过去了一夜，飞机是飞不成了，他很想她，想知道她现在好不好，想当面问她，她对他说的那句话是什么意思……

他有一种仿佛要失去她的感觉。

02
莫恒山

翌日，方安娜酒醒后得知莫恒山受伤，匆忙赶到医院。她双眼通红，神情充满愧疚，像个做错事的小女孩。向来高傲如孔雀的大小姐，在喜欢的人面前低下头，红着眼道歉。

莫恒山说："以后别喝那么多酒了。"

"我发誓，"方安娜举起手，向莫恒山再三保证，"我以后一定不随便乱喝了。"莫恒山没有说话，方安娜偷偷看他的脸色，小心翼翼地问，"师哥，你算是原谅我了吗？"莫恒山闭着眼，没有回答她的话。方安娜心里惴惴不安，见莫恒山不应，干脆挪了张椅子坐到他的病床边，拿起床头柜上的苹果说，"师哥，我给你削个苹果吧。"

莫恒山淡淡地说："不用了，你要是忙就先走吧。"

方安娜柔声说："我今天休息，想陪着你。"

看着百般讨好的方安娜，莫恒山没有再开口，他拿起枕边的手机扫了一眼，疲倦地再次闭上眼睛。方安娜看着他的样子猜到八成跟那个女朋友有关，她忍了忍，终是没忍住问出口："你交女朋友了啊？"

尽管心里不愿意接受，方安娜还是按捺不住想得到莫恒山的亲口回应。她渴望莫恒山对她说一个"不"字，哪怕只是摇头，她也就心安了。可是，莫恒山却什么表示都没有。

方安娜看着他苍白的侧脸，心疼之余不甘心地咬唇道："我听伯母说，你谈了一个女朋友，是真的吗？可她怎么不来看你呢，你受伤都不关心一下吗？"

莫恒山睁开眼睛，视线终于落到她的脸上，房间里静得能听见一根针落地的声音。许久之后，他说："我没有告诉她。"

虽然没有正面回应，莫恒山的话却让方安娜认清了一个事实：她等了这么多年、爱了这么多年的人不会属于她了。

"我就一点机会都没有了吗？"方安娜眼里含着泪，哀怨地看着莫恒山。

莫恒山的声音低沉而坚定："我一直把你当妹妹，从前是，以后也是。"

"她哪里好呢，比我表姐还好吗？"方安娜情绪激动地站起身，不等莫恒山回答，她又不甘心地问，"那你还爱我表姐吗？你爱吗……"

她天真地以为总有一天会焐热他的心，哪怕他不爱她，她都是离他的心最近的人。可现实就是这么残忍，她好不容易熬走了林奈，又闯入了一个第三者。更可气的是，这个人居然敲开了她这么多年一直没敲开的莫恒山的心房。

病房的门被推开，查房医生走进来打破了凝固的氛围。方安娜背过身擦掉脸上的泪，医生例行检查之后，问她："你是病人的家属吧？"

方安娜刚要回答，一直沉默的莫恒山突然开口："她不是。"

方安娜愣愣地看着他，气氛一时无比尴尬。莫妮卡恰巧进来撞见这一幕，笑着对医生解释道："病人家属出差了，我们是他的朋友。"

医生嘱咐几句离开了。方安娜感到一阵羞恼，即使做不成恋人，她也是莫恒山的家属啊，毕竟有那么一层关系在。当着莫恒山的面，她不便发作，不满和委屈都写在脸上。莫妮卡看着她忍得辛苦的脸色笑道："方小姐还好吗？"

见到莫妮卡，方安娜的心情更不好了，但她不想让对方看笑话，扬起脸生硬地说道："我当然好了，我就是来看看师哥，昨晚谢谢你啊。"

老实说，在谢云上之前，方安娜一直将莫妮卡当作假想敌。莫妮卡作为莫恒山的助理，一直跟在他身边，她可以随意地和他聊天，甚至介入他的生活。可是她又不得不和莫妮卡套近乎，甚至放下身段讨好，想从对方那里打探到莫恒山的喜好和感情状态。可让她恼怒的是，不管她用什么办法，莫妮卡依然守口如瓶。

气氛变得沉闷，莫妮卡是个善解人意的人，她知道莫恒山需要私人空间，于是对方安娜说："我出去买点东西，你要一起吗？"

方安娜此时也有很多话想问莫妮卡，便同意了。她回头看莫恒山，后者却没有看她，闭着眼似乎在养神。方安娜嘴唇动了动，神情透着哀怨，却不敢再逼他，放柔声音道："师哥，我和莫妮卡出去一会儿，你好好休息。"她依依不舍地看着莫恒山，想说几句已然觉得多余。

两个人走出去，穿过长长的病房通道，下电梯，直到走出病房区，来到一座幽静的小花园。莫妮卡停下脚步，对方安娜公事公办地说："我知道你有很多疑问，抱歉我无法回答你。"

"你都没听我问什么，怎么就知道无法回答呢？"方安娜扬起唇角。

"你无非是想知道老板的私事，抱歉，作为下属我真的无法回答。"

"你是一般的下属吗？"方安娜听了冷笑道，"你也就在外人面前装装样子吧，你不是他的朋友吗？"她觉得莫妮卡是故意的，刚才的那股羞恼又回来了，"你也很难过吧？你的莫先生不再属于你了。"

"请你收起你的揣测。"莫妮卡正色道，"我和老板再怎么是朋友，我也会保持距离和分寸，他不喜欢不知分寸的人。"她看着方安娜，勾起嘴唇道，"Fiona，你认识莫比我认识他还早，他是什么样的人难道你不清楚吗？有些话我还是有必要提醒你，我们应该摆正自己的位置，不要心怀妄想。我做好我下属的本分，你摆好你的位置。"

方安娜气得咬牙切齿，莫妮卡不卑不亢的态度像极了那个令她讨厌的女人："既然你都这么说了，那起码还知道我和他是什么关系。我们的关系可不是谁都能取代的，我希望你有自知之明。"

方安娜说完怒气冲冲地离开了，莫妮卡看着她的背影，无奈地摇了摇头。

从外地调研回来的池逸前脚刚进办公室，后脚就把小林叫来："我让你通知云上复诊，怎么一直没有消息？"

"我通知了，"小林低着头不敢看他，"但这几天一直联系不上她。"

"联系不上？"池逸皱眉，"多久的事了？"

"两天前。"小林垂着眼，隐藏眼里的情绪。

当着小林的面，池逸拨通了谢云上的手机，只听里面传来一个女声："对不起，您所拨打的用户不在服务区。"

池逸结束通话，语气带了几分责备："这么大的事你怎么到现在才告诉我？"他想到谢云上知道了记忆移植，唯恐她出什么意外。谢云上的性格，他多少有些了解，通常遇到让她心烦或逃避的事，她会选择出走，找一个谁也不认识的地方切断和外界的联系。

这时候给她留言她一定不看也不回，池逸不禁感到焦躁。他来回踱了几步，对小林说："她平时没什么朋友，有没有找过你，或者问过你什么？"谢云上那晚找过他，应该会找小林了解更多的情况。

小林摇头道："没有。"

"真的没有？"

池逸的眼神让她下意识地低下头，话在喉咙里滚了滚，干巴巴地说：

"没有。"

池逸看着她，神情是从未见过的可怕，他说："云上现在失踪了，如果不是因为她知道了一些无法接受的事不可能这么反常。作为她的朋友，小林，你也不希望她有事吧。"

小林吓得一哆嗦，只好老实交代："她确实找过我，但我真的不知道她去了哪里。"

"她找你说什么了？"

"关于……记忆移植的事。"

池逸从小林的口中得知谢云上找她了解记忆移植，小林答应过谢云上，没有把真实的情况说出来，包括那封信。

池逸大步流星地往医院门口走，碰到两个小护士在窃窃私语。

"哎，病房区来了个大帅哥，天呐那颜值简直堪比池教授……"

"我也看到了，不会是哪个明星吧，那个气质不是一般人有的。"

"池教授不苟言笑，气质太冷了。这个大帅哥是个暖男，我今天一早跟赵大夫去查房，他还对我道谢了，简直让我的心脏受不了啊啊啊……"

原本池逸不理会这些背后的八卦，他现在心急如焚，想尽快找到谢云上，然而其中一句话让他刹住了脚步。

"我特意去看了他的名字，连名字都好听……"

"叫什么？"

"莫恒山。"

莫恒山。

池逸愣在原地，这个不久前听到的名字，又一次出现在耳中。只见他嘴唇紧抿，一副生人勿近的模样。他一动不动地站在原地，两个小护士看到他，跟他打招呼都没有反应。

池逸回忆最后一次和谢云上见面的情景，谢云上从他家离开后就失联了，而莫恒山居然住院了……莫恒山到底知不知道她的事？他们之间发生了什么？

池逸转身，向着住院大楼的方向走去。

病房内，莫妮卡看着闭目养神的莫恒山说："方安娜走了。"莫恒山"嗯"了声，明显心不在焉，莫妮卡觑着他担忧地问，"还是没有联系到云上吗？"

莫恒山睁开眼按了按眉心："我还是不放心，这太反常了，她不可能这么久没有消息。"他刚才又给谢云上拨电话，依然是不在服务区，他的心狠狠地揪紧了，"你给我订一张今天飞往厦城的机票，我现在就出院。"莫恒山说着就要起身。

莫妮卡看着他焦急得恨不得马上飞去见谢云上的样子，忍不住劝道："你不要这么急，你的身体还在恢复期，需要静养。要是实在不放心，我替你去一趟吧，我一定把云上完好无缺地给你带回来。"

莫恒山却没有停下手中的动作。他有一种直觉，从上次通话谢云上说出那番话之后，他就一直觉得不对劲，她似乎对他有所隐瞒。

还有什么是不能对他说的呢？是她的记忆吗，还是……

这时敲门声响了，莫妮卡打开门，见门外站着一个人，穿着医生穿的工作服，身形高大挺拔，长相让人难忘。莫妮卡微张着嘴看着对方，丝毫不掩饰眼里的惊艳。

池逸微笑道："你好，我是医生池逸。"

"你好，请问有什么事吗？"虽然对方长得很帅，莫妮卡还是不忘自己的职责。

"我来找莫恒山先生。"池逸越过莫妮卡，看向她身后的男人。

莫恒山几乎是同一时间转身，看着对面的池逸。虽然是第一次见，两个男人早已在彼此的心中留下了深刻的印象。

莫妮卡看了眼池逸，又回头看了眼莫恒山，就听她家老板说："莫妮卡，你先出去一下。"

原来是认识的。

莫妮卡点点头，侧身请池逸进来，然后转身走出去，留给他们私人空间。

"你好，池医生。"莫恒山对池逸微微笑道。

"看来你认识我，"池逸勾唇笑了笑，"那我就不用再做自我介绍了。"

"我不仅知道你是云上的医生，还知道你是她的朋友。"莫恒山说道。

"我不仅是她的朋友，还是她的追求者。"池逸接着莫恒山的话，看到对方的表情，挑了挑眉，"开个玩笑，不介意吧莫先生。"

不知为什么，他叫"莫先生"的语气带着淡淡的嘲讽。

莫恒山知道池逸喜欢谢云上，这一点谢云上没有瞒他，只是听说是一回事，见到本人是另一回事。上次见他，也是在这家医院，那时候身边有云上，她拽着他刻意避开对方。两个人之间似乎有些别扭，既然是朋友，哪有避而不见的道理。

池逸说："我们其实应该更早见面的。"

莫恒山以为他说的是谢云上住院那次，说："现在见面也不晚，我听云上提过你，谢谢你对她的照顾。"

"我跟云上之间不需要说'谢谢'。"池逸故意说得亲昵，"我和她早已亲如家人，她的病是我一直放不下的心病，我只想尽我所能治好她。"

莫恒山不语，池逸不动声色地看着他，他想看到莫恒山的嫉妒和失落，然而什么也没有。莫恒山说："我的想法和你不谋而合。"

池逸却不打算就此放过，他盯着他，像一个躲在暗处的窥视者："云上的病需要很长时间治疗，我也不一定有十足的把握将她治好，你有信心一直陪在她身边吗？"

这时候莫恒山当然不会输了气势，只见他微微一笑，声音充满了自信："我和云上之间，从来都不是她需要我，而是我需要她。我当然会一直陪在她身边。"

他回应得无懈可击，池逸没有再说什么，看着他一副整装待发的样子，问："你要出院吗？"

　　莫恒山面上不显，心里却着急得很，于是不再和他周旋："抱歉池医生，我还有急事要处理，我们改天再叙好吗？"

　　池逸唇角微勾，心里已经猜到了莫恒山急着去找谢云上，这正是他要问的："你是不是去找云上？"莫恒山愣住，随即明白了池逸来找自己的目的，他没有开口，却听池逸说，"其实我来找你，也是为了云上，我联系不上她了。"

　　莫恒山沉默地看着他，池逸也不退避，就在这一刻，两个人仿佛达成了某种奇怪的默契。

　　莫恒山说："几天前，云上告诉我去厦城出差，我们中途联系过，后来我就联系不上她了。"他的神情终于不再平静，说出心中隐藏的担忧，"如果只是正常的工作，不会这么久没有消息，我打她电话一直不在服务区，我担心她出了什么事……"

　　"她跟你说去厦城出差？"池逸的声音变了味。

　　"是。"

　　"什么时候？"

　　"三天前。"

　　"三天前她找过我，如果是你说的那个时间，她应该不会出差。"见莫恒山皱眉，池逸缓缓道，"以我对她的了解，她应该是遇到什么事需要自己一个人消解，这段时间是不愿意跟别人联系的。"

　　莫恒山心想，那个别人也包括我吗？但这只是池逸的一面之词。他问："你的意思是云上不想让人找到她？"

　　"我猜是。"

　　"跟她的病有关吗？"

　　"莫先生，"池逸语气顿了顿，换了种口吻，"作为云上的男朋友，你不应该比我了解得更清楚吗？"

　　于是有"男朋友自觉"的莫先生，只得放下对池医生的微妙心理，询问谢云上的病情。池逸没有告诉他实情，却说出了记忆衰退症。

　　记忆衰退症。

莫恒山第一次听说这个病，他听见池逸说："这个病很难治，某种意义上和阿兹海默症很像，到最后她会忘了身边所有人，也忘了自己……"

莫恒山想起了第一次从谢云上的口中听到她的病。

她说："你失去了你的妻子，我失去了我的记忆……我们其实不知道人生会开到哪个渡口，但我想，也没什么可失去的了。"

03 / 送渡

谢云上在两天前抵达临远。

寒冬腊月，再过不久就是农历新年，上次来临远适逢跨年，身边有莫恒山陪伴，度过毕生难忘的一天。也是在那一天，她回到故乡，踏入了林奈的人生。

车子驶出高速路口，又看到了那条熟悉的海岸线。谢云上微眯着眼换了个方向，向着远处的海上孤岛而去。

她要去看看那座岛，是否是记忆中的模样。

约莫一个小时后，抵达目的地。天寒欲雪，上次来时也是雪天，深冷冬季，寒风凛冽，天空像蒙上了一层白纱。记忆深处的雪，在黑暗中寂静凌乱地飞舞，模糊了视线。那座孤岛离她不过数百米距离，她生生地刹住了车。

记忆中的一幕浮现。

十六岁，青葱如雨林的年纪，最后一次登上这座岛，与十六岁的自己告别。

她即将离开这里，去大城市读书，她是临远这座小县城唯一一个被保送出去的学生。繁花似锦，得偿所愿，脚步轻盈地回到家，看到父亲在裰袅烟雾中抬起头，那双深如枯井的眼里没有波澜。她止步门外，脸上的笑容渐渐消失，一言不发地看着与她相对的父亲。父亲招手让她进来，说："囡囡，爸爸没钱供你读书……爸爸会想办法的，你等我再想想办法……"

那些故人旧事，带着海浪的声音向她席卷而来。她闻到了潮汐的味道，那是旧日时光的味道。

离开家乡的那年，她在岛上埋下陈年日记，涨潮、落潮，仿佛一生的起落。她看着潮水扑打岛上的礁石，形成有规律的节奏，一个人坐在海边，任由海水漫溢浸湿双脚。

小时候她经常游泳，水性很好，能够一口气游出好远。她总是在寂静无人的清晨和夜深人静的夜晚游到岛上，看日升月落。昔年埋下的日记早已被潮水吞没，那座海上孤岛也早已不见踪影，只剩下一处突起的礁石和不远处的灯塔，证明着存在过的痕迹。

她的过去，就像消失的日记和孤岛，被永远地埋葬。

两天后，莫恒山出院。

他没有回家，开车踏上前往临远的路。他有一种强烈的感觉，谢云上去了临远。从浦城到临远要三个多小时的车程，因为头部受了伤，莫妮卡不放心，执意要跟过来。

只见莫妮卡边开车边安慰道："别担心，云上不会有事的，再过一会儿我们就到了。"

莫恒山没有说话，这时手机响了，他神经质地眉头一跳，以为是谢云上打来的，打开手机却看到一个陌生号码。手机持续响着，他突然生出一种微妙的心理，犹豫着按下了通话键。

"你好莫先生，我是池逸。"手机另一端传来池逸的声音。

莫恒山沉默片刻，说："你好，池医生。"

池逸问："联系到云上了吗？"

作为情敌，他们之间有一股只有彼此感知的暗流。莫恒山并不想和池逸有过多的交谈，尽管他是谢云上的医生，他甚至比自己更了解她。

　　他回答："还没有。"

　　池逸的嘴角勾起一抹笑容："那你是等她主动联系你吗？"

　　"我怎么想，就不劳池医生你费心了。"莫恒山语气淡淡道。

　　"我是不关心你怎么想，但我关心云上。"他话锋一转，"不如我给你一个建议吧。"莫恒山没有说话，只听池逸语气微沉，藏着一种说不出的意味，"你听说过临远吧……"

　　挂掉电话，池逸在冷风中点了一根烟。他正站在临远的海边，面朝大海。

　　谢云上唯一会去的地方是临远。

　　她知道了记忆移植，知道了林奈，一定会去林奈的家乡，那也是她的家乡。

　　池逸抽完一根烟，来到林家旧宅。这里已是一片荒地，只有一棵老银杏树孤独地矗立在原地。他问过村民，确实有一个女孩来过这里，池逸拿出手机里的照片，确认是谢云上无疑。她就住在县城的宾馆，每天不干什么，除了上山就是去海边。

　　天气预报说今晚会有暴雪，池逸计划住下来。他以谢云上朋友的名义查到她的房间，自己就住在她的隔壁。他知道莫恒山一定会来，他现在还不知道谢云上和林奈的关系。像是故意报复谢云上对自己的"背叛"和莫恒山对林奈的"背叛"，他要当着谢云上的面亲口告诉莫恒山，她和林奈的关系。

　　莫恒山到达临远时天色已黑。莫妮卡问莫恒山："你觉得池逸会来吗？"

　　"我觉得会。"莫恒山回道。

　　"那他为什么要告诉你呢？他也喜欢云上吧，你们是竞争关系。"莫妮卡疑惑道。

　　"他在等着我来。"莫恒山说。见莫妮卡一副不解的样子，他顿了顿说，

"他给我打电话是故意的，目的就是引我来这里。"

"那云上会在这儿吗？"莫妮卡问道。

莫恒山没有说话。他有一种强烈的预感，池逸知道云上在这里，而这里又是林奈的故乡。

"我们先找到云上再说吧。"莫恒山下车结束了话题。

"等等，我还有个疑问。"莫妮卡跟上他的脚步，"为什么你和池逸都认定云上会来这里？"

莫恒山停下脚步，看着隐在夜色中的海岸线和远方那座若隐若现的灯塔，轻声说："这里是她的故乡。"

他记得谢云上说过："我去过很多地方，在旅途中获得暂时的舒宁。可是没有哪个地方像这里，让我的灵魂得到安放。"

谢云上从墓园回来，她每天上山，到父亲的墓前坐一会儿。然后，她会走到埋葬林奈骨灰的海边，为她默祷。

她的脑海里没有再出现关于林奈的记忆，林奈的灵魂得到了安息，而她也应该放下这段记忆，好好地面对今后的人生。她将手机设置成飞行模式，想一个人安静地放空几天，不想任何人找到她。

她最不想见到的人，就是莫恒山。

自从知道了和林奈的羁绊源自"记忆移植"，自从看到林奈留给自己的信，她对莫恒山的想法便不再纯粹。尽管她心里知道，她依然爱他，但这份爱已经不再像当初那样纯粹。他们的关系变得和从前不同，他们爱的花园不再是伊甸园。

林奈在莫恒山的心里本就是一个难以愈合的伤口，一个永不磨灭的印记，一个横亘在两人中间的禁忌。她原本自欺欺人地以为可以忽略，即使被现实提醒了那么多次，她仍然自欺欺人，缩在爱的蜜罐里不愿面对，甚至在看到莫恒山将林奈的骨灰撒向大海时，她想到的是与她告别，庆幸她终于落叶归根，从此以后可以放下负累和莫恒山在一起……

真是可笑。

她曾经问过他："你爱林奈吗？"

那是在她爱上他的时候，她觉得林奈会成为他们的阻碍。她记得他说："她是我承诺要照顾一生的人，可是后来变了模样……"

即使变了模样，她也是他曾经承诺要照顾一生的人。

她无意去和林奈比，斯人已逝，她应该给予这份尊重。只是没有想到林奈对她的影响如此之深，在"接收"她的记忆后，收到了她留给自己的遗书，再一次"经历"她的人生。她感受到了林奈对莫恒山的爱，如此沉重，如此绝望。

她无法在感知到那样的爱之后，再若无其事地和她的爱人在一起。那份沉重，她受不起。

她觉得原来那场送别，不是她送渡林奈，而是林奈送渡她。

谢云上站在海边，直到黄昏暮色，直到天光遁没，直到风雪将至……直到有个人来到她的身边，轻声叹息："原来你在这里。"

04 / 剖心

谢云上没有回头，池逸走到她的身边，他们一起面对暗潮汹涌的大海。

风声、海浪声不绝于耳，天空开始飘雪了，池逸说："我再不来接你，你一会儿就要变成雪人了。"谢云上没有说话，池逸又说，"我还叫了一个人来，他应该快到了。"话音刚落，只见一辆黑色路虎远远驶来，车灯照射过来，池逸的嘴角扯出一丝笑，"看，这就到了。"

谢云上看着车子一路向她驶来，在前面不远的地方停下来。车门打开，走下来一个人，那人高高的身影奔向她，当着池逸的面将她拥入怀里。

"冷不冷？"莫恒山脱下外套披在谢云上的身上，没有去看站在一旁的池逸。而后者像一头藏在暗处的兽盯着他，嘴角挂着冷冷的嘲讽。

莫妮卡从车上走下来，看着相拥的二人露出笑容："这是在拍韩剧吗？"

谢云上没有想到莫恒山这么快就找到自己，她闭上眼，随即挣开莫恒山的怀抱。莫恒山却没有松手，他揽着谢云上的肩膀，替她遮挡风雪，然后回头跟池逸打了声招呼。虽是打招呼，眼里却没有一点笑意。

两个人像是第一次见面，隐藏了真实的情绪。池逸的目光落在莫恒山揽着谢云上的手背上，仿佛察觉到他的目光，谢云上往前挪了几步，莫恒山搭在肩膀上的手落了回去。

谢云上看向莫妮卡，对她微微点头，一语不发地往前走。莫妮卡一脸诧异，看着她，又看向身后的莫恒山和池逸，搞不明白这是要演哪出。

谢云上与莫妮卡错身而过，池逸紧跟其后。莫妮卡傻傻地站在原地，直到莫恒山对她眼神示意，她才恍然大悟，这是情敌来抢人了。莫妮卡转身跑到谢云上身边，故意隔开她和池逸，然后拉着她快步走向停在不远处的车，以迅雷不及掩耳之势将谢云上塞进了车里。

莫妮卡的反应和动作如此迅速，就连莫恒山都看呆了。只见她关上车门，三两步跨上驾驶座，招手对莫恒山说："老板，上车。"

莫恒山的眼里流露出转瞬即逝的笑意。他转身对池逸说："辛苦你了池医生，要不是你的建议，我还不会这么快找到云上。"

池逸没有想到莫恒山这么快就找到了，可见在告诉他的时候，他已经动身出发了。他是如何知道临远的？不过眼下已经不重要了。当他看到莫恒山将谢云上拥入怀中，一副拥有者的姿态时，他差点按捺不住自己的情绪。

别急，还没到时候……

池逸暗自握拳，语气却带着挑衅："不客气。不过作为云上的朋友该提醒你，你现在这个行为真不配当她的男朋友。"

一声喇叭声打破两个人的对峙，莫妮卡从车窗里探出头，示意自家老板该走了。而坐在后座的谢云上，怎么也打不开车门，门已经被锁上了。

面对池逸的挑衅，莫恒山没有回应，也不想回应，转身向车子而去。

他打开后座的门，和正在跟门锁"斗争"的谢云上撞了个满怀，他眼疾手快地护住了谢云上快要撞上来的额头。莫妮卡见老板上了车，立刻脚踩油门，车子一下子驶出好远。

池逸眯眼看向绝尘而去的车，雾色中的一双眼酝酿着风暴。他不会让莫恒山就这么带她走的，他要当着她的面揭穿这个男人的真面目。

一路上十分安静，见两个人都沉默，莫妮卡轻咳一声，说："晚餐想吃什么？"

莫恒山转过脸看向谢云上，刚要开口，却听谢云上说："我不饿，麻烦一会儿放我下来。"她不看莫恒山，对莫妮卡友情提示道，"县城只有一家宾馆，天气预报说今晚有雪，你们要不要提前订房？"

谢云上说完，气压莫名地低了。莫妮卡透过后视镜朝她拼命使眼色，拜托小姐，你的话不觉得有歧义吗？什么叫我们……我是我，你们是你们。

谢云上收到莫妮卡的暗示，面无表情地垂下眼。莫恒山的眼里却染上了笑意，对莫妮卡说："你先开过去吧。"

奔波了一天，他有点累，头上的那道伤口隐隐作痛。莫妮卡想说什么，碍于莫恒山的叮嘱，不能让谢云上知道他受伤的事。此刻他不需要休息，也不需要去医院，一路奔波至此，只想尽快找到她，确认她的安危。他原本有满腹的话想说，可见到她的那一刻，再多的话都觉得是多余。

他们背负着各自的失去好不容易走到一起，这份感情珍贵无比，他像一个信徒虔诚珍重，唯恐一不小心将它打碎。谢云上的担忧、迟疑、患得患失，他都理解，可是他却无法理解或者说无法忍受她的逃避。

她什么都不说，看似什么事都没有，让他一个人茫然无措地找不到头绪。倘若两个人的感情只有一方在坚持、在努力，而另一方一直退缩、逃避，又该怎么办……想到这些，伤口疼得更厉害了。

谢云上终于察觉到莫恒山的异样，她忍不住转过头看他，问："你怎么了？"莫恒山原本不想让她担心，可一想到从刚才见面到现在她一直对自己态度冷淡，于是皱着眉一言不发。这下反而惹得谢云上担忧了，她习惯性地伸出手，想要摸他的额头，突然意识到什么想要缩回手，却被他一下子握住了。见莫恒山微笑注视着自己，仿佛刚才看到他的难受只是错觉，谢云上以为他在耍她，用力地抽回手，"你骗我。"

莫恒山紧握着不放，说："我没有骗你，是有点不舒服。"谢云上动作一滞，莫恒山看了眼从后视镜偷瞄他们的莫妮卡，对谢云上微微笑道，"可能是路上染了风寒，没什么事，你别担心。"

尽管他微笑着说没事，谢云上却看着他一言不发。莫恒山以为她还在生气，刚要再解释，她突然对莫妮卡说："先去医院吧。"

车子刚好驶到十字路口，左边是宾馆的方向，右边是医院的方向，莫妮卡左顾右看，不知往哪个方向转。后面响起了汽车的鸣笛声，莫妮卡回头问道："去哪里？"

"宾馆。"

"医院。"

两个人异口同声，说完看向对方，空气里似乎有火花在闪。片刻后莫恒山说："回宾馆。"

莫妮卡一个左转驶向宾馆的方向，谢云上看着他说："旁边有家药房，一会儿下了车先去看看。"

"听你的。"这次莫恒山答应得很干脆。

到达目的地，莫恒山让莫妮卡先回去休息，莫妮卡很有眼色地挥挥手"Say goodbye"。她早就订了房，而且只订了一间房，心里盘算着老板今晚如果不住云上的房间，就只能在大堂将就一晚了。云上再怎么闹别扭，也不可能对他这个为她而来的病人视而不见吧。

谁知谢云上猜到会是这样，对莫妮卡说："我去一下药房，你先陪他进去吧。"

莫妮卡始料未及，看了眼站在她身后的莫恒山，说："还是我去吧，老板就拜托给你了……"说完不待二人反应就跑了。

莫妮卡一走，空气顿时凝固下来，莫恒山尴尬地咳嗽一声，对谢云上说："天冷，要不要先进去？"

　　此时谢云上与他保持着一段距离，听了他的话，什么也没说，转身往宾馆的方向走。刚走没多远突然停下来，莫恒山看着她的背影缓缓露出了笑容，不紧不慢地跟了上去。

　　两个人来到前台，被告知今晚没房，而莫妮卡居然真的只订了一间房。谢云上看着一脸坦然的莫恒山，心里明明知道莫妮卡是故意的，却无法对着莫恒山发作。她只好带着病号来到自己的房间。

　　快到房门口时，莫恒山的手机响了，他打开手机看了一眼，莫妮卡的消息传来："我为你着想，没有给你订房间。"

　　莫恒山抬头看了眼谢云上，低下头，下一条消息适时传来："你就求云上收留你一晚吧。"

　　莫恒山揉了揉眉心，他跟着谢云上进门，正好看到两张床。谢小姐住的是一间双人床房。

　　窗外开始下雪，房间里开着空调，还是感到冷。谢云上脱掉大衣，转身见莫恒山站在入口处，正看着自己。四目相对，她下意识地别过脸，借口去卫生间让自己缓一口气。这时门铃响了，莫恒山转身去开门，却看到池逸站在门口。

　　池逸见开门的竟是莫恒山，还未收回的笑容凝结在唇边，他冷冷地问："你怎么在这里？"

　　莫恒山也没想到他这么快就跟过来，离开车到这里才过去了二十分钟……看来今晚注定不能度过了。

　　谢云上走出来，就看到两个身材高大的男人堵在她的门口。见此情景，她深深地叹了口气，要是被别人看到，还以为她艳福不浅。池逸见到谢云上，撞开莫恒山走进来，一直走到她的面前。他本就压着火，尤其是莫恒山以"抢人"的方式将她从他的眼皮子底下带走。现在又看到莫恒山出现在她的房间，很难不猜测两个人是不是和好如初了。

　　他们就这样不把死去的林奈放在眼里吗？

一股火轰地在心间燃烧，池逸一把拽住了谢云上的手。

电光火石间，莫恒山快步走到谢云上身边，抓住池逸拽着谢云上的手，问："池医生这是做什么？"

池逸本就对莫恒山存有敌意，此时看着他终于不再掩饰，讥笑道："你说我在做什么？你管我做什么！"

在此之前，莫恒山其实对池逸还算客气，至少看在谢云上的份儿上，不会和他主动起争执。即使池逸的言行咄咄逼人，他也掌握着分寸。他以为是因为池逸也喜欢云上，把自己当情敌。可池逸针对自己也就罢了，还要把云上扯进来，他就不能一再退让了。

莫恒山迫使池逸松开握着谢云上的手，说："池医生，你逾越了。你如此对待我的女朋友，还不让我管了？"

"逾越？"池逸听了更是恼怒，他怒极反笑，"你来跟我谈逾越，你有资格吗？"

"池逸，"一直没有开口的谢云上看向他，她不想两个人在这里为她起纷争，何况她真的累了，"我累了，你先回去吧。"

谢云上的这句话无异于表明她的立场，她在替莫恒山说话。池逸怎么能接受？他像是被刀剖开了心，生生地淌着血，他盯着谢云上，咬牙问："你要我走……那他呢？你不让他走吗？"见谢云上不回，他更加怒火中烧，"你既然知道了他是谁，你就一点也不在意吗？"

"池逸——"谢云上显然不愿在这里提及，声音不由地带了一丝冷意，"我说，我累了。"

莫恒山听出了池逸话里有话，每一句都在针对自己。他是谁？他从来没有骗过云上，从爱上她的那一刻起，他就毫无保留地对她敞开心扉。他绝不允许池逸用自己去伤害云上。

莫恒山将谢云上揽到身后，对池逸说："我之所以一再退让，是念着你是云上的医生，但请你不要有失身份。云上说她累了，请你离开。"

从头到尾，池逸在乎的都是谢云上的态度。见她躲在莫恒山的身后不做回应，眼睛渐渐发红，他不再克制自己，对她说："你还是喜欢他是吧？

你明明知道他是谁，他是……"

"够了。"谢云上终于不再沉默，她知道池逸是故意的，当着莫恒山的面，故意挑明她和林奈的关系，好让莫恒山难堪。她抬起头直视他，说出的话清醒决绝，"池逸，不管他是谁，那都是我和他之间的事，你无权干涉。"

她的话深深地刺痛了池逸，他显然是气到了极点也痛到了极点："你这么说无非是不想让他知道，你就这么爱他吗？好，你不说我替你说……"他看向莫恒山，心里生出一种报复的快感，"林奈，你死去的深爱你的妻子，云上移植了她的记忆。你觉得你是真的喜欢云上吗？你难道不是因为她像林奈，把她当成林奈的替身……"

"你问问你自己，你是不是把她当作林奈的替身？"

莫恒山听了，许久没有出声。他的神情没有因为池逸的连声质问而难堪甚或崩溃，出乎意料地，他的反应非常平静。

他怎么可能把云上当作林奈的替身？他心里很清楚，他并不爱林奈。

这才是他内心深处觉得最对不起她的地方。

他曾经以为自己喜欢林奈，不喜欢为什么会娶她呢？尽管那是林奈所求，可如果自己不愿意，怎么会赔上一生。婚后他也反复问自己，尤其是当林奈问他："你爱我吗？"

他当时没有回答，林奈为此失望，也为他们日后婚姻的悲剧埋下了伏笔。他以为，就像他说的，是他不懂爱。可直到过了这么多年，直到与谢云上相爱，他才知道原来爱一个人，是可以轻而易举说出口的。

他不爱她，也没有爱别人，但在这段婚姻中，他始终努力成为一个好丈夫，尤其当茉莉出生之后，虽然这不是他的孩子，他也努力学着当好一个父亲，尽力给孩子一个幸福的童年。林奈的离开，他有着不可推卸的责任，如果当初他没有娶她，如果两个人了解得更多一些再做决定，是不是就不会有这场婚姻的悲剧？林奈最终也不会死？

身后发出一声沉重的闷响，站在门口的莫妮卡怔怔地注视着房间里的三个人。门没有关，莫妮卡见敲门无人应答，推开门看到了眼前的场景，也听到了池逸说的话。手上的袋子掉落在地，一颗苹果滚落出来，落在了莫恒山的脚边。许久，莫恒山的手动了动，弯腰捡起来。他的脸色苍白得吓人，伤口在流血，他却浑然不觉。

他慢慢地转身看着谢云上，伸出手，轻轻地抚摸她的眼睛。

她的眼睛在流泪。

他为她拭去眼泪，轻声说："我终于知道你为什么不想见我了……对不起，我让你难过。"

他看着谢云上的眼睛，像是要看进她的灵魂深处。

"上次来临远，我大概就猜到了也许你们之间有一种特殊的关系，但我不知道是这样的关系……她在我的人生中无法抹去，她是我的妻子，是茉莉的母亲，我会永远记得她……而你，是我余生要一起走下去的人。今生的很多事无可选择，我们相遇的时候本就不是完整的，你的失去，我的失去……我希望你能接受我的不完整，我亦希望，我因你而完整。"

我希望你能接受我的不完整，我亦希望，我因你而完整。

泪水模糊了谢云上的视线，她握紧颤抖的指尖，嘴唇失去了血色。她转身看着池逸，说出了深埋于心底原本随生命消逝的话："这样你满意了吗？你想要的回答他已经说了，你还想再听我的回答吗？那我告诉你，不管我有没有移植林奈的记忆，都不会影响我对他的感情……哪怕只是记忆里的影子，我也愿意做一个影子。"

05
白色月光

窗外的月光洒落下来，梦境里的雪白像是笼上了一层纱，他深深地皱着眉，仿佛在做一个悲伤的梦。谢云上伸出手，想要抚平眉心那道拢起的皱痕，指尖即将触碰到他的眉眼时，他的睫毛动了动，像一片脆弱的蝶翼。她欲收回手，却在这时被他无意识地握住。

莫恒山高烧不退，头上那道愈合的伤口突然裂开，伤口感染引起发炎，状况很糟糕。他晕倒的情形非常吓人，莫妮卡立刻拨打120，却因为小县城遭遇暴雪无法派救护车，县城里唯一的医院还停了急诊。

情况很危急，在场唯一的医生是池逸，令人讽刺的是始作俑者还是他。关键时刻，池逸拿出医生的职业态度，给莫恒山包扎止血，打了消炎针，坚持一晚明天再送到医院。

安顿好莫恒山，莫妮卡才对谢云上吐露实情："莫头上有伤，心心念念出来找你，他不准我告诉你，怕你担心……"

谢云上问："他为什么会受伤？"

莫妮卡看着昏迷不醒的莫恒山，欲言又止，万一再把方安娜扯进来，云上岂不是更误会了。她避重就轻地说："为了救人。"

谢云上脸色苍白，莫妮卡试图安慰，谢云上说："你先去休息吧，我在这里照顾他。"

莫妮卡看了眼还没离开的池逸，担心他又做出什么刺激到云上的事，对他说："你是不是也可以离开了，池医生？"

池逸看着防他像防贼一样的莫妮卡，没有理她，转而对谢云上说："还需要我做什么吗？"

"不用了。谢谢你，池医生。"她称呼他"池医生"，语气变得疏离。

池逸苦笑，却什么也没有说，和莫妮卡一起走出房间。临到门口，他回头对谢云上说："我就住在隔壁，有需要随时叫我。"

门关上后，莫妮卡对池逸冷嘲热讽道："池医生还是好好休息吧，别白费心机演离间计了。"

池逸温文尔雅的脸沉下来，莫妮卡微微一笑，扬长而去。

池逸和莫妮卡走后，房间内安静下来，谢云上怎么也没有想到，自己的逃避换来了他的受伤，虽然莫妮卡只是一带而过，她知道他的伤不轻。似乎自从他们认识以来，就一直不断地发生状况，用一句俗话讲，两人八字不合。

看着莫恒山睡梦中依然握着她的手，她没有挣开。对池逸说的那些话固然是因为反感他的做法，难道不是自己的心里话么……她原本打算一辈子都不会对他说的。

莫恒山不安地动了动，额头渗出薄汗，像是陷入了一个悲伤的梦。谢云上伸出另一只手触碰他的额头，还在发烧，但没有刚才那么烫了。她掰开他的手，想去换一条冷毛巾给他降温，莫恒山却在这时睁开了眼睛。

四目相对。

莫恒山缓缓开口，声音沙哑：“我睡了多久了？”

“再有两个小时天就亮了，头还疼吗？”

“你是不是一直没睡？”莫恒山说，“我没事，你睡会儿吧。”

谢云上摇头，用轻柔的语气说：“以前总是你照顾我，现在换我照顾你。”

莫恒山听了一愣，语气里带了几分笑意：“我本来没想这样见你的，真是不给面子。”他在说，自己的身体不给自己面子。

谢云上无奈道：“你现在还在发烧，少说话，多养神。”

“你会一直陪着我吗？”生病的莫先生看起来很脆弱。

“不会。”感觉莫恒山握着她的手微微一紧，谢云上说，“我会一直守着你。”

寂静的黑暗中涌动着无声的暖流，莫恒山突然用力，谢云上被他拽到了面前。谢云上勉强撑着身体，担心压到他，莫恒山笑道：“我没有那么弱。”接着又说，“我也没有感冒……”

所以？谢云上眼里露出疑问，不等她开口，他轻轻凑上去，嘴唇贴上了她的嘴唇。

谢云上醒来的时候，莫恒山还在沉睡。她躺在他的怀里，头枕着他的胳膊，他的另一只手握着她的手，始终没有放开。谢云上醒来的第一件事就是去看莫恒山的伤口，还好没有再进一步恶化。

她拿起掉落在床边的手机一看，早上八点。屏幕上出现两条微信，一条来自莫妮卡，一条来自池逸。

莫妮卡："云上，醒来回个消息，我给你们送早餐，然后带老板去医院。"

池逸："云上，我先回去了，等你回来告诉我。复查还是要做的。"

谢云上关掉手机，慢慢地闭上了眼睛。过了不知多久，她再次睁开眼，不期然地对上一道视线，莫恒山的眼里露出笑意，对她说："早安。"

莫妮卡送莫恒山去医院缝合伤口，幸好伤口裂得不是很深且包扎及时。即便如此，医生还是建议去大医院做个检查，再住院观察几天。

莫妮卡抱怨道："还是在大城市好。"莫恒山一个眼神丢过去，莫妮卡立刻意识到说错话了，对谢云上说，"Sorry，我不是那个意思。"

"我知道，"谢云上说，"这一切都是因我而起。"

"怎么是因你而起呢？"不等莫恒山开口，莫妮卡忙道，"怪也怪不到你身上，某人是爱之深心之切，为了喜欢的人啊，上刀山下火海都乐意，何止是受个伤。"见莫恒山没什么大碍，莫妮卡又要起了嘴皮子，明明被吓得最厉害的人是她。看着莫恒山的伤口，她越看越生气，"云上你回去可要看紧了莫，别又被一些无理取闹的人逮着空子让他挨砖。"

谢云上听出她话里有话，回头看一直没出声的莫恒山，后者低低地咳嗽一声，伸出手牵住了谢云上的手。莫妮卡受不了当电灯泡，立刻逃之夭夭，心里腹诽莫恒山这是故意刺激她跑远点不让云上问个究竟。

等莫妮卡走远，谢云上问道："刚才莫妮卡的话是什么意思？你是怎么受伤的？"

莫恒山不语，短暂的沉默之后说："这个说来话长，等哪天我再慢慢告诉你。"

莫恒山的某些地方和谢云上很像，比如他不想说的事情除非他主动告诉你，否则是无论如何也问不出来的。往往这时候，在乎就变成了误会，爱也变成了隔阂。

因为莫恒山的伤，他们决定尽快启程回去。这时候谢云上意识到来临远的原因，池逸撕开了他们关系的隐伤。他们终究要面对这道隐伤，做出各自的抉择。

她说："你也找到我了，知道我没事。我想在这里多待几天，你跟莫妮卡先回去可以吗？"

莫恒山执拗地说："如果你不走，我也不走。你在哪里，我就在哪里。"

那晚池逸的话让他一下子明白了，为什么这些天谢云上躲着他。如果不是伤口复发，可能不是现在这个局面，池逸会给他致命一击，然后带云上离开，留下他一个人面对无法承受的结局。不得不说，池逸问出口的那一刻，他装作镇定，实则心里非常难受，那种埋藏太久的痛苦被硬生生地撕开，让他痛得快要窒息。

他害怕云上抛下他，离他而去。可是当他醒来，看到云上在身边，对他说"我会一直守着你"的时候，当她流着泪说出"哪怕只是记忆里的影子，我也愿意做一个影子"的时候，他知道这一生，不能再失去她了。

他说："云上，我跟你说过，我们是命运共同体。从我决定和你在一起的那一刻开始，就没有动摇过。池逸可以说我自私，任何人都可以误解我，但我爱你的心不会变。至于林奈，我早已对你说过，也没有人比我更了解……池逸说的未必就是真的。"

她说："你说的我都知道，你不用对我解释的。尽管我也愿意像你这么想，可我还是做不到……莫恒山，池逸有一点说得没错，我已经想过了，在我没有解开和林奈的关系之前，我觉得我们暂时不要再继续下去……请你理解我的决定。"

很久以前，她读过一段话："人和人之间的故事，有时候出奇地相近，才会生出惺惺相惜甚至相近的感觉。这和回忆有关，和爱与恨有关。到头来，人还是没有办法忘掉一段记忆，然后若无其事地谈论感情。"

她抬起头，忍着眼中的泪意，说出这几天一直压在心里的话。尽管会让她难过很长一段时间，尽管她知道这一辈子只会拥有这一次爱情，尽管依旧对眼前这个人心存爱意难以割舍，她还是要对他说："对不起，我们分手吧。"

倘若没有得知记忆移植，倘若没有林奈的那封信，她不会松开紧握他的手。那封信如同一个魔咒，让她注定得不到爱情。隔着数年时光，隔着生与死，她和那个早已离去的人何其相像，她们一样是没有明天的人，没有明天的人不配拥有幸福。

第九幕

星星上的花

「告别之所以漫长，是因为之后的每一次想念，都属于对告别的延伸。」

01
云心

　　新年的钟声即将敲响，大街上到处张灯结彩，鲜红的中国结和红灯笼挂满了整条街。平时鲜有人声的小区此时人声喧闹，充满了过年的气氛。谢云上正缩在沙发里昏昏欲睡，这间安静的小公寓仿佛一个被遗忘的树洞，隔绝了外面的嘈杂喧嚣。

　　距离谢云上从临远回来过去了一个星期，她和莫恒山"分手"也有一个星期了。莫恒山没有再联系她，偶尔莫妮卡发消息给她，也没有提莫恒山的近况。从莫妮卡的语气推断，莫恒山应该没什么问题了。倒是池逸，连着给她打了几天电话，她都没有接。

　　谢云上现在的状况谈不上好，也谈不上不好。突然之间，不仅知道了自己记忆的秘密，还一夜之间遭到行业封杀。人生如在海上行进，前一刻风平浪静，下一刻惊涛骇浪。

　　至于为什么遭到封杀，还是拜那位威少所赐。自从拒绝了威少的邀约，那位阔少觉得谢云上不给他面子，简单一句话就把她封杀了。果然应了Fiona说的："得罪了我没关系，但是得罪了威少，你以后恐怕别想在这个圈子混了。"她没有找威少求情的想法，封就封呗，大不了换个"马甲"。

　　这边谢云上正琢磨着工作上的事，那边手机又响了，她给手机设置了语音留言模式，原因无他，就是想好好睡个觉。结果手机像上了发条的闹钟，她才意识到电话没来，是微信语音。能这么打给她的，也就是莫妮卡，她也不知道什么时候和莫妮卡成了朋友。

　　"Hello 谢小姐，晚上有空吗？"莫妮卡温柔的声音在耳边响起。

　　"在家冬眠呢。"谢云上抬起头眯着眼看向窗外，夕阳像一个黄金罗盘摇摇欲坠。

"冬眠有什么意思啊，快起来化个美美的妆，今晚有单身派对。"莫妮卡的声音听起来颇有诱惑力。

奈何谢云上不是会被诱惑的物种，她躺回沙发闭上眼："跟我有什么关系？"

"庆祝你单身呀。"

真的是哪壶不开提哪壶。见谢小姐没回应，莫妮卡笑了声说："哎开玩笑啦，是有个工作邀约想找你。"

"亲爱的莫妮卡小姐，你不知道我的情况吗？"谢云上扶着额头说。

"什么情况？"

"我恐怕不能接你的活儿了。"她语气微顿，然后说了句让莫妮卡惊掉下巴的话，"我被封杀了。"

"谁敢封杀你啊？你知不知道你是……"她想说"老板的女人"，但想到人家已经分手了，咽回去说，"炙手可热的新锐摄影师哎。"

"你不认识。"谢云上抿了抿唇，"一个不重要的人。"

"所以晚上的派对你更要参加了，"莫妮卡接道，"我给你介绍青年才俊。"

谢云上语气温柔："谢谢，还是留给你自己吧。"

结束和谢云上的通话，一阵敲门声在莫妮卡身后响起。莫妮卡转身，门是半敞开的，只见莫恒山站在门边，手里拿着一份文件。

"你把这份文件翻译一下，下班前给我。"莫恒山嘱咐道。

自从和谢云上分开后，莫恒山重启了工作狂模式。有好几次莫妮卡都很想跟他说几句，但看到他又恢复成"闲人勿扰"的模样，想说的话默默地咽了回去。莫妮卡接过他递来的文件，低头扫了一眼，是一份来自伦敦的医学报告，上面似乎提到了"记忆移植"。莫妮卡抬起头，触及莫恒山的视线："该不会是……"

莫恒山默认了她的疑问。"你想办法拿到云上的医学报告。"见莫妮卡一脸惊疑，莫恒山说，"池逸说给云上做了'记忆移植'，但我觉得另有隐情。"

"那是池逸在撒谎?"

莫恒山没有说话,单凭池逸的一面之词,确实让人难以相信,何况还牵扯到故去的林奈。抛开私人关系,于情于理他都不能坐视不理。在没有看到云上的诊断报告之前,任何猜测都是毫无依据的,而事关云上的安危,他更不能置身事外。

见莫恒山垂眸不语,莫妮卡便不再多言。她偷偷地觑了一眼自家老板,用揶揄的口吻说:"老板,单身派对参不参加?"莫恒山像是没有听见,顿了顿,莫妮卡又说,"我约云上了。"莫恒山终于抬眼,一副在等下一句的表情,"云上现在是单身了,所以你也……"

"我不是单身。"莫恒山截住她的话,转身走了,走到门口突然回头,"你要是有时间多陪陪她吧。"

"老板,要加工资的。"

莫恒山微微一笑。

莫恒山前脚刚走,莫妮卡后知后觉忘了告诉他云上被"封杀"的事。然而看到手中的文件,转念一想,还是正事要紧。被封杀怎么了,以老板的心思估计恨不得别让她工作了,好好待在家被他养着。

但是,谢云上被封杀的事还是被莫恒山知道了。

从临远回来之后,莫恒山好几天没有出门,一来养伤,二则谢云上的病让他一直放心不下。尽管他并不相信记忆移植这回事,他是个非常严谨的人,尤其在一些没有得到论证的事情上。"记忆移植"是从池逸的口中说出的,他也调查过对方,得知他学生时代就在做这项研究。

莫恒山联系了伦敦的那位同学,了解记忆移植方面的信息,对方告诉他,记忆移植是没有被医学界承认的。莫恒山把谢云上的病症告诉对方,对方却说她的症状听起来就是失忆了,只要治疗得当,记忆就可以慢慢恢复。

在得知谢云上的病后,他们还没有机会好好地坐下来谈谈。他知道谢云上不愿意多谈这个话题,她有她的顾虑和保留。但那是之前,现在他们明明相爱，他承诺要治好她照顾她一生，他在她父亲的墓前许下了诺言，这一生都不可能背弃。

他认定了她，这一生，就一定要护她安稳。

莫恒山一直回忆在临远的那晚，他确定谢云上是爱他的，但因为中间隔着林奈，无论是记忆移植，还是什么别的原因，他们都要重新整理彼此的关系。他尊重她的决定，但不会接受她提出的"分手"。分开的日子，莫恒山其实过得很辛苦，表面忍着，只是不想让人看出来。他不敢去见茉莉，怕小姑娘瞧出端倪，怕她看他时失望的眼神。他更不敢告诉父母，他们一心期盼的儿媳他无法带回来和他们吃年夜饭……

但是会有办法的，他在心里默默地对自己说，一定有办法解决的。

这天，方安娜来找莫恒山，她还是对莫恒山传说中的女朋友感到好奇，按捺不住想见见。自从莫恒山因她受伤之后，有一段时间她都不敢找他。但是最近有一件让她感到高兴的事，就是她借着威少出国度假的机会，打着他的名义把她讨厌的那个女摄影师封杀了。

想想就来气，凭什么自己要过得憋屈，讨厌的人却混得风生水起。那个叫谢云上的女摄影师居然敢拒绝威少，而威少不但没生气还觉得她有意思，凭什么？就因为她长得漂亮会拍几张照片？还有莫恒山，到底哪个狐狸精勾引了他？难道是因为长得像林奈也会画画？

方安娜越想越咽不下这口气，到莫恒山的公司来堵他。她特意找人打听到莫恒山每天都在公司待到很晚，于是精心化了漂亮的妆，并且准备了他喜欢的餐厅的夜宵。彼时莫恒山正看着莫妮卡翻译出来的那份报告，陷入沉思。就在不久之前，他接到伦敦同学的电话，让他去找一个叫沃克的脑科学家。

方安娜敲门进来，莫恒山抬起头，用另一份文件遮住了报告。方安娜看到他，扬起明艳的笑容，用柔得不能再柔的声音说："师哥，这么晚了还在加班哪。"

"找我有事吗？"莫恒山问道。

"没事就不能来看看你嘛，这都有好一阵没见了。"她说着，扬了扬手中的袋子，"一看你就没吃晚饭，给你带了你爱吃的。"

"谢谢。"莫恒山起身带她到会客间。

这是方安娜第一次来到莫恒山的办公室，她环顾四周，视线落在莫恒山的身上。他瘦了，也憔悴了不少，是因为那个女人吗……方安娜收回视线，跟着莫恒山来到会客间。

落座之后，方安娜唇边露出一抹微笑："什么时候搬到这里来的，也没叫我来参观一下。"莫恒山没有说话，方安娜自讨没趣，于是打开袋子，把餐盒摆放在桌子上，"刚出炉的蟹黄包，尝尝看。"她说着用筷子夹起一只蟹黄包，送到莫恒山的嘴边，但莫恒山没有张开嘴。

他说："你自己吃吧，我不饿。"

方安娜露出委屈的表情，她不禁想起了莫恒山住院去看他的那天，医生来查房，问她是不是他的家属，莫恒山斩钉截铁地说"不是"。她至今记得莫恒山说这几个字的表情，像是非常反感她被当作他的家属。

呵。既然他对"家属"两个字这么介意，她倒要看看他的这个女朋友怎么当好家属。

方安娜放下筷子，勾起嘴唇问："你女朋友怎么不来陪你呢？"见莫恒山不语，她自顾自地笑着说，"你别误会啊，我对你已经没那个意思了，就是单纯地想关心关心你。"顿了一顿，她又说，"我去看过伯母了，她劝我放下对你的执念。以前是表姐，现在你身边又有了新人，我应该为你感到高兴的……"

"她很忙。"莫恒山打断道。

"这样啊……上次你住院也说她很忙，这次又是，她是做什么工作的呀？"方安娜试探道。

莫恒山看着她，方安娜有点心虚，垂下了眼，但还是如愿听到了答案："摄影师。"

"摄影师？"方安娜听到这三个字一时愣住，不知怎的突然想起了谢云上，想起她那副故作清高的样子。她忍着心里的不适说，"她叫什么名字啊？说不定我认识呢。"莫恒山垂眸没有再看她，方安娜看着他的侧脸试探道，"我最近倒是关注了一个很火的女摄影师，很年轻，我们老板挺喜欢她的……"不等莫恒山回应，方安娜忍不住脱口而出，"她叫谢云上，你的女朋友认识吗？"

莫恒山抬眼，目光交汇，方安娜心里一紧，突然生出一个大胆的猜测："怎么啦师哥，你对这个谢云上很感兴趣？"

"你们合作过？"莫恒山不答反问。

谢云上很少跟他聊工作上的事，她不说不代表他就不去了解。他给予她所能给到的空间和尊重，他们也算是因为工作进一步认识，继而结下了缘分。谢云上是独立摄影师，自从给玛丽一家拍完写真之后，慢慢地在摄影界打开知名度，再加上自媒体的推波助澜，一个年轻漂亮有才华的女摄影师迅速地进入公众视野。

只是她不喜欢过多地曝光自己，很少参加那些交际应酬。她和林奈一点都不像，林奈好强，只要出现在公众场合就希望镁光灯一直在她的身上。而谢云上则不同，她做什么都是淡淡的，举重若轻，有自己的分寸，但又能照顾到别人的情绪。在巴黎的那段时光，她能在出色地完成工作之余让所有人都喜欢她，这本身就是一种美好的性格。

方安娜的回答适时地传入莫恒山的耳朵里："合作过，但是闹得很不愉快。她在工作场合耍大牌，惹怒了我老板，被他封杀了。"

"封杀？"莫恒山一时没有领会这个词，又问了一遍。

方安娜见他平静淡漠的神情有了一丝波澜，心中有个想法就要呼之欲出。她正要开口，莫恒山问："你老板叫什么名字？"

在方安娜的认知里，莫恒山不会主动问起一个没见过面的陌生人的名字，他不喜欢八卦。而她只是提了谢云上被封杀，莫恒山就如此紧张。思及此，方安娜压下心中的了然说："我老板叫威廉，浦城赫赫有名的威少。"

"不认识。"莫恒山直截了当地说。

"你刚回国不认识也能理解，他是混金融圈的，家世背景都很厉害，等有机会介绍你们认识。"方安娜装模作样地说道。

"我为什么要认识呢?"莫恒山起身,看着她露出少有的严肃,"安娜,我不管你老板是谁,我也没兴趣知道,但是如果一个人随随便便就对别人封杀,想必这个人也混不出什么样来。我希望你回去告诉他,请他收回这种幼稚的行为。"

说到这里,方安娜几乎可以确定谢云上就是他的女朋友。难怪她第一次见到那个女人就没来由地讨厌,觉得她跟林奈有几分像。果然,莫恒山喜欢的都是一种类型的女人。

方安娜忍着妒意问:"谢云上是不是就是你的女朋友?"

莫恒山转身,留给她一个冷漠的背影:"我的女朋友是谁跟你没有关系。"

"跟我没有关系?"方安娜像是听到了一个天大的笑话,她笑了一会儿,笑得眼泪都流出来了,"是啊,跟我没有关系……"她看着莫恒山的背影露出哀怨的眼神。

方安娜走后,莫恒山给莫妮卡打了一个电话。彼时莫妮卡正坐在谢云上旁边,单身派对没去,她拎了两瓶酒去谢云上家蹭饭。两个人喝得晕乎乎的,谢云上趴在桌上闭着眼似乎睡着了,接到老板的来电,莫妮卡一个激灵酒醒了,轻手轻脚地走到窗边打开手机。

莫恒山关心道:"云上被封杀的事你知道吗?"

"我……"莫妮卡悄悄回头看了眼背对着她的谢云上,一只手掩着嘴小声道,"知道。"

"没告诉我?"

"那个……你们都分手了。"

她轻声咕哝,以为莫恒山没有听见,谁知莫恒山立刻说:"你在说什么?"

"啊,没什么。"莫妮卡随即恢复工作时的语气,解释道,"云上拒绝了一个想签她的大老板,大老板一怒之下就把她封杀了。"

"大老板?"莫恒山语气微沉,显然很不喜欢这个词。莫妮卡刚要解释，只听他说，"你把封杀云上的媒体名单给到我，大老板吗……他们恐怕还不知道什么叫大老板。"

结束通话，莫妮卡收拾完满桌的狼藉，她穿好外套轻轻地推了推谢云上，谢云上微微睁开眼，仍然是没有清醒的样子。

"云上，你回房间睡吧，我走了啊。"

谁知谢云上突然伸出手，扯住她的衣角，含糊地说了几个字。莫妮卡没有听清楚，低下头凑近她的脸，她听见谢云上在耳边轻声说："我愿意。"

她闭上眼，梦里是莫恒山俯身凝望她的眼眸，鼻端似乎萦绕着桂花酒清淡香甜的气息，他凝视着她，柔声说："云上，你再说一遍，再说一遍给我听……"

她微微一笑，声音是醉人的甜蜜："我愿意。"

02
/迷雾

莫恒山看着这份"封杀"谢云上的媒体名单，觉得真是可笑。长长的一串名字，不知道这些人是怕得罪所谓的大老板，还是拿了大老板的钱办事。

他对莫妮卡说："你把名单里的负责人都约一下，我亲自见他们。"

"老板，这事儿我出面就行了，你就当你的'高岭之花'吧，没必要露面呀。"莫恒山淡淡瞥了她一眼，莫妮卡立刻噤声。

"对了，跟沃克联系有结果了吗？"

"有，我正要跟你说呢。"莫妮卡说，"沃克大概说了一下情况，说记忆移植其实是失败的，他也不明白池逸为什么这么执着。因为涉及病人隐私，他没有说云上的具体情况。"

"你问他记忆衰退症了吗？"

"问了，但奇怪的是沃克并不知道云上得了记忆衰退症，池逸从来没有跟他提过。"莫恒山陷入了长时间的沉默，莫妮卡揣测道，"会不会是池逸瞒着不让沃克知道呢？"

如果谢云上没有得记忆衰退症，那么池逸的动机是什么？他为什么要把林奈的记忆移植到云上的大脑里，他到底在为林奈做什么？

莫恒山陷入了沉思，突然他想到了一个人。林奈父亲的墓碑上刻的是林雨哲的名字，那时候他的心里就有一种预感，他并不知道谢云上的弟弟叫什么名字，也没有见过他，然而从谢云上的反应看，他们是认识的。

"云上的弟弟叫雨哲吗？"

听起来像是自问，落入莫妮卡的耳中以为是在问她："原来云上有弟弟啊，都没听她提过，问问不就知道了。"莫妮卡说着给谢云上发了一条微信，等莫恒山想要制止的时候，这条微信已经发出去了。"你为什么不让云上知道呢？"莫妮卡不解地问。

还不是时候。他在心里说。

莫恒山就是这样一个人，他做什么事都按部就班，有他的思考和章法，尤其事关谢云上，更不能急躁。在任何猜测没有得到证实之前，他不想惊扰到她，而是在背后默默地为她做一些事。

过了一会儿，莫妮卡收到谢云上的回复："是。"

回完莫妮卡的消息，谢云上被一封邮件吸引了注意力，这封邮件来自Fiona。这个好长时间没有出现的名字突然躺在她的工作邮箱里，只见上面简短地写道："谢小姐，好久不见了，我是Fiona，想约你喝杯咖啡。"后面是她的联系方式和约见面的地址。

谢云上不明所以，Fiona的老板把自己封杀了，她约自己是谈条件还是别有目的。

她看完之后关掉邮箱不打算赴约，他们认为她耍大牌那是他们的事，她也懒得解释。最近有几个国外的单子找过来都被她推了，因为临近过年不想出远门，暂时也无心工作。

就在谢云上收到方安娜邀约的同时，谢雨哲也收到了莫恒山的消息。

在他得知谢云上恋爱后，费了一番心思想知道那个人是谁，无奈谢云上保密工作做得太好，这种事也没办法问池逸。而这个人居然不请自来，他称自己是云上的朋友。一个男人，还是云上的朋友，莫非就是传说中的男朋友？

谢雨哲迫不及待地想见"准姐夫"，想看看到底是他还是池逸更配得上他姐，于是他来不及告诉周晗便匆匆出门赴约了。与跟池逸见面的小酒吧不同，他跑到郊区一个非常偏僻的地方，要不是面前这栋房子看起来端正大气，他险些以为给他发消息的是个骗子。

谢雨哲推开门的刹那，记忆之门猝不及防打开，眼前男人的背影让他有一种陌生的熟悉感，似乎他们应该是认识的。他看着男人的背影，过了好长时间都没有反应过来，直到对方转身，跟他打了声招呼，说："你是雨哲吗？"

我是雨哲。

我是谢雨哲，也是林雨哲。

很多年前，林雨哲得知林奈的消息，她出国之后就没有再回来。怎么说呢，他和林奈的感情本就疏淡，随着时间的流逝，这份感情所剩无几，留下的只是不快乐的回忆。他无心知道林奈在国外的生活怎么样，她离他太远了，他们的人生没有任何交集。直到他听说林奈自杀，那个雨夜，池逸找到他，告诉他林奈死了，他才开始真正地想要重新认识她。

他从池逸的只言片语中慢慢地拼凑出一个若干年之后的林奈，一个孤身在外执拗地不愿回来认祖归宗的姐姐。

他以为，她在国外过得很好，吃穿不愁，功成名就。而他依然为了生计发愁，为了学费而苦苦挣扎。父亲病入膏肓还在外面打工，母亲干农活辛苦操持家务，而自己除了上学这条路看不到别的出路。可是她呢，过上好日子就不认这个家，不回来看他们了吗……

　　他是恨她的。

　　他拼命地想要逃离生养他的地方，耻于别人提到她的名字。在她死了以后，这份恨意化作一种连他自己都不明白的悔恨，他也不知，悔恨什么。直到池逸让他参与那个计划，他可以和"林奈"重新开始，可以做他想成为的那个人的弟弟。

　　他曾经问池逸："我们这么做，万一她的丈夫知道了怎么办？"

　　池逸说："你要记住，雨哲，她是谢云上，和林奈的丈夫没有关系。"

　　是林奈还是谢云上都不重要了。重要的是，她是他的姐姐，是他在这个世上唯一的亲人。

　　面前的咖啡快凉了，谢雨哲默默地看着杯里的咖啡一口也没有喝。莫恒山说："云上喜欢喝美式，你似乎跟她不太一样。"

　　"我们不是亲姐弟。"谢雨哲低头道。

　　"我原来不知道她有个弟弟，后来听她提到你，说你当她的助理。"莫恒山微微笑道。

　　谢雨哲抬头看了他一眼，说："上次她临时有个工作，我开车送她去。"

　　莫恒山看着他，斟酌着问："云上的情况，你知道吗？"谢雨哲不明所以，他看着莫恒山在想是不是他知道了谢云上失忆，所以来找他打听。莫恒山似乎看穿了他的想法，"我们刚认识的时候云上就告诉我了，几年前她出了意外失去了记忆。"

　　谢雨哲愣住了，显然没有料到谢云上会把失忆的事告诉他。看来他猜对了，对方就是谢云上小心维护的男朋友。莫恒山低头喝了口咖啡，见他沉默不言，微笑道："你一定很好奇我的身份吧？抱歉还没做自我介绍，我是莫恒山，云上的爱人。"

　　爱人？

　　这个称呼可比男朋友亲密多了，他需要打电话给他姐证实一下吗？但看对方如此气定神闲，想想还是算了，长得这么帅还知道云上的秘密，"爱人"无疑了。

"你是怎么知道我的联系方式的？"谢雨哲问，"我姐告诉你的吗？"

"云上不知道我来找你，但你在哪里工作，稍微打听一下就知道了。"莫恒山轻描淡写道。

看来这个叫莫恒山的男人不仅长得帅，还很厉害。谢雨哲又在心里默默地给对方记了一笔。这边他在心里盘算着，坐在对面的人再次开口："我找你来，是有一件事想跟你确认。"见后者点了点头，莫恒山说，"你知道云上记忆移植的事吗，雨哲？"

见谢雨哲一脸呆滞，莫恒山微微皱眉："你不知道吗？"

在此之前，谢雨哲一直以为，除了他和池逸，没有人知道记忆移植的事。上次去谢云上的家，他坦白了自己的身份，也说了林奈的事，却唯独没有提"记忆移植"。他怕谢云上接受不了。

他其实一开始并不知道记忆移植，池逸没有跟他明说，他大概是担心他不接受，继而不愿意配合。可他不傻，从谢云上被池逸"特殊照顾"，把她安顿在自己的实验室，不让任何人探视开始，他就知道，她对于他是特殊的。只是没有想到，是这样的"特殊"。

时间一分一秒地流逝，见谢雨哲一直不说话，莫恒山语气平缓道："我跟云上曾经去过你们的家乡，还上山祭拜了你的父母。"莫恒山直视他，眼里有一种逼人的光，"奇怪的是，你的名字居然不在谢家，而是出现在林家。雨哲，你的父亲姓林，是吗？"

谢雨哲深深地埋下了头。过了一会儿，他起身说："对不起，我还有事先走了。"

莫恒山见他起身，不慌不忙道："知道我为什么约你来这里吗？这里叫不到车也不通地铁，再过不久天就黑了，除非我派车送你回去，不然你现在恐怕是走不了的。"

谢雨哲咬牙回头道："你到底想怎么样？你就不怕我回去告诉我姐，你威胁我？"

"我威胁你了吗？"莫恒山笑了，语气深沉道，"你知道你这么做不但救不了你姐姐，还会伤害她吗？池逸到底在做什么，他为什么要给云上做记忆移植？"

许久，谢雨哲认命地走回来，身体无力地跌坐在沙发上。他垂着头说："因为云上失忆了，只有这个办法能救她。"

"只是如此吗？"莫恒山皱眉，"你相信池逸说的话？他说给云上做记忆移植就能帮她恢复记忆？那你有没有想过倘若有一天云上自己的记忆回来了呢？你有没有想过……"

"我有想过，"谢雨哲抬起头，打断道，"我想过的，可他非要这么做。当时除了池逸所有人都不看好她的情况，认定她不会醒过来，是池逸救了她。"

"那记忆移植怎么解释呢？"莫恒山盯着他的眼睛问。

谢雨哲舔了舔干渴的嘴唇，他看到桌上一杯早已凉透了的水，咕咚咕咚一饮而尽。

"当时情况很特殊，池逸说，即便云上能醒过来，也会失去记忆，且是不可逆的。他在这方面很厉害，我是无法反驳他的话的。我……"他低着头，渐渐语无伦次道，"我当时只是想救我姐，便听了他的话。"

"那么，云上移植的是谁的记忆？"莫恒山沉沉地注视着他，他情不自禁地咽了口唾沫。

谢雨哲又想喝水，奈何杯子空了，莫恒山不紧不慢地给他续上一杯，他拿起杯子，是温的。"谢谢。"他说着，喝了一口，擦了擦嘴，见莫恒山等他下文的样子，半信半疑地说，"你该不会已经知道了，故意来问我吧？"

莫恒山笑了，这小子还是挺机警的，他说："听着雨哲，虽然云上不是你的姐姐，但你心里早已把她当成你的姐姐。我们都希望云上好，对不对？所以，请你告诉我你知道的全部，池逸为什么要给云上做记忆移植？"

谢雨哲垂眸。

是啊，他早已把她当作自己的亲姐姐。他没有姐姐，林奈是他继父的女儿，从他进入林家的第一天起，他就莫名地不喜欢她，他觉得这个"姐姐"对自己有敌意。他不喜欢她，母亲也不喜欢她，在她十几岁的时候，母亲就和继父商量着把她嫁出去。他那时候年纪小，不明白林奈的恨意从哪里来，直到他后来长大，去外面念书，才知道她的过去是多么不幸。

她的生母是家里的忌讳。继父从未提及，但是每年生母的忌日，她都会偷偷地跑出去，有一次他跟着她跑到海边，她坐在那里一直哭。他才知道，原来她的母亲跳海自杀了。他陆陆续续地听大人们说，林奈的生母得了一种怪病，这种病治不好，将来迟早要疯掉。这种病很可能会遗传，所以林奈从小就被人用异样的眼光看待。他的母亲唯恐林奈病发，成为家里的累赘，想早早地把她打发出去。

母亲对继父提议把她嫁出去的时候，他看到林奈偷偷地躲在门后，他们说的话她全都听见了。

他眼睁睁地看着她离家出走。他觉得也许这样也好，她就不用再受折磨了。他对她有感情吗？他不知道，只是单纯地不喜欢她。他小时候看到一种花，长在荆棘里，虽然样子很颓败，却充满了强劲的生命力。他觉得林奈就像这种花，是不会死的。

然而，她却死了，亲手结束了自己的生命。命运还是没有眷顾她，他想，也许是那个病。

在得知池逸实施那个计划时，他想也没想就拒绝了。池逸对他说："这个女孩和林奈年纪相仿，如果醒过来再也记不起自己是谁，该多绝望。你知道你姐姐失去记忆后多么痛苦吗……那无异于慢性自杀。"

"可她也没必要移植别人的记忆啊，何况那个人是林奈，她又不是林奈。"他记得当时是这么说的。

"我知道，她不是林奈，我也没把她当作林奈。可是雨哲，你知道你姐姐曾经找过我吗？记忆移植是她提出的，她希望有一个人可以弥补她失去的人生……你也希望她好好地活在这个世上吧，即使她人已经不在了，她的记忆还在，你想再叫一声'姐姐'吗？"

"倘若，她真的移植了林奈的记忆，想起那些痛苦的过去，该如何自处？我又该如何面对她？"

"你担心的我都考虑到了，我会有办法解决的。"

"如果她有了林奈的记忆，会不会也会爱上她所爱的人？"谢雨哲记得，这是他问池逸的最后一个问题，"还是，你想让她爱上你？"

池逸没有回答他，但是谢雨哲记得他是这么说的："雨哲，我不会让她爱上别人的。你姐姐爱错了人，我会让她得到幸福。"

"人的记忆是可以改变的吗……"

这是谢雨哲始终无法解开的心结，可是他已然拦不住池逸。池逸有一百个理由说服他，如果不愿意，从此就再也见不到谢云上了。他想看看池逸到底怎么做，想知道记忆移植是否真的能够实现。

谢雨哲从一个"旁观者"变成一个"参与者"，先不说记忆移植能否成功，但看池逸的样子觉得他已经入戏太深了。而醒来的谢云上，身上没有一点林奈曾经的影子。

他问池逸："如果失败了呢？"

池逸看着他，犹如一个不信命的赌徒："你就没有想过，万一成功了呢……"

回忆戛然而止。

莫恒山还在等他的回答，很有耐心地给他酝酿的时间。一杯咖啡的工夫，谢雨哲缓缓抬起头，看着他说："云上移植的是我姐姐的记忆，她叫林奈。"不等莫恒山回应，他接着说，"林奈是我继父的女儿，在我小时候她就离家出走了，再也没有回来。她母亲得了一种病，病发了就不认人，跑出去找都找不到。那都是我母亲嫁给她父亲之前的事了，我只知道她母亲后来跳海自杀了……听说这种病有家族遗传，林奈也许就是受这个病的折磨吧，但我们很多年没有见了。"

"我再次得知林奈的消息，是池逸告诉我的。他说，林奈自杀了。"他说到这里停顿下来，却没有看到莫恒山沉默的表情。谢雨哲自顾自地说，"没过多久，他因为外出会诊碰到了昏迷不醒的云上，把她带回来，对她进行治疗。所有人都说云上醒不过来了，除了池逸，他真的把云上治好了。可是池逸说，云上虽然能醒过来，但她的记忆神经受到了严重的损伤，醒来也会失去记忆。除非……"他说到这里，没有继续说下去。

莫恒山替他回答："记忆移植？"

谢雨哲点了点头："一开始我是不信的，觉得简直是天方夜谭。但池逸告诉我，他有这个把握，他在林奈生前就把她的记忆通过一种特殊的方式'储存'下来了，只是如果没有一个适合的脑容器，这些记忆也没有用武之地。"

"所以你们就把云上当作那个容器？"莫恒山突然觉得非常愤怒，他忍不住站起身，双手支撑着桌子身体微微前倾，目不转睛地怒视着对面的人，"你们就没想过这么做的后果吗？池逸疯了你也陪他疯吗？你们这样会毁掉一个人的！"

"是，是，我知道。对不起……"谢雨哲深深地埋下头，双手痛苦地揪着头发。

"你不用对我说'对不起'，你对不起的人是你的姐姐，云上。"莫恒山哑着嗓子道。

"我姐……云上她还好吗？"良久谢雨哲抬起头，双眼通红。

"既然这么担心她，为什么不去看她？"

不待谢雨哲回答，莫恒山起身往外走。快要走到门口时，他停下脚步，背对着谢雨哲说："司机就在外面，我让他送你回去。"顿了顿，他用一种极低极缓的语气说，"我还漏了一句介绍，你的姐姐林奈，是我的妻子。"

03 / 黑暗流星

明媚的阳光透过落地窗帘照射进来，谢云上躺在沙发上，眼睛因强烈的光照不适地睁开。沙发旁掉落一个空酒瓶，桌上放着一锅没吃完的泡面。

　　谢云上扶着额头坐起来，太阳穴传来一阵持续的胀痛。医生一再提醒她不许喝酒，奈何最近烦心事一件接着一件，需要借酒消愁。她顺了一把头发赤脚走到窗边，拉开窗帘，阳光洒在远处的河面上，泛着粼粼的波光。

　　上午九点，莫恒山公司的会客室坐满了人，这些人面面相觑，都从对方的眼里看到了同样的困惑。一天前他们收到一个邀请，请他们来这里做一次面谈，如果接受的话，条件是买断一个月的广告位。

　　约莫十分钟后，会客室的门被推开，一个西装革履举止从容的男人缓步走进来。看着很年轻却出身不凡的样子，众人面面相觑，这是最近冒出头的神秘新贵，还是某个异军突起的金融大佬？大家你看我我看你，纷纷摇了摇头。在特别助理莫妮卡的开场白里，眼前这个高大俊朗、一身贵气的男人就是给他们开出让他们无法拒绝的条件的"大老板"。

　　到底是得罪威少，还是完成任务重要，众人犯起了难。可即使财大气粗如威少，也不可能买断他们在场所有人一个月的广告位啊，要知道这得是多大的财力和魄力啊……

　　这个人是什么背景？到底为什么要这么做？

　　"大老板"没有开口，替他发言的是他的漂亮助理。只见莫妮卡露出一个招牌的"莫妮卡式笑容"，礼貌客气地说道："很高兴各位给面子到场，今天之所以把大家邀请来，是有一件事想请你们帮忙。我知道这几年做媒体都很难，别说广告媒体了，现在自媒体生存都很难。快过年了，我们想帮大家过一个丰收的好年，条件很简单，就是……"

　　"不好意思小姐，您不能进去……"

　　就在这时，会客室的门再次被打开，工作人员一脸无奈地站在一旁。只见方安娜穿着八公分的红色高跟鞋，戴着足以遮住半边脸的墨镜，烈焰红唇，像个来砸场的女王。

　　她不看在场的人，只把目光锁定莫恒山，微微一笑道："莫先生，这是什么意思？"

　　认识莫恒山这么多年，她第一次不对他发嗲卖乖，不再叫他"师哥"，撕开了隐藏在墨镜后的真面目。

方安娜看着莫恒山，她本来是怒气冲冲地闯进来的，威廉得知她封杀谢云上的事大为光火，责令她必须去摆平，并且要给谢云上赔礼道歉。纵横商场的方安娜长这么大何时这么狼狈过？她恨恨地咬着牙，心里再百般不乐意，表面上还得顺从答应。

这都拜谁所赐？莫恒山！她心里再清楚不过了。本想冲他发飙的，可一看到他的脸，看到他坐在那里凝神静听的样子，她的心不知怎的突然就软了。

莫妮卡正要开口，莫恒山摆了摆手，方安娜的视线在莫恒山的脸上停留片刻，转而对在场众人说道："不好意思给大家添麻烦了，威少还在南非，过几天就回来，他让我代他向在场诸位道个歉。同时，"她深吸一口气说，"关于封杀摄影师谢云上的事，到此为止，我们微影公关公司后续会给大家一个交代。"

会议没有再进行下去，大家终于意识到是怎么回事了。敢情这个沉默不语不知从哪里冒出来的新贵是千金一掷为红颜啊，不得不佩服这份"爱的代价"。

所有人走后，独留方安娜与莫恒山对峙。

"谢云上是你的女朋友吧？"方安娜艳红的嘴唇勾起一抹冷笑，"一个失忆的病人？"她很快就把谢云上的底摸了个清，想到约她见面她居然不应，方安娜咬牙切齿道，"真是小家子气，一个小地方出身的穷酸摄影师还是个病秧子，跟她的男医生关系还不清不楚？师哥，你该不会是被骗了吧？就像当年……"她一字一字极尽讽刺，"被我表姐骗得团团转一样。"

面对她的冷嘲热讽，莫恒山不予理会，他联系秘书台把方安娜"请"出去。方安娜含泪大声道："你会后悔的！你一定会后悔的！"

方安娜走后，莫妮卡小心翼翼地偷觑莫恒山的脸色，莫恒山却像没事人似的。他问莫妮卡："云上最近接到工作了吗？"他知道工作对谢云上的意义，担心这件事令她受挫。

莫妮卡说："我通过星球给云上发了工作邀约，可星球的编辑说她最近不接工作。"

　　"不接工作？你不是最近都去看她么，她怎么样了？"莫恒山关心道。

　　"她挺好的啊，该吃吃，该睡睡，还……"莫妮卡突然卡壳。

　　"还怎么？"

　　"没怎么……就是偶尔喝喝小酒助助兴。"

　　"喝酒？"想到谢云上不胜酒力，莫恒山微微蹙眉，"她不能喝酒。"

　　"唉。"莫妮卡长叹一声，"老板，下回这种事别再安排我了，我工资也不要了。"

　　莫恒山听了露出笑容，对莫妮卡说："辛苦你了，新年给你发红包。"

　　"谢谢老板。"莫妮卡也跟着笑起来。两个人聊了会儿，莫妮卡不放心道，"刚才看方安娜那个样子，会不会……"

　　"安娜是大小姐脾气，过去了就没事了。"莫恒山不甚在意道。

　　"可是事关你和云上，她这次弄得这么狼狈，不但威信全无，有可能连工作都不保，我担心……"想到刚才方安娜口口声声要让莫恒山"后悔"，莫妮卡不禁感到担忧，"方安娜既然知道池逸和云上的关系，会不会……"

　　莫恒山也想到了，他说："这件事要尽快解决。"

　　莫妮卡离开后，莫恒山一个人坐在办公室里，面前放着谢云上的诊断报告。

　　事情还要从几天前说起。莫妮卡去谢云上家喝酒，一来是去陪她解闷，还有一个目的是拿到她的医学报告。功夫不负有心人，她终于在谢云上家发现了报告，偷偷拍照发给莫恒山。

　　谢云上的医学报告显示，她得了"记忆衰退症"，需要按时吃药和复查。但是报告里只描述了这种病症的症状，病发时记忆混乱，病人像得了"阿兹海默症"一样，不记得身边的人，不记得自己是谁，也不记得过去的事。病人甚至会怀疑自己的记忆不是自己的，把自己当成另一个人……

　　上面所描述的症状，确实和谢云上的症状有几分相似，但又不尽相同。如果真的是为了应对"记忆衰退症"，又为何要做记忆移植？从谢雨哲的陈述里，这个罕见的病其实是林奈的病，这也就说通了她为什么要隐瞒，为什么要吃那些药，为什么会记忆错乱……如果是林奈要求做记忆移植的话，她的目的是什么？把自己的记忆移植到另一个人的大脑里，为了让那个人记得自己，还是自己的那些记忆？

在莫恒山的心中，林奈是一个"忌讳"，不是因为亡妻的身份，而是，他看不透她。她的一些异于常人的行为，令他一度以为是她生为艺术家的敏感天性，现在他知道了她真正想要隐瞒的是病情和她悲惨不幸的过去……可是，一个人的过去和不能为外人道的病，就能让她做出如此极端的事吗？

她要求池逸给她做"记忆移植"，没有想过会给另一个人带来不幸吗？

她在实施这个违背常理的计划之后，又为什么要自杀？

她是想让他一辈子活在自责和痛苦中吗？

如果是这样的话，莫恒山觉得，他从未看清这个人。

他不禁想起在巴黎初见林奈的时候，她对他说："我很久之前就喜欢你了，我知道你喜欢《人间失格》，我也喜欢《人间失格》。"

她，是真的喜欢他吗？或者只是出于某种需要？

他记得那个雨夜，那时候他还在国内念高中，看到一个单薄瘦弱的女孩被追债，他看到她的软弱无助，看到她的艰难挣扎。可是当他伸出手时，她却没有向他求救，甚至不愿意让他看到自己……后来，他给她留了一把伞，非常普通的一把黑伞，却是他的贴身之物。

不知道为什么，在认识谢云上之后，他总是想起那个雨夜。

如果当初认错了人，如果林奈根本不是他以为的那个人……

莫恒山闭上眼，再度睁开。他从抽屉里拿出一张名片，那是已经退休的中学校长的名片。

他起身披上大衣，走出门外，走进了浓浓的夜色中。

谢雨哲和周晗一起吃饭，周晗见他心不在焉的，问道："你怎么了？"

谢雨哲似乎没有听见，依然耷拉着脑袋，一副心事重重的样子。周晗蹙眉，"你到底怎么了？"

就在刚才，他收到了莫恒山的消息："你方便从池逸那里拿到云上的报告吗？"

莫恒山还是对谢云上家里的那份报告心存疑虑。

谢雨哲挎着脸，深深地叹了口气，姐夫还是姐夫，姐夫又不是姐夫。这种感觉就好像，好不容易认了个爹，爹说，儿子，我的儿子不是你，但你也是我的儿子。

"唉……"这已经不知道是谢雨哲第几次叹气了。

急性子的周晗见他一脸焦虑又迟迟不肯说的样子，忍不住说："该不是你对我有意见吧？你要是不喜欢我就直说。"

"我哪有……"谢雨哲哀叹一声，看着她，突然不知怎的灵光一现，"小晗，你能进池逸的实验室吗？"

"实验室……"周晗一脸茫然地看着他，"等下，你为什么要问我这个问题？还有，你不是老'哥、哥'这么叫他吗，为什么直呼姓名了？发生了什么事？池教授怎么了？"

谢雨哲深深地叹了口气，什么都瞒不住聪明的周晗姑娘。该从何说起呢，算了还是不说吧，就让她的池教授在她心里一直当个"男神"吧。

谢雨哲说："我求你帮个忙，帮我到逸哥那里取我姐的病例报告，偷拍也行，但不能让他知道。"

"为什么不能让他知道？"周晗疑惑道。

谢雨哲一副欲言又止的样子："……总之，你听我的就是了。"

谢云上正在家里做饭，莫妮卡说她今晚可能会过来，打开门却看到池逸站在门口。此情此景仿佛回到了几个月之前，谢云上恍惚地觉得像是过去了好久。

"对不起，我没打招呼就不请自来了。你一直不接我的电话，我担心你就过来看看。"池逸摆出一副求和好的样子。

往常他手上都会拎着东西，不是新鲜的菜就是水果，他知道谢云上爱吃什么，今天也不例外，带了她喜欢吃的樱桃。谢云上看着他手中的樱桃，一时无言。

池逸温和地注视着她，就好像之前的事情没有发生过。怎么可能当作没有发生呢……再次见到他，谢云上不知以什么样的心情面对。这时，隔壁的赵阿姨正好出门，看到池逸站在门口，笑着招呼道："哟，池医生来啦，好久没见到你了。"

池逸和赵阿姨打了声招呼，说："前阵子忙，院里事情多，这不过来赔罪了。"

"哦哟，谢小姐脾气老好了，没事的，阿姨替你说说情。"赵阿姨走过来，对谢云上笑道，"谢小姐，池医生对你可是一百分的好，我都看在眼里的，你不要生他的气啊。"

"谢谢你，阿姨。"谢云上还没有说话，池逸倒开口了，"我们没事的。"

"没事就好。小两口哪有隔夜仇啊，我跟我家老头子还经常吵架呢。"赵阿姨说着乐呵呵地走了。

池逸目送她离开，回头看着谢云上，谢云上说："你跟赵阿姨说过什么，她怎么会误会我跟你的关系？"

池逸说："她看我经常过来，误会我是你的男朋友……对不起，是我没有解释清楚。"

谢云上抿了抿唇："进来吧。"

说完这句，她不再看他，转身进屋。厨房里正在炖排骨，谢云上径直进了厨房。池逸走进来，看到窗边的蓝色风铃，这是她醒来后第一年过生日他送给她的。池逸走过去伸手轻触，风铃发出悦耳动听的声音，美好的物事犹在，可是人呢？

池逸看着窗外的景色出神，夕阳一点点沉下去，很快天就黑了。对岸万家灯火，人间璀璨喧嚣，落在他的心里却是孤寂的寒冬。

很多年了，他一直没有走出生命的冬天。

就在池逸陷入一个人的思绪时，门铃声再次响起。不等谢云上出来，池逸走过去开门，却见谢雨哲站在门口。他见到池逸一愣，嘴角勉强扯出一丝笑容："哥……"

池逸没想到这么晚了他会过来，转而想到难得下厨的谢云上，也就明白了。三个人又一次相聚，仿佛回到谢云上生日的那晚，不同的是，进厨房的人不再是他。

那次"彻夜长谈"之后，谢雨哲好久没来谢云上的家了。他在说通周晗去实验室"偷"报告之后，自己不放心，于是跑去"跟踪"池逸，好给周晗盯梢。结果发现池逸出门，开车来到谢云上的小区。他觉得与其盯梢，不如拖着池逸，最好把他灌醉，方便给周晗时间。所以在池逸进门后没多久，他索性按下了门铃。

谢云上走出来见到是好久不见的谢雨哲，也感到意外，她没想到谢雨哲这时会过来，他和池逸像是约好了一样。其实那次把一切说开之后，谢雨哲就一直不敢联系池逸，他怕池逸知道后不会放过他。谁知一切安静如常，池逸竟然一直都没有联系他。

谢雨哲欲盖弥彰地解释道："我下班正好路过，就过来看看。"谢雨哲在东区工作，这理由找得真拙劣，见池逸看着他，谢雨哲尴尬一笑，"刚好在附近见客户。"

池逸说："你做设计工作还要见客户啊。"

"年底了，老板让出去拓展业务。"谢雨哲心虚地答道。

"你老板真有心。"池逸似笑非笑。

这下谢雨哲不知该怎么回了。他在任何人面前都可以装，唯独在池逸面前，仿佛他无论做什么都能被池逸看穿。他干脆低着头不看对方，两个人一时无话。

谢雨哲偷偷瞄一眼池逸，见池逸在看手机，他也干脆拿出手机装模作样。眼看着一个小时过去了，周晗那边还没有消息，不由地暗暗替她着急。

"你跟小周谈得怎么样了？"池逸突然问道。

"啊……"谢雨哲抬起头，见池逸正看着自己，挠了挠头道，"就那样吧。"他说着，不动声色地把手机屏幕关了。

池逸瞥了他手机一眼，说："你是不是在跟小周聊天？她今天加班。"

听池逸提到周晗，谢雨哲汗毛都立起来了，他把手机揣到兜里站起身："我去厨房看看要不要帮忙。"

他脚步飞快地走到厨房，池逸看着他的背影目光沉了下来。

谢雨哲走到厨房，谢云上刚把排骨捞出来，谢雨哲看了外面一眼，小声问道："他怎么来了？"

他在谢云上面前干脆就不装了。谢云上摇了摇头："他说担心我过来看看。"

"你相信他说的话吗？"得知真相后的谢雨哲，虽然表面上对池逸还是老样子，心里那叫一个别扭，他看到池逸就像小白兔看到大灰狼，忍着不发作而已。但是一离开他，他就再也忍不住了，对谢云上低声道，"你可别被他骗了，他这是黄鼠狼给鸡拜年，没安好心。"

谢云上停下手中捞排骨的动作，转头看着谢雨哲，像是第一次认识他："你今天怎么了？"

"我……没什么啊。"

"这不像是你说的话，你不是很崇拜池逸，把他当作哥哥的吗？"

"那是以前。"谢雨哲咬牙切齿道，"反正我现在完全站在你这边，站在……"他轻轻咳了两声，"你那个男朋友这边。"

不等谢云上回话，身后就响起了池逸的声音："要我帮忙吗？"

谢雨哲吓了一大跳，他正在背后说当事人的坏话，顿时不敢回头看身后的人。

谢云上看了他一眼，示意他放轻松，对池逸说："已经好了。你吃过饭了吗？没吃的话就一起吃吧。"

"我来吧。"池逸走进来，像平时那样从谢云上的手中接过盘子，还不忘拍了一下谢雨哲的肩膀，"还愣着干吗，帮忙拿碗筷。"

谢雨哲无奈地又被支使了，只好在池逸的目光下，老老实实地去拿碗筷。

　　迟迟没有回消息的周晗刚刚踏入实验室，里面黑漆漆的，什么都看不见。但她心里知道，看不见的才是最可怕的，门锁安保只是虚设，真正起作用的是隐藏在黑暗中的"感应器"。

　　她小心翼翼地走进去，唯恐碰到这些敏感的东西。也不知道谢雨哲葫芦里卖的什么药，虽然池逸今晚不加班，但很有可能说回来就回来，他平时都是把实验室当家的。

　　就在周晗咬牙打算再往前挪几步的时候，一道语音提示声响起，接着一个苍老的男声突兀地在黑暗中回荡。

　　"Yee，你支付的费用我已经收到了，谢谢你。我想告诉你，我已经申请了退休，也决定彻底退出这个项目。谢谢你邀请我，但我年纪大了，不能再为你做什么了。有个谢小姐的朋友来找我，说想了解一下记忆移植方面的信息。你知道的 Yee，我是个科学家，我无法对我的研究撒谎。不过你放心，我答应了替你保密，不该说的我不会说。对了，我记得谢小姐是没有所谓的记忆衰退症的，有这个病的是那位移植记忆给她的病人，还是我又错过了什么消息……但不管怎么样，这一切都结束了，你也该收手了。最后，Yee，我正式通知你我们的研究小组宣告解散，你也不用再来找我了。祝你一切顺利。"

　　这是一封语音邮件，来自沃克。

　　周晗听完，整个人呆立在原地，沃克的留言爆出了一个惊天秘闻。她后知后觉地掏出手机想给谢雨哲发消息，却一不小心触到了感应器，警报声响彻整个实验室。就在这时，池逸的手机收到实验室的一级警报，提示他有人闯入实验室，池逸脸色一变，起身就要离开。

　　几乎在同一时间，谢雨哲收到周晗的信息："糟了！被发现了！！！"

　　谢雨哲看到池逸不打招呼就往外面走，意识到大事不好，立刻跑过去拦住他。池逸却一把推开他，神情是从未见过的狠戾："你让开。"

　　"你不能走……"谢雨哲拦着他，因为紧张话都说不完整。

　　池逸不由分说就把他大力推开，正好撞到过来试图劝阻他们动手的谢云上。谢雨哲一个踉跄，撞到了谢云上的身上，一声闷响，谢云上摔倒在地，头磕到身后的茶几，鲜血汩汩流出，染红了身下的地毯。

谢云上睁着眼看着虚空，模模糊糊地想起了很久之前的对话。
"流星不是意味着稍纵即逝的美好吗？"
"不，流星意味着逝去的永恒。"
她慢慢地闭上眼睛，无边黑暗的夜里，一颗流星落入眼中，照亮了整个世界。

04
失乐园

大概是十六七岁的年纪，谢云上读寄宿高中，习惯下了晚自习去操场夜跑，一边跑步一边背英文单词。她喜欢聂鲁达的诗，最喜欢的是那首《我喜欢你是寂静的》。

有一晚照旧去操场夜跑，她穿黑色防风外套、白球鞋，扎着马尾辫。深秋的夜晚，寒意逼人，围着醒目的红围巾闷头跑步，耳机里在放一首很老的英文歌。

那晚的星星很亮，一首歌结束，她停下来看着夜空的星星出神。不期然地，一道身影出现在眼前。她看到他站在星空下的样子，成为青春时代无法抹去的记忆。

谢云上被送进急救室，门关上的那一刻，池逸才发现衣服全湿了。他顾不上换衣服，正要准备进去，急救室的护士看他模样狼狈连衣服都没换忍不住关心道："池教授您要不先去休息一下，我们先检查一下病人的伤口，一会儿再通知您可以吗？"

池逸抿着唇一言不发，额前的头发遮着眼睛看不出情绪，却无端地让人害怕。他的右手手背有一道很深的伤口，此时还在流血，他像是一点感觉都没有。从未见过池逸这副模样的护士哆嗦着唇想劝他去处理一下伤口，却被他推开，径直走入了那道紧闭的门。

护士张了张嘴，无奈地看了一眼站在原地像丢了魂的谢雨哲，摇摇头跟着进去了。

周晗赶到的时候，谢云上已经进了手术室。谢雨哲蹲在手术室外，双手抱膝，把头深深地埋进去，像一只受伤躲避的鸵鸟。周晗走到他身边，他一动不动像是没有察觉她的到来。周晗什么也没说，蹲下来陪着他，过了很久她才发现，谢雨哲在抱着自己哭。

他在哭，在自责，在懊悔。

时间一分一秒流逝，"手术中"的灯终于暗了，手术室的门打开。谢云上被缓缓推出来，穿手术服戴口罩的池逸最后一个走出来，他因为极度疲惫走得非常缓慢。谢雨哲看到谢云上出来，立刻跑到她身边，手术后的她看起来非常虚弱，面容苍白，眼睛紧紧闭着，头上缠着厚厚的纱布，模样让人心疼。

谢雨哲红着眼轻声呼唤："姐……"

周晗对池逸说："池教授，云上姐的情况还好吗？"池逸低着头，右手的伤口简单处理了一下，却因为没有及时包扎看上去更严重了。周晗一看就明白，急道，"伤口得包扎，池教授，您还是赶紧处理一下吧。"

池逸却恍若未闻，这时一直没开口的谢雨哲看向池逸，哑着声道："她能醒过来吗？"

池逸抬起眼看他，眼神冰冷得让谢雨哲下意识移开视线，只听他声音低沉："等麻醉剂药效过了，如果能醒过来就没事。"

"如果不能呢……"谢雨哲颤抖着唇问。

"如果不能……"池逸停顿了一下，哑声道，"如果不能，就跟三年前一样。"

"你说什么？"谢雨哲上前一把揪住他的衣领，情绪失控道，"你怎么可能救不了她？"

"我是人,"池逸看着他,说出的话让谢雨哲近乎绝望,"不是神。"

我不过是个凡人,我也有无能为力的时候。

谢雨哲无力地松开手,他后退几步,看着他喃喃道:"要是我姐……她有个三长两短,你我就做个了断吧。"

谢云上被送到 ICU,一切仿佛回到三年前。谢雨哲看着谢云上被推进去,想起三年前第一次见她,也是这样被推进去……

时光如梭。

周晗听了一头雾水,池逸离开后,她问谢雨哲:"什么叫'做个了断'?发生了什么,云上姐怎么会受伤?"

谢雨哲这才想起来问周晗实验室的情况,周晗做了一个"嘘"的手势,只见处理完伤口的池逸折返回来,周晗尴尬地打了声招呼:"池教授。"

池逸看了一眼谢雨哲,对周晗说:"你们先回去吧,等有消息了通知你们。"

"不。"谢雨哲拒绝道,"我要留在这里。"

池逸皱眉:"你在这里她也不会醒过来,倒不如回去睡一觉,白天再过来。"

两个人这才后知后觉已经是后半夜了,再过不久天就亮了。谢雨哲突然像是意识到什么,拿出手机,又碍于池逸在场,只得拉着周晗一言不发地离开。

刚走出医院,谢雨哲就迫不及待地给莫恒山打电话,莫恒山的手机却一直无人接听。这个时间点,莫恒山应该是睡了。谢雨哲此刻像热锅上的蚂蚁急得团团转,周晗不明所以,劝道:"你再着急也没用啊,不如先回去好好休息,没准一觉醒来云上姐就醒了。"

谢雨哲摇头,说:"不行,我得去找莫恒山,我姐现在躺在里面还不知道能不能醒过来。要是醒不过来,他莫恒山这辈子都别想再找到人。"

"莫恒山?"周晗好奇道,"是不是就是云上姐那个神秘男友?"

"嗯。"谢雨哲点头,"他要是再不接电话,就不是我姐夫了。"

　　彼时的莫恒山正在回来的路上。他在车上睡了长长一觉，睁开眼，外面天色已亮。司机问他回家吗，莫恒山没有回答。他联系了已退休的中学校长，得知老校长回了老家。于是，他驱车前往目的地，除了看望许久不见的老校长，还有一个重要的原因。

　　莫恒山来到老校长的住处，寒暄了一会儿，他对校长说："我记得您记性特别好，能说出每个年级每个班有印象的学生。您还记得我在学校那会儿，有哪些学生让您印象深刻的吗？"

　　"你这是考我哪。"老校长说，"这都过去多少年了，我这么大年纪了哪里还记得。"

　　"您再好好想想，就我们这届的，比我们小一两届的都可以。"莫恒山温言提醒道。

　　"我记得你那会儿在学校可受欢迎了，用现在的话说就是校草啊，多少女学生喜欢你哪……"老校长看着他打趣道。

　　莫恒山笑道："您还说您不记得。"

　　老校长跟着笑了笑，慢慢回忆道："我记得除了你，还有一个学生，我对她印象很深刻。"见莫恒山目不转睛地看着他，老校长揶揄道，"是个女学生，比你小两届。"

　　"她叫什么名字？"莫恒山沉声道，如果仔细听的话会发现他的声音带着细微的颤抖。

　　老校长回忆半天，缓缓道："名字很特别，好像是叫……谢云上。"莫恒山闭上了眼睛。只听老校长在耳边断断续续道，"我记得她成绩非常好，喜欢摄影，手上总拿着一个相机，走哪儿拍哪儿。她是外地生，小县城上来的，家境不太好，但很能吃苦。小姑娘长得也漂亮，就是性格不太合群，很少看到她参加学校社团或者文体活动。按理说，这种多才多艺的孩子应该是喜欢参加课外活动的……"

　　老校长接下来说了什么莫恒山已经听不太清了，他站在原地，像一尊失去了灵魂的雕塑。

　　谢云上真的和他在同一所学校读过书。

莫恒山打开手机，看到谢雨哲的一堆未接来电。他心里微微一紧，拨通了谢雨哲的电话。

谢雨哲在电话里告诉他，谢云上进医院了，有生命危险。放下手机，莫恒山一路飞奔到医院，距离谢云上做完手术已经过去了数个小时，她依然没有醒过来。

等到莫恒山出现在 ICU 外面的时候，池逸已经在那里坐了很久。他一直没有休息，即使是医生，也不能在 ICU 长待。莫恒山看到了池逸，池逸也同时看到了他，冷笑一声，语带讥诮："我还以为你不来了。"

莫恒山此时没心情和他计较，尽量克制情绪地问道："云上现在情况怎么样了？"

池逸不答话，就那么似笑非笑地看着他，莫恒山眉头一皱一把拽起他，池逸冷笑："怎么，想动手啊？你动手了她就能醒过来吗？"

莫恒山紧握着拳头，因为过度用力，手背上青筋毕现。过去的温文尔雅内敛克制只是因为他觉得一味地发脾气动粗解决不了问题，现在却深刻地体会到人在濒临绝望的时候，所有的理智与克制都是软弱的表现。

他们的动静惊扰到护士台，有人跑过来制止他们。大家一开始都以为认错了人，想不到池教授居然也有和人动粗的时候。后来一想到跟躺在里面的那位有关，几个知道内情的人露出了然的神情，敢情是情敌来砸场子了。

小林从 ICU 走出来，就看到池逸和莫恒山在对峙，两个人谁也不肯放手。她也听到一些八卦，何况她比其他人知道得多。怪不得谢云上一直不接受池医生呢，原来人家早就心有所属了。察觉到池逸的目光，小林立即收起八卦的心思，对他摇了摇头。

莫恒山察觉到小林的动作，松开手问："什么时候可以进去？"

小林偷偷看了眼池逸，说："现在还不是时候。"

不等莫恒山开口，池逸对小林命令道："不管什么时候，他都不可以进去。"

　　莫恒山又要发作，这时谢雨哲和周晗来了，谢雨哲见到莫恒山，憋了很久的情绪一下子涌上来，冲莫恒山大声嚷道："姐夫，你怎么才来啊？"他这声"姐夫"惊呆了所有人，也包括莫恒山在内。谢雨哲偷偷对莫恒山眨了眨眼，当着池逸的面做足了戏，"还好你来了，我姐终于有希望了……"

　　小林无语地望着天花板，周晗忍不住偷笑。大家本来还担心莫恒山和池逸会不会打起来，谢雨哲来了之后都不约而同地松了口气。池逸还没反应过来什么时候谢雨哲和莫恒山搞到一起了，但联想到谢雨哲从昨晚开始的反常表现，也能明白是怎么一回事。

　　谢雨哲问池逸："我姐还要多久才能醒过来？"

　　池逸没有回答他，对负责 ICU 的护士说："任何人未经允许不得进去探视病人。"

　　"包括我吗？"谢雨哲不由地拔高声音。

　　池逸看了他一眼，转向他身边的周晗，语气低沉听不出情绪，说出的话却让人不寒而栗。"昨晚我的实验室遭窃，还好没丢东西，但监控已经拍到了……"周晗低着头大气不敢出，池逸盯着她的脸，"如果你有什么想知道的，不如直接来问我。"

　　这句话意味着他知道了昨晚进实验室的是谁。

　　谢雨哲听他的意思像是在警告，忍不住激动道："我问你，你就真的肯说实话吗？"周晗已经告诉了他，谢云上根本就没有什么记忆衰退症，都是池逸编造出来的。池逸不理他，谢雨哲干脆走到他的面前，咬牙道，"你说的每一个字，我都不相信。"

　　池逸在报警器响了没多久就猜到进去的人是谁，实验室的监控是连着手机的，他看到了周晗的身影。他知道周晗曾经暗恋过他，如果不是她对自己的这点心思，他是可以培养她的。

　　而对于谢云上，起初只是想要完成林奈的心愿，还有自己的私心。所有人都不准他做，他偏要去做。就像当初，所有人都说谢云上不会醒过来，他就一定会让她醒过来。

谢雨哲问过他："你真的爱云上吗？还是你把她当成了林奈，你爱的只是林奈。"

他其实也说不清楚是不是爱着林奈，但已经不重要了。林奈的心愿就是他的心愿，林奈对他说过的话他不会忘记。

那么，他爱谢云上吗？

他对她表白，向她求婚，承诺照顾她一生。他是真心想要照顾她一生的。

曾经，他把她当作林奈的替身。在看到她的第一眼，她闭目沉睡的样子和记忆中的那道影子慢慢地重叠……他给自己编织了一个梦，梦的那头是林奈，梦的这头是她，他是那个奏响梦乐的人。

他不知道什么时候爱上了她，也许是看到她在窗前看着风铃淡淡微笑的时候，也许是她吃他做的饭对他说"你做的饭很好吃"的时候，也许是她躺在冰冷的手术台上用一种脆弱却信任的眼神注视着他的时候……他空洞冰冷的心，渐渐地被一种奇怪的情感填满，这种情感就连对林奈都不曾有过。

在他答应林奈实施那个计划之后，他花了很长时间研究记忆移植，即使理智告诉他是不会成功的，他依然一意孤行。就因为他答应了林奈，这是他们的约定。

他是一个非常孤独的人，这种孤独不被理解，也得不到认同，以至于很多年来他都觉得自己不需要谁，也没有谁需要自己，除了林奈。林奈是一个例外，她不怕他，相反地，她相信他，愿意和他做朋友。

这世上最不该被辜负的就是信任。

他无法拒绝一个人对自己的信任，林奈把最深的秘密告诉他，甚至把自己的命交托到他的手中，他怎么能拒绝？于是，他想出了一个完美的计划。这么多年，他一直在找最适合林奈记忆的"容器"，直到遇见了谢云上。

他把林奈支离破碎的"记忆"拼凑起来，想要变成谢云上的"记忆"，然而到了最关键的时候，他却没有把林奈的"记忆"储存到谢云上的大脑里……他也不知道自己为什么要按下暂停键，是沃克对他说的"记忆移植不可能成功"，还是他从心底里就不愿意……

　　曾经他以为把林奈的记忆"复制"到另一个人的脑中，当这个人醒来，就有可能把自己当作林奈。记忆也许可以复制，可是情感呢？谢雨哲说得对，谢云上终究不是林奈。他在谢云上的身上看到一种光芒，一种坚强、勇敢、不向命运低头的光芒，他不想让她身上的这道光熄灭。

　　在意识到自己的想法之后，池逸决定遵循自己的内心。他骗谢云上说"移植了林奈的记忆"，其实是想看她会有什么反应，会不会就此和莫恒山决裂。他嫉妒莫恒山，他拥有着两个女人的爱，而自己什么都没有。

　　什么都没有。

　　她回到了家乡，临远。

　　记忆中的海水非常蓝，那座海上孤岛真实地出现在眼前。她茫然地走过去，看到一个穿淡蓝色长裙的少女坐在海边，背对着她看着远方的天空。云朵铺展开来，延伸至天际，海浪声此起彼伏，打着浪卷奔涌而来。海水打湿了脚踝，女孩将一双脚浸泡在水里，任由冰冷的海水洗刷冲撞。

　　女孩回头看到她，对她微微一笑。

　　"你叫什么名字？"女孩问。

　　"我叫谢云上。"

　　"我叫林青云。"

　　原来她们很久之前就认识了，来自同一个地方，同样的年纪，名字里有同一个字。

　　回忆不能自拔，她沉湎在过去，直到听见有个人对她说："云上，醒来，醒来之后就是一个新的世界，你要替我好好看看它。"

　　她睁开眼睛，旧的世界远去了，新的世界在她的面前徐徐展开。

　　她看到，记忆中那个站在星空下的背影，转身向她而来。

05
人间失格

谢云上醒了。

她再一次在命悬一线之际挺了过来。如同三年前刚醒过来，语言和肢体功能丧失，传递所有信息的媒介只剩一双眼睛。她可以看见，可以通过眼睛去表达，神志却还没有完全清醒。

为了弥补对谢云上犯下的过错，池逸用尽毕生所学，昼夜不息地为她治疗。莫恒山也放下对池逸的芥蒂，请来外援协助。他们共同组建了一支最顶尖的医学团队为她治疗。谢云上顽强的求生意志折服了所有人，几个月后，她的情况有所好转，可以正常地饮食和交流，也可以慢慢地做一些肢体动作。她经历过这个过程，恢复期对她而言没有想象中那么难熬。

依然是小林照顾她，她现在对谢云上崇拜得五体投地，称她为"女神"。

"女神，你的励志经历已经传遍网络，网上都有你的粉丝，外面还有一大票记者等着采访你……女神，你这次是真的火了。"

"好了，别贫了。"谢云上无奈道。

输完液之后，小林神秘兮兮地问："外面有个熟人要见你，让他进来吗？"

"这话应该去问池医生吧？"谢云上回道。

小林早就把她昏迷不醒时 ICU 外面发生的事告诉了她，"莫恒山池逸两大帅哥为她大闹 ICU"已经成为全院上下每天茶余饭后的谈资，小林更是绘声绘色惟妙惟肖地把整个过程演了一遍。毕竟她是当事人之一。

谢云上醒来后，为了回避那两个人，能不见就不见，即使知道他们来看她，也还是让小林以还在休息为由把他们拒之门外。

小林说："你这又是何必呢！"谢云上背过身，没有人知道她逃避的心思，如果说池逸还能让人理解，莫恒山就让大家看不懂了。"难道是……分手了不好意思复合？"小林的眼睛闪着八卦的光。

莫男友的外形条件丝毫不逊于池医生不说，在欧洲还有城堡。据"医大八卦小联盟"说，莫霸总家世清流，父亲是知名大学的名誉校长、一级书法家，母亲是著名歌唱家，年轻时在维也纳举办过演唱会……如此显著的家世确实甩出身普通的池医生好几条街，但唯一美中不足的是：结过婚，有个娃。

"结过婚怎么了？有个娃怎么了？"护士小贾说，"这都什么年代了，还这么封建。"

"池医生看样子 PK 不过莫男友了，看来我们还是有机会的。"护士小乙窃喜道。

"嘁，凭你，池教授就是打光棍也看不上咱们呀。"

每天来"探病"的莫男友和每天来"查房"的池医生常常狭路相逢，八卦的星星之火快要烧到隔了好几栋楼的康复大楼了。

"唉，生活太无聊了啊，我们这些单身人士，看你们不就像是在看偶像剧嘛。"小林看着谢云上，语气充满了羡慕。

谢云上闭着眼，小林见她不语，以为睡着了，给她掖好被子，走出去关上了门。室内一片安静，她在昏暗中睁开眼，听到小林在外面轻声说："不好意思她睡着了，等她醒了我会告诉她的。"她没有听到对方的回答，也就不知道来看她的人是谁。

莫恒山没有离开，他坐在外廊的长椅上。楼下是个小花园，阳光明媚，碧绿的青草地上落满了粉白的花。花园里很幽静，一树一树的繁花，美如人间四月天。从去年十月到现在，他们认识了八个月，从秋天到春天，再过一个夏天就是一年了。时间过得真快，好像昨日还在星空下漫步。时间过得又是如此缓慢，什么时候他们的爱情才能像这满园春色。

莫恒山拿出手机，打开手机里唯一收藏的一首音乐，《人间失格》。他第一次听这首歌并不是认识林奈的时候，而是更早，在他读高中的时代。

春天的夜晚，他从学校的小花园经过，看到一个女孩坐在一棵花树下。小花园里寂静无声，她扎着马尾辫，背对着他静静地听这首音乐。不知不觉他停下脚步，站在她的身后，直到一首音乐结束。

和林奈认识之后，他见过林奈听这首《人间失格》。不期然地想起那个春夜，那个坐在花树下的女孩。

他问林奈："这首音乐叫什么名字？"

林奈告诉他："《人间失格》。"

他其实早就知道了，只是忍不住想要确认林奈是不是他见过的那个女孩。他又问："你是不是在学校里经常听？"

彼时林奈扎着马尾辫，看着他目光闪烁。就在他以为她不会回答的时候，听见她说："是的，我最喜欢的音乐就是这首《人间失格》。"她抿了抿唇，对他莞尔一笑，"我在读高中的时候，经常一个人坐在学校的小花园听，每次听的时候，就会想起你。"

莫恒山苍凉一笑。

谢云上一直没有睡，她听到外面若有似无的音乐声，像潺潺水流涌入心里，扰乱了平静的思绪。开始以为是幻听，后来回味过来不是，可这首音乐为什么会在这个时间在这里出现，除非……

谢云上起身，走到门边，她伸出手触到门把手，却突然触电般缩回手。她低着头，良久，一滴泪落在颤抖的指尖上。

她知道外面的人是谁，他来看她，她避而不见。他不愿意离开，放了这首她最爱的《人间失格》。他相信，她听得到。

从一开始就错了，这一生，也就错过了。

莫恒山什么时候走的谢云上不知道，她靠着门蜷缩在角落里很久。她没有告诉任何人她恢复了全部的记忆，她想起了生命中最重要的人，最不应该忘记的人……最爱的人。

谢云上出院是在八月末，她在谢雨哲和周晗的陪同下办了出院手续。

离开医院的时候，大家给她准备了非常温馨的欢送仪式，本来大家想给她搞一个热闹的出院 party，被她拒绝了。她走的时候，池逸没有出现，小林说在她康复之后基本上就没池逸什么事了，他已经提了辞职，正在配合调查。小林说到他一脸惋惜："池医生恐怕以后都不能从医了。"

谢云上回到家，家里还是老样子，那晚事发后的一片狼藉早被清理一空，看不出一点痕迹。窗台上的绿植长得很好，谢雨哲说，这段时间一直是周晗过来打理。谢云上对周晗说："谢谢你，小晗。"周晗对她露出甜美的笑容。

世间再不快乐，也总有快乐的人。

因为谢云上刚出院，考虑到她的身体，谢雨哲和周晗没待多久就走了。打开音箱，《人间失格》的音乐声轻轻流淌。谢云上走到书架前，翻出那本莫恒山送给她的《越洋情书》，打开封面，看到扉页上的字，轻轻抚摸。

因为"封杀"和"进 ICU"事件，谢云上这位新锐摄影师俨然成为当下最受人关注的网红，关于她的八卦传闻层出不穷。有人说她出身成谜、身世坎坷，有人说她是天才摄影师一张照片价值百万，有人说"医大之光"池逸为她引咎辞职，有人说神秘富有的莫姓富商为她买断百家媒体广告年框……传得神乎其神。

被网友八卦热议、被媒体捕风捉影的当事人正躲在自己的小屋里闭门不出。邮箱因为邮件数量暴增打不开，星球主页因访问量飙升登不进去，星球主编约她做人物专访被她推掉，某一线杂志主编请她给新晋影后拍年度封面被她拒绝……就像她曾经说的，盛名之下其实难副，她谢云上不是一个喜欢出风头的人。

所幸她的社交圈非常简单，生活里没几个认识的人，对外的联系方式只有一个工作邮箱，让一干想要挖料的八卦媒体无从下手。热度渐渐消退，人们被更新鲜的事、更博眼球的人吸引。

即将到九月开学的季节，天气还是非常热。谢云上剪短了头发，穿着一件白 T 恤和一双白球鞋，站在一所学校的门口。这是一所高中，此时尚未开学，学校里没什么人。谢云上站在大门外，看着"荔樱中学"四个字，许久没有移开脚步。

门卫走过来，问："请问你找人吗？"

谢云上摇摇头，说："我在这儿读过书，可以进去看看吗？"

门卫上下打量她，问道："你叫什么名字？哪一届的？"

谢云上一时没有回答，门卫正要开口，突然走过来一个人，他说："不好意思，这是我的朋友。"

谢云上转身，莫恒山出现在眼前。门卫认识他，笑着招呼道："莫先生，您又来了。"

莫恒山点了点头，对门卫说："我们现在可以进去吗？"

"当然可以。"门卫说着，给莫恒山放行。

谢云上此时仍站在原地，莫恒山回头对她微微一笑："走吧。"

谢云上跟着莫恒山走进校园，莫恒山穿了一件白衬衫，领子解开，袖口挽到小臂。这么热的天，他似乎没怎么出汗，看着近在咫尺的这张脸，谢云上突然感到不好意思。刺眼的阳光照射下来，耳边是聒噪的蝉鸣声，她微眯着眼突然觉得很热，这时一把黑伞罩在头顶，遮住了刺眼的光线。

莫恒山不知从哪里取出一把伞，为谢云上撑开。"想去哪儿？"他语调轻松地问道。谢云上抿了抿唇，觉得有点渴，莫恒山说，"去小卖部转转吧。"

于是，谢云上跟着莫恒山去了小卖部。虽然是暑假，但是小卖部照常营业。他们先买了两瓶矿泉水，莫恒山问："要不要吃冰激凌？"想了想又说，"女孩子还是少吃冰的。"

从小卖部出来，他带她去了学校的小花园，他们走在幽静的林荫道上，谢云上手中握着一根雪糕，她问莫恒山："你不是说女孩子少吃冰吗？"

"偶尔吃一根没关系。"

"你平时也是这么对茉莉的吗？"谢云上微仰着头，阳光透过树隙洒落在她的脸上。

莫恒山停下脚步，静静地看着她，然后说："茉莉我是不会给她吃的。"

顿了顿，又说，"除非背完单词，作为奖励。"

"怎么，谢小姐有意见吗？"莫先生唇角微勾。

"没有。"

又走了一会儿，谢云上问："你怎么会来这里？"

"来办点事。"见谢云上露出疑问的表情，莫恒山凝视着她说，"来找一个人。"

"是谁……"她在心里轻轻地问出声。

两个人没有再说下去。他们走到一棵树前，正是莫恒山记忆里的那棵花树。他不动声色地注视着谢云上，此时谢云上正低着头，手里的雪糕快要融化了。

"这里……"他刚要开口，谢云上突然走到那棵树前，从他的角度看过去和记忆中的夜晚很像。空气里弥漫着雪糕的甜香，微风轻轻吹动树上的叶子，她站在他的面前，转身背对着他。

此情此景，灼热了他的视线。

《人间失格》的音乐声轻轻响起，他听见自己说："有没有可能，我们在这里见过……"

第十幕

云上的天空

『我在地球的光里，在人世的爱里，见过你。』

01
暗恋

十六岁这年，谢云上考到这所拥有近百年历史的名校，她是临远县城唯一一个考到大城市的孩子，一时间成为当地人谈论的焦点。那一年是她第一次离开家乡。

她读的是寄宿制高中，因为家境贫寒，周末在学校附近的小书店打工。走的时候，邻里乡亲凑钱给她交学费，她想着将来是要还的。尽管生活艰苦，她依然省吃俭用，饿着肚子省饭钱，一件旧衣服洗了又洗。

别的女孩在她这个年纪染头发、追星，她没有兴趣，和她们也没有共同的话题。她唯一的兴趣是摄影，摄影书很贵，更别提一架相机了。她在打工的小书店可以免费看摄影相关的书籍，学校图书馆也是经常去的地方。

那是谢云上宁静快乐的一段时光。

她读聂鲁达的诗，这位智利诗人忧伤地写道："爱那么短，遗忘那么长。"她看太宰治的《人间失格》，书中有句话："所谓世人，不就是你吗？"

她喜欢摄影，喜欢读书，喜欢音乐，喜欢一切与艺术相关的美好。现实的贫瘠给不了在想象中飞翔的翅膀，她却在富饶的精神世界自在地遨游，相信只要坚持，终有一天梦想照进现实。

她第一次见莫恒山是在开学典礼上。少年站在台上演讲，如一棵挺拔孤立的青松，风采卓然，一见难忘。彼时他是校园风云人物，而她是初来乍到的新生。她除了成绩好之外找不到其他拿得出手的资本，比她漂亮、家世好的女孩比比皆是。

她不会讲本地方言，在一帮人暗地里嘲笑"乡巴佬"和组小团体孤立她的排挤中，渐渐地适应了这种落差，一个人独来独往。她越发刻苦努力，从不与八卦热闹沾边，除了学习就是打工。看书、学摄影，租一架相机拍风景。

独立强大的摄影师谢云上一开始是怯弱自卑的，这种隐藏的性格尤其体现在爱情上，她并不懂得如何对喜欢的人表达自己。因而当其他女同学开始给暗恋的校草写情书、送礼物、制造偶遇和表白的时候，她只能躲在角落里偷偷地看他，隐藏喜欢的感情。

莫恒山比她高两届，谢云上读高一的时候，莫恒山已经读高三了。他当了近三年的学生会主席，各方面都很出色，然而即便如此，别人也会在背后非议他。那些羡慕嫉妒他的人说，莫恒山之所以能当上学生会主席，受到老师同学的青睐追捧，是因为他的背景。这更让十六岁的谢云上觉得，他和她不是一个世界的人。

她的暗恋羞涩而小心翼翼，觉得暗恋只是一个人的事，不一定要让对方知道。

她在夜深人静的午夜躲在被窝里看《一个陌生女人的来信》："我要向你倾吐我的一生，我的一生是从我认识你的那一天真正开始的。你出现在我人生中的时候，我十六岁，在此之后，我的生活是阴郁悲伤、杂乱无章。我再也不愿意回想起它来，因为它就像一个到处蒙着灰尘、结着蛛网、散发着霉湿味的地窖，对于这里面的人和物，我的心早已非常淡忘了。"

她的十六岁，隐藏着少女心事，执着地做喜欢的事，隔绝一大片人，暗恋一个人。

林奈的十六岁呢……彼时，她还叫林青云。

她和谢云上来自同一个地方，相同的年纪，而十六岁的她早就制订了计划，她要出国。比起谢云上简单质朴的家境，她的家庭要复杂得多。她出生在林村，和谢云上出生的岛村隔海相望，林是当地的大姓，谢云上的母亲也姓林。

谢云上年幼的时候，母亲就出岛务工了，之后再也没有回来。她和父亲相依为命，一直到十六岁考出去。相比于她，林奈的身世更凄惨，母亲在她童年时就跳海自杀了，据说是得了一种病。母亲死的那年她才十岁，没过多久，父亲娶了继母，带进来一个小她许多岁的弟弟。

他们相安无事地生活了几年，父亲常年在外打工，家里就剩继母和弟弟，她不喜欢他们，常常一个人跑到离家很远的孤岛上。有一次失足掉进海里差点淹死，幸亏附近的渔民救了她，这让她觉得，即使死了也不会有人在意。

几年后的林奈出落成亭亭玉立的少女，因为学习不好初中没念完就辍学了。没有钱她哪里也去不了，继母不让她出去打工，只想赶紧找个人把她嫁了。但这种生活不是她想要的，她和继母矛盾渐深。父亲听继母的，宠爱和他们没有血缘关系的弟弟，这个弟弟也确实讨人欢心，聪明乖巧，嘴巴又甜。她却非常讨厌他，父亲越喜欢，她就越讨厌。

表面的和平被打破，她经常不归家，继母在父亲面前告状说她不学好，父亲气得打她。她越逃，父亲打得越凶，她就更想逃，如此恶性循环。她哪里也去不了，没有钱，不能离开这里，如困兽般挣扎不休。有时候她想，不如就这样跳海死了，反正也没人在乎，他们都巴不得她去死。

林奈有绘画的天赋，她看凡·高，看莫奈，觉得凡·高是一个阴郁的人。后来有人问她为什么不喜欢凡·高，她说，他太偏执了。她对这种人有畏惧心，也许是因为她母亲。她去海边，一坐就是一整天，看到一群艺术家不远千里来这座小城写生，羡慕他们自由自在不受拘束。她跟他们聊天，幸运的是遇到一位美术老师，他在这里住了很长一段时间，收她当学生。

她开始渐渐地找到此生的目标，从而摆脱寄人篱下的命运。

在谢云上去浦城读高中的时候，林奈也来到这座城市。她离家出走后辗转找到教她的那位美术老师，美术老师就在荔樱中学任教，林奈经常以他学生的身份进出学校。于是，她注意到了莫恒山。

少年时期的莫恒山很引人瞩目，林奈得知他是荔樱中学高三的学生，比她大两岁。彼时，她是灰暗惨淡的社会少女，他是光芒万丈的少年骄子。

说不上是莫恒山条件太好还是出于一颗想要征服他的心，林奈惦记上了他。

她同样有自知之明，和谢云上"暗恋是一个人的事"想法不一样的是，她觉得喜欢莫恒山是一件无疾而终的事。她是一个所有东西都要靠自己去争取、得到之后要靠自己去维系的人，不会把时间浪费在喜欢一个没有结果的人身上，她有更重要的事去做。然而，这并不意味着，她不会像这个年纪的花季少女一样，喜欢追逐耀眼的人。

她开始频繁出入校园，并通过美术老师搞到一张学生证。她拿着这张学生证去体育馆、自习室、图书馆，凡是莫恒山出现的地方，她都会出现。但她不会像那些莽撞的女生那样在他面前刷存在感，她知道莫恒山这样的人不会喜欢。

荔樱中学是当时留学率最高的学校之一，一个班有近一半的学生高考完会选择出国，也有人高考前就被提前录取。林奈一心想出国，不仅是因为学艺术，更重要的是她想洗掉身上的印记。只要一天不离开，她总能闻到身上那股咸腥的味道。

美术老师给她指了一条路，她的绘画专业一定能过，只要把文化课修好，她走的不是自费路径，所以要求更高。荔樱中学是有公费申请名额的，可她不算这里的学生，没有这个资格，必须重新回去考。她连初中学业都没有完成，按部就班只是蹉跎时间，没有别的办法，只能走补课这条路。她向艺考生买复习资料，找补习班开小灶，决心把过去几年丢的全都补回来。

就在林奈为了出国奔波忙碌的时候，谢云上也有了目标。她想留在浦城，离她喜欢的人更近一点。

她去图书馆看书，有时候会碰到莫恒山。她偷偷地留意他看的书，发现他和自己一样，喜欢《人间失格》。关注越多，发现的秘密就越多，莫恒山不仅看《人间失格》，还看聂鲁达的诗集。这让谢云上感到意外且惊喜，原来他不仅有吸引她的外在，还有令她欣赏的灵魂。

也许他们本就是同类，都是喜欢独处、喜欢沉浸在个人世界的孤单个体。

有一次，他们又在图书馆偶遇。莫恒山走路总是低垂着眼，漫不经心的，穿一件白衬衣，脚上穿一双白球鞋，气质清冷干净。他们之间隔着一排书架，谢云上看到莫恒山在选书，额前的刘海儿遮住了眼睛，不笑的时候狭长的眼睛看起来有几分拒人于千里的薄凉。

察觉到对方抬起头，谢云上慌乱地垂下眼，躲在书架后面不让他发现。莫恒山抽掉了她选中的那本书，聂鲁达的《二十首情诗和一支绝望的歌》。谢云上看着近在咫尺的少年和手中的诗集，心里如小鹿乱撞，怦怦直跳。

两个人只隔着一排书架，如此近的距离却再也跨不出向他靠近的一步。

莫恒山没有立刻离开，而是站在原地看了起来。谢云上拿起一本书，遮住自己的脸，躲在书架后透过缝隙偷偷地看他。不知过了多久，莫恒山放下书离开，那书被他放回原处。等他离开后，谢云上拿起那本书，看到一张折页，上面是一首诗——《我喜欢你是寂静的》。

谢云上带着那本诗集走出图书馆，有一个人走到他们刚才待的地方，这个人就是林奈。林奈发现了谢云上的秘密，在谢云上偷看莫恒山的时候，她在背后默默地看着他们。

林奈知道谢云上，她们曾经见过。

在临远，她和她在海边相遇。她问她叫什么名字，她说，我叫谢云上。

再一次见到谢云上，林奈的内心五味杂陈。她有着她渴望得到的东西，如果把她的名额给自己，她就不会像现在这样一筹莫展了。但学籍身份是不可能更改的，只得咬牙另想办法。而现在她又发现了她和自己共同的秘密，她们喜欢上了同一个人。

这是一种什么感觉……

林奈想起了小时候弟弟刚进家门的时候，她站在门前也是这种感觉。从此以后他就要占据自己本该拥有的东西，分享本该属于自己的爱。她害怕这种感觉。当她看到谢云上用她看莫恒山的眼神看着对方时，手指深深地掐入掌心。

多年以后，林奈在给谢云上的信里写下她的"秘密"。

命运是一个轮回。在她写下这封信的时候怎么也没有想到，她以为这辈子都不会被对方发现的"秘密"，有一天会暴露在阳光之下。

02
孤岛

林奈得知谢云上在小书店打工，于是经常去书店，一来二去两个人就认识了。她称自己是荔樱中学的补习生，也来自临远，既是同学又是同乡，令在这里备受孤立的谢云上觉得亲切。渐渐地，她们成了朋友。

林奈经常来找谢云上，两个女孩一起吃饭、一起看书、一起自习，林奈给谢云上讲补课的烦恼，讲那些艺考生的八卦，讲对于未来的迷茫。

她问谢云上："你有喜欢的人吗？"谢云上摇了摇头。林奈盯着她，然后问，"那你现在只想着学习吗？"

"嗯。"谢云上低下头，看着吹落到脚边的树叶。

"我有喜欢的人了。"林奈突然说道，谢云上抬起头，林奈看着她，露出一个伤感的笑容，"可是喜欢有什么用呢，注定是没有结果的。"

谢云上以为她指的是出国后就见不到面了，安慰道："现在异地恋挺普遍的啊。"

林奈扑哧一笑："你想得真简单，谈恋爱不见面怎么行。"

"也是。"

"你谈过恋爱吗？"林奈又问。谢云上摇了摇头，林奈说，"你这样不行啊，你看看她们，"她随手一指旁边经过的女生，"她们在你这个年纪都是花枝招展朝气蓬勃的，都有喜欢的人喜欢的东西，你不能什么都没有……你好歹是我们临远走出来的啊。"

"你好歹是我们临远走出来的啊。"

　　她想起离家的那天，父亲往她的包里塞煮熟的鸡蛋，将一个牛皮纸信封放到她的手中，说："你好歹是我们临远走出来的啊……"

　　谢云上看着林奈微笑的脸，不知怎的心里一热，对她说："我会的。"

　　从那以后，谢云上越发刻苦努力，她收起胡思乱想的心情，在学习和打工之间奔忙。期末考试快要到了，谢云上一边投入复习，一边抽出时间帮林奈补习。林奈功课落了很多，谢云上便将以前的课本和复习题集整理给她，利用空暇时间给她补课。

　　她偶尔在学校碰到莫恒山，他总是一副匆忙的样子。学校里流传莫恒山即将出国，再过不久就要走了。谢云上的心火逐渐熄灭，就像林奈对她说的："喜欢有什么用呢，注定是没有结果的。"她日渐寡言和消沉，想着也许青春就是这样，初恋总是无疾而终的。

　　新年将近，谢云上打算回一趟家，她好久没有见父亲了。谢云上问林奈要不要一起回去，林奈拒绝了，说还要补课。

　　谢云上走出学校的时候碰到了莫恒山，他推着那辆显眼的蓝色单车，和身边的人有说有笑。那天下着细雨，天气寒冷，学生们三三两两鱼贯而出。谢云上穿着单薄的防风外套，脖子上围一条红围巾，经过莫恒山身边的时候，她低着头，把围巾蒙在了脸上。

　　已近傍晚，天空暗沉，雨渐渐地停了。寂静无人的街道，路灯洒下微弱的光线，谢云上一个人走在路上，突然看到前面有一个小水塘，她没有绕过水塘而是一脚踩了上去。小小的水花飞溅，落在一只白球鞋的旁边。

　　谢云上怔怔地注视着，记忆里的白球鞋，刚刚还与它的主人擦肩而过。她就这么低着头，用红围巾遮住自己的脸。少顷，白球鞋远去了，她抬起头，那个骑单车的背影渐行渐远。

　　谢云上坐了几个小时的大巴回到家，家里留了一盏灯，父亲还没有回来。此时已近新年，家家户户门前挂起了红灯笼，唯独她的家里只有这盏微弱的灯。她把父亲给她的生活费攒起来，想用打工和省吃俭用的钱买一架相机，给父亲拍照片。长这么大，他们父女俩连一张合照都没有。

她基本上确定将来要留在浦城。开始是因为喜欢的人，即使和这个人再没有可能，她也觉得这里未尝不是实现梦想的地方。

她想留下来，将来当一名摄影师。

谢云上想到将来就充满了一种充实的希望。生活再如何贫瘠，只要有家、有人、有灯……就有希望。

这时她收到林奈的消息，林奈告诉她："我改变主意了。"

谢云上问："哪天回来？"

林奈回道："明天。"

"明天见。"谢云上的脸上洋溢着淡淡的笑容。

她回到自己的小屋，窗外的月光洒进来，潮汐声从远处传来，她躺在睡了十多年的小床上，渐渐地沉入了梦乡。

就在谢云上睡着的时候，林奈一路走到了林家。她原本是不想回来的，可是大家都回家过年了，她因为交不起房租被房东赶了出来。寒冬腊月，她无处可去，用身上仅有的钱买了一张回家的车票。

她站在林宅大门前，迟迟没有伸出手推开这扇紧闭的门。里面隐约传来笑声，门前的红灯笼随风飘摇，看着眼前熟悉的一幕，她却怎么也挪不动脚步。距离她离家出走过去了大半年，他们没有找过她，连一条寻人启事都没有。她在心里嘲笑自己："省省吧，你在他们眼里算个什么啊，连陌生人都不如。"

没有人关心她，没有人在意她，没有人找过她……她的亲生父亲把别人的儿子当宝贝，把自己的女儿当外人。那么，她还回来做什么呢？他们恨不得她再也不回来吧，反正林家已经后继有人了，她反倒成了多余的。

林奈咬着牙，站起身，再也没有回头。

她一个人不知道去哪里，于是想到了谢云上。天寒地冻，无家可归，也许只有谢云上肯收留她。她给谢云上打电话，彼时云上睡得正沉，没有接她的电话。林奈挂掉电话，在原地站了一会儿。天空开始飘雪了，雪花落在她的头发上、眼睛上，远处有一座灯塔，一闪一闪亮着光。林奈紧咬着唇，向着灯塔的方向走去。

　　谢云上一觉醒来，打开门闻到厅堂里飘来的香味，父亲回来了，正在做饭。谢云上走到厨房门口，看到父亲在炖鱼，他回头看到女儿，露出慈爱的笑容："回来了也不说一声。"

　　"这不是想给你一个惊喜嘛。"

　　父女俩相视一笑。虽然母亲不在，但丝毫没有影响谢云上的成长，谢临泉一直独身至今，没有再娶。父女俩曾经讨论过这个问题，谢临泉说："我都这个岁数了，要是再婚，对方肯定要带孩子。我不想你受到任何影响，爸爸这一辈子啊就养你一个闺女，足矣。"

　　她喜欢吃父亲做的鱼，小时候父亲经常去海里捕鱼，年幼的她跟着父亲出海，那种乘风破浪的感觉让幼小的她的心里住着一片大海。她拉着父亲的衣角说，等将来长大了，我要当个女海盗。父亲哈哈大笑，摸着她的头说："等你将来长大了啊，嫁个好人家。"

　　那时候她还不懂"嫁个好人家"是什么意思。后来长大了，有了喜欢的人，她看到那个人就想起了父亲对她说的话。她在心里对自己说："如果不能嫁给喜欢的人，我宁可独身一辈子。"

　　父女俩吃了一顿简单温馨的晚饭，谢临泉如普通父亲般对女儿慈爱又严厉。谢云上期末考试拿了第一，谢临泉看着她的成绩单，欣慰地拍拍她的肩膀说："我女儿好样的。"

　　他话不多，像这个年纪日出而作的劳动者，努力赚钱，供孩子读书。他身体不太好，常年风吹日晒辛苦劳作让他在很早的年纪就生了华发。他是天底下最朴实平凡的父亲，谢云上却觉得，他是这世上最伟大最可爱的父亲。

　　谢云上看到林奈打给自己的未接来电，拨过去却一直无人接听，不免担心起来。她给林奈发消息，对方许久未回，想到这么晚了也许她已经睡着了。

这天晚上，谢云上一直没有等到林奈的消息，翻来覆去睡不着。

不知不觉，她把林奈当成了唯一的朋友，不知是因为两个人来自同一个地方，还是因为相似的经历。虽然林奈没有对她提及自己的过去，谢云上却细心地发现她生活得很艰难。也许是因为同病相怜的心情，又或者是，她是第一个也是唯一一个向她走近的人。

谢云上起身穿衣服，外面漆黑一片，父亲已经睡下了，她轻轻推开门，走了出去。外面是一片银装素裹的世界，不知什么时候下雪了，这会儿雪已经停了。远处的灯塔一闪一闪亮着光，她小时候经常站在家门前看那座灯塔。

谢云上往灯塔的方向走，走了十几分钟，隐约看见前面躺着一个人。她踉踉跄跄地跑过去，看到林奈躺在路边，蜷缩着身体一动不动。谢云上惊呆了，蹲在林奈身边喊她的名字，见她昏迷不醒，颤抖着手伸向她的鼻端，感觉到一丝温热的气息，终于松了口气，一下子跌坐在地。

谢云上叫来谢临泉把林奈背回家，临远已经很多年不下雪了，谢临泉背着昏沉的林奈，身后跟着谢云上，踩着雪一脚深一脚浅地往家走。幸好发现得及时，林奈才没有出大事。她发着烧，含混不清地念着一个人的名字，谢云上没有听清她念的是谁。

谢临泉给林奈煮了一锅姜汤，谢云上给她擦身，换了身干净的衣服，喂她喝了热汤发了汗，一直等到后半夜烧退了才放下心来。

林奈醒来，看到谢云上，心里一酸抱着她难过地哭。谢云上拍着她的背什么也没有问，谢临泉走进来，问她好些没有，要不要去医院。林奈摇了摇头，她抬起脸不好意思地擦了擦眼泪，对谢临泉说："叔叔对不起，给您添麻烦了。"

谢临泉摆摆手，他看林奈就像看自己的女儿。她们年纪相仿，谢云上说林奈是她的同学，还是林村的。谢临泉对林奈说："你就把这儿当自己的家。"

谢临泉出门去了，家里只剩下谢云上和林奈两个人。谢云上问林奈："你怎么在路边晕倒了，不是说回家吗？"林奈低着头没有说话，谢云上歉意地说，"对不起，昨天你打电话给我的时候我睡着了，醒来打给你却一直打不通。"

"你是怎么发现我的？"林奈问道。

"我一直没有收到你的消息怎么也睡不着，想出门走走，走到半路发现你晕倒在路边。"

林奈沉默片刻，说："我回了一趟家，没有进得了家门，无处可去想去找你。我记得你跟我说过你家在岛村，附近有一座灯塔，我就顺着海边一直走，一直走……我实在走不动了，天太冷了，风很大，我也不知道走到哪里就失去了知觉……"

林奈脸色苍白，脸上还有一块冻伤，她说话时语气平淡，却让人感到难过和心疼。谢云上紧紧地抱着她，眼睛湿润："对不起，我真的不是故意不接你的电话。下次我一定不会不接你的电话，对不起。"

林奈摇了摇头，她回抱住谢云上，这一刻，两个人的心靠得很近。

"'对不起'这三个字应该是我对你说啊，我无处可去，只有你肯收留我。你和叔叔对我这么好，我真的不知道怎么表达对你们的感激，是我该说'对不起'。"

"你千万别这么说，我们是朋友，你把我的家就当自己的家……以后我们一起过年，一起回家。"

"好。一起过年，一起回家。"

谢云上给林奈擦掉脸上的泪，林奈也给谢云上擦掉脸上的泪。两个人相视一笑。

那是林奈这些年来吃得最温馨最开心的一顿饭。

新年的第一天，两个人出发去孤岛。

那座孤岛谢云上小时候经常去，她跟着父亲登岛，父亲下海，她一个人在岛上玩耍。那座岛成为她的秘密心事地，每当不开心的时候就来这里。

林奈说："这座岛我来过，我们曾经见过，你可能不记得了。"见谢云上疑惑，林奈微微一笑，看向大海，"有一年我来这儿，遇见你，我问你叫什么名字？你说，你叫谢云上……"

"我记性很好的。"她说，"我们同样的年纪，出生在同一个地方，我们的名字里有相同的字……你说，这是不是就是传说中的缘分。"她回过头，对她扬起美丽的笑容，"所以云上，我们一定会认识，一定会成为朋友，也一定会……"

最后一句，淹没在汹涌的海浪声里，谢云上没有听见。她看着背对她的少女，面朝大海，风吹起她的长发，她像是一只随时要坠落海中的白鸥。

"将来有一天我死了，我想把我的骨灰撒在这片大海，生不带来死不带去，我们这一生不就是这样。"她听见林奈对自己说，"云上，无论将来我去哪里，我一定会记得你……也请你，一定记得我。"

请你，一定记得我。

03／替身

谢云上和林奈刚认识的时候，她就知道有一天她们会分开。林奈对她说，因为喜欢莫奈，她把原来的名字改成了林奈。离艺考的日子越来越近，林奈进入了最后的冲刺倒计时，她在谢云上身边出现的时间渐渐少了，谢云上又恢复成从前的独来独往。

谢云上终于攒到了买相机的钱，买了一台新相机，很贵，抵得上三年的学费。她很珍爱，几乎不离身，相机成了她形影不离的伙伴。

如果没有林奈和莫恒山，高中的日子其实很枯燥，除了学习就是学习。她因为出类拔萃的成绩渐渐地被很多人知道，高一十六班的谢云上，长得漂亮学习好。那些以前因为她来自小县城看不起她的学生，开始频繁地约她，想跟她做朋友。

谢云上有很长一段时间没有见到莫恒山,也没有听到他的消息。他卸任了学生会主席,为此学生会还给他办了一个盛大的欢送仪式,号召全校师生要以莫恒山同学为榜样。那些过去叽叽喳喳围在莫学长身边的女生一下子就散了,她们很快有了新目标,她们对他的爱,就像一句歌词唱的:"爱像一阵风,吹完它就走。"

谢云上想给莫恒山写一封信。她想以后也许会喜欢上别人,也许会忘了他,初恋总是最珍贵的,她想用这种方式,纪念她的初恋。

她给莫恒山写道:"当我第一次听《人间失格》这首音乐的时候,就想到了你。这真不是巧合,你喜欢《人间失格》,我也喜欢;你喜欢聂鲁达的诗集,我也是。我喜欢他写的那首《我喜欢你是寂静的》,你也是吗?我在图书馆看到你翻他的诗集……你还喜欢什么呢?你喜欢听摇滚乐队的歌吗?喜欢旅行吗?喜欢莫奈还是凡·高?喜欢《月光曲》还是《水边的阿狄丽娜》……

"你会不会觉得我很唐突,我不敢告诉你,喜欢你的人太多了。你有你的理想,有你要做的事,我不过是你生命中的一个过客,何况,你连我是谁都不知道。不过没关系,我喜欢你就够了。你是我喜欢的第一个人,你不用回应,也不用有任何负担,喜欢你只是我一个人的事。你不必知道我是谁,我只是喜欢你的人中的一个,喜欢你所喜欢的。"

谢云上写完这封信,把它夹在聂鲁达的《二十首情诗和一支绝望的歌》里。她听说莫恒山这几天会来学校,说不定这是最后一次见到他的机会。

她没有对林奈提过莫恒山,当初林奈问她是否有喜欢的人时,她没有告诉她。喜欢莫恒山是她心底的秘密,她不想让任何人知道。和林奈认识这么久,她也从未问过林奈有没有喜欢的人。林奈目标明确,一心想出国,她的喜欢和她不一样。她喜欢一个人会一直默默地放在心里,而林奈,她在这里喜欢一个人,到了国外也会喜欢别人吧。

谢云上再次见到莫恒山,依旧是在图书馆。

莫恒山还是老样子,穿一件黑色羽绒服,熟悉的白球鞋。他来还借书卡，在借书卡上最后一次签上自己的名字。他把借的书整整齐齐地摆放回原位，走到外国诗集的书架前，意外地没有看到那本经常看的诗集。他想，应该是被人借走了。

莫恒山离开的时候，突然有人喊了他一声，图书管理员交给他一本包裹着精美信纸的书，说是有人给的。莫恒山接过，他看着淡黄色的枫叶信纸，没有撕开，道了谢转身离开。

谢云上看着莫恒山离去的背影，看着他带走了她送给他的礼物。

莫恒山走出去没多远，一个女生行色匆匆地跑过来撞了他一下，他帮女生把掉落在地上的书捡起来，那本谢云上送给他的书却不见了。莫恒山后知后觉地追上去，女生已经走远了。

林奈走到偏僻的地方撕开信纸打开书，发现了书中的信。她打开信，看到谢云上的字迹，没有落款，但她知道这是谢云上写的。说不上是什么心情，一开始接近她，固然有自己的想法，可是处了这么久，两个人不知不觉产生了友情……她说不上心里是嫉妒谢云上，还是嫉妒莫恒山。

莫恒山迟早要走，她也收起了对他的心思。她知道谢云上喜欢莫恒山，原本想试探，奈何谢云上一直不说，她只好装作不知道。可在她看来，这种喜欢卑微而廉价，被喜欢的对象一点也不知情，简直是自讨没趣。林奈觉得陷入爱情的谢云上幼稚得可笑。

放学后，两个人约在学校附近经常去的那家"云心餐厅"碰面。林奈看着谢云上欲言又止，谢云上问她怎么了，林奈摇摇头说没什么。吃完饭，林奈带谢云上去她的画室，她现在搬到画室住，谢云上问她需要钱吗，林奈没有说话。

公费名额有限，能被选中的都是佼佼者中的佼佼者，谢云上不禁为林奈捏了把汗。她看到林奈画的《日出》：黎明时分，天空呈灰蓝色，山影重重峰峦叠嶂，云层如大片的梯田，绵延至看不见的尽头，远处的山峰与云相接，沐浴在金色的光照里……林奈说，这幅画画的是她们的故乡——临远。

　　林奈给谢云上讲起自己的身世。在她很小的时候，母亲得了一种病，记性变得很差，连自己是谁都不记得了。因为长期患病，她精神失常，总是离家出走，不认识回家的路……她变成一个被所有人畏惧和厌恶的疯子。父亲把她关在家里，毒打她，不准她出门。她尖叫、嘶吼，像一只困兽痛苦挣扎。

　　年幼的她常常躲在门后偷看父亲打母亲，他打得那么狠，差点把她打死。父亲开始酗酒，整日不归家，在外面有了人。终于有一天，受够了折磨的母亲在一个狂风暴雨的夜晚跑出家门，再也没有回来。

　　她的尸体被打捞上来，在海里浸泡了整整一夜。她已经认不出她了，忍着恐惧，和父亲一起把遗体带回家。父亲没有把母亲葬在林家的墓地，可能觉得丢人，随便找了一处野地草草安葬。

　　村里人都以为母亲是失足掉进海里的，只有她知道，母亲是自杀。她受不了被虐待、被折磨的非人的日子，抛下年幼的她，结束了短暂的生命。她短短的一生，就像一个让人提起来就反胃的笑话，被当作大人喝止小孩不准乱跑的恶鬼。而在林家，她是一个不能被提起的禁忌，连被摆上供桌祭拜的资格都没有。

　　林奈说完这一切，沉默下来，没有流一滴泪，可谢云上却听得流下了泪。她们的身世何其相像，她也没有母亲，然而她比林奈幸运，她有一个温暖的童年。她的父亲给予她足够的温暖和爱，教她写字、带她出海……他给她取名"云上"，向着云天，扶摇直上。

　　她紧紧握住林奈的手，说："以后我们就是家人，无论你去哪里，我都会记着你。"

　　林奈握住她的手，说："我也是。"

　　艺考的成绩下来了，林奈不在公费名单里。想想也是，一个既无背景又非正统出身的学生，怎么可能轻易就拿到公费名额呢？谢云上劝慰林奈别沮丧，不一定非要出国，可以考虑国内的学校，但林奈铁了心要出去。

　　她交不起补习费，也不好意思再待在画室。谢云上提议，不然一起在外面租房子吧。可她是住校生，学校是不允许住校生去外面住的。林奈说，我自己想办法。

她找到教她学画的美术老师冯清，恳求他替她想办法。冯清为难地说："我不是不帮你，但现在艺考过了，再考也得等明年。"

林奈看着他，眼里蓄满了泪，冯清大惊，问她这是什么意思。林奈含泪道："老师，你不是在找模特吗？我可以当你的模特，只求你帮我……"冯清别开视线不看她，林奈一把握住冯清的手，央求道，"只要你能帮我出去，我什么都愿意做。"

林奈走出画室的时候，天已经亮了。她看着东方露出的一缕曙光，金色的光染红了天边的云，她看着看着，流着泪笑了。

因为冯清的帮忙，林奈拿到了巴黎艺术院校的 offer，但是是自费的。她没有钱，刚刚升起的希望再次破灭，冯清说："学费我可以替你交，其他的你得自己想办法。"

这时候林奈想到了谢云上。谢云上曾经问她需不需要钱，她没有开口，她确实需要钱。那时候她还寄希望于公费，如今希望破灭，她别无选择。

林奈有一个很有钱的表妹方安娜，那时候方安娜已经被安排去英国的贵族学校念书，她心里艳羡，但绝不会开口去求她。她的自尊和骨子里隐藏的自卑不允许她向那些沾亲带故的亲戚求一个字，唯有谢云上，她觉得谢云上一定会帮她。

林奈向谢云上借钱，谢云上把打工赚的钱给她，还是不够。她想到可以申请贫困生补助，于是便为林奈申请了贫困生补助金。她在一帮同学的窃窃私语中领到这笔钱，交给林奈。林奈含泪接过，相处这么久，谢云上知道林奈的个性，她什么也没说，轻轻抱住她，在她耳边说："祝你梦想成真。"

谁知，谢云上拿到补助金没多久就被举报了，原因是她随身携带的相机。但凡认识谢云上的都知道她喜欢摄影，那时候的学生，除了读书鲜少有像谢云上这样可以把爱好和学习相提并论的人，她因为成绩好被老师默许玩摄影，其他人有点小兴趣就被说是玩物丧志。一些眼红她的人质疑她既然买得起昂贵的相机，为什么还要申请贫困生补助金，分明是打着成绩好的名义觊觎这笔钱。

班主任迫于压力对谢云上做了批评教育，并要求她退回补助金。这笔钱已经给了林奈，她不可能再要回来，谢云上摸着脖子上心爱的相机，咬牙做了一个决定。

她把相机卖了。

她用卖相机的钱退回了补助金，余下的钱再次给了林奈。林奈问她钱是从哪里来的，谢云上说："我还是不想耽误学习，就把相机卖了。"

她说得轻描淡写，林奈却明白她为自己做了怎样艰难的决定，她紧紧地抱着她说："我会把钱还给你的。"

林奈筹到了出国的钱，想请谢云上吃一顿大餐。谢云上说："你现在正是最需要钱的时候，这顿饭不着急，等你学有所成回来了再请也不迟。"

林奈点点头，微笑道："那就等我回来。"

那时候，她满心想着以后回来请谢云上吃这顿饭，可随之发生的事改变了她的初衷。

冯清找学生当裸体模特的事被曝光，学校开除了冯清，他给林奈搞的名额也作废了。走投无路之际，林奈找到一家黑中介，她用谢云上给她的钱交了中介费，拿到一张去巴黎的留学证明。

彼时谢云上还蒙在鼓里，她以为林奈再过不久就去巴黎了。林奈的确是准备去巴黎，可她连买机票的钱都没有。她让中介帮她垫付，自己想办法去借高利贷，高利贷需要她的身份证明做抵押，她把谢云上借给她的学生证给了高利贷。

她不是有意要坑好友的，但已经被逼上了绝路。巴黎她一定要去，好不容易走到今天，她的梦想，她的未来，她对这里的憎恶和逃离……她必须离开，哪怕用尽一切办法。

她像个躲在地下室不能见光的老鼠，她也讨厌这样的自己。可是没办法，云上已经为她做了这么多，就当是欠她的吧。她那么美好，样样出色，将来一定会有锦绣前程和美满人生。可是她呢，生来就像带着原罪，被嫌弃、被抛弃，她没有多余的爱施舍给别人。

她人生中第一次觉得亏欠的，第一次真心当朋友的人，只有谢云上。

在她将谢云上的学生证抵押出去的时候，她觉得这一辈子，她们可能都不会再见了。

04 / 六月菊

转眼到六月，南方进入了梅雨季节。好几天没有见太阳，教室里闷热得厉害，谢云上复习不下去，索性出去透气。自那次擦肩而过之后，谢云上再也没有见过莫恒山，她以为他已经去了英国。

他看到她的那封信了吗……他会记得她吗，一个没有留下姓名的人。

就在她出神的时候，班主任突然来找她："谢云上，跟我去一趟办公室。"

她不明所以，只得跟着班主任去办公室。办公室里坐着一个她不认识的人，那个人称她借了钱，找不到她只好来学校要她还钱。谢云上矢口否认，对方掏出她的学生证，问："这是不是你的？"

谢云上看着桌上的学生证，确实是她的，可是她真的没有借钱，更没有把学生证抵押出去。她突然想到林奈，林奈曾经跟她借过学生证。她给林奈打电话，一直打不通，她只好说："我把学生证借给我的朋友，具体怎么回事要等问了她才知道。"

对方呵呵一笑："这是你们这些学生借钱不还的伎俩吗？借了这么多钱，口口声声说自己急用，缓一个月就还，现在一个月早就过去了，还钱的时候就躲得不见人影还不认了？"

谢云上心知自己没有借钱，如果是林奈也没有可能，她已经不缺钱了。

她说："叔叔，会不会是误会？我没有跟你借钱，我朋友借了我的学生证，但她也不可能借钱。"

"你朋友叫什么名字？"班主任问道。

"林奈。"

"我们没有叫林奈的学生。"

"她不是我们学校的。"谢云上解释道。

班主任刚要开口，对方打断道："小姑娘，我不管你们谁借的钱，但这学生证确实是你的，我只认凭证。你找你朋友求证是你的事，我找你还钱是天经地义的事。我给你三天时间，你要是再不还钱，我就不只是到你学校找你谈心这么简单了。"

对方放完狠话走了，班主任说："谢云上，你家里出了什么事要去借高利贷？这可是高利贷，闹到学校很麻烦的。"

谢云上连连摇头道："老师，我没有借高利贷，请您相信我。"

"没有借那些人怎么会找上你，还带了你的学生证？你是个好学生，我一直很看好你，可你一次又一次让我失望，上次是补助，这次又是高利贷……谢云上，你还想不想在这里念书了？"谢云上低着头不吭声，班主任叹一口气说，"你回去写检讨吧，通知你家长来学校。"

谢云上百口莫辩，在其他人异样的眼光中低头走出了办公室。她没有回教室，走到一个偏僻的角落给林奈打电话，过了一会儿电话打通了，她忍着怀疑问林奈是怎么回事，林奈说："我把学生证还给你了，你可能不记得了。那天我去书店找你，你有事不在，我就把学生证放到书店的吧台上，会不会是被人拿走了？"谢云上努力回想却没有想起来，林奈又说，"不是你借的你就不认，要是他们再找你，你就报警。"

谢云上沉默许久，就在林奈心虚得想要再次开口的时候，她说："我自己想办法吧。"

林奈心里松了口气，她表现得像一个单纯为对方出谋划策的好友，说："总之，这个钱你没借就不要认，他们也不敢拿你怎么样。"

想到刚才的威胁，谢云上一阵后怕。放高利贷的都是混社会的，他们拿她没办法去找她父亲怎么办……还有班主任的话，如果这件事不尽早解决，她会不会面临被退学？

她咬着唇说："那种人是没办法跟他们讲道理的，他们只认钱。"

她无法对林奈提钱的事，林奈好不容易筹到钱出国，如果在这个节骨眼儿上管她要钱，无异于断她前路。怎么办呢，这件事绝不能让父亲知道，她必须自己想办法解决。

谢云上挂掉电话，心事重重地回到教室，教室里的学生都去吃饭了，她收拾书包走出去。她一路走回寝室，刚要推开门就听到里面的窃窃私语声，同寝室的女生正在聊她的八卦。她在门外站了一会儿，等她们聊得差不多了推门进去，几个人转头看她，她没有跟她们打招呼，径直走到床铺边收拾东西。

一个女生终于忍不住对她说："你搬出宿舍吧，你现在这样我们没办法再跟你共处一室。"

另一个女生附和道："是啊是啊，发生了这种事，我们挺害怕的，万一你把那些人招来，我们会不会跟着倒霉啊？"

住在上铺的女生说："谢大小姐算我求你了，你成绩好不上课没关系，我们可不行。要不你退学吧，你这样搞得我们都没心思学习，我们还要高考呢。"

几个女生你一言我一语，全是逼她走的意思。她背对着她们，满脸是泪，她默默地擦掉眼泪，转身说："我知道你们对我有看法，但抱歉，没做过的事我无法承认。我是不会搬出去更不会退学的，请你们给我一点时间。"

"喊，说了谁信。"

一个女生当着她的面，抱起她床上的被子和枕头扔了出去。随即，她的东西被一件一件清出去，她们把她推出门外，"砰"的一声关上了门。

谢云上站在门外，颤抖着手摸了摸胸口，什么也没有摸到。她才恍惚地想起来，那架形影不离的相机已经被她卖了。

什么都没有留下，相机、林奈、莫恒山……她生命中珍视的人和物，都离她而去。

　　谢云上一个人失魂落魄地走出学校，几声闷雷滚过，眼看一场大雨就要来临。她走在学校门前的小路上，走了一会儿，感到身后有动静，转身发现有人跟着她。跟着她的正是口口声声说她欠高利贷的人，另一个是他的同伙。

　　谢云上低着头，突然加快脚步，她越走越快，看到一个小巷子拐了进去。后面的人脚步也变快了，谢云上开始跑，跑着跑着撞到一辆车，跌倒在地。她撞到的是一辆蓝色单车，一只熟悉的白球鞋停在面前，谢云上紧紧握着颤抖的手指，眼泪控制不住地流下来。

　　单车的主人正是莫恒山，他骑车经过学校，一道身影突然撞过来，他紧急勒住刹车，单脚着地。只见对方跌倒在地，双手撑着地面，低着头，许久都没有动静。

　　莫恒山停好车，对谢云上伸出手："你没事吧，还能起来吗？"谢云上不敢抬头，此刻她模样狼狈，满脸是泪。她穿着单薄的校服，膝盖似乎磕破了，她忍着疼，不敢发出声音。莫恒山俯身靠近她，"怎么样，还起得来吗？"

　　她瑟缩着朝阴影里躲了躲，不想让他看到自己的样子。这时，那两个跟踪谢云上的人走过来，看到莫恒山，其中一个大声道："喂，不关你的事赶紧回家去。"

　　莫恒山皱了皱眉，刚要开口，谢云上突然撑着身体站起来，不等他反应便向着黑暗深处跌跌撞撞地跑远。莫恒山看着谢云上离去的方向，那两个人刚要跟上，莫恒山掉转车头拦在他们面前。

　　"你们再闹事，我就报警了。"莫恒山冷冷地说。

　　其中一个人恶狠狠地说："那小丫头欠了我们钱，我们向她要钱关你屁事。"

　　莫恒山说："要钱可以走正当途径，你们这样跟踪人家就是犯罪。"他说着掏出手机，"再不走我就报警。"

318

两个人本来是想吓唬小姑娘，逼她还钱，莫恒山这么一出手，只得悻悻离开。

等他们走远，确定不再回来了，莫恒山推着车向谢云上跑远的方向走去。谢云上因为磕破了膝盖，并没有走多远，找了一个不易被发现的角落坐下来。她听到脚步声，心下一紧，以为那两个人找来了，却听到了自行车的声音……是莫恒山。莫恒山来找她了。

莫恒山原地绕了一会儿，没有找到谢云上，但他判断她没有走多远。一声闷雷滚过，不一会儿豆大的雨滴落下，落在莫恒山的身上，也落在了谢云上的心上。滴滴答答的雨声，伴随着滚滚雷声，谢云上把自己蜷缩起来，宽大的校服罩在头顶。她在哭，哭得浑身战栗，哭得疼痛绝望，在听到莫恒山声音的那一刻，内心竖起的高墙轰然坍塌。

雨下了多久，她就哭了多久。

莫恒山已经走了，是啊，下这么大的雨，他怎么可能一直站在外面淋雨。谢云上浑身湿透地走出来，拖着两只痛到麻木的腿，一瘸一拐地走到少年刚才停留的地方。昏暗的路灯下，密集的雨形成一道雨幕，她看见，路灯下静静地躺着一把黑色的伞。

谢云上捡起这把伞，紧紧地抱在了胸口。

两天后，林奈办完出国手续，准备离开。为了躲避高利贷的追讨，她换掉手机卡，住在一个破败隐蔽的小旅馆，全然不知谢云上正经历着怎样的煎熬。她不仅抵押了谢云上的学生证，写的还是她的联系方式，以防东窗事发对方找上门，自己就再也别想出国了。但她以为借钱的是自己，谢云上是不会受到人身威胁的。

当初借她高利贷的人找不到她，便找上了学生证的主人谢云上，反正都是十几岁的小姑娘，想做一些事不想被家长知道。他们也不在乎谁借的钱，只要找到人，管他是谁借的，拿到钱就是了。何况，这种事他们干多了，没想小姑娘自己能还钱，吓唬吓唬她们回去找家长要钱，顺便还能敲上一笔。

　　林奈始终放心不下谢云上，又怕联系她会被盯上，思来想去偷偷跑到她打工的小书店，这才得知谢云上好几天没有来。想到这一切都是因她而起，林奈感到非常愧疚，可她也没办法，已经走到这一步了，没有回头路。

　　她在心里说了无数遍"对不起"，转身，突然看到了莫恒山。

　　莫恒山在这条路上徘徊了很久，他也说不出为什么，就是一直担心那个被他撞倒的女孩。他最后一次回学校，经过学校附近的这条路，虽然不知道对方是谁，但还是想在这里等等，说不定会遇见。

　　认出莫恒山的学生跟他打招呼，莫恒山微笑回应。他们问他什么时候走，他说快了。

　　离别在即，他和她有过一次不算愉快的邂逅，他却莫名地放不下她。

　　她还好吗？有没有再被欺负？欠的钱还上了吗？是家里有什么困难吗？

　　他越想越不安，总觉得没有帮到忙。他是一个马上要离开的人，也确实帮不到人家什么忙。

　　莫恒山摇摇头，掉转方向离开。

　　林奈看着莫恒山的背影，站在原地许久都没有动。她和莫恒山只隔一条马路，心里却生出一种错觉，似乎刚才莫恒山朝她的方向看了一眼。

　　她就要离开了，而他也要离开了。

　　有没有一种可能，他们会在异国相遇，开始新的人生。

　　林奈打开背包，里面是谢云上送给莫恒山的诗集。她拿出藏着那封信的诗集，转身走进了小书店。她把诗集偷偷地藏在书店最里侧的书架上，如果谢云上回到书店，如果她翻遍所有书架，一定会找到这本书。而如果它被别人带走，那就说明他们今生无缘。

　　约定还钱的日子到了，谢云上挂掉电话回到家，发现父亲居然在家，正蹲在门口抽烟。记忆里他很少抽烟，除非有特别烦心的事。谢云上平复心情喊了一声"爸"，谢临泉抬起头，并没有因为女儿的突然回来感到意外，他说："回来了啊。"

谢云上点点头，咬着唇对谢临泉露出一个微笑，她不想让他为自己担心，竭力忍着难过的情绪。谢临泉起身，转身走进屋里，不一会儿他走出来，递给谢云上一个牛皮纸信封。谢云上半晌没动，谢临泉说："拿着。"谢云上在他的注视下接过牛皮纸信封，打开一看，是一沓厚厚的人民币。谢云上抬起头看着谢临泉，谢临泉说，"你班主任打电话给我了，事情我都知道了，钱也准备好了。"

"爸，"谢云上一下子崩不住了，哭着说，"我没借钱。"

"我知道。"谢临泉看着泪流满面的女儿，叹了口气说，"你是我女儿，我当然知道，但是不给钱他们还要闹，我和你班主任都担心闹大了影响你学习。你要读书，还要高考，爸爸不想你受到任何影响。"

"爸……"

"不说了。"谢临泉打断道，"你告诉他们，就说钱有了，别怕，爸爸陪着你。"

她不敢问这么多钱是从哪里来的，父亲是不是为她借了很多钱。她看着他一脸疲惫的样子，羞愧地埋下了头。她还想自己逞能，一个人想办法解决，到头来还是要父亲摆平，她算什么好女儿。她一直希望父亲以她为荣，努力读书将来带他去大城市，可还没等到那一天，她就已经让他操了这么多心。

她一声不吭，眼泪直往下掉。小时候弄丢了父亲的钢笔，父亲叫她出去找，那时候她满心委屈，觉得父亲冤枉了她，偏着性子宁可冻死在外面都不回来。现在依然委屈，稀里糊涂被追债，还得忍气吞声去还钱，就为了她读书。

"别人的话不要放在心上，我们这么做是为了息事宁人，没有什么比你的将来更重要。"

这是父亲对她说的话。后来她才知道，父亲为了她把祖宅卖了。这里本来就要拆了，父亲一直不肯离开，这是他们祖祖辈辈继承下来的家业，靠海为生，世代不离岛。现在为了她，违背老祖宗定下的规矩，眼睁睁看着偌大的家被夷为平地。

从此以后，他们就没有家了。

林奈走的那天，谢云上回到了学校。班主任把她叫到办公室，办公室里坐着一位警官，要她配合做笔录。原来那两个放高利贷的被抓了，连同黑中介也一锅端了。她的钱不用还了，警官对她说："小姑娘，学生证身份证都不能乱借的，遇到违法犯罪分子第一时间要报警，向我们警察求助。多亏了你们学校的莫恒山同学，他报警我们才知道现在的违法犯罪分子已经将黑手伸向中学生了……"

莫恒山？莫恒山！

是了，那天晚上是他救了自己。一定是他担心自己的安危，帮自己报了警。

谢云上跑出校门，跑到他们相遇的那条小路，她站在原地，突然蹲下来，失声痛哭。为什么不说呢，为什么不告诉他……他出国又怎么样，跑得远又怎么样，只要努力跟上他的脚步，只要让他知道自己的心……为什么不呢？

她一个人蹲在地上哭得伤心欲绝。

此生，还会再见到他吗？还来得及告诉他，我喜欢你吗？

这件事过去没多久，谢云上终于知道，是林奈拿她的学生证做了抵押，借了高利贷。她其实早该猜到的，当林奈不告而别的时候，她就已经猜到了。她却当作什么都不知道，替她承担了一切。

几年后，倘若林奈回来，请她吃那顿饭，求得她的原谅，她会接受吗？她的心情很乱，就当作他们从来都不曾认识过，此生她都不想再见到她了。

谢云上回到小书店，一个人坐在店里看着窗外发呆。不知谁放了一首歌，谢云上静静地听着，不远处的书架上安静地躺着一本她曾经送给一个人的诗集。

那一天，是六月的最后一天。那一天，也是莫恒山离开的日子。

她在书店的橱窗旁看到了一盆六月菊。

六月菊的花语是别离。

05
天空之城

莫恒山听见自己说："有没有可能，我们在这里见过？"

谢云上转身，没有回答他，而是说："你愿意陪我一起走走吗？"

炎热的盛夏，校园里看不见一个人影，高大茂盛的香樟树遮住了刺眼的阳光，树上栖息的蝉聒噪地叫着，小池塘里几条红色的鲤鱼慢悠悠地游来游去。谢云上在树荫下低着头走路，纤细单薄的背影有一种恍如隔世的感觉。

莫恒山跟在身后，注视着她的背影，越走越慢。他突然想起很久以前，在一个昏黄的夜晚，他看到的女孩有着相似的背影。

在他的记忆里，他很少对一个人产生特别深刻的印象。但是有一个人，在遥远的高中时代，有时候会不期而遇。那段记忆在他的心里一直讳莫如深，直到此刻，直到他看见谢云上的背影，看见她站在花树下，看见她走在树荫间……咫尺之间，他停住了脚步。

谢云上越走越远，发现莫恒山没有跟上来。她转过身，看到他站在离她很远的地方，因为距离太远，看不清他的脸。

他们走到一座古朴的建筑前，谢云上停下脚步，抬头看是一座图书馆。正值暑期，图书馆大门紧闭。谢云上打量着眼前的这座图书馆，许久没有移开脚步。莫恒山走上前，这时图书馆的门突然打开了，一位白发苍苍的老人佝偻着背走出来，看到他们微微一愣，问道："你们找谁？"

莫恒山看到对方，短暂的沉默之后，打招呼道："郑伯您好，我是莫恒山，您还记得吗？上学那会儿老来您这儿借书。"

　　"莫……莫恒山？"图书管理员老郑眯着眼打量他半晌，突然眼睛一亮，"是你呀，记得记得，你这么优秀怎么会不记得啊。"莫恒山不好意思地笑了笑，老郑继续说，"你在学校的时候就非常有名，无人不知无人不晓，现在一看就是个大人物。"老郑说完视线一转，看向莫恒山身边一直沉默的谢云上。

　　谢云上微笑道："郑伯您好，我是谢云上。"

　　"谢云上……谢……哎呀小姑娘是你呀。"老郑一拍脑袋，惊呼道，"真是女大十八变，你不说我都认不出来了。"他上前几步认真地打量谢云上，"你当年经常来图书馆看书，成绩好还这么用功，后来连名校都不去跑去学摄影了，是不是你呀？"

　　"对，是我。"谢云上不好意思道。

　　老郑和谢云上一阵寒暄，一旁的莫恒山看着他们许久没有出声，他出神地看着谢云上，想要从她身上找到时光的记忆。这座学校里有他，也有她，他已经知道了。他今天之所以来，就是为了确认当年谢云上在这里读书的事实，而他也知道了，林奈没有在这里读过书。

　　天气很热，他的身体越来越热，汗水顺着脖颈流下来，后背湿了一片。这时，老郑擦了擦额头的汗，意犹未尽地说："难得碰见你们俩，走，到图书馆去坐坐，里面凉快。"

　　谢云上回头看了一眼莫恒山，见他看着她像是没有听到的样子，于是对他挥了挥手，转身跟着老郑走进图书馆。莫恒山注视着谢云上的背影，直到谢云上快要走进去时，他才像是惊醒般，后知后觉地跟上去，却不小心一脚踩空了楼梯。

　　图书馆还是十几年前的老样子，原来的旧书架换成了新书架，每一张书桌上都装了一盏台灯。老郑说他快退休了，这是他最后一学期在这里任职。

　　"还有一个学期我就退休了，唉，我还挺舍不得这里的。"老郑一边说一边带他们参观，他走到最里面的一排书架前，对莫恒山笑道，"还记得吧，当年你就站在这里看书。"他和蔼地看着莫恒山说，"我至今还保留着你的借书卡，想着将来等你有出息了，哪天回来给你看看。"他又对谢云上说，"你就坐在这里，"他随手一指不远处靠窗的一张桌子，"我以前经常看你坐在这里看书，总是坐到图书馆关门，真是爱学习的好孩子。"

谢云上抿着唇不作声，她看向莫恒山，他却低着头没有回应。像是为了证明自己的话，老郑去取莫恒山的借书卡了，莫恒山抬起头看向谢云上，眼神里藏着一种复杂的情感。

"老人家还记得我们。"谢云上对他说。

这句话意味着，她早就知道他们在同一所学校。

"你……"莫恒山刚要开口，就见老郑颤巍巍地走过来，他高兴地举起莫恒山的借书卡。

"你看，"老郑对莫恒山说，"你学生时代的借书卡还在我这儿呢。"

莫恒山接过老郑手中的借书卡，看着密密麻麻熟悉的字，一时无言。他的心情很复杂，穿过时光的印记看到当年留下的物事，本该是欣喜的，他却感到满嘴的苦涩。他缓缓抚摸上面的字，突然抬起头对谢云上说："你也有吗？"

谢云上却没有说话，她看向莫恒山身后的那排书架。时光打开了一扇门，透过这扇门她看到曾经的自己，站在这里偷偷看着少年时的莫恒山。

他在看书，她在看他。他们都喜欢一个诗人的诗集，喜欢那一首《我喜欢你是寂静的》。

"我喜欢你是寂静的，仿佛你消失了一般。你从远处聆听我，我的声音却无法触及你。好像你的眼睛已经离我远去，如同一个吻，封缄了你的嘴唇。"

谢云上走到那排标记着"外国诗集"的书架前，那本《二十首情诗和一支绝望的歌》已经不在了。那本诗集后来被她借走，再后来被她遗忘。她从背包里拿出这本书，当年莫恒山离开之后，她把这本他看过的旧书偷偷地珍藏，许多个孤独的夜晚，伴她入眠。

"那封信你看了吗？"

"什么？"莫恒山看着她，一时没有明白。

"没什么。"谢云上转身，将诗集放回到书架上。

"为什么要放回去？"莫恒山问道。

"本来就是这里的。"

本来就是这里的……我的记忆，我的爱情。

就在谢云上收回手的时候，莫恒山突然抓住她的手，另一只手抽出了她原本放回去的诗集。他握着她的手，低头看了一眼手中的书，对老郑说："这本书我可以买下吗？"

老郑看了看谢云上，又看了看莫恒山，笑着说："你们年轻人啊真有意思，喜欢就拿去吧，这本书一看就有年头了，也算是你们的老朋友。"他指了指莫恒山手中的借书卡，"这个你也拿走吧，就当是留给你的纪念。"

莫恒山听了露出微笑，他把书连同借书卡一起放到谢云上的手中，对她说："给你的心意，别丢了。"

谢云上看着莫恒山放到自己手中的书和借书卡，眼眶渐渐发热……她保存了许多年的东西，被莫恒山用另一种方式还给了她。

她低头看着上面的字，心事缥缈如烟云。

她说："我其实……"

然而莫恒山没有等她说下去，他牵着谢云上的手对老郑说："谢谢您郑伯，我打算和学校商量把这座图书馆重修，到时候会有更多的藏书送进来。如果您愿意的话，我可以跟学校申请退休再返聘，您想在这里待多久就待多久。"

"那真是太好了。谢谢你孩子，那时候我就知道你将来肯定有出息，我果然没有看错人。"老郑呵呵笑道，他看向谢云上，"还有你，现在有没有成为大摄影师啊？"

不等谢云上开口，莫恒山替她回答："她现在已经是很有名的大摄影师了。"

"好，那就好……看到你们这么好啊，我就开心了。你们都是好孩子，成家了吗？"

他说完这句，莫恒山和谢云上互看彼此一眼，然后低着头笑出了声。

走出图书馆，两个人似乎还沉浸在刚才的情绪中。莫恒山看着谢云上，目光微动："还想去哪里？"

谢云上抬起头，与他视线交汇，她说："你就没有什么想问的吗？"

见莫恒山默然不语，她转身想走，莫恒山一下子抓住她的手。"云上，"他轻呼她的名字，"你都想起来了是吗……我只关心这一件事，其余的，我们以后慢慢说。"

"莫恒山，"谢云上看着他凝视自己的眼睛，慢慢地挣脱他握着自己的手，"我是想起来了，很多很多，多到不知道从何说起。这座学校，还有刚才经过的图书馆，是我整个高中时代最开心也最伤心的地方……"她说到这里停了下来，深吸一口气，对他说，"我在这里，喜欢上了一个人。"

莫恒山的笑容渐渐隐去，他的心跳得很快，一声一声撞击着胸膛。一种空虚多年、等待多年的情感涌上心间，让他无声哽咽。他颤抖着唇说："那个人……你们后来见了吗？"

"见了。"

"你告诉他了吗？"

谢云上没有回答，她看着他的眼睛藏着深深的悲伤："我告诉他了，可是他不知道……"

"不，他知道。"莫恒山再也忍不住，将她紧紧地拥入怀中，"他知道得太迟了，对不起。"

谢云上在他的怀里流泪。她没有看见，这个抱着她的男人也在无声地流泪。

她少年时代的爱恋啊，为什么来得这么迟。她爱的人，为什么到现在才出现。命运给她开了一个荒诞不经的玩笑，夺走了她的一切，又在失去之后，全都给了她。

莫恒山紧紧地抱着她，恨不得嵌入自己的生命中。此时再多的话语都是多余，唯有紧紧地相拥在一起，唯有感受彼此剧烈的心跳，他才觉得她真实地站在自己面前。

他低下头，捧起她的脸，吻上了她的唇。

他们曾经错过，曾经失去，曾经沉溺在错过和失去的痛苦里，以为这一生，再也不会遇见。然而，他们还是奇迹般地相遇了。过去的终将随着尘封的人和事埋入泥土，重新开始的故事里，他们再也不会错过彼此，再也不会失去彼此。

离开学校后，谢云上说："我还想去一个地方。"

莫恒山紧紧地握着她的手，再也不放开："你去哪里我都陪着你。"

于是，谢云上带莫恒山去了她曾经打工的书店。

书店早已换人了，年轻的店员不认识谢云上，以为她是以前来逛书店的常客，谢云上也不说破。

一首歌的时间，谢云上走过一排排书架。她在书架的这一端，莫恒山在书架的那一端。

他们穿过一排排书架，穿过带着时光印记的书籍，穿过尘封的记忆，穿过一整个青春，穿过生命中所有错过的遗憾，走到了一起。

书架顶端的几本书掉落下来，谢云上弯腰捡起来，却突然停下手中的动作。她的手中是一本书，和图书馆里莫恒山给她的书一模一样，是那本《二十首情诗和一支绝望的歌》。书的封面覆盖了一层薄薄的灰，看起来依然很新，像是没有被人翻阅过。

谢云上打开书，意外地发现了一样东西，确切地说是一封信。这封信正是当年她写给莫恒山的情书。

"当我第一次听《人间失格》这首音乐的时候，就想到了你。这真不是巧合，你喜欢《人间失格》我也喜欢，你喜欢聂鲁达的诗集，我也是。我喜欢他写的那首《我喜欢你是寂静的》，你也是吗？我在图书馆看到你翻他的诗集……

"你喜欢听摇滚乐队的歌吗？喜欢旅行吗？喜欢莫奈还是凡·高？喜欢《月光曲》还是《水边的阿狄丽娜》……

"你不必知道我是谁，我只是喜欢你的人中的一个，喜欢你所喜欢的。"

她看着这些熟悉的字迹，往事一幕一幕，她跟在他的身后，偷偷地看他，与他擦肩而过……他为她拦住跟踪她的人，下着雨的夜晚留给她一把黑色的伞。

这一幕一幕，最终汇聚成他站在眼前的样子。

一滴泪、两滴泪……落在泛黄的信纸上，晕染了上面的字。

莫恒山听到动静走过来，见谢云上蹲在地上，手中攥着一张信纸。他走到她的身边，看到她泪流满面……然后，他看到了那封信，她写给他的信。过了这么多年，居然以这样一种方式出现在他的眼前。

谢云上却不想让莫恒山看到手中的这封信，那时候的她青涩稚嫩，只要她不承认，莫恒山就无从判断是她写的。可莫恒山怎么可能猜不到呢。彼时的他看着谢云上既心疼又懊悔，当初他弄丢了书，那是她对他的心意，他却弄丢了这么多年，也错过了这么多年。

谢云上擦掉眼泪，收起信夹在书里，她问店员："你好，这本书我可以买下吗？"

店员说："可以的。"

在莫恒山的注视下，谢云上买下了这本书。

后来莫恒山还是拿到了这本书，读到了她当年写给自己的信。就像他把她珍藏多年的旧书送到她的手中一样，谢云上也把这份迟来的心意送到他的手中。

谢云上对莫恒山说："你对那时的我，是可遇而不可求。"

莫恒山却说："对于你，我才是可遇而不可求。"

他们没有提林奈，没有提那段伤心的往事。如果时光倒流，如果上帝之手重新写一个新的故事：她没有遇见林奈，莫恒山没有出国，她向莫恒山表白，莫恒山答应了她……

　　结局呢，他们会在一起吗？

　　时光不会倒流，人生没有重来，但相爱的人一定会在一起，不管多晚。

　　她喜欢的画家凡·高说："每个人的心里都有一团火，路过的人只能看到烟，但是总有一个人能看到这团火。"

　　总有一个人能看到这团火，然后呢，然后……他会走过来陪她一起。

　　就像现在，她看着她爱的人向她走来。

　　余生他们都会在一起。

愿天下有情人终成眷属。

愿父亲在天堂安息。爱你的女儿。